한국 프로문학과 만주

이 저서는 2014년 대한민국 교육부와 한국학중앙연구원(한국학진흥사업단)을 통해 해외한국학
중핵대학육성사업의 지원을 받아 수행된 연구임(AKS-2014-OLU-2250004)

중국해양대학교 한국연구소 총서 11

한국 프로문학과 만주

김재용・李海英 편저

역락

머리말

만주, 프롤레타리아 국제주의의 시험장

한국 근대문학 연구에서 만주는 더 이상 낯선 땅이 아니다. 조선 지사들의 독립 기지 혹은 가난한 조선 농민의 이주지 정도로 알려져 있던 만주가 한국 근대의 다층적인 움직임을 내포하고 있는 경계의 공간으로 확충되면서, 한국 근대문학 연구는 기존에는 상상할 수 없었던 다양한 시각과 시선을 낳았다. 막연한 기대와 이국적인 정취로 만주를 대하는 어설픈 연구들이 더 이상 발을 붙이기 어려울 만큼 한국 근대문학 연구에서 만주는 시민권을 얻게 되었다. 한국 근대문학 연구의 소재 확산을 넘어 기존의 익숙한 연구의 시각마저 흔드는 이러한 만주 연구의 지형 변화는 향후 적지 않은 파장을 가져올 것임에 틀림없다.

하지만 한국 프로문학 연구에서 만주는 여전히 낯선 영역이다. 과거에 프로문학을 연구하는 이들은 일본과의 연관성을 추구하는 것에 많은 시간을 보냈다. 그럴 수밖에 없는 것은 조선의 프로문학자들 상당수가 일본 프로문학의 영향을 받았기 때문이다. 일본 경사의 닫혀진 시야를 벗어나려고 했을 때 만날 수 있었던 것이 중국의 프로문학 즉 좌련에 관심을 기울이는 정도였다. 이러한 정황을 고려할 때 프로문학과 만주를 거론하는 것 자체가 뜬금없는 일로 여겨지는 것은 지극히 당연하다. 최서해와 강경애에 대한 연구들이 만주를 거론하였지만 작가 개인의 정신사적 탐구를 위한 장식적 배경에 그치고, 프로문학과 만주의 상관성에 미치지 못하였던 것도 충분히 이해할 수 있다.

이러한 연구 분위기는 프로문학 작가들의 만주 관련 작품들이 새롭게 나타나게 되면서 급격하게 바뀌고 있다. 한설야의 장편소설 '대륙'과 만주를 배경으로 한 일련의 단편소설들이 번역되어 알려지고, 이기영의 장편소설 '대지의 아들'과 '처녀지'가 새롭게 활자화되면서 프로문학과 만주 사이에는 우연 그 이상의 의미가 있는 것이 아닌가 하는 질문이 생기기 시작하였다. 게다가 임화가 조선 농민들의 만주 이주를 다룬 연작시를 쓰려고 하였던 계획이나 김남천의 장편소설 '사랑의 수족관'이 만주 길림을 부분적으로 다룬 것을 고려하면 프로문학과 만주 사이에는 소재적 의미를 넘어 내면의 연관성을 가지고 있으며 이를 추적하는 것이 한국 근대문학 연구자의 소임임이 한층 분명해졌다.

이 책은 바로 이러한 문제의식에서 나온 것이다. 수록된 글들이 잘 말해주고 있는 것처럼, 조선의 프로문학자들에게 만주는 프로문학의 핵심이었던 국제주의를 둘러싼 논의와 상상력이 펼쳐졌던 공간이었다. 만주를 경험하면서 국제주의에 대해서 회의를 한 이도 나오고 국제주의를 더욱 심화시키고 구체화시키기는 이도 나왔지만, 공통적인 것은 국제주의에 대한 심문을 진행시키는데 이보다 더 좋은 공간이 없다는 점이다. 이 책에서 다루고 있는 작가들 최서해, 강경애, 김남천, 한설야 그리고 이기영은 그 시선과 시각의 상이에도 불구하고 국제주의의 시험장으로 만주를 보았다. 개별 작가들의 독특한 개성과 상상력도 이점을 제하고는 제대로 이해라기 어렵다는 것은 아주 분명하다.

중국 해양대학을 전초기지로 삼은 이 기획에 동참해주신 한국과 중국의 필자들에게 고마울 따름이다.

2017.7 편자

차례

한설야

이기영

최서해

최서해와 만주

- 장소와 여성표상의 관련성을 중심으로

이경재

1. 서론

최서해는 1918년 간도로 이주하여 유랑 생활을 시작하였고, 1923년 봄에 간도에서 귀국하였다. 간도에서 행적은 정확히 알려져 있지 않다. 그는 60편의 소설을 발표하였는데, 간도 방랑 체험을 다룬 작품으로는 「토혈」(『동아일보』, 1924.1.23-2.4), 「고국」(『조선문단』, 1924.2), 「향수」(『동아일보』, 1925.4.6-13), 「탈출기」(『조선문단』, 1925.3), 「미치광이」(『동아일보』, 1925.4. 11-4.13)[1], 「기아와 살육」(『조선문단』, 1925.6), 「해돋이」(『신민』, 1926.3), 「만두」(『시대일보』, 1926.7.12), 「이역원혼」(『동광』, 1926.11), 「돌아가는 날」(『신사회』, 1926.12), 「홍염」(『조선문단』, 1927.1), 「폭풍우 시대」(『동아일보』, 1928.4.4.-

---

[1] 「미치광이」는 작품집 『혈흔』(글벗집, 1926.2)에 처음 수록된 것으로 알려졌으나, 1925년 『동아일보』 신춘문예 3등 당선작임이 새롭게 밝혀졌다. 이 작품은 「放浪의 狂人」이란 제목과 崔風이란 작자명으로 3회에 걸쳐 연재되었다. (천춘화, 「한국 근대소설에 나타난 만주 공간 연구」, 서울대 박사논문, 2014, 63쪽)

4.12) 등을 들 수 있다.2) 작품의 숫자가 많은 것은 물론이고, 위에 나열한
작품들이 대부분 최서해의 대표작이라는 점에서도 만주 배경 최서해 소
설의 고찰은 매우 중요한 의미를 지닌다고 볼 수 있다.

최서해는 1920년대 카프(KAPF)측 작가들에 의해 고평되다가, 카프를
탈퇴하고 작품 경향도 계급주의에서 멀어지자 비난과 공격을 받는 위치
로 변한다.3) 임화는 "서해는 상섭·동인 등의 자연주의문학에서 한 걸음
전진한 사실주의로서, 개인적 관찰로부터 사회적인 데로 확대한 최초의
작가이며 신경향파가 가진 최대의 작가"4)라고 주장하였다. 이러한 임화
의 평가는 이후 하나의 전범이 되어, 최서해는 신경향파의 대표작가로
불리워진다.

최서해에 대한 연구로는 작품의 경향성을 문제삼거나, 문체나 서술구
조에 초점을 맞추거나, 가족문제에 초점을 맞추거나 드물지만 정신분석
학이나 실존의식을 들여다본 논의들이 있다.5) 최근에는 다양한 시각에서
최서해 소설의 특징이 논의되고 있다. 이경돈은 최서해의 소설은 "체험
의 비중이 큰 소설이 아니라 경험 기록에 의해 소설다운 소설이 산출되
는 과정을 보여주는 것"6)이라고 주장한다. 연애에 초점을 맞추어 "최서
해는 연애를 희생함으로써 더욱 위대한 인류애를 실현할 수 있다는 자기
합리화가 이들 주인공에게 초래한 심각한 비애와 공허감을 형상화함으

---

2) 「토혈」, 「고국」, 「향수」, 「탈출기」, 「미치광이」, 「기아와 살육」, 「해돋이」, 「만두」, 「이역
  원혼」, 「돌아가는 날」, 「폭풍우 시대」의 본문은 『최서해전집上』(곽근 편, 문학과지성사,
  1987)에서 인용하고, 「홍염」은 『최서해전집下』(곽근 편, 문학과지성사, 1987)에서 인용
  할 것이다. 인용시 본문 중에 페이지수만 기록하고자 한다.
3) 최서해는 김기진의 권유로 1925년 KAPF에 가담하여 별다른 활동을 하지 않다 1929년
  탈퇴하였다.
4) 임화, 「조선신문학사론 서설」, 『조선중앙일보』, 1935.11.12.
5) 곽근, 「연구사의 검토와 비판」, 『최서해의 삶과 문학 연구』, 푸른사상, 2014, 59-88쪽.
6) 이경돈, 「최서해와 기록의 소설화」, 『반교어문연구』 15집, 2003, 120쪽.

로써, 역설적으로 연애야말로 이들 주인공의 삶을 지탱하고 이끌어온 은 폐된 추진력임을 드러낸다."[7]는 주장도 등장하였다. 표언복은 최서해의 문학이 단순한 빈궁제재의 신경향파 문학이 아니고 항일 혁명의식의 문학이기 때문에, 최서해를 "신경향파 작가로서보다는 항일독립운동소설가로 이해하고 평가"[8]해야 한다고 강조한다.

본고에서 관심을 갖는 간도와의 관련성에 초점을 맞춘 선구적인 연구로는 홍이섭의 논의를 들 수 있다. 그는 최서해가 검열 때문에 국내를 배경으로 해서는 드러낼 수 없는 일제에 대한 저항의식을 간도를 배경으로 해서 드러냈으며, 최서해 문학 속의 간도 이주 농민들의 삶은 민족적 문제와 결부되어 있다고 주장한다.[9] 이은숙은 최서해의 단편 소설에 나타난 북간도에 대한 이미지가 "친숙한 장소이자 소외의 장소", "풍요의 장소이자 빈곤의 장소", "희망의 장소이자 절망의 장소"라는 의미를 지닌다고 보았다.[10] 차성연은 1920년대 한국 소설의 무대로 등장하는 만주는 "가뭄과 빈곤으로 인해 이주한 농민들이 중국인 지주에게 핍박받는 공간"[11]이며, 최서해의 소설은 이를 대표한다고 주장한다. 최근에는 천춘화가 최서해 소설에 등장하는 만주는 "국권회복을 위한 실험지로 혹은 무실역행을 통한 자치사회의 도달을 목표로 하는 유토피아적 공간으로, 또는 무장독립운동의 공간으로 인식"[12]된다는 결론을 내리기도 하였다.

---

7) 손유경, 「최서해 소설에 나타난 <연애>의 의미」, 『우리어문연구』 32집, 2008, 431쪽.
8) 표언복, 「최서해 문학의 반식민주의 혁명의식」, 『현대문학이론연구』 49집, 2012.6, 408쪽. 표언복은 다른 글에서도 "최서해 문학은 계급의식을 토대로 한 '신경향파 문학'이라고 보기보다는 1920년대의 '대표적인 항일 독립운동소설'로 평가되어야 마땅"(「1920년대 만주 독립운동의 서사적 인식」, 『어문학』 115집, 2012.3., 408쪽)하다는 주장을 펼치고 있다.
9) 홍이섭, 「1920년대 식민지적 현실」, 『문학과지성』, 1972년 봄호, 111쪽.
10) 이은숙, 「북간도 경관에 대한 조선이민의 이미지」, 『한국학 연구』 28집, 1996, 37-64쪽.
11) 차성연, 「한국 근대소설에 나타난 만주의 의미」, 『만주연구』 9집, 2009, 118쪽.

이 글에서는 최서해의 만주배경소설을 새롭게 조명하기 위해 지리학 분야의 장소에 대한 연구성과를 적극적으로 활용하고자 한다. 시간과 대비되는 개념으로 공간(space)과 장소(place)는 구분되어야 한다. 이푸 투안은 공간이 아직 인간의 경험과 의미가 투영되지 않은 세계로서, 장소보다 추상적이라고 주장한다. 또한 공간은 움직임이며, 개방이며, 자유이며, 위협인 데 반해, 장소는 정지이며, 개인들이 부여하는 가치들의 안식처이며, 안전과 애정을 느낄 수 있는 고요한 중심이라는 것이다. 인간은 직접적으로, 그리고 간접적으로 다양한 경험을 하며, 이러한 경험을 통하여 미지의 공간은 친밀한 장소로 바뀐다. 이때 낯선 추상적 공간(abstract space)은 의미로 가득찬 구체적 장소(concrete place)가 되는 것이다. 어떤 공간이 친밀한 장소로서 우리에게 다가올 때 우리는 비로소 그 지역에 대한 느낌(또는 의식), 즉 장소감을 가지게 된다.13)

에드워드 렐프에 따르면, 장소란 인간의 실존에 내재하는 것으로서, 가장 본원적인 정체성을 제공한다. 장소는 "개인이나 집단에게 있어 안정과 정체성의 원천"14)인 것이다. 인간은 장소에 뿌리를 내리고 그곳을 중심으로 세계를 바라보고 세계와 관계를 맺음으로써 살아가는 존재라고 할 수 있다. 최서해 소설에 등장하는 만주는 렐프가 말한 '장소상실 혹은 무장소성(placelessness)'과 관련지어 논의할 여지가 충분하다.15) 장소

---

12) 천춘화, 앞의 논문, 164쪽. 그레마스의 행위자 모델 이론과 기호 사각형 이론을 통하여 최서해의 간도배경 소설을 분석한 논의도 있다(김승종, 「최서해 소설의 기호학적 연구-간도 배경 소설들을 중심으로」, 『현대문학의 연구』 36집, 2008.10, 8쪽)
13) Yi-fu Tuan, 『공간과 장소』, 구동회·심승희 옮김, 대윤, 2007, 7-8쪽.
14) Edward Relph, 『장소와 장소상실』, 김덕현·김현주·심승희 옮김, 논형, 2005, 34쪽.
15) 한국어 번역본인 『장소와 장소상실』에서는 'placelessness'를 '장소 상실'과 '무장소성'이라는 두 가지 용어로 번역하고 있다. 노용무는 자신의 논문(「백석 시와 토포필리아」, 『국어국문학』 56집, 2014, 229-260쪽)에서 '장소 상실'과 '무장소성'이라는 말을 구분하여 사용하고 있다. 전자는 "장소의 내부에서 진정한 장소감을 경험했다가 이를 자

상실은 "장소가 진정성을 상실했거나, 심각하게 훼손된 상태"16)를 의미
한다. 최서해의 만주배경소설은 이런 의미에서의 '장소'를 갖지 못한 사
람들, 즉 자신들이 있을 곳이나 있어야 한다고 생각되는 자리를 모르는
사람들, 또는 그들이 머무를 수 있는 곳, 소유할 수 있는 자리를 발견할
수 없는 사람들을 형상화하고 있다. 장소는 무언가가 속해 있거나, 있어
야 한다고 생각되는 자리를 가리키기도 하고, 누군가가 점유할 수 있는
위치를 가리키기도 하기 때문이다.17) 이 글은 공간과 장소 개념 그리고
장소 상실이라는 문제를 중심으로 최서해의 문학에 나타난 만주의 의미
를 살펴보고자 한다. 무엇보다도 공간과 장소의 형상화에 젠더적 이분법
이 겹쳐지는 양상을 통해서, 최서해 소설의 고유한 간도 인식이 서사화
되는 방식과 그 효과를 고찰해 볼 것이다.18)

2. 장소 상실의 서사

최서해 만주배경소설에서 조선인의 만주행은 안정과 정체성의 원천인

의든 타의든 상실한 주체의 경우"에 해당하는 것으로, 후자는 "장소를 획득하지 않았
거나 아직 익숙하지 않은 장소를 대하는 주체의 태도와 의식을 일컫는 용어"로 사용
하는 것이다. 최서해의 작품에 등장하는 인물들은 고향을 잃어버린 사람들이기 때문
에, 이러한 측면을 부각시키기 위해서는 장소상실이라는 용어가 더욱 적합하다고 판
단된다.
16) Edward Relph, 앞의 책, 300쪽. 렐프는 철저히 획일화되고 그나마 지속성마저 결여된
채 개인으로서, 그리고 공동체의 일원으로서 나의 장소에 속해 있다는 느낌을 주지
못하는 현대 도시공간의 특징을 렐프는 무장소성이라는 개념에 담았다.
17) 김현경, 『사람, 장소, 환대』, 문학과지성사, 2015, 281쪽.
18) 최서해 소설은 '부자/빈자'의 이항대립적 구조는 '중국인/조선인', '사악함/착함', '지배/
종속', '일본/조선', '제국주의/식민지' 등으로 확장 가능한 것으로 이야기되었다.(박훈
하, 「탈식민적 서사로서 최서해 읽기」, 『최서해 문학의 재조명』, 새미, 2002, 118-120쪽)

장소를 찾아 떠나는 행위로 볼 수 있다. 한국인의 간도 이주는 19세기 중후반부터 1910년 이전까지의 1단계, 1910년 한일합방으로부터 1920년대 중반까지의 2단계, 1920년대 중반부터 만주사변까지의 3단계로 나누어 볼 수 있다. 최서해의 간도체험과 만주배경소설은 이 중에서 2단계에 해당한다. 이 시기 일본의 침략으로 인한 생활 빈곤에 시달리던 조선인들에게 만주가 거주할 만한 곳이라는 소문이 퍼지자 간도를 복지(福地)라고 생각하고 몰려온 한국 농민들이 해마다 격증하였다.[19] 1910년초 10만 9천여 명에 불과하던 북간도의 한인 수는 1920년에는 28만 9천여 명, 1930년에는 38만 8천여 명으로 급증한다. 여기에는 일제의 조선강점과 식민통치에 불만을 품은 정치 망명가도 적지 않았지만, 상당수는 토지약탈에 의해 농경지를 빼앗긴 농민들이었다.[20] 전체 만주 이주 한국인의 수는 1920년에 46만명, 1931년에 63만명, 1945년에는 180만여명에 이르렀다.[21]

이러한 시대적 상황은 여러 작품에 반복해서 나타난다. 「탈출기」에서 박이 "절박한 생활에 시들은 몸에 새 힘을 얻을까 하여 새 희망을 품고 새 세계를 동경"(17)하여 간도로 향할 때, 간도는 다음의 인용처럼 생존의 문제는 물론이고 존재의 참된 의미도 확보해줄 수 있는 장소로서 인식된다.

> 간도는 천부금탕이다. 기름진 땅이 흔하여 어디를 가든지 농사를 지을 수 있고 농사를 지으면 쌀도 흔할 것이다. 삼림이 많으니 나무 걱정도 될 것이 없다.

---

19) 李琨, 『일제 강점기 간도소설에 대한 재인식』, 하우, 2015, 26쪽.
20) 김춘선, 『북간도 한인사회의 형성과 민족운동』, 고대 민족문화연구원, 2016, 607쪽.
21) 『중국 조선민족발자취 총서-4·결전』, 1-11쪽. 지룬, 앞의 책, 29쪽에서 재인용.

농사를 지어서 배불리 먹고 뜨뜻이 지내자. 그리고 깨끗한 초가나 지어놓고 글도 읽고 무지한 농민들을 가르쳐서 이상촌을 건설하리라. 이렇게 하면 간도의 황무지를 개척할 수 있다.

이것이 간도 갈 때의 내 머릿속에 그리었던 이상이었다. 이때에 나는 얼마나 기뻤으랴! 두만강을 건너고 오랑캐령을 넘어서 망망한 평야와 산천을 바라볼 때 청춘의 내 가슴은 이상의 불길에 탔다. (「탈출기」, 17)

「해돋이」에서 3.1운동에 참여하여 1년여 감옥생활을 하고, 출옥 후에도 형사의 감시에 시달리던 만수는 자유의 장소로 간도를 선택한다.[22] 이 때의 간도는 최서해의 만주배경소설로서의 매우 드물게도 장소의 의미와 더불어 공간의 의미도 지니고 있다. 장소는 안전을 의미하지만 공간은 자유를 의미하기 때문이다. 인간은 공간과 장소를 필요로 하는 존재로서, 인간의 삶은 보금자리와 모험, 애착과 자유 사이의 변증법적인 운동이다. 건강한 존재는 구속과 자유, 장소의 제한과 공간의 노출을 기꺼이 받아들인다.[23] 세계가 우리의 욕망에 부응할 때 세계는 광활하고 친근한 느낌을 주지만, 세계가 우리의 욕망을 좌절시킬 때 세계는 답답한 느낌을 준다.[24] 만수는 이 답답함의 대안으로 간도행을 선택한 것이다. 그러나 간도에서 만수는 자유(공간감)도 안정(장소감)도 얻지 못한 채, XXX단에 가입하여 활발하게 활동한다. 이후 그는 체포되어 서대문 감옥에 수감된다.

---

22) 그 고통이 심할수록 그는 자유로운 천지를 동경하였다. 뜨거운 정열을 자유로 펼 수 있을 천지를 동경하는 마음은 감옥에서 나온 후로 더 깊었다. 그는 그때 강개한 선비들과 의기로운 사람들이 동지를 규합하고 단체를 조직하여 천하를 가르보고 시기를 기다리는 무대라고 명성이 뜨르렁하던 상해, 서백리아와 북만주를 동경하였다. 남으로 양자강 연안과 북으로 서백리아 눈보라 속에서 많은 쾌한들과 손을 엇걸어가지고 천하의 풍운을 지정하려 하였다.(200)

23) Yi-fu Twan, 앞의 책, 90-94쪽.

24) 위의 책, 113쪽.

　조선인들이 힘들게 찾아간 간도는 어떠한 장소감도 줄 수 없었다. 장소는 생물학적 필요(식량, 물, 휴식, 번식)가 충족되는 가치의 중심지이다.[25] 그러나 간도에서는 생물학적 필요도 충족되지 않으며, 안정감이나 자유를 얻을 수 있는 곳이 아니었던 것이다. 「고국」에서 운심은 3.1 운동이 일어나던 해에 서간도로 갔지만, 그곳에서 장소를 발견하지 못한다. "생전에 보지 못하던 험한 산과 울창한 산림과 듣지도 못하던 홍우적(마적) 홍우적 하는 소리에 간담이 서늘"(99)함을 느낄 뿐이다. 대개가 생활 곤란으로 온 조선인들로 이루어진 그 마을에서 운심은 "불만"(100)과 "수심"(100)을 더하게 된다. 결국 남북 만주의 처처에 벌떼같이 늘어서 있던 독립단에 가입하지만 그곳에서도 염증을 느끼고, 독립단이 해산되자 귀국하게 된다. 「홍염」에서도 소작인 생활 십 년에 겨죽만 먹다가 그것도 자유롭지 못하여 남부여대로 딸하나를 앞세우고 서간도로 찾아들지만, 그들 앞에는 더욱 끔찍한 곤경이 기다리고 있을 뿐이다.

　의미가 부여될 수 없는 백지와 같은 개방공간은 구획되고 인간화됨으로써 장소가 될 수 있다. "공간이 우리에게 완전하게 익숙해졌다고 느낄 때, 공간은 장소[26]가 되는 것이다. 그러나 간도는 연약하며 예측할 수 없는 변화에 시달리는 조선인 이주민들에게 영속감과 안정감을 주지 못한다. 간도에서 장소를 발견하지 못한 조선인의 모습은 다음의 기록들에서 확인할 수 있듯이, 실제 간도 조선인들의 삶과 매우 닮아 있는 것으로 판단된다.

---

25) Yi-fu Twan, 앞의 책, 17쪽.
26) 위의 책, 124쪽.

　이제는 寧古塔에서 額穆敦化, 吉林 一等滿洲를 東西로 往來하면서 보앗
다 各處各地의 同胞들은 活動寫眞模樣으로 얼는얼는하면서 내 눈압헤 낫
타낫다가는 스러지고 한다. 그러나 한아도 즐겁은 우숨으로 對할 수가 업
고 官吏에게 土民에게 盜賊에게 驅逐밧고 辱먹고매맛고 掠奪을 當하엿다만
한숨을 쉬고 눈물을 흘니는 속 압푼 情境일너라. 나는 얼마나 이 情狀을
보지안으려고 발버둥 첫슬가 그러나 腦裏 구석구석에서 쏫아저나오는 그
記憶의 조각들은 制御할 方法이 업섯다. 벌덕 일어나서 十五錢짜라 菜를
한그릇식혀놋코 毒한 胡酒를 一二杯 마섯다.[27]

　이러한 장소 획득의 실패를 가져온 근본적인 이유는 가난이며, 이것은
중국인 지주와 힘을 가진 중국 관헌 등에 의해 가속화된다. 「돌아가는
날」은 북간도에 사는 조선인들이 마적에게 괴롭힘을 당하다가 스스로
토벌대를 조직하여 시베리아까지 쫓아가 싸우는 내용의 소설이다. 마적
과의 싸움으로 인해, 여덟명의 조선인이 목숨을 잃기까지 한다. 주목할
만한 사실은 평범한 조선인 농민들이 직접 총을 잡은 이유가 중국 관청
에 있다는 점이다. "중국 관청에 호소해야 그놈들이 그놈"(314)이라는 말
에서 알 수 있듯이, 중국 관청은 마적과 연계되어 있거나 조선인의 피해
에는 별다른 관심을 기울이지 않는 것이다.[28]

　최서해 소설에 반영된 간도의 상황, 즉 중국인과 조선인이 반목하는
모습은 역사적 실상에 부합된다. 심상용은 조선이주민에 대한 중국의 태
도와 관련하여, 크게 쇄국시대, 묵허시대, 이민 환영시대, 탄압시대의 네

---

27) 김홍일, 「北滿奧地旅行記」, 『동아일보』, 1925.10.6.
28) 따라서 최서해의 소설에 중국인이 제대로 형상화되어 있지 않다는 주장은 재고해볼
　　필요가 있다. 윤대석은 최서해의 「홍염」을 집중적으로 분석하면서 최서해 소설은 "만
　　주에서 중국인이라는 타자를 삭제"함으로써 "'억압과 저항'이라는 민족사의 이분법적
　　틀을 만주라는 공간으로 확장"(윤대석, 「'만주'와 한국 문학자」, 『식민지 국민문학론』,
　　역락, 2006, 203쪽)했을 뿐이라고 주장한다. 그 속에는 일제라는 억압자와 피억압자인
　　조선 민중만 있을 뿐 현지인인 중국인은 존재하지 않는다는 것이다.

시기를 설정하고 있다. 이민 환영시대는 1890년경부터 1910년까지이며,
탄압시대는 한일합병시기로부터 만주국 수립때까지이다.[29] 최서해의 소
설은 대부분 여기에 해당하며, 이 시기에 한국인은 중국관헌들의 철저한
압박을 받았고 우호적인 분위기는 사라졌다. 중국 당국의 한인에 대한
정책이 강경노선으로 전환한 것을 보여주는 대표적인 사건이 바로 1925
년 조선총독부 경무국장 미쓰야와 만주 봉천성 경무국장 우진 간에 체결
된 미쓰야 협정이다.[30] 이 협정의 구체적인 항목들은 중국이 공식적으로
조선인을 탄압하기 시작했다는 것을 보여주는 증거라고 할 수 있다.

여기서 놓치지 말아야 할 것은, 중국인의 태도가 '조선인 환영'에서
'조선인 탄압'으로 변모된 가장 근본적인 이유에는 일제의 중국 침략에
대한 중국인의 우려가 놓여 있다는 사실이다.[31] 최서해도 이러한 문제를
인식한 것으로 판단된다. 그것은 「고국」, 「탈출기」, 「해돋이」의 주인공들
이 현실의 극단적 불우를 해결하는 방법으로 독립단에 가담하는 모습을

---

29) 심상용, 『간도, 비극의 땅 잊혀진 영토』, 아우누리, 2013, 138쪽.
30) 미쓰야협정의 공식명칭은 '불령선인 취체방법에 관한 조선총독부와 봉천성의 협정'이
　　다. 이 협정의 주요 내용은 다음과 같다. 1. 한국인의 무기 휴대와 한국 내 침입을 엄
　　금하며, 위반자는 검거하여 일본 경찰에 인도한다. 2. 재만한인단체를 해산시키고 무
　　장을 해제하며 무기와 탄약을 몰수한다. 3. 일제가 지명하는 독립운동 지도자를 체포
　　하여 일본 경찰에 인도한다. 4. 한국인 취체의 실황을 상호 통보한다. 미쓰야협약이 체
　　결된 뒤 동북군벌 정부는 한국인의 독립운동을 탄압하게 되었고, 일본과의 충돌이 한
　　층 격화됨에 따라 모든 이주 한국인에 대한 추방과 착취를 강화하였다. 그 결과로 무
　　고한 한국인은 일본과 중국 관료, 친일파 등으로부터 다중적인 압박을 받았고, 경제
　　정치 등 각 방면의 상황이 극히 악화되어 기본적인 생존권리마저 위협받게 되었다.
　　(지쿤, 앞의 책, 44쪽)
31) 일제의 침략과 관련하여 중국인이 조선인을 탄압한 이유로는 다음의 다섯 가지를 들
　　수 있다. "첫째 한국인을 일제의 앞잡이라 생각한 것이고, 둘째는 만주에 대한 일본의
　　야심으로 볼 때 장차 한인 이주민을 이용하게 되리라는 우려 때문이고, 셋째 일본의
　　치외법권을 제일 싫어한 점이고, 넷째 한국이주민은 외교상 중국의 입장을 곤혹스럽
　　게 한다는 점이고, 다섯째 만주 외 이주 한인은 마적으로부터의 피해를 보장하지 못
　　하여 이를 구실로 일본 군대의 파병을 초래한다는 점이다." (심상용, 앞의 책, 137쪽)

을 통해 확인할 수 있다. 이것은 최서해가 명시적으로 드러내지는 않았지만, 중국인과 조선인들의 갈등 이면에 일제의 영향력이 있다는 것을 깨달은 결과라고 할 수 있다.32)

3. 훼손된 여성으로 표상된 간도

2장에서 살펴본 것처럼, 진정한 장소를 찾아 만주로 이주한 조선인들은 그곳에서 장소상실의 경험을 할 뿐이다. 이러한 장소상실의 경험은 어머니와 아내 혹은 딸과 같은 여성인물의 처참한 몰락과 고통을 통해 반복적으로 표상된다. 『최서해 전집』에 수록된 56편의 단편소설 중에서 32편이 주인공, 어머니, 아내, 자녀의 범주 안에서 인물구성을 하고 있는데, 그중 아내가 등장하는 작품이 28편, 자녀가 등장하는 작품이 17편, 어머니가 등장하는 작품이 16편의 순위로 나타나고 있다.33) 이처럼 아버지가 부재하고 어머니와 처자만이 있는 가족을 배경으로 하고 있는 작품이 많기 때문에 최서해 소설은 여성편향이 심하다는 평가를 받을 정도이다.34)

---

32) 최서해의 만주배경소설이 창작되던 당시 만주에서 살아가던 조선인의 복잡한 상황은 「해돋이」에서 "그네들 가운데는 자기의 딸과 중국 사람의 전지와를 바꾸는 이가 있다. 그네들은 일본과 중국과의 이중 법률(二重法律)의 지배를 받는다. 아무런 힘없는 그네들은 두 나라 틈에서 참혹한 유린을 받고 있다. 그래도 어디 가서 호소할 곳이 없다."(206)라고 간명하게 정리되어 있다.

33) 김성옥, 「최서해 소설에 나타난 여성상의 변모양상과 그 의미」, 『한국현대문학연구』 29집, 223쪽. 전기 작품에 나타난 순종적인 아내들은 임신 중이거나 병 중으로 성(여성), 계급(하층민), 민족(조선인), 육체(병자)에 있어 중층적 '타자'이자 '약자'로 설정되고, 헌신형의 어머니 또한 젊어서는 혼자 아들을 장년으로 키워낸 '여장부'와 같은 존재였으나 이제는 늙어서 아들의 보호를 필요로 하는 아내 못지 않은 '타자'와 '약자'로 등장한다.(위의 논문, 246쪽)

34) 김현과 김윤식은 최서해 문학의 특성으로 작중 인물들이 극한 행동을 보이고, 붉은색

이것은 인류가 오래전부터 가지고 있는 젠더적 표상의 관습과 연결되어 있다. 우리는 장소를 젠더적으로 여성 그 중에서도 어머니와 관련시켜 이해해 왔기 때문이다. 이푸 투안은 "어머니는 아이의 제일의 장소"[35]라는 명제를 제시한다. 가치, 자양분, 지탱물의 중심으로서 장소를 정의한다면, 어머니는 아이의 최초이자 가장 근원적인 장소일 수밖에 없다는 것이다. 고향(Heimat)은 무엇보다도 어머니 대지인 것이다.[36]

이와 관련해 도린 매시는 인간주의 지리학자들과 마르크스주의 지리학자들이 모두 장소와 공간을 이분화했다고 비판한다.[37] 매시에게 있어서 장소는 구체적이면서도 동시에 추상적인 또는 보편적 원리에 의해 작동한다. 따라서 공간은 보편과 추상의 영역으로, 장소는 그 반대 특징인 특수와 구체의 영역으로 이분화하는 것은 성립하지 않는다. 장소라는 구체성은 공간이라는 보편성과 뫼비우스의 띠처럼 꼬여 있으며, 공간처럼 장소도 그 경계가 없는 가변적인 영역이라고 볼 수 있다. 장소 역시 경

의 이미지로 가득차 있는 것과 아울러 여성 편향을 중요한 특성으로 제시하고 있다. 아버지의 등장이 전혀 없다는 것이다. 그녀들에 대한 연민은 최서해의 소설이 도식화하는 것을 막고 있는 중요한 요소이다. 그것은 그가 한국인의 정한을 깊이 이해하고 있다는 한 증거이기도 하다. 그러나 그의 여성 편향은 그의 소설의 주인공들을 지나치게 인정 일변도로 몰고 가서 주인공들의 인간적 대립을 불가능하게 만드는 약점을 지닌다. (김현·김윤식, 『한국소설사』, 민음사, 1996, 260쪽)

35) Yi-fu Twan, 앞의 책, 54쪽.
36) Leonard W. Doob, Patriotism and Nationalism : Their Psychological Foundations, New Haven:Yale University Press, 1952, p.196.
37) 인간주의 지리학자들은 장소를 추상적(앞에서 말한 편평한) 공간과 차별되게 경계 지어지고 내향적이고 정체성의 기반이 되는 특수한 곳으로 인식했으며, 마르크스주의자들은 보편적 공간과 차별되게 특수하고 우연적이며 공간보다 영향력이 작은 곳으로 장소를 인식했다는 것이다. 전자는 장소를 의도적으로 잘못 낭만화함으로써 장소를 수동적인 영역에 가두어 두었고, 후자는 보편(추상)과 특수(구체)를 규모의 대소(글로벌 대 로컬)와 동일시하는 오류를 범함으로써 작은 것은 추상적이거나 보편성을 가질 수 없다는 잘못된 이분법에 사로잡혔고, 그 결과 장소의 정치적 파급력을 폄하했다. (Doreen Massey, 『공간, 장소, 젠더』, 정현주 옮김, 서울대출판문화원, 2015, 8-9쪽)

계가 뚫려 있고 복수의(아니면 무한한) 정체성을 가지며 장소 안팎의 사회
적 관계들의 조합으로 구성되는 것이다.[38] 한마디로 공간과 장소는 서로
반대항이 아니라 상호 구성적이다. 매시는 이 같은 이분법이 "남성중심
적 관점을 반영"[39]한다고 비판한다. 장소 밖으로 "나가서 발견하고 세상
을 변화시키는 자들은 주로 남성"이고, 여성(대표적으로는 어머니)은 "변함
없는 장소의 화신 역할을 담당"[40]한다는 것이다. 이러한 이분법은 공간
에 대한 장소의 젠더화로 볼 수 있다. 장소를 그간 수동적이고 내향적인
것으로 인식하면서, 도달할 수 없는 이상향이나 일종의 향수로 미화하고
그러한 정체성을 상실하는 것을 경계한 주류 접근은 장소를 여성성과 동
일시하는 남성중심적 장소관에 그 뿌리를 두고 있었던 것이다.[41]

　최서해의 만주배경소설은 전통적인 남성중심적 장소관에 바탕해 장소
상실을 표상하는 대상으로 여성을 등장시킨다. 장소상실의 경험은 어머
니와 아내 혹은 딸과 같은 여성인물의 처참한 몰락과 고통을 통해 반복
적으로 표상되는 것이다. 최서해의 만주배경소설인 「토혈」, 「탈출기」, 「기
아와 살육」, 「이역원혼」, 「홍염」에서는 모두 주인공이 남자이다. 그리고
그들이 겪는 핵심적인 사건은 아내나 어머니의 고통이다. 「토혈」에서는
아내가 병에 시달리고, 어머니는 중국인 집의 개에 물려 사경을 헤맨다.
「탈출기」에서는 아내가 임신하지만 먹을 것이 없어 길바닥의 귤껍질을
주워먹으며 산후병에 시다린다. 「기아와 살육」에서는 아내가 산후풍으로

---

38) 위의 책, 12쪽. 장소를 공간과 마찬가지로 이렇게 관계적으로 인식한다면, 장소가 고
　　정불변의 경계에 의해 닫힌 수동적인 장이 될 이유가 없다. 장소는 열려 있고, 유동적
　　이고 가변적이며, 연결되어 있으며, 그 경계는 무수히 뚫려 있고 새로 그려진다. 즉 장
　　소를 구성하는 것 자체가 바로 정치적 행위인 것이다. (위의 책, 17쪽)
39) 위의 책, 11쪽.
40) 위의 책, 301쪽.
41) 위의 책, 18쪽.

신음하고 딸 학실이는 누덕치마 하나 못 얻어 입고 지낸다. 거기에 좁쌀을 얻으러 갔던 어머니는 중국인의 개에게 물리는 고통을 당한다. 「이역원혼」에서 주인공은 중국인 지주의 색욕으로 인해 괴롭힘을 당하다가 결국에는 뱃속의 아이와 함께 중국인 지주의 도끼에 맞아 죽는다. 주인공이 여자이지만, 수난의 핵심 대상이라는 점은 여타의 소설과 동일하다. 「홍염」에서는 문서방이 딸을 중국 지주에게 빼앗기고 아내는 병고를 겪다가 그토록 보고 싶어 하던 딸 한번 보지 못하고 죽는다.[42]

이처럼 장소감을 전혀 느낄 수 없는 만주에서 여성은 하나의 대상으로만 등장한다. 그러나 만주에서 조선으로 귀국하는 소설에서는 여성이 초점화자로 등장한다. 이 때 조선은 만주와의 대비를 통하여 장소로서 상상되며 여성은 대상이 아닌 당당한 주체로서 자리매김되는 것이다. 이러한 특징은 최서해 문학의 전기와 중기를 가르는 기점으로 여겨지는 「해돋이」에서 발견할 수 있다.[43] 「해돋이」는 살인 방화와 같은 극단적 행동으로 끝나는 이전 소설들과 달리 나름의 계급적 전망을 제시하는 경향소설로서의 진전된 면모를 보여준다. 그것은 마지막 대목에 드러나는데, 이러한 전망의 대사는 여성 김소사가 아닌 만수의 친구인 남성 경석이를 통해 발화된다.

---

42) 최서해의 만주배경소설인 「토혈」, 「탈출기」, 「기아와 살육」, 「이역원혼」, 「홍염」에서 남자 주인공은 아내나 어머니가 겪는 처절한 고통으로 인해 결국 발광이나 살인 혹은 방화나 가출 등에 이른다. 흥미로운 것은 「박돌의 죽음」에서는 어머니가 주인공이고, 아들인 박돌의 고통에 괴로워하다 결국 발광하여 폭력을 휘두른다. 앞에 나열한 만주배경소설들과 젠더의 역할이 역전된 것을 확인할 수 있다. 이와 관련해 「박돌의 죽음」이 조선을 배경으로 한 소설이라는 것은 적지 않은 의미를 지닌 것으로 판단된다.
43) 「해돋이」는 초기의 개인적 차원에서의 하층민의 자발적 반항 행위에서 한 걸음 나아가 집단적 차원에서의 프로 인텔리겐치아의 투쟁 실천을 보여줌으로써 "진일보한 본격소설의 면모"(임규찬, 「최서해의 <해돋이>와 신경향파 소설 평가문제」, 『문학사와 비평적 쟁점』, 태학사, 2001, 171쪽)를 보여준 작품으로 고평되었다.

"아! 뛰어나가자! 저 소리를 어찌 앉아서 들으랴? 이 꼴을 어찌 보랴?
아! 가련한 생명아! 나도 너희와 같은 자리에 섰다. 만수도, 어머니도, 몽
주도…… 상진도 아니 전조선이 그렇구나. 아! 이 역경을 부수지 않으면
우리 목에……않으면 우리는 영영 이 속을 못 뛰어나리라, 뛰어나서자!"
(중략)

"흥 세상은 만수를 조롱한다. 만수 어머니를 업수히 본다. 만수 어머니
시여! 웃는 세상더러 기껏 웃어라 하옵소서. 어머니를 웃는 그네들게 어
머니보다 나은 것이 무엇이 있습니까? 아! 불쌍도 하지, 피묻은 구렁으로
들어가는 그네들은 나오려는 삶을 웃는구나!

오오 만수야! 내 아우야! 너는 선도자다." (223)

이것은 간도와는 달리 장소성을 담지한 것으로 상상된 조선(고향)의
주체로서 여성이 등장할 수 있지만, 역시나 이념과 같은 공적인 영역에
서는 여성을 철저히 배제하고자 하는 최서해의 여성주의적 한계를 여실
히 보여주는 것이라고 할 수 있다.

이외에도 만주에서 경험하는 장소 상실은 추운 날씨와 집의 해체를
통해서도 드러난다. 최서해의 만주배경소설은 모두가 추운 날씨를 배경
으로 하는 경우가 대부분이다. 겨울이 되면 인간은 취약함을 떠올리게
되고 집을 안식처로 느끼게 된다.[44) 이와 반대로 여름은 모든 세계를 에
덴 동산으로 바꾸고, 따라서 어느 구석이든 안전하게 느껴진다.[45) 이러
한 점을 고려할 때, "눈벌판을 거쳐서 봄바람을 찾아"(377)간 만주가 본
래의 기대와는 달리 추운 날씨로 일관되게 묘사되는 것은, 만주가 조선
인들에게 전혀 장소로서 기능하지 못함을 증명하는 것이라고 할 수 있
다. 「토혈」에서는 "워질령을 스쳐오는 바람이 몹시 차"(111)고, 일기는

---

44) Gaston Bachelard, *The poetics of space*, boston:beacon press, 1969, pp.40-41.
45) Yi-fu Twan, 앞의 책, 221쪽.

"뼈가 저리도록"(111) 차다. 「탈출기」에서도 박군이 "오랑캐령을 올라서니 서북으로 쏠려 오는 봄 세찬 바람이 어떻게 뺨을 갈기는"(17)지 박군의 어머니는 가장 먼저 "에그 춥구나! 여기는 아직도 겨울"(17)이라며 이불을 뒤집어 쓴다. 이후에도 "세월은 우리를 위하여 여름을 항시 주지는 않"(20)는 것과 대조되게 추운 날씨가 계속해서 강조된다. 「기아와 살육」에서도 "서북으로 쏠려오는 차디찬 바람은 그의 가슴을 창살"(29) 같이 쏘는 것으로 묘사된다. 「만두」는 배고픔에 지친 조선인 '내'가 중국인 음식점에서 만두 하나를 훔쳐 먹는 콩트인데, 작품 전체의 20% 정도가 추운 날씨에 대한 묘사로 이루어져 있을 정도이다.46) 「홍염」에서는 "겨울"(11), "차디찬 좁은 하늘"(11), "눈보라"(11), "북극의 얼음 세계나 거쳐 오는 듯한 차디찬 바람"(11), "세찬 바람과 뿌연 눈보라"(12), "몹시 춥고 두려운 날"(12), "찬바람"(17), "바람"(14)과 같은 단어가 반복되면서 추위를 강조하고 있다. 이와 달리 「고국」에서 운심이가 간도에서 조선으로 돌아올 때는 "푸른 빛을 띤 물버들이 드문드문"(98) 하며, "진달래 봉오리 방긋방긋"(98)하는 것으로 묘사된다.

또한 만주는 가족을 잃고 결국에는 집이 해체되는 곳이기도 하다. 집은 "개인으로서 그리고 한 공동체의 구성원으로서의 우리 정체성의 토

---

46) 그 대목을 옮겨보면 다음과 같다. "어둠침침한 하늘에서 뿌리는 눈발은 세찬 바람에 이리 쏠리고 저리 쏠려서 하늘이 땅인지 땅이 하늘인지 뿌옇게 되어 지척을 분간할 수 없었다. 홑고의 적삼을 걸친 내 몸은 오싹오싹 죄어들었다. 손끝과 발끝은 벌써 남의 살이 되어 버린 지 오래였다. 등에 붙은 배를 찬바람이 우우 들이치는 때면 창자가 빳빳이 얼어 버리고 가슴에 방망이를 받은 듯하였다. 나는 여러 번 돌쳐서고 엎드리고 하여 나한테 뿌리는 눈을 피하여 가면서 뻐근뻐근한 다리를 놀리었다. 이렇게 악을 쓰고 한참 걸으면 숨이 차고 등에 찬땀이 추근추근하며 발목에 맥이 풀려서 그냥 눈 위에 주저앉았다. 주저앉아서는 앞뒤로 쏘아드는 바람을 막으려고 나로도 알 수 없이 두 무릎을 껴안고 머리를 가슴에 박았다. 얼어드는 살 속을 돌고 있는 피는 그저 뜨거운지 그러안은 무릎에 전하는 심장의 약동은 너무나 신기하게 느껴졌다. 나는 또 일어나서 걸었다. 무엇보다도 XX가 어찌 서린지 뚝 떨어지는 듯하였다."(269)

대"47)이자 "인간 실존의 근원적 중심"48)으로서 모든 인간에게 중요한 의미를 지닌다. 집이란 오래된 가옥이며 오래된 이웃이고 고향이며 조국으로서, 집도다 나은 장소는 없다고 말할 수 있을 정도이다.49) 오토 프리드리히 볼노도 집은 "인간이 사는 세계의 구체적인 중심"50)이라고 주장하기도 하였다. "삶에 대한 궁극의 신뢰라는 이 배경"이 없으면, "집을 짓고 거주할 수도 없"51)는 것이다. 최서해의 만주배경소설에 드러난 집의 해체는 조선인들이 만주에서 경험하는 장소상실을 압축해서 보여주는 모습이라고 할 수 있다.

4. 장소상실이 가져온 상상된 장소로서의 고국(고향)

처음 조선인들에게 만주는 조선에서는 경험할 수 없는 안정감과 의미를 제공해 줄 수 있는 장소로서 상상되었다. 그러나 실제 만주에서의 삶은 그 곳이 장소와는 무관한 곳임을 선명하게 보여준다. 그것은 장소를 표상하는 여성인물들의 처절한 몰락, 추운 날씨와 집의 해체 등을 통해 생생하게 드러난다. 흥미로운 것은 간도가 장소로서의 기능이 소멸되는 과정을 통해, 조선은 새로운 장소로 새롭게 재구성된다는 점이다. 이것은 조선인들이 애당초 조선을 장소로 경험할 수 없었다는 점을 생각한다면, 아이러니한 결과라고 할 수 있다.

---

47) Edward Relph, 앞의 책, 97쪽.
48) 위의 책, 96쪽.
49) Yi-fu Tuan, 앞의 책, 15쪽.
50) Otto Friedrich Bollnow, 『인간과 공간』, 이기숙 옮김, 에코리브르, 2011, 162쪽.
51) 위의 책, 180쪽.

사실 장소와 공동체는 동일했던 적이 거의 없다. 그렇기에 "장소가 하나의 근본적인 정체성을 가지고 있다는 생각"[52]은 반동적 인식으로서 문제가 될 수 있다. 사람들의 정체성이 복수인 것처럼, 장소 역시도 분열되어 있기 때문이다. 도린 매시는 "과거의존적이고 이음새 없이 매끈한 내적 동일성을 지녔으며 언뜻 보기에 안락함을 주는 닫힌 공동체로서 장소를 인식"[53]하는 것에 반대한다. 장소의 의미를 고정하여 경계 지어진 닫힌 공간으로 해석할 때, 그것은 타자들과의 대립으로 귀결될 수도 있다는 것이다. 특정 장소에 기반한 민족주의 운동이나 분리주의 운동을 그러한 사례로 들 수 있다.

「향수」에서 김우영은 조선에 머물 당시, 추운 겨울날 눈을 치우지 않았다고 순사들에게 뺨을 얻어맞으며 설치(雪恥)를 각오할 정도로 모욕적인 삶을 살았다. 더군다나 그가 떠나 있는 사이 어머니와 아내와 자식까지 모두 죽고 없다. 그러나 "죽어서 만약 영혼이 있다 하면 나는 고향으로 가련다."(25)는 김우영의 진한 향수로 인해 조선은 매우 의미 있는 장소로 새롭게 태어난다. 「해돋이」는 간도에서 조선으로의 귀환기라고 할 수 있는 작품으로서, 김소사가 서사의 대부분에서 초점화자로 등장한다. 이 때의 "고향은 그저 사랑스러웠다. 산천을 보는 것도 얼마간 위로가 된다."(197)고 이야기될 만큼 이상화되고 낭만화된 장소이다. 이후에도 "김 소사의 눈에는 이 모든 사람이 유복하게 보였다. 크나 작으나 점방이라고 벌여 놓고 얼굴에 기름이 번즈르하여 앉은 것이 자기에게 비기면 얼마나 행복스러울까?"(218)라고 표현될 정도로 고향이 이상화된다. 「홍염」에서도 문서방은 너무나 곤란한 간도 생활로 인해 "도리어 내지(조선)-

---

52) Doreen Massey, 앞의 책, 273쪽.
53) 위의 책, 304쪽.

쪼들려도 나서 자란 작 고향에서 쪼들리던 옛날이-삼 년 전의 그 옛날이 그리웠다."(16)고 회상한다.

「이역원혼」에서는 "너무도 기한을 못 이겨서 그 남편 형선이와 같이 재작년 봄에 이 간도로 왔"(280)지만, 힘겨운 간도 생활로 인해 고국을 그리워하며 "굶으나 먹으나 낯익은 고향에서 살고 싶"(281)어한다. 이 작품에서는 고국에 대한 그리움을 백두산으로 달래는 장면이 등장한다. "백두산 앞에는 자기를 낳아서 길러 준 조선이 있거니 생각"(281)하는 것이다. 이 때 백두산은 고향을 상징하는 하나의 이정표로 기능한다.54) 「폭풍우시대」에서도 팔구 십 년 동안을 만주에서 살아오면서 조선이 어디 붙었는지도 모르는 조선인들은, "멀리 백두산을 바라보고 조선을 그리워하는"(373) 것으로 설명된다. 백두산은 "기념비, 성지, 신성한 전투지 또는 묘지와 같이 <잘 보이고 대중적으로 중요성을 가진다>는 특성"55)을 가지고 있기에 장소를 가리키는 이정표로서의 역할을 수행할 수 있는 것이다. 「이역원혼」과 「폭풍우시대」에서 백두산은 조선인이 스스로를 특정한 장소와 동일시하게 되고, 그 장소가 조상은 물론이고 자신들의 고향이라고 느끼게(상상하게) 해주는 이정표라고 할 수 있다.

「이역원혼」과 같은 해에 쓰여진 수필 「呻吟聲-病床日記에서」(『동아일보』, 1926.7.10-17)에서도 백두산은 고국의 상징으로 제시된다. 병상에 있는 작가를 찾아온 조선 사람들은 "자기의 나라는 조선이요 자기는 조선사람이며 백두산은 자기 나라의 가장 높은 산인 것을 기억"(221)한다. 그들은 갖

---

54) 각각의 문화는 친밀함에 관한 고유한 상징들을 가지고 있으며, 그것들은 그 문화권에 속한 사람들에게 널리 알려져 있다. 대부분 어느 곳에서나 인간 집단은 그들 자신의 고향을 세계의 중심으로 간주하는 경향이 있다. 중심은 지표면의 특정 지점이 아니다. 즉 그것은 고유한 사건 및 장소와 관련하여 우리가 절실하게 느끼는 가치라기보다는 신화적 사상에 나타나는 개념이다. (Yi-fu Twan, 앞의 책, 237-240쪽)
55) 위의 책, 255쪽.

은 풍상을 다 겪어 가면서 "아주 중국 사람이나 다름없이 되고도 늘 백두 산을 바라보고 고국을 생각"[56]하는 것이다. 조선인들이 생각하는 가장 숭 고한 장소라고 할 수 있는 백두산은 다음처럼 신성하고도 장엄하게 묘사 된다.

雲捲天晴 맑은 하늘 아래 엷푸른 초가을 안개와 서리 물드는 녹엽이 서 로 어우러져서 濃淡이 자재한 天際에 白頭가 屹然聳立한 것은 巨靈이 白雲 間에 뜬 듯 천고의 신비와 전세계의 운명을 장악한 듯이 숭엄하게 뵈인 다. 더욱 闥門潭으로 넘쳐 흐르는 물길이 한창 빛나는 석양에 번쩍번쩍하 는 것은 우리 동방의 빛을 길이길이 보이는 듯하다. 그것을 볼 때 내 머 리는 저절로 白頭를 향하여 숙여졌다. 동시에 나는 알 수 없는 눈물에 兩 眼이 흘려지고 알 수 없는 힘에 주먹이 쥐어졌다.

저기서 저 위대한 백두산하에서 우리 2천 만의 시조 단군께서 나셨나? 그것이 한 신화에 지나지 못하고 그것이 한 미신이라 하더라도 조선이 있고 조선의 아들과 딸이 있을 동안은 千秋에 전하여 스러지지 않을 것이 며 믿을 것이다. 그것이 벌써 4천여 년 전 옛이야기지만 이제에 이르러서 도 백두산을 보는 때에 단군을 그리지 않는 이 누구며 단군을 그리는 때 에 백두산을 생각지 않는 이 누군가? (223-224)

'백두산=조선민족'이라는 확고한 인식이 나타나 있음을 확인할 수 있 다. 이를 통해 최서해는 "이 지구가 부서져서 인류가 전멸되기 전에는 우리 사람의 피가 흐를 것이다."(221)라는 강력한 민족주의적 의식을 드 러내며, 스스로 "내게는 부모가 있다. 친구가 있다. 고국이 있다. 나는 죽더라도 이 일을 다 해놓고 부모님 슬하, 친구 곁에서 죽어서 고국 땅 에 묻히리라."(223)는 다짐까지 하게 된다. 어느새 고국은 영원불멸하며,

---

56) 최서해, 『최서해 전집』, 곽근 편, 문학과지성사, 1987, 221쪽. 앞으로의 인용시 본문중 에 페이지수만 기록하기로 한다.

반드시 돌아가야 하는 장소로서 새롭게 상상되고 있는 것이다.

5. 결론

최서해는 만주배경소설인 「토혈」, 「고국」, 「향수」, 「탈출기」, 「미치광이」, 「기아와 살육」, 「해돋이」, 「만두」, 「이역원혼」, 「돌아가는 날」, 「홍염」, 「폭풍우 시대」 등을 창작하였다. 이들 작품은 대부분 최서해의 대표작에 해당하는 것들이다. 최서해의 만주배경소설은 '장소'를 갖지 못한 사람들, 즉 자신들이 속한 곳이나 있어야 한다고 생각되는 곳이 어디인지 알 수 없는 사람들, 또는 그들이 머물러도 좋은 자리, 점유할 수 있는 위치를 이 세계 안에서 발견할 수 없는 사람들을 형상화하고 있다. 최서해의 만주배경소설에서 만주행은 안정과 정체성의 근원인 장소를 찾아 떠나는 행위로 볼 수 있다. 그러나 힘들게 찾아간 만주에서 조선인들은 어떠한 장소감도 발견하지 못한다. 연약하며 예측할 수 없는 변화에 시달리는 조선인 이주민들에게 만주는 영속감과 안정감을 주지 못하는 것이다. 이러한 장소 획득의 실패를 가져온 근본적인 이유는 가난이며, 이것은 중국인 지주와 힘을 가진 중국 관헌 등에 의해 가속화된다. 나아가 최서해는 중국인과 조선인의 갈등 이면에 일제의 중국 대륙에 대한 침략 야욕이 도사리고 있다는 것도 분명하게 파악하고 있었다.

이러한 장소상실의 경험은 어머니와 아내 혹은 딸과 같은 여성인물의 처참한 몰락과 고통을 통해 반복적으로 표상된다. 이것은 인류가 오래전부터 가지고 있는 젠더적 표상의 관습과 연결된 것으로 이해할 수 있다. 우리는 장소를 젠더적으로 여성과 관련시켜 이해해 왔기 때문이다. 본래 공간과 장소는 서로 반대항이 아니라 상호 구성적임에도 불구하고, 그동안 인류는 장소를 여성의 영역으로 바라보는 남성중심적 관점을 지니고 있었던 것이다. 최서해의 만주배경소설인 「토혈」, 「탈출기」, 「기아와 살육」, 「홍염」의 주인공은 모두 남자이며, 그들이 겪는 핵심적인 사건은 아내나 어머니의 지난한 고통이다. 이처럼 장소감을 전혀 느낄 수 없는 만주에서 여성은 장소상실을 표상하는 하나의 대상으로만 등장할 뿐이다. 이외에도 만주에서 경험하는 장소 상실은 추운 날씨와 집의 해체를 통해서도 드러난다. 흥미로운 것은 간도가 장소로서의 기능이 소멸되는 과정을 통해, 조선은 새로운 장소로 새롭게 재구성된다는 점이다. 이것은 조선인들이 애당초 조선을 장소로 경험할 수 없었다는 점을 생각한다면 아이러니한 결과라고 할 수 있다.

참고문헌

1. 자료

『최서해 전집』上·下, 곽근 편, 문학과지성사, 1987.

『최서해 작품 자료 모음집』, 곽근 편, 국학자료원, 1997.

2. 논문 및 단행본

곽 근, 「연구사의 검토와 비판」, 『최서해의 삶과 문학 연구』, 푸른사상, 2014, 59-88쪽.

김성옥, 「최서해 소설에 나타난 여성상의 변모양상과 그 의미」, 『한국현대문학연구』 29
　　　집, 223쪽.

김승종, 「최서해 소설의 기호학적 연구-간도 배경 소설들을 중심으로」, 『현대문학의 연구』
　　　36집, 2008.10, 8쪽.

김윤식·정호웅, 『한국소설사』, 문학동네, 2000, 132쪽.

김춘선, 『북간도 한인사회의 형성과 민족운동』, 고대 민족문화연구원, 2016, 607쪽.

김현·김윤식, 『한국소설사』, 민음사, 1996, 260쪽.

김현경, 『사람, 장소, 환대』, 문학과지성사, 2015, 281쪽.

김홍일, 「북만오지여행기」, 『동아일보』, 1925.10.6.

노용무, 「백석 시와 토포필리아」, 『국어국문학』 56집, 2014, 229-260쪽.

박훈하, 「탈식민적 서사로서 최서해 읽기」, 『최서해 문학의 재조명』, 새미, 2002, 118-120쪽.

손유경, 「최서해 소설에 나타난 <연애>의 의미」, 『우리어문연구』 32집, 2008, 431쪽.

신영우, 「만주기행」, 『조선일보』, 1922.2.28.

윤대석, 「'만주'와 한국 문학자」, 『식민지 국민문학론』, 역락, 2006, 203쪽.

이경돈, 「최서해와 기록의 소설화」, 『반교어문연구』 15집, 2003, 120쪽.

이은숙, 「북간도 경관에 대한 조선이민의 이미지」, 『한국학 연구』 28집, 1996, 37-64쪽.

임규찬, 「최서해의 <해돋이>와 신경향파 소설 평가문제」, 『문학사와 비평적 쟁점』, 태학
　　　사, 2001, 171쪽.

임화, 「조선신문학사론 서설」, 『조선중앙일보』, 1935.11.12.

차성연, 「한국 근대소설에 나타난 만주의 의미」, 『만주연구』 9집, 2009, 118쪽.

천춘화, 「한국 근대소설에 나타난 만주 공간 연구」, 서울대 박사논문, 2014, 63쪽

표언복, 「1920년대 만주 독립운동의 서사적 인식」, 『어문학』 115집, 2012.3., 408쪽.

표언복, 「최서해 문학의 반식민주의 혁명의식」, 『현대문학이론연구』 49집, 2012.6., 408쪽.

홍이섭, 「1920년대 식민지적 현실」, 『문학과지성』, 1972년 봄호, 111쪽.

季　琨, 『일제 강점기 간도소설에 대한 재인식』, 하우, 2015, 26쪽.

Bachelard, Gaston, *The poetics of space*, boston:beacon press, 1969, pp.40-41.

Bollnow, Otto Friedrich, 『인간과 공간』, 이기숙 옮김, 에코리브르, 2011, 162쪽.

Doob, Leonard W., *Patriotism and Nationalism : Their Psychological Foundations*, New Haven:Yale University Press, 1952, p.196.

Massey, Doreen, 『공간, 장소, 젠더』, 정현주 옮김, 서울대출판문화원, 2015, 8-9쪽.

Relph, Edward, 『장소와 장소상실』, 김덕현·김현주·심승희 옮김, 논형, 2005, 34쪽.

Twan, Yi-fu, 『공간과 장소』, 구동회·심승희 옮김, 대윤, 2007, 7-8쪽

강경애

강경애 문학의 국제주의의 원천으로서의 만주 체험[1)]

−북만 해림 체험을 중심으로

이상경

1. 강경애의 만주 체험에 관한 논란

한국근대문학사에서 누구보다도 생생하게 간도를 그린 작가 강경애가 문학 수업을 하던 시기라고 할 수 있는 1920년대 후반의 행적에 대해서는 큰 논란이 있었다. 지금까지 정리된 연보 상으로 보면 강경애가 작가로 등단하기 위해 준비하는 기간이라고 할 수 있는 1926년 9월 이후부터 1929년 5월 이전까지 시기의 행적을 공식적인 기록에서 찾아볼 수가 없는데, 이 시기에 강경애가 어디서 무엇을 했는가 하는 것은 그 이후의 강경애의 삶이나 문학 세계를 구명하는 데 매우 중요한 지점이기 때문이다. 즉 1931년 6월 남편 장하일과 함께 간도 용정에 가기 이전에 강경애가 이미 한 번 만주를 갔다 온 적이 있는가 하는 것은 강경애의 작가 활

---

1) 이 논문은 「현대소설연구」 제66호(한국현대소설학회, 2017.6)에 발표한 것을 일부 수정한 것이다.

동의 바탕이 되는 작가의식 형성기의 체험을 밝히는 문제로서 중요하다. 그뿐만 아니라 문학 연구 바깥에서 강경애가 1927년 3월의 신민부(新民府) 제1차 검거 사건과 1930년 1월의 김좌진 장군 암살 사건에 연관되어 있었다는 주장이 주목을 받으면서 이 시기의 행적에 대한 정확한 규명이 필요하게 되었다.

이런 상황에서 간도 용정으로 이주하기 이전의 강경애의 만주 체험 여부, 그리고 그 체험의 내용과 성격 여하는 강경애의 독특한 작가의식 형성 과정의 경로를 밝히는 데 중요할 뿐 아니라 강경애가 김좌진 장군 암살 사건에 연관된 김봉환(金奉煥/金鳳煥, 1897?~1930)이란 인물과 관계가 있었다는 한국사학계 일부의 회고와 그에 바탕한 기록의 오류를 밝히는 데도 필요한 일이다. 그래서 본고에서는 강경애가 작가로 등단하기 이전의 수업 기간인 1926년 9월~1929년 5월의 행적에 대한 논란을 정리하고 그 행적의 의미를 밝히고자 한다.

논의의 편의를 위해 우선 김좌진과 신민부, 『신민보(新民報)』 관련 역사적 사항을 간단하게 정리해 둔다. 신민부는 1925년 3월 10일 북만 영안현 영안성(寧安縣 寧安城)에서 조직된 독립운동 단체이다. 조직 당시 신민부의 중앙집행위원장은 김혁(金赫), 군사부위원장 겸 총사령관 김좌진, 민사부위원장 최호(崔灝), 교육부위원장 겸 선전부위원장 허성묵(許聖黙)이었다. 신민부는 1925년 4월부터 1926년 8월까지 기관지 『신민보』를 총 16호 발행했다. 창간 당시 발행인은 허성묵, 주필은 최호였다. 1927년 3월 초 하얼빈 일본총영사관 경찰은 중국 관헌과 함께 석두하자(石頭河子) 홍륭진의 신민부 본부를 습격해 선전부위원장 허성묵 등을 검거했다(신민부 제1차 검거. 『신민보』의 중심이던 허성묵이 체포된 사건이기에 이하 '『신민보』 사건'으로 약칭한다). 1927년 12월 25일 석두하자 회의에서 신민부는 운동의 방향을 두고 교육과 산업을 우선하자는 '민정파(民政派)'와 무장투쟁을 전개하자는 '군정파(軍政派)'로 분열되었다. 1928년 1월에는 석두하자에서 중앙집행위원장 김혁 등이 검거되면서 신민부는 중심을 잃게 되었다(신민부 제2차 검거).[2] 1928년 11월 신민부 군정파가 농민들을 살해한 '빈주사건(賓洲事件)'이 발생하자 민정파는 군정파의 지도자인 김좌진에게 책임을 물으면서 그를 사형에 처한다는 선고를 내리기까지 하였다. 이에 민정파와 군정파는 상호 적대적인 관계가 되면서 완전히 분열했다. 이후 김좌진 중심의 군정파는 아나키스트 단체인 재만무정부주의자연맹과 손을 잡고 1929년 7월 한족총연합회(韓族總聯合會, 이하 '한족총련'으로 약칭)를 조직했고, 민정파는 국민부(國民府)에 참여했다. 1930년 1월 24일 김좌진은 조선공산당 만주총국 화요계 청년에게 암살당했다(이하 '암살 사건'으로 약칭함).[3]

애초 필자는 이 시기 언젠가 강경애가 간도를 한 번 갔다 온 바가 있고 결혼 후 다시 가게 되었다고 추정했었다.[4] 그런데 2005년 문화관광부에서 시행하는 '이 달의 문화인물' 지정과 관련하여 강경애가 '암살 사건'에 연루되었기에 문화인물로 지정하면 안 된다는 주장[5]이 제기되

2) 신민부원 검거 사건은 1927년 3월과 1928년 1월, 두 차례 있었는데 지금까지 나온 모든 신민부 관련 서술에서는 이것을 1926년 4월이나 1927년 초에 일어난 사건으로, 하나로 서술하여 혼란을 주고 있다. 여기서는 당시의 신문 기사나 일제측 자료를 참고하여 두 번의 사건으로 정리했다. 「하얼빈 일본영사관 신민부원 다수 검거」, 『동아일보』 1927.3.10. ; 「신민부 중앙위원장 김혁 외 8인 검거」, 『동아일보』 1928.1.28.
3) 이상 신민부와 김좌진에 관련된 사항은 박환, 『만주벌의 항일 영웅 김좌진』(도서출판 선인, 2016)을 참고로 정리한 것임. 다만 주2)에서 말한 것처럼 두 번의 신민부의 검거 사건을 구별하고 제1차 사건에 대해 『신민보』 사건'이라 이름 붙인 것은 필자의 것임.
4) 이상경 엮음, 『수정 증보 강경애전집』, 소명출판, 2002, 845~846면. 다만 김헌순의 「강경애론」(조선작가동맹 편, 『현대작가론』 1, 조선작가동맹출판사, 1961)을 참고한 관계로 구체적인 연대를 밝히지 못했고, 장소도 '간도'라고 부정확하게 썼다.
5) 오동룡, 「의혹 추적=문화부는 왜 '이 달의 문화인물'에 프로문학가 강경애를 선정했나="소설가 강경애는 김좌진 장군 암살 교사범의 동거녀"(전 광복회장 이강훈 옹의 회고)」, 『월간 조선』 2005년 2월호

는 바람에 그에 대한 반박으로 강경애가 사건 당시 중국에 있지 않았기에 '암살 사건'과는 관련이 없다는 입장에서 관련된 자료를 찾고 제시하기도 했다. 그리하여 강경애는 2005년 3월의 문화인물로 지정된 바 있다.[6]

문화인물 지정을 둘러싸고 논란이 인 이후인 2007년, 최학송은 만주와 간도라는 지명을 구분하고 강경애가 '간도(間島)' 체험과는 구분되는 '북만(北滿)' 체험을 했다고 추론했다.[7] 최학송에 따르면 오늘날 중국 동북 3성을 가리키는 역사적 지명으로서의 만주는 다시 동만, 남만, 북만으로 나뉘며 북만은 지금의 흑룡강성 지역을 가리키는 반면, 간도는 만주 동남부에 위치한 지역으로 압록강과 두만강을 사이에 두고 평안북도, 함경북도와 인접한 지역을 가리키는데, 다시 압록강 쪽은 서간도, 두만강 쪽은 북간도라 불렸고, 간도라고 하면 흔히 북간도를 가리켰다는 것이다. 강경애가 말하는 간도 역시 훈춘, 연길, 왕청, 화룡의 4개현으로 이루어진 북간도 지역으로 보아야 하며, 그런 점에서 강경애가 여러 수필에서 1931년 6월 처음 두만강을 건넜고, 처음 간도에 발을 들여놓았다고 한 것은 북간도 지역에 처음 갔다는 말이지 중국의 다른 지역에 간 적이 없다는 말은 아니라고 보았다. 그리고 강경애가 1931년 초에 『조선일보』에 독자투고로 발표한 첫 소설 <파금>에 '영고탑(寧古塔)'이란 지명이 나오는 점으로 미루어 1926년~1928년 사이에 강경애가 북만 영고탑에 가 있었을 것이라고 했다. 그리고 당시의 북만 체험이 이후 강경애 작품에 보이는 사회주의 성향에 영향을 미쳤다고 하면서 이 시기의 강경애의 행적을 다음과 같이 정리했다.

---

6) 이상경, 『3월의 문화 인물 강경애』, 문화관광부, 2005.
7) 이하는 최학송의 『'만주' 체험과 강경애 문학』(인하대학교 국어국문학과 석사 논문, 2007. 02. 9-25면)에서 정리한 것이다. 최학송의 이 논문의 내용은 최학송, 『재중조선인 문학 연구』(소명출판, 2013)에도 실려 있다.

1924년 9월 양주동과 헤어진 강경애는 동덕여학교를 중퇴하고 황해도 장연으로 돌아와 문학공부를 하며 지냈으나 "친지의 꾸중과 이웃의 냉대에 견디지 못하여" 1926년에 북만 닝구타(닝안)로 갔고 그곳에서 '유치원 여교사'를 하였으며 사회주의자 김봉환을 만나 함께 살았다. 『신민보』에 '적색 경향'의 글을 발표하며 사회주의를 본격적으로 받아들였으며 1928년에 장연에 돌아와 근우회에 가담하였다. 이후 사회주의 경향이 강한 작품들을 발표하였으며 장하일을 만나 결혼하고 1931년 6월 다시 만주로 가게 되는데 이번 행선지는 간도 룽징이었다.[8]

최학송이 소설 <파금>에서 출발하여 강경애의 북만 체험을 추론한 것은 강경애 연구에서 큰 성과이다. 그런데 최학송이 강경애의 북만 체재시기로 보아 1930년의 '암살 사건'과는 관련지을 수가 없지만 강경애를 그 이전 '『신민보』 사건'에 관련 짓고 북만 체재시기를 1926년 초~1928년 겨울 이후로 3년 가깝게 길게 잡은 것은 후대의 회고를 텍스트 비판 없이 역사적 사실로 간주한 데서 비롯된 무리한 추론이라고 생각한다.

이렇게 1926년 후반~1929년 전반 무렵의 강경애의 행적 문제는 결정적인 자료 없이 추론과 주장만 있는 상태이기에 필자는 이 논란의 한 당사자로서 늘 미진한 마음이 있었다. 그런데 최근 강경애가 간도 용정에 가기 이전에 북만 해림(海林)에서 2년간 교원으로 재직했다는 자료를 보게 되었다. 이를 계기로 문제가 된 시기의 강경애의 행적을 밝히고 '『신민보』 사건'이나 '암살 사건' 연루설도 가능한 자료 내에서 비판적으로 정리함으로써 이후 강경애의 삶과 문학 논의에 도움이 되고자 한다. 또한 부정확한 혹은 왜곡된 기억이 역사적 기록으로 정착된 뒤 다시 그것을 근거로 기억이 생산되는 '이야기 만들기'의 과정을 추적하고 그 문제

---

8) 위의 논문, 24~25면.

성을 드러내 보이고자 한다. 그리고 북만 해림 체험이 강경애 문학에서 가질 수 있는 의미를 생각해 보고자 한다.

결론부터 말하면 강경애는 1927~1928년 2년 간 북만 해림에서 교원으로 재직한 후 아무리 늦어도 1929년 5월 무렵에는 황해도 장연에 귀향했다. 이후 본격적으로 글을 발표하면서 작가 활동을 시작했는데 이번에는 1931년 6월 동흥중학교에 취직한 남편 장하일을 따라 간도 용정으로 이주했다. 그러나 만주사변, 만주국 건국, 일제의 간도 대토벌을 겪고 건강도 좋지 않아 1년만에 다시 장연으로 돌아왔다. 1년여 장연에 머무르다가 1933년 9월 경 재차 용정으로 가서 1939년 말 신병으로 완전히 귀향할 때까지 살았다.

또한 강경애가 '『신민보』 사건'을 포함하여 '암살 사건'에 연루되었다고 하는 주장은 한족총련 관련자들의 착종된 기억과 회고가 특정 의도에 의해 윤색된 상태에서 '독립운동사'로 기록됨으로써 '역사적 사실'로 되고 그렇게 만들어진 사실을 바탕으로 다시 기억이 재구성된 '이야기'일 뿐이다.

강경애가 교원으로 2년간 머물렀던 시기의 북만 해림은 조선공산당 만주총국이 세력을 넓히면서 신민부 중심의 민족주의자들과 대립하고 있던 곳으로, 이곳에서 강경애는 계급주의와 프롤레타리아 국제주의를 인식하고 이후 작품 활동에서 그러한 인식을 지속적으로 내보이게 되었다.

2. 1920년대 후반 강경애의 북만 해림 체험

황해도 장연에서 자랐고 주로 간도 용정에서 작가 활동을 했던 강경애의 행적에 대한 정보는 강경애 자신이 작품이나 수필에서 언급한 행적과 동시대 주변 사람들의 전언이나 기사, 그리고 강경애 사후의 연구나 회고 등을 통해 얻은 것이다.

<나의 유년 시절>, <고향의 창공>, <자서소전> 등 강경애 자신의 수필에는 어린 시절의 가난과 의붓아버지 집에서 구박받았던 사연, 돈 때문에 평양 숭의여학교를 어렵게 다녔고 또 동맹휴학에 관련되어 퇴학당한 사건까지 기록되어 있다. 이 글들은 이후 강경애의 생애를 연구하는 출발점이 되었다. 그밖에 <간도 풍경>, <간도를 등지면서, 간도야 잘 있거라>, <간도의 봄>, <간도> 등 간도 관련 수필은 1931년 6월 장하일과 결혼해서 함께 간도 용정으로 이주한 이후 겪은 일을 기록하고 있다. 이들 자료를 참고하여 문제의 시기를 전후한 강경애의 행적을 정리해 보면 다음과 같다.

1923년(18세) 10월 경 숭의여학교 3학년으로서 동맹휴학과 관련 퇴학을 당한 후 서울 동덕여학교 3학년에 편입하여 1년간 공부했다.
1924년(19세) 5월 양주동이 주재하던 『금성』지에 강가마라는 필명으로 <책 한 권>이라는 짤막한 시를 발표했다. 9월 초 장연으로 돌아와 본격적으로 문학공부를 했고 가난한 아이들을 위한 '흥풍야학교'에서 학생들을 가르치기도 했다.
1925년(20세) 11월 『조선문단』에 시 <가을>을 발표했다.
1926년(21세) 8월 18일 『조선일보』에 시 <다림불>을 발표했다.
1929년(24세) 6월 10일 현재 근우회 장연 지회의 서무부장이었다. 10월 3~7일 『조선일보』에 독자투고로 <염상섭 씨의 논설 「명일의 길」을 읽고>를 발표하면서 본격적인 작가의 길로 들어섰다. 발표 당시 필자 이름을 '장연 근우회 지회 내 강경애'로 서명하고 있다.
1930년(25세) 11월 <조선여성의 밟을 길>이란 시론을 『조선일보』(11.28 ~29) 부인문예란에 투고로 발표했다.

1931년(26세) 1월 『조선일보』(1.27~2.3) 부인문예란에 <파금>이란 단편
소설을 투고로 발표했다. 2월 11일 역시 『조선일보』에 '장연 강악설'이라
고 서명한 <양주동 군의 신춘평론 - 반박을 위한 반박>이라는 양주동 비
판문을 썼다. 6월 경 장하일과 결혼하고 간도 용정으로 이주했다.
1932년(27세) 6월 그 사이 만주사변과 만주국 건국, 일제의 '토벌' 등의
사건을 피해 병도 치료할 겸 장연으로 귀향했다.
1933년(28세) 9월 경 다시 간도 용정으로 가서 1939년 말까지 살았다.

1920년대 후반 습작기에 대해서는 1932년 5월경 용정에서 강경애를
만난 김경재의 다음과 같은 전언이 가장 자세하다.

　　내가 평양 숭의여고에서 기숙사 사감을 내여 쫓으려고 스트라이크를
하고 퇴학당하고 그 후는 서울의 동덕여학교에 다니다가 중도에 퇴학하
고 고향인 장연으로 갔지요. 우리 집의 후면은 수림이 무성한 산인데 거
기에서 들리어 오는 매미 소리가 어찌도 구슬프던지요. 나는 나무 밑에
앉아서 매미 소리를 들으면서 초목과 금수가 제각기 독특한 빛(色)을 발
하고 음성을 내이는데 나도 나의 독특한 개성을 발휘하여 나의 존재를
빛내어야겠다 하고 거듭거듭 결심했지요. 그래서 나는 소설로… 이렇게
생각했지요.9)

하지만 김경재는 결혼 전 강경애가 혼자 북만 해림에 갔다 온 것에 대
해서는 들은 바가 없었는지 아무런 언급이 없다. 그런가 하면 1920년대
에 강경애와 가까이 지냈던 양주동도 북만 해림에 갔던 일에 대해서는
말하지 않았다.10)

---

9) 김경재, 「최근의 북만 정세, 동란의 간도에서(속)」, 『삼천리』, 1932.7.1. 이하 자료 인용은
　　원전을 손상하지 않는 한도 내에서 현행 맞춤법에 맞게 적절히 한글 표기로 바꾸었다.
10) 이규희, 「강경애 연구 - 빛과 어둠의 절규」, 이화여대 대학원 석사, 1974. 이 논문에서
　　이규희는 양주동과 최문려를 인터뷰하여 강경애가 1924년 9월 양주동과 헤어진 뒤 고
　　향 장연에 돌아와서 언니가 경영하는 서선여관에도 있었고 최문려 씨의 집 사랑방에

강경애 사후, 강경애의 행적을 정리하면서 간도 용정에서의 결혼 생활
과는 좀 다른 특별한 만주 체험을 언급한 최초의 글은 해방 후 1949년
3월 평양에서 ≪인간문제≫가 단행본으로 출간된 뒤 9월에 발표된 임순
득(任淳得)의 서평이다. ≪인간문제≫ 단행본11)에 붙어 있는 기석복의 <서
문>에도 강경애의 생애가 약술되어 있지만 유년기와 여학교 시기까지이
고 그 이후에 대해서는 언급하지 않았다. 반면 임순득은 ≪인간문제≫
단행본이 출간된 뒤에 서평을 쓰고12) 장연의 강경애 무덤에 비석을 세
우는 등, 해방 후 북한에서 이루어진 강경애 기념사업에 주도적으로 참
여한 만큼, 강경애의 행적에 대해 조금 더 자세하게 조사하고 쓴 듯하다.

> 씨는 일찍이 생활에 쫓겨 간 먼 이역 간도에서 빨치산의 진면목을 포
> 착하고서 유격대에 들어가려고 한 일도 있었다. 그러나 씨는 천부의 예술
> 적 재질을 들어 작가의 과업을 수행하였다. 그리하여 씨의 창작세계는 곧
> 씨의 향수의 노래이기도 하였던 것이다. 그러기에 씨에게 있어서는 국내
> 에서 땅을 빼앗기고 유랑민으로 간도에 이르러 또 중국인 지주에게 착취
> 를 당하는 동족의 참상에 견딜 수 없었고 그 쫓긴 유랑민이 비참하게 패
> 배의 잔명(殘命)을 이어가는 것이 아니라 조국광복의 투사로서 삭북(朔北)
> 의 바위 밑을 뚫고 수림 속을 헤쳐 혁명적 역량을 장성시키는 그 영용한
> 모습을 누구보다 재빨리 볼 줄 아는 눈을 가졌던 것이다.13)

그런데 임순득은 "생활에 쫓겨 간 먼 이역 간도에서 빨치산의 진면목
을 포착하고서 유격대에 들어가려고 한 일"을 언급했지만 1931년 결혼
하여 남편과 함께 용정으로 이주한 사실은 따로 기록하지 않아서 독자에

도 유숙하면서 문학공부를 했다고 밝혔다. 이들의 회고에는 강경애가 결혼 이전에 한
번 중국에 갔다 왔다는 이야기는 없다.
11) 강경애, ≪인간문제≫, 평양: 로동신문사, 1949.
12) 임순득, ≪인간문제≫를 읽고 - 간단한 약력 소개를 겸하여」, 『문학예술』 1949.8.
13) 위의 글.

게 혼란을 준다.

이 두 사건을 구별하여 기록한 것은 북한의 연구자 김헌순이 쓴 「강경애론」이다. 김헌순의 연구는 이후 강경애 연구의 출발점이 된 것이기에 장황하지만 조금 길게 인용한다.

강경애가 여학교 시절을 보낸 1924~26년14) 당시의 우리나라는 위대한 사회주의 10월 혁명과 맑스-레닌주의 사상의 영향 하에서 노동 계급과 농민, 학생, 인텔리들의 대중적인 반일 투쟁이 날로 격화되어 가던 시기로, 평양에서도 바로 이러저러한 형태의 사회적 투쟁이 치열하게 벌어지고 있었다. 이러한 혁명적 현실은 자신의 운명과 불행을 계급과 민족의 운명에 결부시켜 사색할 줄 모르던 강경애의 의식을 새롭게 자극하지 않을 수 없었다. (…)15) 그리하여 그는 3학년 때 학교에서 일어난 동맹 휴학의 선두에 나설 수 있었다. 이 동맹 휴학은 기숙사 사감이었던 나모라는 자가 한 여학생의 인권을 유린한 데서 발단되었으나 점차 종교 교육을 반대하는 큰 투쟁으로 확대되어 갔다.

동맹 휴학은 이러저러한 조건으로 끝까지 관철되지 못하였고 선두에 섰던 몇몇 학생들과 함께 강경애도 출학 당하고 말았다. 비록 배움의 길은 잃었으나 이 체험은 강경애의 사상 발전과 인간적 장성에 있어서 귀중한 것이었다. (…) 그러다가 강경애는 생각한 바 있어 우선 배움에 굶주린 무산 아동들을 위한 홍풍야학교를 개설하고16) 직접 교편을 잡는 한편 습작의 붓을 들었다. 그가 문학 창작에 어렴풋이나마 뜻을 두게 된 것은 여학교 학창 시절이었다. 강경애는 권태스럽게 지내던 3년간을 거의나 작

---

14) 김헌순이 사실을 확인하지 못하고 짐작으로 쓴 것 같다. 강경애가 평양숭의여학교에 다닌 기간은 1921년 4월~1923년 10월 정도로 추정된다. 강경애가 3학년 때 벌인 동맹휴학이란 1923년 10월의 일이다. (「숭의교생의 맹휴와 잔인한 나씨의 행위」, 『동아일보』 1923.10.17.)
15) 중략 표시 기호 '(…)' 는 인용자의 것. 이하 같음.
16) 관련 기사를 찾아보면 장연에는 1925년 10월에 '홍풍여자야학'이 설립되었고 학생 수는 100명가량이었다고 한다. 「홍풍회 경영 남녀야학 성황 그 중에도 여자부」, 『동아일보』 1925.10.30.

품 탐독으로 보냈다. (⋯) 1929년 겨울에 강경애는 고향에서의 질식스러운 환경을 박차고 중국 간도로 건너갔다. 국내에서 노동 운동과 농민 운동이 계속 앙양되어 가던 이 시기에 중국 동부 일대에서는 혁명 정세가 나날이 성숙되어 갔으며 특히 동만 지방은 다른 지방에 비하여 반일 기세가 더욱 강하였다.

강경애는 용정 일대에서 근 2년 가까운 동안 때로는 교육 기관의 임시 고원으로 일해 보기로 하고 때로는 끼니를 넘기는 가난의 고초를 겪어 보기도 했다. 이 과정에 그가 목격한 현실은 1931년 그가 간도를 떠나면서 쓴 수필 <간도야 잘 있거라!>에서 눈물겹게 회상되었다. (⋯) 참을 수 없이 비극적인 이러한 현실 앞에서 강경애는 분연히 창작의 붓을 들어 자신의 고통스럽던 지난날과 고난에 떠는 간도 인민들의 생활을 모델로 하는 작품을 창작하기 시작하였다. 자서전적인 처녀 장편 ≪어머니와 딸≫ 1931년 8월), 단편들인 <부자>, <그 여자>(1931~32년) 등은 이렇게 창작되었다.

그는 1931년 말에 고향에 돌아 왔다가 그 이듬해에 다시 간도 용정으로 건너가 1939년에 이르기까지 계속 가사를 돌보는 한편 본격적인 창작 활동을 하였다.[17]

1961년이면 아직 강경애를 기억하는 사람들이 있었을 것이고 김헌순은 그들을 통해서 얻은 정보를 바탕으로 「강경애론」을 집필했을 것으로 추정된다. 의붓아버지가 '최 도감'이라든지, '홍풍야학교'를 세우고 학생들을 가르쳤다고 하는 것은 김헌순이 처음 밝혀 놓은 것이다. 그런데 강경애가 남긴 각종 작품이나 관련 기사 자료 등을 충분히 보지 못한 상황에서[18] 세부적으로 연도 같은 것이 부정확하고 강경애가 결혼 전 북만

---

17) 김헌순, 「강경애론」, 조선작가동맹 편, 『현대작가론』 1, 조선작가동맹출판사, 1961, 295-298면.
18) 김헌순은 그 어려움을 다음과 같이 말했다. "강경애는 이때까지 작가론적으로 연구되지 못하였다. 더욱이 그가 국내 문학 운동과는 멀어져 동북 용정에서 창작 활동을 전개한 사정으로 그의 창작 과정과 작품 세계를 더듬을 수 있는 자료는 거의나 찾아보

해림에 갔다가 귀향한 것과 결혼 이후 간도 용정에 갔다가 일시 귀향한 일을 혼동하고 있다.

장하일과 결혼하기 이전에 강경애가 중국 어딘가에 다녀왔음을 확실하게 기억하고 있는 사람은 강경애 친구의 동생인 고일신(高日新, 1915~2016)[19]이었다. 고일신은 중국 어디에 갔다 왔는지는 모르지만 아무튼 강경애가 중국에 갔다 온 후에 장하일을 만났고 두 사람이 결혼한 후 다시 간도 용정으로 갔다고 두 사건을 분명하게 구분하여 회고했다.

강경애 자신은 해림 체험에 대해서는 일절 말하지 않았다. 그런데 최근 필자는 1933년 1월에 발행된 『여성조선』이라는 잡지에서 「여인사전」이라고 하여 여성 인물을 간략하게 소개하는 항목에서 문제가 된 강경애의 만주 체험을 '북만 해림' 2년과 '북간도 용정' 1년으로 분간하여 써 놓은 것을 보게 되었다. 다음과 같은 기록이다.

강경애: 황해도 장연 산. 방년 28세.
일찍이 평양숭의여학교 재학 중에 사감을 내어쫓으려고 동맹휴학을 일으켜 퇴학 당하고 동덕여학교에 재학하다가 중도 퇴학. 그 후 북만 해림에 가서 교원으로 2년 재직. 근우회 장연 지회 간부. 북간도 용정에서 1년 거주.
현재 장연읍에서 부군과 동거. 소설가.[20]

———
기 힘들다. 나는 이 글을 준비하면서 여러 가지 방도로 자료를 수집해 보려 하였으나 그의 처녀 장편을 비롯한 적지 않은 작품들과 용정에서의 창작 과정에 대한 자료는 여전히 입수하지 못하였다. 이러한 형편에서 강경애에 대한 작가론적 연구의 완성은 여전히 앞으로의 과제로 남지 않을 수 없으며 여기서는 다만 그의 작가적 성장 과정과 작품 세계의 개괄적인 소묘에 그치지 않을 수 없다." 위의 책, 292-293면.
19) 고일신은 황해도 장연 출신으로 강경애의 친구의 동생이었다. 소설가 이무영과 결혼했다. 필자는 1999년 1월 29일 서울의 고일신 선생의 자택에서 인터뷰를 진행한 바 있다.

1933년 1월의 시점에서 이 「여인사전」의 기록은 짧지만 매우 정확하게 당시까지의 강경애의 행적을 정리하고 있다. 평양숭의여학교에서 사감을 내쫓으려고 동맹휴학을 일으켰다든지, 동덕여학교를 중도 퇴학했다든지, 근우회 장연 지회 간부라든지, 1년간 용정에서 거주했다가 돌아와서 장연에 있다고 하는 내용들은 지금 우리가 알고 있는 다른 자료들과 상호 대조해 보면 정확하게 일치한다. 그렇기에 '북만 해림에 가서 교원으로 2년 재직'이란 기록도 충분히 믿을 만하다. 또한 잡지 실물을 확인할 수는 없지만 강경애는 『여성조선』 제30호(1933년 2월호)에 「시악시」라는 시를 발표하기도 했다.[21] 강경애가 장연에 거주하고 있는 상태에서 나온 기사이고, 그 다음호에 강경애가 작품을 실은 것으로 보아서도 이 기사는 신뢰할 만하다. 이 점에서 강경애가 북만 해림에서 2년간 지냈다고 하는 것은 사실로 보아야 한다.

그렇다면 문제는 그 2년이 언제인가 하는 것이다. 강경애가 홍풍야학을 개설했다고 기억하는 사람이 있는 것으로 미루어[22] 홍풍야학이 모습을 갖춘 1925년 10월을 전후한 시기에 강경애는 장연에서 홍풍야학 교사를 했을 것으로 추측된다.[23] 야학 교사를 하면서 1926년 8월에는 「다림불」이라는 시도 발표했을 것이니[24] 1926년 8월 이후 장연을 떠났을

---

20) 「여인사전」, 『여성조선』 제29호, 1933. 1. 『여성조선』이란 잡지는 아단문고에서 제27호와 제29호만 확인할 수 있다. 제29호에는 여운형, 김경재, 원세훈, 허정숙, 김기림, 주요한, 김동환, 김조규, 민병휘, 서광제, 홍구, 이종명 등이 필자로 참여하고 있다.

21) 『삼천리』 1933년 3월호에 『여성조선』 해당 호의 광고가 실려 있다.

22) 주17)의 김헌순의 글.

23) "황해도 장연읍내 홍풍회에서는 학자 없는 청년 남녀를 위하여 누(累)년간 강습소를 경영하던바, 거(去) 1일부터 주학(晝學)을 폐지하고 야학에만 남자부, 여자부를 별로 설치하고 제씨의 열성으로 일어, 조선어, 산술, 수신, 이과, 습자, 작문 등의 과목을 교수한다는데 1개월 미만에 생도가 150인에 달한 중, 여자부의 수가 100여에 급(及)하여 농촌 교양상 호성적을 정(呈)한다고. (장연)." 「홍풍회 경영 남녀야학 성황 그 중에도 여자부」, 『동아일보』 1925.10.30.

것이라고 추론할 수 있다. 그리고 1929년 6월에 근우회 장연 지회 간부로 활동을 하는 사실이 보도된 것으로 미루어 그 이전에 장연으로 돌아왔을 것이다.

3. '『신민보』 사건'과 김좌진 장군 암살 사건에 대한 기록과 기억의 거리

(1) 논란의 시작

이상에서 정리한 강경애의 행적을 바탕으로 이 시기에 '강경애가 북만 해림에서 김봉환과 함께 지내면서 '『신민보』 사건'을 일으키고 하얼빈 일본영사경찰의 사주를 받아 김좌진 장군 암살 사건에 관계했다'는 주장을 비판적으로 검토하고자 한다.

논문 초두에 밝혔듯이 2005년 작가 강경애가 문화관광부가 주관하는 '3월의 문화인물'로 선정되었을 때 『월간조선』(2005.2)은 '암살 사건'에 연루된 작가 강경애를 문화인물로 선정해서는 안 된다고 문제제기를 하고 나섰다. 당시의 선정위원회는 심의를 다시 여는 등의 절차를 거쳐 그 문제제기를 받아들이지 않고 그대로 작가 강경애를 2005년 3월의 문화인물로 확정했다.

이 과정에 강경애 연구자로서 강경애를 문화인물로 선정해 줄 것을

---

24) 북만 해림에 있으면서 『조선일보』에 작품을 투고했을 수도 있겠지만 시의 경향이 아직 그 이전 작품의 연장선상에 있는 것으로 보아서 북만으로 떠나기 이전의 작품으로 간주한다.

추천한 필자 자신이 직접 관련되었고, 그 전에 별다른 논의 없이 넘겼던 이 사안에 대해 좀 더 넓고 깊게 접근하는 기회를 가지게 되었다. 당시의 '소동'을 거치면서 필자는 문제의 연루설이 구체적인 '사실'에 기반한 것이 아니라 한 독립운동가, 구체적으로 이강훈(李康勳, 1903~2003)의 '회고'에서 비롯되었고 거기로부터 부정확하고 왜곡된 기억이 역사적 사실인 것처럼 기록되었다는 것, 강경애의 연루 여부가 문제가 아니라 '암살 사건'의 범인이나 동기와 관련된 사실과 기록, 기억과 해석 자체가 아직도 정설이 없는 채로 유동하고 있는 문제라는 것을 알게 되었다. 그리고 과거 자료의 한계 때문에 특정인의 '기억과 회고'에 의존하고 엄밀하게 검증하지 못했던 인물이나 사건들에 대해 지금은 국내외의 새로운 자료를 많이 볼 수 있게 되었기 때문에 기존의 서술에서 사실의 오류를 바로잡고 새롭게 해석을 해야 할 필요가 있음에도 불구하고, 독립운동사학계에서는 광복회장을 지낸 이강훈의 회고에 대해 공식적으로 문제 제기를 하지는 않는 분위기도 감지할 수 있었다. 그래서 그동안 찾고 읽은 자료들을 정리하여 강경애 연루설의 근거 없음과 이강훈 회고의 문제점을 밝히고자 한다.

2005년 2월 『월간 조선』은 다음과 같이 강경애 연루설을 제기했다.

문화관광부(이하 문화부)는 '2005년 이달의 문화인물'로 <껍데기는 가라>의 시인 신동엽, 소설가 강경애(1906~1944) 등 12명을 선정했다.

지난 1월4일 오후, 국가보훈처 국장을 지낸 A씨가 기자를 찾아왔다. A씨는 "문화부가 '3월의 문화인물'로 선정한 강경애 씨가 백야 김좌진(1889~1930) 장군의 암살 교사 공범"이라고 주장했다. (…)

『일제하 36年-독립운동실록』은 작가 이이녕(李二寧) 씨가 김좌진 장군을 측근에서 보좌한 이강훈, 정환일(鄭煥日), 임기송(林基松) 씨 등을 인터뷰한 것으로, 사료적 가치가 높은 자료다. 이 씨는 강경애와 김봉환(金奉煥, 일명 김일성) 두 사람이 하얼빈영사관 경찰부 소속 마쓰시마(松島) 형사의 회유로 변절, 공산계 급진주의자인 박상실(朴尚實)을 사주해 1930년 1월24일 김좌진 장군을 암살한 것으로 적고 있다. (…)

강경애가 김좌진 장군 암살 교사 음모에 간여했다고 주장하는 문건들로서는 『독립운동대사전』(광복회), 『한민족독립운동사』(국사편찬위원회), 『이강훈 자서전-민족해방운동과 나』(제3기획), 『이강훈 역사증언록』(인물연구소), 『일제하 36年-독립운동실록』(동도문화사), 『흑룡강성 해림시 김좌진 학술토론회 자료-박기봉』(조선족민족사학회) 등이 있다.[25]

여기서 『월간 조선』이 근거로 제시한 문건은 모두 '암살 사건' 당시 김좌진의 한족총련에 관련된 사람, 특히 이강훈의 회고에 바탕을 둔 것으로, 사건 당시의 기록이나 사건의 다른 쪽의 회고 등과 비교해 보는 텍스트 비판 과정 없이, 이강훈의 입장만 반복되는 상태에서 그 회고를 '사실'로 간주하고 역사적 기록으로 만든 것이다. 그리고 그렇게 만들어진 역사를 바탕으로 다시 기억을 재구성하기도 했다.

(2) '암살 사건'에 대한 당대의 기록

1930년 1월 24일 발생한 '김좌진 장군 암살 사건'을 보도한 당시의 신문과 잡지의 기사, 일본 경찰의 내부 보고 자료는 상당히 많은데 이들 '기록'은 암살자의 정체가 조선공산당 만주총국의 지시를 받은 자라는 설과 김좌진 부대 내부의 반대파라는 설로 나뉘기는 하지만, '일제의 사주'라든지 강경애라는 이름은 전혀 등장하지 않는다는 점에서는 공통적이다.

---

25) 오동룡, 「의혹 추적=문화부는 왜 '이 달의 문화인물'에 프로문학가 강경애를 선정했나="소설가 강경애는 김좌진 장군 암살 교사범의 동거녀"(전 광복회장 이강훈 옹의 회고)」, 『월간 조선』 2005년 2월호.

우선 '암살 사건'에 가장 가까운 시기에 기록된 하얼빈 일본총영사관 측의 문건을 보면 영사관 측은 암살의 동기를 '빈주(賓州)사건'의 피해자 가족 및 재중국한인청년동맹의 복수로 보았다.

> 한족총연합회는 원래 그 성립에 있어 김좌진 등 구계 국수파와 남대관 등 무정부주의자 신파가 사회적 실각이라는 동일한 처지에서 서로 제휴했고, 한편으로는 지방적으로 기호파(김좌진 등), 함경도파(남대관, 박순갑), 경상도파(한규범) 등이 종합한 결과물이다. 그래서 단체 내에 항상 분쟁, 반목이 많다. 김좌진 등 기호파는 자기 세력 유지를 위하여 최근 오상현에 근거를 둔 기호파에 의지한다. 그런데 종래 흉폭을 드러내어 김좌진 일파에 대한 지방의 반감, 특히 빈주사건의 피해자 가족 기타 재중청맹 일파는 항상 김좌진의 살해를 계획해 오기에 이르렀다. 지난 달 25일 그가 중동선 산시참에서 암살의 위기에 빠진 것도 이들 일파의 복수 행위로 본다.[26]

일본 측에 취재원을 둔 국내 신문도 사건 초기에는 같은 입장이었다.[27] 피해자인 김좌진의 한족총련 측도 유사하게 한족총련과 영역 다툼을 하던 공산주의자의 소행이라고 보았다. 당시 장례식장에서 낭독한 <고 김좌진 선생 약력>에서는 "악한은 고려공산청년회의 일원이며 재중한인청년동맹원 박상실(朴相實, 일명 金信俊)이러라."라고 했다. 그리고 1930년 4월에 발행된 잡지 『탈환(奪還)』에서는 고려공산당 만주총국의 주요 간부 김봉환 등이 백치인 박상실을 매수하여 저지른 일이며 한족총연합회 보안대는 주모자인 김봉환과 이주현을 체포해서 처치했다고 좀 더 자세하

---

26) 「韓族總聯合會/現狀及同會規約, 保安條例幷ニ地方農務協規定ニ關スル件」, 『外務城 - 滿洲/部』 SP. 205-4, 12885~12886. 1930.2.8. 원문은 일어, 번역은 인용자의 것.
27) 「신민부의 수령 김좌진 피살설」, 『중외일보』 1930.2.9. ; 「흉보를 확전(確傳)하는 백야 김좌진 부음」, 『동아일보』 1930.2.13.

게 밝히고 있다.

이 사변의 주모자는 제3인터내셔널에 속한 악한이다(그것은 고려공산
당과 조선공산당이 제3국제당의 지도하에 있던 사실).

김좌진 군이 피살 당한 이튿날 합이빈에서 발간하는 러시아 기관지에
는 무슨 대 성공이나 한 듯이 대서특서로 "토비 강도를 죽임"이라는 제목
하에 떠들었다. 이 주동자는 전에 북평에서 김천우와 같이 『혁명』이라는
잡지를 발간한 김봉환(일명 일성)과 그 외에 이주현, 이철호, 김윤 들도
공모한 무리이지만 김좌진을 살해하는 때에 비겁하여 책임을 벗으려 하
던 자들이다. 이 자들은 그 책임을 한족총연합회의 일부의 행동이라고 역
선전을 하여 동요시키려고 하던 사실을 이주현을 취조한 결과 고백하였
다. 또 어리석은 박상실(불분명)을 매수하여 이 음모를 실현시킨 것도 폭
로되었다. (…)

"일본 정부자의 쓰는 비열한 수단으로 일개 혁명가를 암살하는 저들의
간악한 행동에 대하여는 추호도 용서할 수 없을 뿐 아니라 우리 혁명선
상에 장애물이 되는 저들을 그대로 방임한다는 것은 절대로 허락지 못할
것이다. 우리는 공산당을 혁명선상에서 관찰할진대 제국주의와 같이 큰
장해물이다.

조선공산당은 수년 동안 합동 운동을 주창하여 왔지만 우리 한족총연
합회는 그들이 어떠한 태도로 나가든지 도무지 용서할 수 없는 것이다.
우리의 분노는 통신망으로 각 방면에 활동하여 결정한 것은 총연합회 보
안대는 주동자 김봉환과 이주현을 사형하여 동지 김좌진 군의 보수를 갚
아주려 한다."[28]

---

28) 「북만주를 진동케 한 산시 김좌진 씨 사건 (자유연합신문에서)」, 『신한민보』 1930.7.24.;
같은 내용이 「不逞鮮人刊行物「奪還」金左鎭に關する 記事 -『還還』 4月 20日 發行 第9号
譯文」(『外務省 警察史 - 滿洲の 部』 SP. 205-4, 12977)에도 있다. 『還還』은 아나키스트쪽
간행물로 1930년 4월 20일에 발행되었다는 제9호는 아직 발굴되지 않았고 당시 일본
영사경찰이 압수해서 일본어로 번역한 초록만 볼 수 있는 상태이다. 본 논문에서 인용
한 『신한민보』 기사는 미국에서 발간된 것으로 시기적으로는 늦지만 국한문으로 발간
된 원문을 재수록한 것으로 보인다.

이 기사를 보면 실제 총을 쏜 박상실은 달아났고 한족총련 보안대원들은 범행을 부인하는 김봉환이나 이주현 등을 잡아다가 억지로 자백을 받아낸 뒤 두 사람을 죽인 것으로 짐작된다. 한족총련 측 입장에서 쓴 기록 중에서는 이것이 제일 자세하다. 『탈환』이라는 잡지의 성격으로 미루어 이것은 당시 현장에 있었던 사람들 - 아나키스트로 기울었던 한족총연합회의 입장에서 쓴 것으로 볼 수 있다.

한편 가해자로 지목 받은 공산주의자 측에서는 김좌진이 민중을 괴롭히고 일본영사관과 은밀한 거래를 하였기 때문에 죽인 것이라고 주장했다. '암살 사건'에 대해 직접 기록한 조공 만주총국 측 자료는 아직 보지 못했지만, 암살 사건 전후에 공산주의자 측에서 김좌진의 행태를 비판한 문건은 많다. 다음은 '암살 사건' 직후 북만 지역을 순방한 사람이 보고한 문건에 나오는 내용이다.

> 신민부 내 경파는 직접 녕안현 가야구의 농민 1명과 소녀 1명을 도살하고 2명을 중상입혔다. 그때부터 신민부는 몰락하게 되었고 그들 역시 명의상에서 해체되지 않으면 안 되었다. 1929년 여름 김좌진은 (…) 조족(韓族)총련합회를 조직하여 무력으로 해림 등지를 차지하고 한회(韓會)를 조직하는 것을 제한하였으며 공산주의자들을 구타, 축출하고 중국 경찰에 밀고하여 혁명자들을 체포하였다. 한편 로씨야, 중국 문제를 리용하여 징힉량과 특별구 경찰에게 공산당을 체포, 살해하는 선봉이 되겠다고 애걸하였다. 다른 한편으로 야수적인 형벌 수단으로 농민의 재산을 강탈하였다. 주구 김좌진이 1930년 1월 산시(山市)에 있는 그의 정미소 내에서 피살된 후 그들은 최후 발악을 하여 중동철도기차에서 마음대로 ML과 동지들을 체포했고 2월에는 김일성(金一星) 동지를 살해하였고 7~8명을 때려 중상을 입혔으며 무시로 각지에 출몰하면서 암살을 감행하였다.[29]

---

29) 「위성(威成), 진공목(陳公木)이 북만 14개현을 조사한 후 정리한 보고, 1930년 5월 18일」,

여기서는 직접 암살자를 지목하고 있지는 않으나 공산주의자 측에서 문제의 김봉환(金—星)의 이름을 언급하면서 '동지'라고 부르는 것에 주목할 필요가 있다. 만약 김봉환이 일본영사관 측과 밀약한 인물이었다면 이렇게 '동지'라고 쓰지는 않았을 것으로 생각된다.

한편 이후 조공 만주총국의 공식 입장은 조공 만주총국의 지시로 이복림(李福林, 1907~1937)이 암살을 수행했다는 것이고 이러한 입장은 다음과 같이 이복림에게서 직접 '암살 사건'에 관해 들었다는 양환준(梁煥俊)의 회고로 뒷받침된다.

김좌진은(…) 1929년 할빈 주재 일본총영사관 경찰부장 마쓰모도(松本 또 松島)라고 함)와 결탁하여 수치스러운 민족의 역적이 되었다. (…) 조공 아성총국에서는 더 그냥 내버려 둘 수 없다고 인정하여 김좌진을 없애치우기로 결정지었다. 1929년 가을에 총국에서는 공도진(최동범, 리복림)30) 을 산시(山市)에 잠입시켜 (…) 공도진은 삼림 속으로 냅다 뛰어 도망쳐버렸다. 필자가 1930년 3월 아성현에 갔을 때 해거우에서 공도진을 만났는데 그가 직접 김좌진을 죽이던 이야기를 나에게 들려주었고, 필자가 조공 만주총국 책임비서 김백파(金白波/金聖得, 1893~?)에게 왜 김좌진을 죽여버렸는가 물어보았더니 김백파도 위에서 말한 사실들을 또 나에게 해설해 주었다.31)

___
동북지역조선인항일력사사료집 편찬위원회 편, 『동북지역조선인항일력사사료집 (제1권)』, 木丹江: 흑룡강 조선민족출판사, 2004, 230면. 진공목은 1929년 6월 조공 만주총국(ML계)의 조직부장이었다가 1930년 3월 중국공산당 만주성위원회 산하 소수민족위원회 위원이 되었다.

30) 공도진은 조공 만주총국 김백파의 지령으로 김좌진을 죽이고 돌아와 중공 아성현위 서기로 있다가 1930년 11월경 중국 호로군에게 체포되었고 1931년 11월 봉천에서 출옥했다.

31) 양환준, 「20년대 후기 재만 조선공산당인들의 활동」, 정협 연변조선족자치주위원회 연변문사자료위원회 편, 『연변문사자료 4』, 1986.

양환준의 회고에는 김봉환은 등장하지 않고 조선공산당 만주총국 김백파의 지시에 의해 이복림이 암살을 행했다고 말하고 있다. 그리고 이복림이 박상실과 동일 인물이라는 것은 역사학계에서 널리 받아들여지고 있다.

이상에서 본 것처럼 '암살 사건' 직후에 작성된 세 관련자(한족총련, 조선공산당 만주총국, 하얼빈 일본총영사관)의 기록에는 김봉환은 등장하지만 강경애의 이름이나 관련된 여성은 찾아볼 수가 없다. 강경애라는 이름은 해방 이후 김좌진 측인 신민부 관계자의 회고, <북만신민부>에서 '『신민보』 사건'과 함께 처음 등장했고 강경애를 '암살 사건'에까지 연관시킨 것은 이강훈의 회고가 유일하다. 이강훈의 회고가 나온 이후 여러 독립운동사가 이강훈의 회고를 사실로 기록하게 되었다.

(3) '암살 사건'에 대한 후대의 회고

해방 이후 김좌진 장군 전기도 나오고, 독립운동사도 간행되었지만 김좌진 암살은 기본적으로 공산주의자 측의 소행으로 기록되었다. 강경애라는 이름은 과거 신민부 관계자의 회고인 <북만신민부>에서 처음 등장하는데 그때는 '여류문인'이라든지 '소설가'라든지 하는 신분 규정 없이 그냥 이름만 나온다. <북만신민부>는 신민부 별동대원이었던 임강(林堈, 林基松, 1895~1978)이 1945년 12월에 기록했다고 되어 있는 수고본을 1982년에 활자화한 것이다.

> 1926년 4월 김일성(金一星, 奉安) 강경애(姜敬愛) 등이 『신민보』에 투고한 사실의 문구를 역해(逆解) 악용한 하얼빈 왜영경(倭領警)은 적색 논문이

란 구실을 붙여서 (당시 동삼성은 물론 중국 전역에 긍하여 공산주의자 취체가 삼엄한 시기였다.) 중동철도 호로군 사령을 매수하여 중국군 일 소대 병력을 영솔한 왜형사 2명(國吉·前村, 사후에 탐지한 일)이 『신민보』 발행지인 홍륭진촌(興隆鎭村, 『신민보』 본부 소재로 오인되었다)을 새벽에 습격하여 선전부 위원장 허성묵(許聖默)과 경사국장 이광진(李光鎭은 경사국장에 피임되자 東賓縣 지방에 사건이 발생, 출장 처리하고 본부 귀로 중 이곳을 경유하였다가)을 체포 압송되어 신의주 감옥으로 이송 복역하다.[32]

이 글에서는 김봉환과 강경애가 『신민보』에 투고한 글을 일본영사경찰이 불온하다고 트집 잡아서 허성묵을 비롯한 선전부원들을 체포했다고 한다. 이 내용은 <신민부 약사>에서도 거의 동일하게 반복되고 나아가 <신민부 약사>는 김좌진의 죽음까지 기록했지만 암살범에 대해서는 따로 아무 언급을 하지 않았다.[33]

그런데 문제는 이 두 문건이 '『신민보』 사건'을 언급한 대목은 세부 사실부터 틀려서 신뢰하기 어렵다는 점이다. 우선 허성묵은 1926년 4월이 아닌 1927년 3월에 체포되었다.[34] 더 큰 문제는 시기적으로 김봉환

---

32) 임강, <북만신민부 - 1925년 3월~1928년 8월>(1945년 12월 기록). 최홍규, 「발굴사료 소개 2-20년대 북만주 항일독립운동의 증언」, 『자유공론』 17-183(1982년 6월)

33) "1926년 4월 김일성 강경애 등의 『신민보』에 투고한 사설의 문구를 역해 악용한 하얼빈 왜 영사 경찰은 적색 논문이란 구실을 붙여서(당시 동삼성과 전 중국 대부분의 지역에서 공산당원 취체가 가혹한 시기였다) 중동철도 호로군 사령을 매수하여 중국군 1소대 병력을 영솔하고 일 형사 수 명이 『신민보』 발행지인 홍륭촌(興隆村)을 습격하여 선전부 위원장 허성묵 외 1명이 체포 압송되어 신의주 감옥으로 이송 복역하였다. (…) 서기 1930년 초 김좌진 장군은 이강훈, 이달 두 청년에게 동만을 거쳐서 국내에 잠입하여 활약할 중대한 사명(국내 거물급 동지들에게 밀서 및 군자금 모집)을 부여하여 파견하였다. 비장한 각오로써 동만을 넘어서 적의 간성으로 잠입하려 할 즈음에 김좌진 장군이 서거하였다는 신문을 보고 이 두 청년을 발길을 돌리어 주야 질주하여 김좌진 장군의 영전에 임하게 되었다." 신민부원 생존자 일동 공동기록, <신민부의 약사>(1954년 4월 기록), 최홍규, 「발굴사료 소개3 - 20년대 북만주 항일독립운동의 증언」, 『자유공론』 17-184 (1982년 7월)

34) 「하얼빈 일본영사관 신민부원 다수 검거」, 『동아일보』 1927.3.10.

과 강경애는 북만 지역에서 발행되던 『신민보』에 관여할 기회 자체가
아예 없었다는 점이다. 이 점은 『신민보』의 발간 상황과 기사 목록, 필
자에 관한 것은 당시 『신민보』를 감시하고 압수한 일제 측의 자료로 확
인할 수 있다.

　『신민보』는 1925년 4월~8월까지 순간(旬刊)으로 하여 제12호까지 나
온 뒤 일시 휴간했다. 주요 필자는 허성묵, 박두희(朴斗熙, 朴寧熙, 1896~
1930), 최창익(崔昌益)이다.35) 1926년 5월 21일에 『신민보』 제14호가 나왔
고 거기에 사설로 실린 「혁명적 정당과 민중운동 본위」라는 글이 불온하
다는 일본경찰의 보고가 있다.36) 1926년 6월 21일 제15호가 나온 뒤
1926년 8월 1일 발행 예정이었던 제16호는 정의부가 신민부원을 죽인
사건을 신민부의 입장에서 성토하는 기사를 게재하려다가 내부적으로
양 파의 분열을 더 부추길 우려가 있다고 하여 발간 자체를 취소하고 새
로 내려고 계획하고 있다는 일제측의 첩보로 미루어 최대한 1926년 8월
제16호까지 나온 것으로 보는 것이 합리적이다.37) 이후 1927년 3월 『신
민보』 발행 겸 편집인 허성묵을 비롯한 신민부원들이 체포되는 일이 발
생했다. 이 사건의 공판소식을 전하는 기사에 의하면 허성묵이 사회주의
쪽과 연계하려 했다는 구실로 일제가 허성묵을 체포했음을 알 수 있다.

　　허성묵은 국내외에 선전을 주로 하는 동시 ○○운동을 더한층 사회주
　의 운동과 같이 하자는 의견으로 노동 로국(露國)의 간부와 비밀히 연락
　을 취하며 그때 마침 곽송령(郭松齡)의 반란 기회로 그를 후원하기로 하여
　당시 북경에 부하 김병희(金炳喜)를 파견하고 비밀히 활동한 일이 있었고

35) 「新民府 幹部 崔昌益 取調 狀況に 關 ス儿件」, 『京鍾警高秘 第12939号ノ1 』 1925. 11. 10. (*최창
　　익은 국내에 들어왔다가 1925년 10월 14일 잡혀서 취조를 받고 11월 11일에 방면되었다).
36) 「不穩新聞 「新民報」 記事に 關 ス儿件」, 『朝保秘 第463号』, 1926.6.23.
37) 「新民府機關紙 「新民報」ノ記事ニ關ス儿件」, 『哈派 第193號』, 1926.9.7.

작년 11월 14일에 동 부 정기총회를 한 후부터 더한층 공산제로 취하려
고 특파원을 노농정부와 광동정부로 보낸 일이 있었다는 사실 진술이 끝
나자 피고 김병희는 작년에 신민부 주아(住俄)외교위원으로 있었던 사실
을 진술한 후 그 외 여덟 명의 피고도 각기 자기가 한 일을 숨김 없이 일
일이 진술하더라(⋯)38)

이러한 『신민보』 발행 관련 정보와 그 주필이었던 허성묵 관련 사건
기록 어디에도 강경애는커녕 김봉환의 이름도 보이지 않는다. 이는 당연
한 일인데 『신민보』가 발행되고 있던 1925년 3월~1926년 8월의 시기
에 김봉환은 아직 중국 북경에39), 강경애는 아직 황해도 장연에 있었기
때문이다.

이 '『신민보』 사건'과 관련하여 특기할 것은 허성묵에 대한 후대의 기
억의 왜곡이다. 최학송은 허성묵의 후손 허경진과 인터뷰한 바를 가지고
강경애 김봉환의 『신민보』 투고 설의 방증으로 삼았는데40) 위에서 본
'『신민보』 사건' 당시의 관련 보도 기사와 일본 경찰 문건 등 역사 기록
을 보면 허성묵의 집안에서는 <북만신민부>의 회고를 사실로 받아들인
뒤 그것을 다시 허경진 등의 후손에게 전승한 것이 아닐까 한다.

---

38) 「외교선 착수로 주로(住露)위원 특파」, 『동아일보』 1927.8.3.
39) 일본 측 자료에 의하면 김봉환은 적어도 1926년 10월까지는 북경에서 활동하고 있었
다. 즉 1926년 10월 16일 설립을 선언한 大獨立黨組織北京促成會의 회원으로 이름을 올
리고 있다(「獨立宣言書 入手에 관한 件 (1926년 12월 17일)」, 『不逞團關係雜件-朝鮮人의
部-在支那各地(4)』). 나아가 1927년 1월 28일자 『중외일보』의 「북경한국학생회, 두 파로
갈리었던 학생회 해체하고 한 단체가 되어」라는 기사에도 김봉환이 나온다. 또한 김
봉환에 대해 잘 알고 가장 자세한 회고를 남긴 정화암은 김봉환이 영안현으로 간 것
은 1927년 초라고 말했다. 이정식 면담 김학준 해설, 『혁명가들의 항일회상』, 민음사,
1988, 801면.
40) 2006년 최학송에게 허경진은 "강경애와 같은 고장 선후배 사이였던 허성묵은 강경애
가 『신민보』에 쓴 글 때문에 한동안 숨어 다니다 신민부의 한 부하가 밀고하여 일본
경찰의 습격을 받아 체포되었다."고 했다고 한다. 최학송, 『'만주' 체험과 강경애 문학』,
인하대학교 국어국문학과 석사 논문, 2007.02, 19~21면.

문화인물 선정 당시 『월간조선』에서 '『신민보』 사건과 암살 사건을 한꺼번에 엮어서, '일본제국주의를 논박하는 글을 종종 발표했던 김봉환이 1929년 겨울의 어느 날 하얼빈에 갔다가 일본 영사관원에게 체포되었으나 강경애, 마쓰시마 세 사람의 밀약으로 즉시 석방되어 암살 사건을 교사하기에 이르렀다'고 하는 것은 이강훈의 회고가 유일하다. 김좌진과 가까웠어도 신민부 쪽이 아닌 경우에는 회고에도 김봉환만 등장할 뿐 강경애는 아예 언급되지 않는다.41) 42)

이강훈은 이에 관련된 회고를 거듭하고 자신이 저술한 각종 독립운동사에도 그렇게 써 넣음으로써 논란을 낳았다. 이강훈의 회고 중 제일 이

---

41) 당시 사건을 수습하고 '백야 김좌진 장군 사회장'을 준비했던 이을규의 회고이다. "백야 위원장은 공장수리를 지시하러 나갔다가 공산당원인 김봉환(金奉煥) (일명 김일성(金一星)의 조종을 받은 그의 일당 박상실(朴尙實) (일명 朴尙範, 金信俊)의 권총 저격을 받고 넘어지니, 슬프다, 재만 한교 이백 만은 눈물로 앞이 캄캄하였고 일제 주구와 赤魔들은 미친듯이 좋아 날뛰었다. (…) 군사위원장 이붕해(李鵬海) 씨의 지휘로 조직된 치안대의 일부는 그날 밤으로 해림역 근교에 있는 적마의 소굴을 급습하여 김봉환 외 1명을 잡는 동시에 놈들의 문서를 압수하여서 이번 흉계가 김봉환의 지휘라는 것과 직접 하수자가 박상실이라는 것이 밝혀졌으나 하수자 박상실은 끝내 잡지 못하였으므로 수일간 엄중한 조사를 마친 후 김봉환 외 1명만을 처단하고 말았다." 이을규, 『시야 김종진 선생 전』, 한흥인쇄소, 1963.5, 100~102면.

42) "김좌진 암살 사건은 내가 잘 압니다. (…) 그 배후에서 조종한 사람이 나하고 인간적으로 아주 가까워 함께 많은 일을 했어요. (…) 김일성이라는 사람인데 나하고 천진과 북경에서 같이 있었어요. (…) 만주 영안현이라고 하는 곳의 어느 마을에서 우리 동포들이 운영하는 유치원으로 고국에서 부임해 온 여교사와 결혼을 하게 되었다면서 떠났습니다. (…) 그가 영안현으로 떠난 때는 1927년이었지요. (…) 그 사람이 다른 이름이 김봉환입니다. (…) 그때 이미 공산주의자와 우익 독립운동가들 사이가 아주 나빠 같은 동포요, 똑같이 항일한다고 하면서 서로 죽이고 있었어요. (…) 공산당은 해림을 근거지로 한 한족총련이 공산당의 활동과 사상 전파에 많은 지장을 주는 데다가 아예 기반마저 굳혀 가자 겁을 먹었습니다. 그래서 한족총련의 우두머리인 김좌진을 죽이기로 결심한 것입니다. (…) 김봉환은 박상실이란 사람을 매수해 김좌진 쪽에 침투시켰습니다. (…) 박상실을 정미소 머슴으로 위장해서 침투시킨 것입니다. (…) 경호원들이 돌아왔을 때는 박상실은 이미 도망친 뒤였습니다. 한족총련에서는 사람들을 풀어 해림을 뒤져 예배당에 숨어 있던 김봉환을 잡아냈고 김좌진을 죽이라는 공산당의 지령문도 찾아냈습니다. 하수인 박상실은 중국 호로군에게 잡혔지요." 정화암의 회고는 이정식 면담 김학준 해설, 『혁명가들의 항일회상』, 민음사, 1988.에 들어 있다.

른, 말하자면 원형에 가까운 것을 하나 인용한다.

> (…) 공산당으로서야 김좌진 선생만 없앨 수만 있다면 만주 운동은 자기들 마음대로 된다고 생각은 했겠겠지만 민족의 큰 별인 김 선생을 죽이겠다는 생각을 감히 가질 수 있었겠어요? 그런데 김봉환이가 감히 그런 생각을 갖게 된 데는 그럴 만한 사연이 있습니다. 이런 일화가 있어요.
> 강경애(姜慶愛)라고 하는 여자가 있는데 소설가이지요. 이 여자가 김봉환의 애인입니다. 그런데 강경애도 공산당이고 김봉환도 공산당입니다. 그러한 사이인데 김봉환이 하얼빈에 나갔다가 일본 경찰에 붙들렸어요. 한국말을 잘하는 송도(松島)43)라는 왜놈이, 그놈이 조선총독부에서 내보낸 놈인데, 이놈이 하얼빈의 일본영사관에서 활약하는 놈인데 모략정책의 귀신입니다. 이놈이 붙잡혀 온 김봉환을 모략정책의 도구로 쓸 계획을 짭니다. 김봉환을 왜경의 스파이로 쓰자는 뱃심입니다. 이때 김경애(金慶愛)가 찾아왔어요. 하얼빈 영사관에 찾아와서 송도를 만났습니다. 여기서 송도와의 밀약이 성립되었습니다. 김봉환이를 풀어줄 터이니 그 대신 김좌진을 죽인다는 거래입니다. 김봉환으로서는 김좌진을 죽임으로써 자신이 속한 고려공산당에도 충실한 것이 되고 또 왜경의 요구도 들어주는 것이 되니가 굴복했지요. 이러한 배경에서 김봉환은 감옥을 나와 해림으로 갑니다. 거기서 고려공산청년회의 박상실을 하수인으로 선정해 김장군의 곁으로 침투시킵니다.44)

김좌진 장군 암살 사건을 이강훈이 최초로 언급한 이정식과의 면담에서는 김봉환과 함께 있었던 여성의 이름이 강경애와 김경애로 성이 헷갈리고 한자도 '敬/慶'으로 다르다. 그런데 그 이후 자서전 등을 쓰면서는

---

43) 조선총독부 하얼빈 파견원 松島親造를 가리킨다.
44) 이정식 면담 김학준 해설, 『혁명가들의 항일회상』, 민음사, 1988, 422면. (1960년대 말 이정식 교수가 면담했던 자료를 정리하여 출판한 것이 『혁명가들의 항일 회상』이다. 1960년대 말 이정식 교수와 면담했던 것이 계기가 되어 이들은 후에 회고록 자서전 등을 쓰게 되었다고 한다. 그렇다면 이정식 교수와의 면담이 사건에 가장 가까운 시기의 기억이 될 것이다) 이정식이 이강훈과 면담한 것은 1969년이다.

'여류문인 강경애(姜敬愛)'로 못 박고 있다. 회고가 반복되면서 좀 더 자세하게 세부를 덧붙이는데 그럴수록 그것은 사실과 어긋나게 된다.[45]

이러한 내용을 되풀이 한 이강훈의 회고 중 가장 자세하게 쓴 것을 보자.

때는 1927년 봄이었다. 김봉환(金鳳煥)이란 자가 중동선 해림역에 도착하여 그의 애인 강경애라는 여류 문인과 동거 생활을 하고 있었다.

김봉환은 본래 양산 통도사에 있던 승려인데 일찍이 북경으로 가서 마르크스 레닌주의에 공명하고 활동하다가, 김좌진 장군이 영도하는 독립운동기관에 대한 공작 책임을 지고 북만으로 와서 당시 독립 운동자가 출입하는 요충지인 해림(海林)에 정착하였다.

신민부의 기관지 『신민보』에 종종 투고도 하면서 수많은 민족진영의 간부들과 접촉하여 그에 대한 평이 나쁘지 않았었다. 『신민보』에 투고하는 중에 때로는 격렬한 항일 논문이 실려지기도 하였다. 1929년 여름 어느 날, 김봉환이 하얼빈에서 일본 영사관원에게 체포된 사실이 있었다.

그 때 일본 당국은 3.1 운동 후 이 광수의 애인 허영숙(許英淑) 여사를 이용해서 상해 임시 정부에서 중요한 임무를 맡고 있던 이광수를 귀국하게 한 수법을 써서, 즉 소위 미인계를 써서 혈기 방장한 한국 혁명 청년의 마음을 현혹케 하던 상습적인 일제 무리의 교활한 수법으로 독립 운동자 취체에 대한 책임을 전담한 하얼삔 영사관 경찰의 마쓰시마 경부로 하여금 강경애를 설득시켜 하얼빈 유치장 면회실에서 삼자가 회담 한 결과, 그 즉시로 김 봉환이 석방되었다.

당시 일제의 형법대로 한다면 몇 해인가 옥고를 치러야만 될 신세인데, 그대로 석방되었으니, 여기서 김봉환도 지식인이라 양심적으로 고민이 없지도 않았던 것인데 김봉환은 이성을 잃고, 일제 무리가 가장 두려워하는 존재도 김좌진 장군이요, 마르크스 레닌주의자 중에서도 북만 지역에서 활동하던 자가 두려워하는 존재인 김좌진 장군을 없앰으로써 일제 무리에 대한 보은도 되고 자기 동료들에 대한 환심을 사게 될 것이라는 어리

---

45) 이강훈, 『항일독립운동사』 정음사, 1977, 125면.; 이강훈, 「공산당에 암살 당한 김좌진 장군의 최후」, 『북한』 1984. 6. ; 이강훈, 『민족해방운동과 나』(제삼기획, 1994), 127~128면.

석은 생각에서 자기의 심복 청년 박상실(朴尙實)을 시켜서 1930년 1월 24
일(음력 1929년 12월 25일) 3시, 장군의 자택에서 300미터 거리에 있는
정미소에서 흉행을 저지른 것이었다.

　그러므로 김좌진 장군을 해한 장본인은 일제 무리와 일부 소아병적 공
산주의자와의 합작으로 한 흉행이었다.[46]

이런 식의 이강훈의 회고의 문제점은 세 가지이다.

첫째 앞에서 보았듯이 '『신민보』 사건' 관련성은 시기적으로 맞지 않다.

둘째, 하얼빈 일본총영사관의 마쓰시마가 하얼빈에서 김봉환과 강경애
를 체포하고 공작을 펴기 시작했다는 1929년 여름에 강경애는 황해도 장
연에 있으면서 근우회 활동을 주도하고 있었다.

　　[장연] 근우회 장연 지회에서는 예정과 같이 지난 10일 오전 아홉 시
　경에 회원 이십여 명(…)이 본 읍 향교 대성전 뒷동산에 회집하여 성대히
　야유회를 개최하고 순서에 의하여 동회 서무부장 강경애 씨의 의미심장
　한 개회사가 있은 후(…)[47]

1929년 5월 10일 근우회 본부가 장연 지회를 승인했다는 당대의 기
록으로 보아 근우회 장연 지회는 그 이전에 설립 준비를 하여 승인을 받
았고 본격적인 활동에 들어간 것이 1929년 6월 10일의 행사였다. 서무
부장으로서 개회사를 했다는 것으로 보아 강경애는 거기에서 핵심적인
성원이었던 것으로 보인다.

셋째, 시기 문제는 차치하더라도 이강훈의 회고에 '여류 문인' 혹은
'소설가'로 등장하는 강경애를 우리가 알고 있는 여성 작가 강경애와 등

---

46) 이강훈, 「김좌진 장군의 생애」, 『나라사랑』 41, 1981.12, 20~36면. 35~36면.
47) 「장연 근우지회 야유」, 『동아일보』 1929.6.17.

치시키는 데는 무리가 있다. 북만 해림에 있었던 시기의 강경애는 아직 '문인' 혹은 '소설가'로 알려지거나 행세할 만한 존재가 못 되었다. 해림에 가기 전까지 강경애는 감상적인 짤막한 시 3편을 독자 투고로 발표한 '문학소녀'였을 뿐이기 때문이다.

이강훈의 회고의 오류를 종합해서 선정적으로 묘사한 결정판이 방송 작가 이이녕의 『독립운동실록』이다. 제목을 '실록'이라 붙이고 당사자들의 인터뷰를 근거로 했다고 했지만 실제로 읽어보면 작가적 상상력을 덧붙인 '허구'이다. 아니 정확한 사실에 근거하지도 않았고 그렇다고 해서 작가의 상상력으로 새로운 인물이나 진실을 창조한 소설도 아닌, 흥미본위 읽을거리일 뿐이다. 강경애를 등장시키는 대목을 보자.

> 이 사건[48]이 일어나기 약 7개월 전인 1929년 5월 하순이었다.
> (…)
> "강경애도 죄를 만들면 있는 거야."
> 마쓰시마는 책상을 치며 소리쳤다.
> "작년 11월 김좌진이 지휘하던 군사단체 신민부의 기관지 『신민보』에다가 일본 제국주의를 규탄한다는 당신의 논설문을 실을 때 강경애가 원고를 수정해다가 편집부로 넘겼다는 사실을 알고 있어."
> 사실 강경애는 지금 경기도 경찰부에서도 수배 받고 있는 인물이었다.
> "『혜성』이라는 잡지에 <어머니와 딸>이라는 소설을 발표하며 화려하게 문단에 등장한 여류 소설가가 왜 국내에서 활동을 하지 않고 북만주 구석으로 와서 살지?"[49]

---

48) 김좌진 장군 암살 사건. 1930년 1월 24일 발생.
49) 이이녕, 『민족반세기사·일제하 36년 독립운동실록 17-최후의 광란』, 동도문화사, 1984, 18면, 23면. 이 내용은 이이녕, 『실록 소설, 암살지령 <장쭤린과 김좌진 장군 암살 사건> 배신과 음모, 추악한 일본인들』(대한교육문화원, 2016)에 그대로 수록되어 있다. 2016년 판에서는 '실록 소설'이라고 하여 허구화 된 부분이 있다는 말을 덧붙이기는 했으나 1984년의 것을 아무 수정 없이 그대로 실었고 나아가 '등장인물'이라고 하여

'『신민보』사건'과 관련이 있을 수 없음은 이미 밝혔고, 강경애가 발표했다는 장편 소설 ≪어머니와 딸≫은 '암살 사건' 이후인 1931년 8월부터 1932년 12월까지 『혜성』에 연재 발표된 것이다. 이렇게 이이녕의 『독립운동실록 17』은 가장 기본적인 사실부터 틀리고 있기 때문에 연구자로서 더 이상 논의할 필요는 느끼지 못한다. 그런데도 이런 글에 대해서 『월간 조선』의 기사는 '사료적 가치'를 운운하며 강경애를 연루시킨 것이다.50)

(4) 기록과 기억의 거리

이상의 기록과 회고를 종합해 볼 때 작가 강경애는 1927년의 '『신민보』사건'이나 1930년의 '암살 사건'과는 아무 관련이 없다는 것이 분명하다. 다만 1927~1928년 강경애가 북만 해림에 있었던 시기에 김봉환도 해림에 있었으며 당시 김봉환은 사회주의적인 활동을 한 것은 사실인 것 같다. 하지만 그 이상으로 두 사람의 관계에 대해서는 현재까지의 자료로서는 뭐라고 말하기 어렵다.

작가 강경애 관련 사항을 초두에 정리해 놓음으로써 원래의 오류를 더 강화시킨 것으로 보인다.

50) 오동룡, 「<의혹 추적> 문화부는 왜 '이 달의 문화인물'에 프로문학가 강경애를 선정했나 = 소설가 강경애는 김좌진 장군 암살 교사범의 동거녀"(전 광복회장 이강훈 옹의 회고)」, 『월간 조선』 2005년 2월호. 그런데 문제의 『월간조선』의 오동룡 기자는 『월간조선』 2007년 10월호에 「일본 외무성 외교사료관 문서 입수 - 최종 확인 - 김좌진 암살범은 고려공산청년회 김신준(金信俊)='하얼빈 일본총영사관의 배후 조종설'은 확인 안 돼」라는 흥미로운 기사를 다시 썼다. 사건 당시 일본 영사관 측의 기록을 찾아서 암살범으로 지목된 박상실=김신준이 공산주의자라는 것을 확정지으면서 그 이전에 문제가 되었던 일본의 배후조종설은 해결 안 된 채로 남아 있다고 한 발 물러선 것이다.

한편 '암살 사건'의 진상에 대해서는 강경애와는 관련 없이 별도의 논의가 필요할 것이다. 당대의 기록과 후대의 회고, 그리고 역사학계의 연구는 모두 조공 만주총국의 지시를 받은 박상실(이복림)이 김좌진 장군을 죽였다고 인정한다. 그런데 그 배경에 대해서는 각자 다르게 말한다. 조공 만주총국 화요계는 김좌진이 일본과 야합하여 공산당원들을 많이 죽였기 때문에 김백파가 이복림을 시켜 김좌진을 제거하도록 한 일이라고 한다. 그런가 하면 한족총련 쪽의 기록은 한족총련의 세가 불어나는 것을 경계하여 조공 만주총국이 김봉환을 시켜 박상실을 사주하게 했다고 한다.

홍미로운 점은 한족총련 중에서도 이강훈만이 김봉환이 하얼빈 일본 총영사관과 관련되어 있다고 주장하는 것이다. 그런데 필자가 보기에는 김봉환은 실제로는 '암살 사건'과 관련이 없는데 '오해'를 받은 것이 아닌가 한다. '암살 사건' 당시의 피해자 측에서는 김봉환의 사주로 박상실이 총을 쏘았다고 하여 김봉환의 거처를 찾아가서 조공 측의 지령문을 찾았고 그래서 암살 교사범으로 몰아 죽였다.[51] 그런데 가해자를 자처한 조공 만주총국 화요계 쪽에서는 '암살사건'과 관련해 김봉환의 이름은 전혀 거론하지 않았다. 이것이 무엇을 의미하는지 생각해 보면 이복림은 조공 만주총국 화요계의 인물이고 김봉환은 ML계의 인물이라는 데서 단서를 찾을 수 있을 것 같다. 당시 ML계에서도 김좌진에 대해 안 좋은 감정을 가지고 있었던 듯, ML계였던 지희겸(池喜謙, 1908~1983)도 후에 "만약 화요파에서 죽이지 않았더라면 우리 ML파에서 죽였을 것이다."라

---

51) "(…) 일부는 그날 밤으로 해림역 근교에 있는 적마의 소굴을 급습하여 김봉환 외 1명을 잡는 동시에 놈들의 문서를 압수하여서 이번 흉계가 김봉환의 지휘라는 것과 직접 하수자가 박상실이라는 점이 밝혀졌으나 하수자 박상실은 끝내 잡지 못하였으므로 수일간 엄중한 조사를 마친 후 김봉환 외 1명만을 처단하고 말았다." 이을규, 『시야김종진선생전』, 한흥인쇄소, 1963, 100-102면.

고 말했다고 한다.52) 앞서 인용한 『탈환』의 기사53)를 떠올려 보면 김봉
환은 ML계 조공 만주총국에 속한 인물로서 해림 지역에서 나름의 활동
을 하고 있었는데 '암살 사건'이 발생하자 같은 공산주의자라는 점에서
화요계인 박상실의 배후로 오해를 받았고 그런 이유로 한족총련 보안대
의 손에 죽게 된 것이 아닌가 한다.

그러면 그런 김봉환을 이강훈이 굳이 일본영사관 측에 연루시킨 근거
나 이유는 무엇일까? 이강훈의 회고가 '일화'라고 소개하는 김봉환-강경
애-마쓰시마의 비밀스런 관련은 세부 날짜나 정황이 맞지 않을 뿐만 아
니라 그런 거래를 누가 어떻게 알게 되었는지 설명하지 못하는 점에서
신빙성이 떨어진다. 김봉환이나 강경애가 자기 입으로 그런 말을 하지는
않았을 것이고, 만약 다른 누군가가 그런 밀약하는 장면을 목격하거나
들어서 알려졌다면 만주총국이든 한족총련이든 그 임시에 김봉환을 그
대로 두었을 리가 없을 것이다. 그런데도 아무 일 없이 지나다가 암살
사건이 나자마자 김좌진 장군의 부하 쪽에서 김봉환을 죽였고 '강경애'
라고 하는 여자는 어떻게 되었는지 아무 정보가 없다. 그렇다면 암살 사
건 이후 마쓰시마가 자기가 시킨 일이라고 떠벌리기라도 했을까? 이 점
에 대해 이강훈의 회고는 철저히 침묵하고 있고 다른 사람들의 기록이나
회고도 존재하지 않기에 이런 주장은 신빙성이 떨어진다.

그렇다면 이렇게 뚜렷한 근거가 없는데 굳이 김봉환을 일본영사관의
마쓰시마와 연결시키고 그것을 반복한 이유는 무엇일까? 여기서 이강훈
이 쓴 「내가 밝혀야 할 두 악한」이란 글에 주목할 필요가 있다. 1926년
영고탑에서 신민부 별동대에게 살해당했을 것으로 추정되는 구영필(具榮

---

52) 박환, 『만주벌의 항일 영웅 김좌진』, 도서출판 선인, 2016, 215-216면.
53) 주28) 참고.

泌/崔桂華, 1892~1926)과 1930년 해림에서 한족총련 보안대에게 살해당한 김봉환 두 사람만을 콕 찍어서 이들이 친일 밀정 노릇을 했기 때문에 처단했다고 밝힌 글이다.[54] 그런데 본 논문에서 살펴본 김봉환처럼 구영필에 대해 이강훈이 회고한 친일 밀정설이 '오해'임을 강력히 주장하는 연구가 이미 나와 있다.[55] 그렇다면 최계화와 김봉환 두 사람 모두 이강훈 그룹의 '오해'에 의해 죽게 된 것이기에 오히려 그 사실을 무마하거나 행위를 정당화하기 위해 강력하게 '친일 밀정'설을 주장하게 된 것이 아닌가 아주 조심스럽게 추론해 본다.

4. 강경애 문학에서 북만 해림 체험의 의미

강경애의 만주 체험은 1927~1928년의 '북만 해림' 시기와 1931~1939년의 '간도 용정' 시기를 나누어 봐야 한다. 그리고 간도 용정 시기도 구분해 볼 필요가 있다. 1931년 6월~1932년 6월, 1년간의 제1차 용정 시기는 일본군이 만주사변을 일으키고, 만주국을 세우고 '치안'을 내세워 야만적인 '토벌'에 나선 격변의 시기이다. 강경애가 여러 수필에서 표나게 이야기하는 '간도의 봄'은 바로 제1차 용정 시기인 1932년의 봄을 가리킨다. 한동안 장연에 돌아와 있다가 다시 간도 용정으로 간 것이 1933년 9월 무렵이다. 제2차 용정 시기라고 하겠다. 제2차 용정 시기에 강경애는 월급받는 교사의 아내로 살림을 하는 한편 작품을 썼다. 병 치료나 집안 문제

---

54) 이강훈, 「내가 밝혀야 할 두 악한」, 『광복지』, 1992.
55) 신규수, 「구영필의 독립 활동과 친일 논란」, 『역사와 사회』 37, 2007.; 이성호, 『영고탑(寧古塔) 가는 길』, 동천문학사, 2015.

로 간혹 장연과 서울을 방문했지만 안정된 상태에서 창작에 집중한 시기
이다. 지금까지 강경애의 문학 세계는 주로 간도 용정 체험과 연관하여 논
의되었다. 하지만 이제는 본격적인 작가로 등단하기 이전, 1927~1928년
의 2년간의 해림 시기에 대해서도 적극적으로 고려할 필요가 있다.

여기서는 북만 해림에서의 체험이 강경애에게 동 시대 다른 작가에게
서는 찾아보기 어려운 독특한 '계급주의'와 '프롤레타리아 국제주의'의
원체험을 제공했을 것이라는 점에 주목하고자 한다. 강경애가 북만 해림
에서 '교원'으로 지냈다는 것 외에는 어떻게, 어떤 인연으로 어떤 목적으
로 해림으로 가게 되었는지, 해림에서 어떤 사람을 만났는지에 대해서는
현재의 자료로서는 더 이상 알 수 없다. 다만 해림에 갔다 온 뒤의 강경
애는 그 이전에 감상적인 시를 쓰던 문학소녀와는 완전히 달라졌다는 것
은 확인할 수 있다.

강경애가 머물렀을 당시, 1927~1928년의 북만 해림은 조선공산당 만
주총국과 공산주의자들이 신민부로 대표되는 민족주의자들과 충돌하면
서 세력을 넓혀가고 있는 곳이었다. 거기서 강경애는 민족주의자와 공산
주의자 사이의 심각한 이념적, 물리적 갈등을 목도했을 것이다. 특히
1925년 6월의 '미쓰야협정(三矢協定)' 이후의 만주는 만주 군벌과 일본제
국주의가 함께 조선인 독립운동가들(민족주의자와 공산주의자 양측 다)을 추
방하거나 체포하는 살벌한 분위기였다. 게다가 만주 군벌은 일본이 조선
농민을 앞세워 침략해 들어오고 있다고 생각하여 조선인을 배척하거나
아니면 돈을 내고 귀화할 것을 요구했다. 이런 상황에서 민족주의자와
공산주의자는 서로 상대방을 의심하고 살상하는 사건이 빈번하였고 조
선 농민의 삶은 피폐해졌다. 이런 와중에 강경애 자신은 심정적으로 공
산주의자 쪽에 기울었고 가난한 농민에게는 고향의 '동포' 지주나 만주

의 이민족 지주나 마찬가지라는 점에서 철저하게 '계급주의'를 견지하게 된 것 같다.

강경애가 북만 해림에서 귀향한 후 처음 발표한 글은 당시 '중도파'라 불리던 염상섭을 비판하는 글56)이었다. '절충론자'를 자처한 양주동을 비판하는 글57)도 발표했다. 이전에 발표했던 소품 수준의 짧은 시와는 완전히 다른 인식 수준을 보여주는 글이다. 물론 카프 작가와 마찬가지로 <12월 테제>58)에 영향을 받은 바가 있을 것이다. 그런데 이후 많은 작가들이 그것의 '좌편향'을 비판하는 쪽으로 나간 것과 비교하면 강경애는 일관해서 '민족부르주아'에 대해서는 부정적인 자세를 견지하고 있다. 또한 작품에서는 만주라는 공간의 특수성을 반영하여 지주나 자본가로서의 일본인이나 중국인뿐만 아니라 민족의 경계를 넘어서서 계급적으로 연대하는 농민이나 어민도 등장한다. 이는 북만 해림에서 목도한 민족을 넘어서는 억압과 그에 맞서는 초민족적 계급 연대가 그 바탕이 되지 않았을까 싶다.

북만 해림에 다녀온 후 발표한 첫 소설 <파금>에서는 파산한 주인공 집안이 이주하는 곳이 '만주 영고탑'이라는 것으로 북만 해림 체험의 흔적을 드러내었을 뿐이었지만 제1차 간도 용정 시기 이후 장연에 돌아와서 처음 발표한 <그 여자>는 '민족주의'를 넘어서는 '계급주의'를 선명하게 드러내고 있다.

고향에서 살 수 없어 남부여대하여 낯선 만주로 이주해 온 '간도 농

---

56) 강경애, <염상섭씨의 논설 「명일의 길」을 읽고>, 『조선일보』 1929.10.3.~7.
57) 강경애, <양주동군의 신춘평론 - 반박을 위한 반박>, 『조선일보』 1931.2.11.
58) 1928년 12월 코민테른이 채택한 조선공산당 재조직에 관한 결정서 <조선농민 및 노동자의 임무에 관한 테제>의 약칭이다. 조선공산당은 인텔리 중심의 조직방법을 버리고, 공장과 농촌으로 파고들어가 노동자와 빈농을 조직해야 하며, 민족개량주의자들을 고립시켜야 한다는 내용이다.

민'들에게 <그 여자>(1932.9)의 주인공 마리아는 "여러분, 죽어도 내 땅에서 죽고요, 살아도 내 땅! 내 땅에서 살아야 한단 말이어요. 무엇하러 여기까지 온단 말이어요!", "그래도 내 땅 안에 있으면 이 쓰림, 이 모욕은 받지 않지요. 그래 남부여대하여 이곳 나와서 한 일이 무엇입니까? 네? 아무래도 내 동포밖에 없지요."라고 연설한다. 자기 땅이 없어 고향에서 쫓겨난 '간도 농민'은 고향에서 지주에게 쫓겨나던 일을 떠올리며 마리아를 향해서 "민족이 뭐냐! 내 땅이 뭐냐!"라고 소리치고 마리아의 연설을 중단시킨다. 간도 농민에게 신여성 마리아는 자기들과 아무 상관이 없는 사람처럼 보였고 식민지 조선의 동포 지주이든, 만주의 이민족 지주이든 억압당하기는 마찬가지라고 느꼈기 때문이다.

이렇게 작가로서 출발하는 지점에서 취한 '민족부르주아'에 대한 비판적 자세와 '계급주의'는 이후 그의 작품 활동 내내 지속되었다. ≪인간문제≫(1934)에 등장하는 대학생 신철이는 노동자 농민의 편과 지주 자본가의 편 사이에서 동요하다가 결국 반노동자 진영으로 옮아가는 인물로, 신뢰할 수 없는 인텔리의 전형으로 그려져 있다. 비슷한 시기 발표된 이기영의 ≪고향≫(1933)의 김희준과는 대비되는 인물이다. 동경유학생 출신인 김희준은 자기비판을 거쳐 농민들 속으로 들어간다.

이렇게 강경애는 작품에서 전반적으로 민족문제보다는 계급문제를 주된 갈등으로 설정했고 이를 바탕으로 프롤레타리아 국제주의에 입각한 작품을 여러 편 썼다.59) <채전>(1933.9)의 경우는 등장인물이 모두 중국인이고60) 계급문제를 내세웠다. <소금>(1934.5~10)이나 <마약>(1937.11)

---

59) 이런 관점에서 강경애 문학을 전반적으로 연구한 것으로는 최유학, 「강경애 문학에 나타난 초민족적 계급연대의식 연구」(*Journal of Korean Culture* 35, 2016.11)가 있다.

60) <채전>에서 의붓어머니에게 학대받는 수방이를 동정하고, 수방이의 귀띔을 받아 쟁의에 나서는 맹 서방이 중국인인지, 조선인인지는 분명하지 않은데, 이 소설에서는 그

에는 중국인 지주나 자본가가 등장하는데 그들의 악행이 특별히 민족적 특성을 띠고 있지는 않다. '중국인'이어서가 아니라 그들이 돈 많은 남성이기에 봉염 어머니나 보득이 어머니를 경제적으로 성적으로 억압하는 것이다. 이렇게 선명한 '계급주의'를 바탕으로 강경애는 당대 어느 카프 작가의 프로문학보다 분명하게 그리고 구체적으로 프롤레타리아 국제주의를 지향하는 일본어 소설 <장산곶>(1936.6)을 발표했다. 강경애 고향 근처 몽금포를 소설 공간으로 삼아 어업조합에 다니던 시무라와 형삼이의 민족을 넘어선 계급적 연대는 작품 발표 시기와 형상의 구체성에 있어서 다른 카프 작가의 작품과 비교된다. 카프 문학에서 국제주의가 처음 등장한 것은 1927년 무렵이고 1931년을 전후하여 재차 부각되었지만 두드러진 성과는 없었다고 한다.61) 그에 비하면 <장산곶>은 1936년에도 강경애가 의연히 국제주의를 견지하고 있음을 보여주는 점만으로 의미가 있다.

또 한 가지, 언급할 것은 강경애가 북만에서 병을 얻고 돌아왔다는 것이다. 고일신은 해림에서의 귀향에 대해 강경애가 '병든' 몸으로 중국에서 돌아왔다고 회고했다. 어떤 종류의 병이었는가 하는 물음에 대해서는 쑥으로 좌욕을 했던 것으로 미루어 자궁 관련 병이 아니었던가 추측했다. 그 때문엔지 아이를 낳지 못하게 되었는데 강경애 작품에서 독특하게 부각되는 '모성'의 문제도 이런 전후 사정을 놓고 보면 좀 더 잘 이해할 수 있다. 이와 관련 강경애 사후 그를 회고한 최정희의 글이 눈길을 끈다.

것이 문제 되지 않는다.
61) 유문선, 「카프 작가와 프롤레타리아 국제주의」, 『민족문학사연구』 24, 2004.

강경애 님

관 뚜껑이 가슴 위에 무겁지 않으십니까?

"무엇 때문에 미쳤소?"하고 붓으로 묻는 물음에 "세상이 나를 속이고 세상이 나를 버리니 미칠 밖에 도리가 없었소?"라고 필담으로 대답하셨 더란 말씀을 님이 가신 뒤에 아는 분으로부터 들었습니다. 제가 님을 알 기는 님이 그 머얼리 북간도에서 아기를 낳고자 서울 병원에 오셨던 제1차 때였습니다. 저의 두 손을 님의 두 손 안에 꼭 움켜잡으시고 "글 쓰는 여자 를 비로소 만난 것 같애." 하시며 아껴주시던 일 잊지 못합니다. 님은 그 뒤로도 같은 목적에서 3차나 병원에 오셨습니다마는 아기는 끝내 못 낳으 셨습니다. 소설 쓰는 여자보다 아기 낳는 여자가 되겠다고 말씀하시는 님 의 얼굴은 무서울 정도로 처참한 것이었습니다. 귀가 어두워서 제가 하는 말씀을 못 알아들으시고 혼잣소리같이 "아이를 낳아야지, 아이를"하시며 커다란 유리문으로 북악(北岳)을 내다보신 일을 기억하십니까? 님이 가셨다 고 들었을 때 고달프시던 님에게 휴식할 새 영토가 마련되었음에 나는 숨 이 화알 나왔습니다. 온갖 것을 다 잊으시고 님이여 편히 쉬소서.[62]

<모자>나 <마약>에서 보이는 맹목적인 모성도 그렇지만 특히 <소 금>의 봉염 어머니가 자기를 짓밟고 내팽개친 팡둥의 핏줄임에도 봉희에 대해서 무한한 사랑을 보이고 돈벌이로 자기 아이에게 먹일 젖을 내준 명 수에게까지도 강렬한 모성을 느낀다고 하는 대목은 강경애의 작품에서 드 러나는 선명한 계급의식과는 배치되는 측면이 있다. 절대적인 수준의 모 성, 당연한 것으로 간주되는 모성은 가부장제가 여성에게 강요한 모성의 신화를 무비판적으로 답습하는 것이기 때문이다. 그런데 '소설 쓰는 여자 보다 아이 낳는 여자가 되고 싶다'고 절규하다시피 했다는 것을 보면 강 경애 자신이 아이를 낳지 못하는 상태였기 때문에 오히려 상상 속에서 비 현실적으로 더 강렬하게 모성을 느끼고 작품화한 것이 아닌가 싶다.[63]

---

62) 최정희, 「여류작가 군상」, 『예술조선』 2, 1948.1.

5. 맺음말

이상에서 강경애가 작가로 본격적으로 작가로 등단하기 이전 1926년 9월 이후부터 1929년 5월 이전 시기의 행적을 밝히고, 그동안 논란을 낳게 된 기록과 기억의 관계를 밝혀 보았다. 논의를 정리하면 다음과 같다.

강경애는 1927~1928년 2년 간 북만 해림에서 교원으로 재직한 후 아무리 늦어도 1929년 5월 무렵에는 황해도 장연에 귀향했다. 이후 본격적으로 글을 발표하면서 작가 활동을 시작했는데 이번에는 1931년 6월 동흥중학교에 취직한 남편 장하일을 따라 간도 용정으로 이주했다. 그러나 만주사변, 만주국 건국, 일제의 간도 대토벌을 겪고 건강도 좋지 않아 1년만에 다시 장연으로 돌아왔다. 1년여 장연에 머무르다가 1933년 9월 경 재차 용정으로 가서 1939년 말 신병으로 완전히 귀향할 때까지 살았다.

또한 강경애가 '『신민보』 사건'을 포함하여 '암살 사건'에 연루되었다고 하는 주장은 한족총련 관련자들의 착종된 기억과 회고가 특정 의도에 의해 윤색된 상태에서 '독립운동사'로 기록됨으로써 '역사적 사실'로 되고 그렇게 만들어진 사실을 바탕으로 다시 기억이 재구성된 '이야기'일 뿐이다.

강경애가 교원으로 2년간 머물렀던 시기의 북만 해림은 조선공산당 만주총국이 세력을 넓히면서 신민부 중심의 민족주의자들과 대립하고 있던 곳으로, 이곳에서 강경애는 계급주의와 프롤레타리아 국제주의를 인식하고 이후 작품 활동에서 그러한 인식을 지속적으로 내보이게 되었다.

---

63) 강경애의 수필 <내가 좋아하는 솔>에 등장하는 '흡사 내가 집에 두고 온 내 애기의 그 다방머리 같았고' 같은 어구에 주목하여 한 연구자는 강경애에게 아이가 있었을 것이라는 추측을 한 바 있는데(채훈, 『일제강점기 재만 한국문학연구』, 깊은 샘, 1990), 아이를 낳고 싶었지만 낳지 못했던 강경애의 열망에서 비롯된 것으로 보는 것이 좋을 것 같다.

김남천

● '모던 만주', 이상과 파국의 임계지대 | 최현식

−김남천의 『사랑의 수족관』을 가로질러

'모던 만주', 이상과 파국의 임계지대

−김남천의 『사랑의 수족관』을 가로질러

최현식

1. 『사랑의 수족관』에서 '연애'와 '만주'의 문제성

'사실'과 '전쟁'으로 웅변되는 절대적 폭력과 죽음의 시절, 겉으로 보자면, 청춘남녀의 신파와 통속으로 얼룩진 『사랑의 수족관』(1940)[1]은 과연 전향의 기로에 섰던 김남천의 나이브한 연애소설로 그치는가? 만약 '아니오'라는 답변과 함께, 『사랑의 수족관』을 '더 나은 삶'을 지향하는, '모랄'과 '풍속'의 관찰문학으로 파악코자 한다면, 먼저는 김남천의 연애론을 파고들 일이다.

『사랑의 수족관』에 "등장하는 인물은 현대에 살고 현대를 이해하고 현대와 투쟁하는" "삼십 전후의 젊은이들"이다. 김남천은 그들의 '연애' 감정과 행위를 통해 '청년' 공통의 "고민, 감격, 흥분, 갈등, 초조"를 "냉

---

1) 『조선일보』 1939. 8. 1~1940. 3. 3 연재. 단행본은 인문사에서 1940년 11월 발행. 여기서는 단행본을 텍스트로 사용하며, 인용 시에는 본문에 면수를 직접 병기한다.

정하게 가혹하게 그리어 보자는 것"[2]에 초점을 맞췄다. 이것은 '연애'가 한 개인의 애욕과 취향의 실현에만 관련된 사적인 감정·행위에 그칠 수 없음을 뜻한다. 아니나 다를까 김남천은 연애를 각양각색의 "개성이 소속되어 있는 사회층의 사상이나 습관 등의 집약적 표현인 표상"으로 정의했다.

이에 근거한다면, 연애(라는 서사와 감정)는 개인들을 둘러싼 일체의 사회현상 및 그들을 추동하는 "가장 적나라한 특독(特獨)한 자태와 상모(相貌)를" 총체적으로 관찰·표현케 하는 탁월한 문학적 테마이자 효과적인 표현장치의 일종이다. 이로부터 "현대의 '모랄'을 탐구하고 현대인의 윤리와 성도덕의 기준을 발견"케 하며, "이것(연애-인용자)을 계기로 하여 자기가 소속하는 출생지대의 붕괴나 혹은 전진에의 필연적인 과정을 현현하는" 일대사건이 '연애'라는 예외적인 주장이 말미암는다.[3]

『사랑의 수족관』에서 위의 언급에 적합한 연애서사의 핵심적 공간과 매개체를 꼽는다면, '식민지 근대'와 밀접한 경성과 만주, 기차를 제일 먼저 지목해야 할 것이다. 그간의 소설 분석에서는 등장인물 거개가 경성의 생활인들인 탓에, 연애는 경성의 사적인 공간('집') 및 공공장소(호텔 카페, 경성역, 회사)의 몫으로 간주되었다. 그 외 양덕과 평양, 특히 만주와 길림 등은 주인공들의 결속과 이별을 매개할 뿐인 미지와 공백의 지대[4],

---

2) 「현대의 성격을 진열한 김남천 작 <사랑의 수족관>」, 『조선일보』 1939.7.31.

3) 김남천, 「조선문학과 연애문제」, 『신세기』 1939년 8월호, 66~67쪽. 『인문평론』(1941년 1월호 및 2월호)의 「출판부 소식」에서 『사랑의 수족관』을 "단지 「재미」만을 위주하여 저급하기 비할 데 없는 통속소설"을 뛰어넘어 '재미'와 '윤리'와 '교양'을 겸비한 인기 만점의 '대중소설'로 고평한 까닭도 김남천 자신의 '관찰문학론'에 결속된 '연애론'의 가치와 의미를 높이 산 결과일 것이다.

4) 서영인, 「일제말기 김남천 문학과 만주-미지와 공백의 기표」, 『한국문학논총』 48집, 한국문학회, 2008. 서영인은 『사랑의 수족관』에 표상된 만주가 구체적 생활현실을 배제한 채 김광호와 이경희가 잠시 엇갈려 통과하며 자기 생각들을 펼치는 추상적 공간

곧 구체적 생활현실이 배제된 채 주인공들의 의지와 관념이 토로되는 추상적 공간5) 정도로 해석되어 왔다.

특히 김광호와 이경희, 강현순의 관계, 그러니까 결속과 파탄으로 분기(分岐)되는 그들 연애의 현재에 초점을 맞춘다면, 『사랑의 수족관』의 중심 공간은 등장인물들의 직업과 생활, 곧 직분과 삶의 장소인 경성임을 부인하기 어렵다. 확실히 식민도시 경성은 번다하고 명랑한 식민지 근대의 총본산('대흥콘체른'과 '명치정')이자, 자본주의의 변종 제국주의와 군군주의가 경합하는 폭력('전시상태'와 '방공연습')의 공간이다. 또한 시민의 안온한 하루('전차'와 '새벽산보객들')와 청춘남녀의 연애가 무람없이 펼쳐지는 순정의 장소이자, 더러운 잇속을 위한 퇴폐적 음모가 꿈틀대는 퇴락의 마굴(은주부인, 송현도, 신주사의 협잡)이기도 하다.6)

한편 이곳 경성부민의 이동을 떠맡은 핵심의 기계장치는 전차와 자동차다. 전차만 하더라도 1939년 무렵 승객 35만 명에 달했던 사정을 감안하면, 그야말로 일상의 풍속과 생활을 뒤바꿔버린 '경성 모던'의 한 상

으로 제시된다는 점에서 미지와 공백의 기표로 파악한다. 그러나 마침내는 "만주 문제는 당시 지배이데올로기에 대한 작가의 복합적 시선을 더욱 섬세하게 드러내는 표상"으로 뒤집어봄으로써 '만주' 문제의 중요성을 역설했다.

5) 『사랑의 수족관』의 만주는 일시 체류자 광호와 여행객 경희의 시선과 발화에 의해 자연과 풍습, 개발과 근대화의 면모가 전달된다는 의미에서 본다면, 실질적 경험 주체가 소거되거나 부재한 것처럼 읽힌다. 하지만 특히 조선인 이주정책이 강제되기 시작한 '만주국' 이래의 그곳은, 미지와 공백의 이미지와 달리, 사람의 입소문, 신문·잡지의 기사, 정책적이거나 사적인 만주 방문기 등을 통해 그 실상과 허상이 숨길 데 없이 노출되던 형국이었다. 요컨대 만주는 소설에서의 실제나 풍문과 무관하게 현실에서는 '기지(既知)'와 '생활현실'의 공간이었던 것이다. 주체의 일상과 경험을 소설의 서사와 문법으로 취하던 김남천에게 이처럼 매일 발행되고 읽히던 구술 및 문자 매체 속의 만주 현실이 포착되지 않았다고 추측하기란 매우 어렵다.

6) 소설 속 경성 곳곳의 표상과 의미를 논한 글로는 홍덕구, 「김남천의 『사랑의 수족관』 다시 읽기―장소와 공간의 문제를 중심으로」, 『구보학보』 13호, 구보학회, 2015가 유익하다.

징이었다. 하지만 전차와 자동차는 『사랑의 수족관』에서 특권적 위상을 자랑하는 특급열차 '노조미'와 '히까리'에 비하면 느린 속도로 짧은 거리를 달리는, 따라서 장거리 노선에서나 가능한 청춘남녀의 연애와 고백을 거의 원천봉쇄하는 이동수단인 것 또한 사실이다. 과연 김광호와 이경희의 낭만적 사랑은 기차여행(평양-경성)으로 시작되어 기차여행(경성-길림)의 결과로 성취되기에 이른다. 서글픈 강현순의 김광호에 대한 짝사랑 또한 경성을 떠나 길림에 도착하는 기차여행에 의해 종결, 파탄난다.

이처럼 경성은 연애의 주요 결절점과 그것의 실현체로서 기차의 서사에서만큼은 불친절하며 인색하다. 바꿔 말해, 틈새와 거리를 허락하지 않는 밀착과 협착의 공간성은 개인의 내면과 타자에 대한 객관화·거리화 가능성마저 제한한다. 이런 제약적 특성이 지속되는 한 연애 서사와 감정의 장소로서 경성의 중요성과 필요성은 현격히 축소될 수밖에 없다. 과연 작가는 『사랑의 수족관』을 혼사 준비로 바쁜 광호와 경희의 일상 및 쫓겨 가듯 만주로 떠난 현순의 소식을 전하는 후일담 형식으로 마감한다. 이런 결말은 주인공들의 경성만큼은 "개성이 소속되어 있는 사회층의 사상이나 습관 등"을 꿰뚫기 위한 서사적 긴장도와 복합성에 대한 매력을 웬만큼 잃어버린 상황임을 암시하는 것처럼 느끼기에 충분한 조건이다.

방금 제시한 경성의 한계와 제약을 고려하면서, 세 주인공의 인연과 사랑과 결별, 현재와 미래의 삶을 신중히 떠올려보면 어떨까? 경성의 모던은 '전선총후'의 예하에서도 "경관의 획일성을 증가시키고 일반적이고 표준화된 취향과 패션을 조장하고 전달함으로써 결과적으로 장소의 다양성을 감소시"[7]키는 방향으로 나아갈 것이었다. 이를 감안하면, 광호와 경희의 공간으로, 드디어는 현순의 공간으로 설정되는 평양 인근 평원선

부설지 '양덕',8) 만주국의 '길림'과 '사가방'(四家房, 현 수란[舒蘭])9)은 허구
적 공간을 넘어 실제적 생활현실의 장(場)으로 문득 떠오를 수밖에 없
다.10) 특히 후자는 그들의 '경성' 이후의 삶을 조율하고 결정짓는 최종
심급에 가깝다는 점에서 은폐될수록 더욱 부각되는 잠재성의 공간이랄
수 있다. '길림'과 '사가방'은 광호조차 급작스런 전근으로 처음 밟아본,
곧 직접 체험에서만큼은 미지와 공백의 땅이다. 하지만 이역만리의 그
'공간'은, 광호와 경희는 그들의 사업과 직업상, 현순은 생활과 직업상
더욱 잘 알아야하고 더 잘 알 수밖에 없는 '장소'로 그 존재감과 필요성
을, 적어도 해방의 그날까지는 나날이 더해갈 것이었다.

그렇다면 광호와 경희와 현순이 서로 엇갈려 통과・귀환・이산(離散)해
간, 따라서 서로의 대면이 애초에 불가능했던 '만주(國)'란 어떤 곳이었는
가? 일제의 국책에 따르자면, 그곳은 천황 중심의 대동아공영 및 팔굉일
우의 이상향이 장중하고도 명랑하게 펼쳐질 '왕도낙토(王道樂土)'와 '복지
만리(福地萬里)'의 신개지였다. 그러나 일만일체(日滿一體)니 선만일여(鮮滿一

---

7) 에드워드 렐프, 김덕현 외 역, 『장소와 장소상실』, 논형, 2005, 197쪽.

8) 이곳은 광호와 경희만의 공간이다. 한편 평원선은 경의선 서포역~함경선 고원역을
   잇는 영업구간 212.6㎞의 노선으로, 1927년~1941년 총15년의 공사 끝에 전면 개통되
   었다. 김광호가 근무 중인 평원선 부설 현장은 성내~양덕 구간(58.7㎞)으로 보이는데,
   1938년~1941년 해당 구간이 부설, 개통되어 평원선 개설이 완료되는 까닭이다.

9) 최근에는 통용되지 않는 '사가방'(쓰자팡, 四家房)이 현재의 '서란'(수란, 舒蘭)임은 만주
   에서 광호가 경희에게 보낸 편지의 일절 "길림사가방선이" "서란(舒蘭)탄광 때문에 부
   설"(483)된다는 것에서 확인된다. 1930년대 일본과 조선 만주입식(入植) 농민들이 비적
   (마적)에 맞서 스스로를 지키기 위해 조직・건설한 <鐵道自警村>일람표 역시 구체적
   물증이다. "所屬鐵道部: 哈爾浜鐵道局, 自警村名: 舒蘭自警村, 入植次: 第三次, 戶數: 20戶, 人
   口: 93人, 行政區分: 吉林省 舒蘭縣, 所在驛: 拉浜線 四家房". 이상은 일본 위키디피디아
   '鐵道自警村' 참조.

10) 간단히 정리하면, 만주(만철 노선을 따라가는)는 광호와 경희에게는 연애의 통로로, 광
    호에게는 근대적 테크네(techné)의 공간으로, 경희에게는 자선사업의 한계를 깨닫고 객
    관적 현실에 비로소 눈뜨는 공간으로, 현순에게는 새 생활을 위한 이주의 장소로 의미
    화된다.

如)니 하는 오족협화(五族協和)의 이념과 방법 아래 개척된 '만주 모던'은 일제 군국주의에 의해 강제, 획책된 "건설과 동원, 경쟁 등 압축 성장에 적절한 경직성 근대"의 공간으로, 본질상 "강박적 근대와 생존, 개척 등 이 혼합된 이념적·실천적 구성물"11)의 일종이었다.

만주국의 본질과 성격에 대한 이 예리한 지적은 『사랑의 수족관』에 등장하는, 조선철도를 포함한 '만철'12) 노선에도 깊은 명암을 드리울 만한 것이었다.

먼저 광호와 경희를 실어 날랐던 경성-신경(장춘) 간의 특급 '노조미'와 '히까리'. 두 특급이 끌어간 서사는 대략 이런 것이다. '니시다구미'의 토목기사 김광호가 중석(重石) 채취와 수송의 대흥광업에 필요한 철로(평원선) 공사장에서 일하다, 이경희의 아버지인 대흥콘체른 사장 이신국의 도움으로 '길림철도'로 급작스레 전근하게 된 것은 송현도와 은주부인의 계략 때문이었다. 하지만 서로 엇갈려 결별의 위기에 처했던 광호와 경희는, 일제의 만주개발계획과 더불어 조선에서 만주로 사업영역을 확장해 간 이신국의 행로를 반복하기에 이른다. 즉 경의선과 만철을 타고 경성과 평양을 지나 신경과 길림으로 입만(入滿), '농업만주'에서 '공업만주'(411~412)로 급속히 성장하는 대륙의 면모를 확실히 체험함으로써 식민

---

11) 한석정, 『만주 모던-60년대 한국 개발 체제의 기원』, 문학과지성사, 2016, 69쪽. 이 글 제목의 '모던 만주'는 독자들의 짐작대로 '만주 모던'을 염두에 두고 사용한 말이다.
12) 부산-신의주의 경의선, 경성-원산의 경원선, 평양-고원의 평원선은 운영 주체가 조선총독부 철도국이었다. 하지만 도쿄에서 만주에 이르는 철도노선의 구상과 전개에 주력한 일제의 입장에서 보면 조선철도는 '남만주철도'(만철) 지선(支線)으로 취급되기에 충분했다. 실제로 일제는 대륙 진출의 교두보 확보와 만주 통치의 효율성을 위해 1917년~1925년 조선철도의 운영권을 만철로 이관한 바 있다. 하지만 만주국 이후 만주개척민이 급증하면서 만철에 대한 조선철도의 종속성과 부차성은 더욱 강화될 수밖에 없었다. 광호의 평원선 현장(조선철도)에서 '길림사가방선' 현장(만철)으로, 또 그 반대로의 손쉬운 전근에서도 만철과 조선철도의 긴밀한 관계가 엿보인다.

지 근대화의 근원적 동력이 일제 자본과 기술에 있음을 분명히 깨닫게
된다. 이와 같은 만주의 성격과 인상은, '압축 성장에 적절한 경직성 근
대'에도 불구하고 '만주(국)'을 기회와 축복의 땅으로 상상케 하는 판타지
의 충족과 강화의 땅으로 낭만화하고야 만다.

　만약 만주(국)의 '경직성 근대'가 처할, 더욱 좁히자면, 조선 이주민(개
척민)에 드리울 암면(暗面)을 엿보고자 한다면, 광호와 경희가 다녀갔으며,
현순13)과 양자가 도착할 '길림'이나 조만간 철로가 연결될 '사가방'의
현실에 밝아야할 것이다. "서란(舒蘭)탄광 때문에 부설되는" 90km 연장의
'길림사가방선'(483, 현 吉舒鐵路)은 길장철로(장춘[신경])-길림)의 '길림'과 납
빈선(하얼빈-납법[拉法, 현 라파])의 '사가방'을 잇는 노선이다. 그런데 이곳은
일본-동해-동북만(東北滿) 코스의 입식(入植) 개척단이 숱하게 운영할 농장
(쌀)의 기대 지대이기도 했다. 그런 만큼 일·조·만인들의 토지를 둘러
싼 갈등과 싸움은 나날이 격화될 수밖에 없었다. 이런 조건은 반만항일
(反滿抗日)의 비적(공비[共匪] 포함)의 활동이나 폭력강도단 마적의 준동이 끊
이지 않는 까닭은 물론 일본 관동군과 경찰의 후원 아래 조선과 일본 농
민들이 스스로를 보위하는 자경단(自警團)을 꾸려야하는 조건이 되기에 충
분했다.

　물론『사랑의 수족관』에서 '길림사가방선'과 그 일대는 설계도면 속에
존재하는 가상의 공간일 따름이다. 하지만 재차 강조컨대, 당시에는 나
날의 신문과 잡지에 행복의 판타지를 압도하는 조선인의 불행과 비극이
거의 빠짐없이 실리곤 했다. 이 점, '길림사가방선' 일대가 한편으로는

---

13) 현순이 신경행 특급을 찾아보는 모습(438)에서 그녀가 신경을 거쳐 길림으로 들어간
　　것으로 가정하여 큰 무리가 없을 듯하다. 그녀처럼 빈털터리 신세로 직업과 생활을
　　찾아 입만한 조선인에게는 만주국 수도 '신경'보다는 동족의 삶이 벌써 빼곡한 '길림'
　　이나 '연길'이 더욱 제격일 것이다.

현순과 양자의 비극적 고통과 몰락
을, 다른 한편으로는 일제 파시즘의
파산과 붕괴라는 역사적 방향을 그
침목과 철로에 차분히 깔아가게 될
것임을 예고하는 징후적 공간임을 강
력히 암시한다.[14] 그것이 광호의 삶
과 운명에도 필연적으로 개입될 것임
은 퇴락한 사회주의자였으되 "십여
년전 '제이차세계대전'의 위기"(116)
를 예측, 토목기사 광호에게 기술사
상에의 불안과 내면의 균열을 가했
던 '청년사상가' 김광준과 그의 애
인 박양자, 그녀의 '이성형제(異姓兄
弟)'로 김광호의 사랑을 갈구했던 강

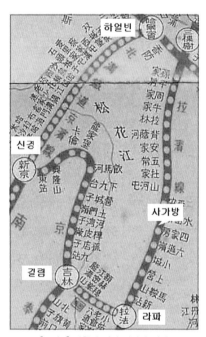

[그림 1] 만철의 길림 사가방 연선

현순이 '길림사가방선'의 어두컴컴한 역사(驛舍)의 대합실에 잔뜩 웅크리
고 있는 환영(幻影)에서 보다 분명해질 예정이었다.

　그러니 이 지점에 이르면, "자기가 소속하는 출생지대의 붕괴나 혹은
전진에의 필연적인 과정을 현현하는" 연애의 풍속과 모랄과 윤리를 관찰
하라는 과업의 할당을 피할 수 없게 된다. 지금까지 살펴온 '만주'와 기
차의 양면성이 이제 우리가 광호와 경희와 현순과 함께 떠나갈 『사랑의
수족관』의 두 갈래 여로임을 굳이 강조해둘 필요는 따로 없을 것이다.

---

14) 김남천 제시의 만주를 판타지 충족의 공간이자 판타지 분열의 공간으로 이중화하며,
　　특히 후자를 일본 파시즘이라는 이데올로기 붕괴의 역사적 방향을 예측한 것으로 이
　　해한 글로는 이수형, 「김남천 문학 연구—이데올로기와 실천을 중심으로」, 서울대대학
　　원, 1998, 53~57쪽 참조.

2. '이메 - 지'(Image)와 '이류 - 죵'(Illusion)의 만주, 통합과 균열의 양가성

한국근대문학에서 '연애' 혹은 '애정 행각' 관련 '기차' 공간을 떠올린다면, 염상섭의 「만세전」(1924)과 채만식의 『탁류』(1939)가 단연 인상적이다. 먼저 『만세전』의 이인화는 동경(東京)-신호(神戸)행 열차의 삼등칸에서 정자(靜子)의 사랑 고백의 편지를 읽는다. 헌데 이 시간은 영 내키지 않는 심정으로 위독한 조혼(早婚)의 아내를 만나러 귀국하는 길에 얹혀 있어 되레 께름칙하다. 법과 관습의 건조한 윤리가 사인(私人)의 끈적끈적한 애정과 욕망을 가로막고 있다고나 할까? 한편 『탁류』의 초봉은 이리―대전 구간의 호남선에 오르고 내린 뒤 유성온천으로 꺾어져 제약사 사장 제호와 밀애를 감행한다. 이 초조하면서도 달큰한 순간은 그러나 외롭고 고된 첩살이에 처해질 설운 팔자의 시작점에 불과했다.

[그림 2] 선만(鮮滿)을 관통하는 히까리 열차

이런 괴팍하고 불우한 '기차간 연애'에 비한다면, 김광호와 이경희의 열차 체험15)은 매우 특별한 데가 있다. 하나가 연애에 돌입하기 위한 감정 탐색과 교류의 장(場)이라면, 다른 하나는 광호와 경희 공히 혼자의 몸으로 자신들의 직분과 성찰을 성찰하고 상대방에게 전달하거나 고백하는 독백의 장이다.

먼저 철로 공사장 '양덕'에서 상경할 당시 밤늦게 탑승한 평양-경성행 특급 '히까리'(광준의 장례 후 양덕 귀환 시는 '노조미')16)의 침대차. 광호와 경희가 마주 앉은 이곳은 어색한 침묵과 부끄러운 웃음, '심장 동계'의 울렁거림과 '서로 마음의 속갈피' 탐색(47)으로 분분하다. '밤의 침대차'라는, 또 서로의 호감이 벌써 확인된 듯한 상호개방의 친밀한 내면이라는 주·객관적 장소감은 청춘남녀가 서로의 "모든 측면에 대하여 열린 마

---

15) 한국철도사에 따르면, 1934년 12월 1일부터 부산-신경(新京, 현 창춘) 사이에 직통 급행열차 '히까리'(光)가, 부산-봉천(奉天, 현 선양) 사이에 '노조미'(望み)가 운행되어, 도쿄-신경의 소요시간을 12시간 가량 단축하였다. 또한 1936년 12월 1일부터 부산-경성을 6시간 45분에 주파하는 '아까쯔끼(曉)'가 등장했다. 『사랑의 수족관』(1940)에서 경성 발차 '노조미'는 '신경'까지 운행되고 있어, 차후 종점이 '봉천'에서 '신경'으로 조정됐음을 알 수 있다. 이런 경의선과 만철의 스피드 혁신을 이르는 구호가 "조반을 부산에서, 석반을 안동(安東, 현 단둥)에서"이다. 당시의 스피드 혁신의 구체성과 낭만성에 대해서는 한석정, 『만주 모던─60년대 한국 개발 체제의 기원』, 82~89쪽 참조.
16) [그림 2] 우측 상단에 '선만(鮮滿)을 관통하는 아까쯔끼·히까리·노조미 열차'라는 제목 아래 "부산-경성간을 겨우 6시간 45분의 쾌속으로 달리는 초특급 「아까쯔키」, 정적(靜寂)을 뚫고 직진하는 「히까리」「노조미」는 아침저녁 각 1회 부산에 발착(發着)한다. 「히까리」는 신경까지, 「노조미」는 봉천까지 상호 직통 운전하며, (이 특급열차들은) 무엇보다 화려한 일등전망차, 설비 완벽한 각등(各等) 침대차와 식당차를 연결하여 쾌속으로 운행하고 있다. 특히 「히까리」는 내지(內地)의 특급 후지(富士)와 바로 연결, 동경부터 신경까지 겨우 55시간의 초스피드로 달리고 있다"라고 적혀 있다. 사진은 히까리 전망차와 식당차. 이상은 朝鮮總督府鐵道局, 『半島の近影』, 1937, 4쪽 참조. 한 가지 덧붙인다면, '만철'을 대표하는 최고의 기차는 1934년 11월 운행을 개시한 'あじあ'(아시아)다. 대련(大連, 현 다롄)─봉천─신경─하얼빈을 운행한 특급열차로, 통상 시속 80km로 만주벌판을 질주했다. 일본 기술의 상징인지라 만주 소개 사진이나 엽서에 가장 자주 등장하는 대상으로 이름 높다. 만약 김남천이 만주를 본격적으로 다뤘다면, 주요 소재로 등장했을 가능성이 매우 높았을 듯싶다.

음으로 느끼고, 감정이입적 그리고 공감적으로 경험하려는 시도"17)와 욕
망을 매우 자연스러운 것으로 만든다. 자본이 허락한 첨단문명의 침대칸
이 광호와 경희의 영혼과 육체에 함께 아로새겨질 어떤 욕망과 꿈, 어떤
열정과 가치의 '무의식적이고 진정한 장소감'을 환기하는 에로스의 장소
로 떠올랐다는 의미화와 가치화가 여기서 시작된다.

하지만 평양-경성행 '히까리'는 '만주' 이전이다. 식민지 조선이기는 마
찬가지였지만, 이인화의 구더기가 들끓는 공동묘지의 확인도, 조선과 중
국과 일본 옷을 뒤섞은 우스꽝스런 사내(현진건, 「고향」)의 목도도 맞춤하
게 차단되었다. 그러므로 각자의 '스위트 홈'을 향해 달리며, 서로의 내
면과 감정을 호흡하고 탐닉하는 그 풍요롭고 열띤 공간은 역사현실 이전
이거나 이후인 셈이다. 아니 더욱 현실적인 표현을 써보자. '히까리'와
광호와 경희가 환등기의 낭만적 레퍼토리처럼 "그 안에서 사랑이 이루
어지기도 했고, 평생에 걸쳐 지속될 우정이 싹트기도 했"18)던 열차와 승
객의 모델로 식민지 조선의 독자(관객) 앞에 문득 출현한 것이다. 여기까
지는 직분(職分)의 윤리에 목맨 토목기사 광호도, "직업부인이나 가난한
노동부인"(200)을 위한 탁아소를 꿈꾸는 경희도 잠재적 존재일 뿐 눈앞의
실체는 아니다.

그렇다면, 희망('노조미')의 만주를 향해 빛('히까리')의 속도로 달리던 특
급열차들(광호와 경희는 '노조미' 탑승)은 길림을 따로 오갔던 두 연인에게는
또 어떤 대상이자 의미였을까?

---

17) 에드워드 렐프, 『장소와 장소상실』, 151~152쪽.
18) 빌 로스, 이지민 역, 『철도, 역사를 바꾸다』, 예경, 2014, 135쪽.

[그림 3] 만주국 수도 신경 대로

[그림 4] 길림역 · 공주령역 · 사평가역 외

사진엽서 2장([그림 3] [그림 4])에 박힌 '모던 만주'는 광호와 경희가 만주를 관통하며 실감했을 제국의 사상과 우승(優勝), 곧 속도와 기술, 높이와 넓이, 계량과 예측의 첨단을 자랑하는 예로써 모자람 없다. 이것은 '만철'이 승객과 화물만을 실어 나르지 않았음을 뜻한다. 엽서 앞면의 문명현상과 뒷면에 손수 적은 가슴 벅찬 근황을 통해 다음과 같은 만주국의 이상과 목표가 기차와 기선을 통해 조선과 일본으로 나날이 전달되었다. "3천만 민중의 총의에 기초하여 순천안민(順天安民)의 큰 뜻에 따라 왕도정치를 실시하고, 민족협화를 구현하며, 인류영원의 복지를 증진하기 위해 태어난 신흥국가"가 만주국[19])이라는 사실 말이다.

그러나 유의하라. 만주국의 이상을 앞세우는 순간 '만주의 풍토'는, 다시 말해 만주국은 "기차가 이끄는 대로" "제도대우에" 그려진 ''이메-지와 이류-종"(325)[20])의 낭만적이며 이상적인 공간으로 내면화될 수밖에 없다.[21]) 이 부분은 연구자들이 김광호의 친체제적 성격을 논할 때 직분의 윤리와 더불어 힘주어 강조하는 대목이다. 그를 "제국의 주체로 다시 태어난 인물"로, 혹은 "기술과 합리를 동양적 인도주의에 결합하고 있는 신생한 제국의 '청년'"으로, 혹은 교토학파 미키 키요시(三木淸)의 협동주의를 얼마간 체화한 존재로[22]) 취급하는 경우가 그것이다.

과연 광호는, 그의 형 광준의 평처럼, "냉정한 것, 지내치게 침착한 것이 기술가다운"(519), 그리하여 직분의 윤리와 가치중립의 태도로 사회현실에 대해서는 도대체 무감, 무관한 지식기사에 불과한가? 광호의 현실

---

19) 만주국 국무원 홍보처 간행의 『선전(宣傳) 연구』. 여기서는 야마무로 신이치(山室信一), 윤대석 역, 『키메라-만주국의 초상』, 소명출판, 2009, 136쪽.

20) 광호의 '만주', 더욱 좁게는 '길림사가방선'에 대한 '이미지'와 '일루전'의 기초자료는 '비행기'에 의한 사진측량, 그것을 토대로 작성된 '일만분지일'의 지도, 그 위에 최단거리를 취하여 그려지는 철로의 예정선이다.(325) 이는 광호의 환상이 "제국(만주-인용자)을 모방했을 터인 지도를 어느 사이엔가 제국('니시다구미'의 토목기사 광호-인용자)이 모방하고 있다는 역설"(와카바야시 미키오[若林幹夫], 정선태 역, 『지도의 상상력』, 산처럼, 2002, 19쪽) 속에서 발생한 것임을 말해준다.

21) 이 장면은 광호가 불온한 사상 및 양자와의 산책 때문에 벌어진 광신의 퇴학 문제를 결정짓고 공무실로 돌아와 '길림사가방선' 철로 건설을 위한 지도를 작성할 때 떠오른 것이다. 총독부의 권력이 울울한 학교와 토목기사의 직분이 가득한 공무실의 대조적 장면은 과감히 말해 법 위에 법 천황의 권력(폭력)이 강력해질수록 기술의 가치중립성에 대한 신뢰 역시 더욱 커질 수밖에 없음을 뜻한다. 그러므로 가상(환상)의 '이미지'와 '일루전'이 강력하다는 것은, 역설적으로 말해, 광호의 내면에 천황 파시즘 체제에 대한 어떤 회의와 비판이 꿈틀대고 있을지도 모른다는 것을 암시한다.

22) 차례로 김철, 「'근대의 초극', 『낭비』 그리고 베네치아(Venetia)」, 『민족문학사연구』 18호, 민족문학사학회, 2001, 393쪽., 정종현, 「근대문학에 나타난 '만주' 표상」, 『한국문학연구』 28호, 동국대 한국문학연구소, 2005, 240쪽., 이철호, 「동양, 제국, 식민주체의 신생」, 『한국문학연구』 26호, 동국대 한국문학연구소, 2003, 307쪽.

에 대한 시각과 태도를 엿보기 위해서는 역사현실로서의 '만주(국)'에 대한 그의 면모와 내면을 살펴보는 작업이 중요하겠다. 다음은 그가 몇 번 지나쳐봤을 따름인 추상적 공간 '만주'가 아니라 처음 땅을 밟고 답사까지 해본 길림-사가방 지역에 대한 소감인바, 무엇보다 '공업만주'에 대한 자랑과 신뢰가 대단하다.

> ─경희씨. 언제도 말씀한 것처럼 우리는 기술이 하나 하나 자연을 정복해 가는 그 과정에 흠빡 반하고 맙니다. 철도는 석탄의 운수를 위하여 필요합니다. 석유가 어디에 씌이는 것까지는 기술가는 묻지 않습니다. 그 것이 어디에 씌이건 석탄을 가지고 석유를 만드는 것만이 새로운 하나의 기술의 확득이었고, 그것을 운반하는 데 철도로 하여금 충분히 그의 힘을 다하게 만드는 것만이 우리의 의무올시다.(485)

'현대청년' 김광호의 내면은, 하이 모더니즘(high modernism)류의 "자연에 대한, 원대한 '디자인을 통한 지배'"의 욕망으로 울울하다. "기술이 하나 하나 자연을 정복해 가는 그 과정"이라는 표현에서 보듯이, "과학기술과 기계에 대한 자부심, 문명의 강요, 원시적 자연을 파헤치는 기술과 반듯한 도로에 보내는 찬양"[23)에 열렬하다. 모던 일본의 합리성, 효율, 과학, 기술이 조선·만주·남양(南洋)의 식민공간에서도 '흥아(興亞)기술'이라는 용어로 널리 이식되어 안정적인 식민 통치와 전시 동원을 위한 이데올로기[24)로 작동했음을 고려하면, 광호는 기술과 직업에 충실한 직분의 윤리를 넘어, "건강정신을 발양하고 민족협화를 철저히 하며" "일

---

23) 한석정, 『만주 모던-60년대 한국 개발 체제의 기원』, 31쪽. '하이 모더니즘'은 '북미·유럽의 과학기술적 발전에 대한 신념'을 이르는 말로, "이것은 분류, 일반화, 통계적 지식의 대상으로 물화된 자연과 사회에 대해 완벽한 사회질서를 지향하는 디자인"을 목표한다.(한석정, 같은 책, 41쪽 참조)
24) 한석정, 『만주 모던-60년대 한국 개발 체제의 기원』, 40쪽.

만(日滿) '일덕일심(一德一心)'의 정신"25)을 충실히 체현하려는 제국의 신민
(臣民)에 가까이 서있는 듯하다.

 실제로 길림의 광호는 경성의 경희에게 보내는 편지에서도 '길림사가
방선'의 건설이 석탄의 액화를 통해 인조석유를 만들기 위한 사회간접자
본의 일종이라는 것, 이 사업의 영역이 북선(北鮮)의 아오지탄광에서 만주
까지 이를 것에 대해서만 적고 있다. 만주의 농토개척을 위한 조·일 입
식단(入植團) 문제는 물론이고, 길림의 일상생활을 바꿔버린 근대화 양상
에 대해서도 한마디도 거론하지 않는다. 오히려 만주의 의외로 수려한
자연풍경과 근대화된 길림시가의 인상에 놀라움을 감추지 못하는 인물
은 '동양의원'에 입원한 김광호를 찾아 경성에서 길림까지 기차를 바삐
달려온 이경희였던 것이다.(525~526)26)

[그림 5] 길림시가 전경   [그림 6] 길림성 공서(公署)

25) 貴志俊彦, 『滿洲國のビジュアル・メディア―ポス多――・繪はがき・切手』, 吉川弘文館, 2010, 147頁.
26) [그림 5] 사진엽서는 좌측 상단에 "산수쌍려(山水双麗)"라고 적었고, 우측 하단에 <『길
   림』시가 전경>이라는 제목 아래 "동만(東滿)의 중추 길림은 철도 네 길(四道)이 달(達)
   함에 따라 최근 그 중요성을 한층 더한다. 시가(市街)는 송화강 왼편으로 열리고 배후
   에 산을 등지는바, 산자수명(山姿水明)한 고적(古蹟)인 까닭에 '만주의 경도(京都)'로 불
   린다"라고 기록했다. [그림 6] 사진엽서는 좌측에 '빛나는 위용'이라 적은 후 하단의<
   『길림』길림성 공서(公署)>라는 제목 옆에 "천혜의 땅 길림성을 총괄하는 성공서(省公
   署)는 위풍당당한 가운데 그 어디라도 고도(古都) 길림의 정조를 잘 드러내어 근대적
   만주 건축양식의 모델로 칭해지는 이채로움을 자랑하고 있다"라고 기록했다.

'현대청년'은 그러나 '기술의 모던'에만 그칠 수 없다. 김광호는 기술의 가치중립성을 토대로 에디슨으로 대표되는 기술의 공익성·공공성을 강조하며, 살인기술에 이용되는 도구성의 폭력적 만연의 가능성에도 고개를 가로젓는다. 하지만 그렇다고 해서 피해갈 수 없는 문제가 없는 게 아니다. **"어디에 씨이는 것까지는"**(강조-인용자) 묻거나 회의할 필요 없는 '기술'에서 존재의 정신과 행동, 그 수단과 목적 모두를 문제 삼는 '사회'로 눈을 돌리는 순간 문득 와 박히는 하위주체들의 생활과 교육 문제(252)가 그것이다. 게다가 김광준이 예견한 인간 붕괴의 전조와 확장으로서 전쟁 문제가 더해진다면 그의 뇌리는 더욱 복잡해질 것이다.27)

이 사태들은 광호의 내면을 종종 우울과 고통과 절망에 빠뜨리며, '펫시미즘'(비관주의)과 '스켑티시즘'(회의주의)(251~252)을 피할 수 없는 삶의 조건으로 불러온다.28) 이를테면 만주의 벽공무한(碧空無限)을 가로지르는 매서운 '비행기의 눈'을 빌려 그의 냉철한 두뇌와 날렵한 손이 그려내는 '길림사가방선'이 당장 그렇다. 이 철로는 무엇보다 '공업만주'를 위한 노동자, 기초물자, 생산품 및 '농업만주'를 위한 지역민과 농산품, 나아가 여흥과 객수에 몸 맡긴 여행객의 선한 루트로 각인될 것이었다. 하지만 그것의 안전한 부설과 경영, 마적에 맞선 경비의 책임은 천황 파시즘제의 실천 제도로서 만주국에 딸린 '만철'과 관동군의 몫이었다. 이에 따

---

27) 광호는 10여 년 전 광준에게 '제이차세계대전의 위기'에 대해 귀가 닳도록 들었음을 떠올린다. 그는 현재의 구라파전쟁과 영미의 폭격에 대비한 경성의 방공연습을 매일매일 마주하면서 시대와 기술의 폭력에 밝았던 광준을 환기하는바, 그 순간 "가슴은 이상한 상념에 사로잡히고"(116) 만다.

28) 광호는 이미 '양덕' 현장으로 복귀할 때 경회에게 자선사업의 한계를 시니컬하게 비판한바 있다. 탁아소 운영을 통한 "정의감의 주관적 만족"은 "울타리 밖에 널려있는 모든 현실"(172)을 눈에 담는 순간 자아와 현실에 대한 회의와 모순에 빠질 수밖에 없다는 것이 광호의 주장이었다.

라 '길림사가방선'은 제국의 이윤에 충실한 자본과 생산물자, 그것을 보위하는 군인과 군수품, 또 낯선 이토(異土)를 새로운 향토(鄕土)로 개척하려는 이식민(개척민)이 지배하고 활보하는 식민주의의 오만하고 잔인한 루트로 비틀릴 수밖에 없었다.

　물론 일제 식민주의의 압도적 출현과 군림은 '길림사가방선'에서 처음 드러날 현상과 문제는 아니었다. 그것의 본선 '만철'이 예시하듯이, 일제 식민주의는 메이지(明治)시대의 러일전쟁 이후 '동양평화론'에서 현재 쇼와(昭和)시대의 '왕도낙토론'까지를 관통하는 만주 일대의 일상적 풍경이자 문법이라는 데 문제의 심각성이 존재한다. 교토제대 출신의 명민한 기술자이되 식민지 청년이었던 광호가 천황에 봉공(奉公)되는 제국의 폭력적 욕망과 공격적 심상지리에 어두웠을 리 만무하다. 다만 기술자로서 직분의 윤리와 기술의 가치중립성에 대한 신뢰감이, 아니 그것으로 둘러싼 사회현실에 대한 의도적 회피가 식민주의의 암면(暗面)과 불구를 애써 외면하거나 숨기는 소극적인 자아구원의 술책으로 작동했을 것이다.

　헌데 광호는 스스로 경희의 자선사업에 대한 조언과 비판을 던지면서, 기술로써 해결되지 않는 사회현실 속 하위계급의 생활과 교육 문제를 언급한 후 '펫시미즘'과 '스켑티시즘'에 종종 사로잡힌다는 사실을 문득 토로한다. 추측컨대 이 지점은 사회를 향한 윤리와 관심의 부재 혹은 회피에 따른 내면의 불안과 우울, 혹은 수치심과 모욕감에 관련될 것이다.

　이와 관련하여, 대흥콘체른의 영양(令孃) 경희의 자선사업(탁아소 운영)이 "정의감의 주관적 만족"(172)을 위한 "자기위안과 자기도취"(44)의 인도주의에 그치지 않고 "누구보다도 앞서서 사회와 싸워 나갈 수 있다는 자긍"(529)의 원천이 되도록 조언하는 광호의 모습은 퍽 시사적이다. 반전론자인 동시에 혁명적 사회주의자가 주인공인, "마르탕·듀·가-르의 소설 『티보-일가(一家)』 제이권 「소년원(少年園)」"에 대한 독서를 권유(242) 하고 또 거듭 확인하는 모습(250)이 그것이다.29) 주인공의 불온과 저항은 경희로 하여금 식민지 현실을 직시하는 한편 자본의 과실(果實)에 길들여 진 자기의 한계를 되돌아보게 할 것이다. 이 성찰 행위는 결과적으로 자 선사업을 "최소한의 선(善)이래도 안 하는 것보다 하는 것이 낫겠다"(172) 는 소극적 윤리주의를 넘어 "탁아소를 나와 역시 울타리 밖에 널려 있는 모든 현실, 그것을 바라보게"(172) 이끈다는 점에서 더욱 계몽적이며 실 천적이다.

사실 『티보-일가』는 식민 현실의 모순과 고통에서 비교적 무감한 채 "직업부인이나 가난한 노동부인"(200)을 돕기 위한 탁아소를 구상 중인 경희만의 독서대상이 아니다. 그녀의 자선사업에 대한 신봉과 마찬가지 로 기술의 가치중립성에 대한 광호의 믿음 역시 낭만적이고 이상적이다. 바른대로 말해 두 연인의 자선사업과 기술세계는 "그 '안'에는 충실할 수 있지만, 그 '밖'에서는 무력해지는"30) 모순과 좌절의 대상이기도 하 다. 이 점, 『티보-일가』는 경희와 더불어 광호 자신에게 계속 권유될 수밖에 없는, 다시 말해 서로 모순되는 자아와 세계에 대한 번민과 성찰 에 반드시 필요한 예시와 모범의 서적임을 강력히 시사한다.

그렇다면 이렇게 물어야 한다. 김남천과 동시대의 비평가 최재서가 '가 족사연대기 소설'로 정의했던31) 대하소설 『티보-일가』(1922~1940)에 대 한 김광호의 관심과 교양은 어디서 비롯된 것인가. 당시의 '구라파전쟁'

---

29) 광호의 『티보-일가(一家)』 소개 및 이 소설이 가지는 의미에 대해서는 박진숙, 「일제 말기 사회사업의 텍스트화 양상과 그 의미」, 『개신어문연구』 32, 개신어문학회, 2010, 128~139쪽 참조.

30) 김지형, 「전환기의 사상, 리얼리즘의 조건-김남천의 『사랑의 수족관』을 중심으로」, 『민 족문학사연구』 44, 민족문학사학회, 2010, 411쪽.

31) 최재서, 「토마스·만 <붓덴부로-크 一家>」, 『최재서평론집』, 청운출판사, 1961, 236쪽.

에 비견되는 제1차 세계대전이 시공간적 배경이라는 것, 그 파국의 상황
을 과학자처럼 실증적이며 합리적인 정신으로 이겨가려는 의사 앙투안
과 사회변혁에서 자기 가치를 실현하려는 이상주의자인 동생 자크가 주
인공이라는 것, 그 결과로 앙투안은 전쟁에 처한 비참한 국민의 구원으
로 상징되는 국가공동체에의 임무 완수를 위해 참전의 길을 택한다면,
자크는 병역거부 사상을 선택, 자기희생을 완결함으로써 동포의 운명 전
체를 위해 싸우게 된다는 것. 앙투안의 모습은 두 말할 나위 없이 광호
와 닮았다면, 자크의 형상은 형 광준에 아우 광신을 더한 모습과 유사하
다. 『티보-일가』의 가족사연대기는 광호 삼형제의 삶을 비추고 해석할
수 있는 거울이자 유용한 틀에 해당된다는 것이 이 지점에서 명료하게
드러난다.

　실제로 그랬다. '빠-'의 여급 양자와 동거하다 급성폐결핵에 걸려 사
망한 왕년의 사상청년 광준을 광호는 '생명의 낭비자'(52)라 일렀으며,
"이 세상을 살아가는 데 신념과 가치를 완전히 잃어버"(54)린 채 급격히
무너져가는 모습에서 적잖은 충격을 받는다. 이에 반해 문학가 지망의
이상주의자 아우 광신은 광준과 양자의 생활을 "성격 파산을 가지구 습
관과 세태에 역행해서 하나의 시대적인 항거를 하고 있다"라고 주장하
는 한편, 광준이 "생사의 경지를 헤매면서 그렇게 침착히 누워있는 건 참
말 아름다운 시(詩)라고 생각"(62)한다.32) '생명의 낭비자'라는 힐난과 광
신의 평가에 대한 냉소가 시사하듯이, "형의 사상이나 주의에 공명하지
는 않았고 지금도 그러한 입장에 서고 싶지는 않"(251)은 게 광준을 향한
광호의 공식적 입장이자 태도이다.

─────
32) 시대현실에 대해 첨예한 관심을 가진 광신은 기술자 광호에 대한 불신과 야유를 "토
　목기사가 인정심리를 뭐 안담!"(62)이라는 한마디로 표백(表白)하고 있다.

하지만 광호는 끝내는 "어딘가 나의 생각에는 형의 영향이 남아 있는 것 같"(251)다고 고백하고야 만다. 이는 그가 역사현실에 대한 광준의 시각과 태도에 얼마간 공명하고 있음을, 따라서 현실의 개조나 변혁에 애써 눈감을 수밖에 없는 기술자의 우울한 내면, 곧 '펫시미즘'(비관주의)과 '스켑티시즘'(회의주의)의 씨앗이 광준을 통과하며 싹튼 것임을 뜻한다. 그렇다면 억지로라도 광준의 현실변혁의 '사상'과 친화한다면 기술자 광호의 불안과 우울은 치료될만한 성질의 것인가? 그럴 수 없다는 것은 광준의 죽음 이후에도 "형의 사상이나 주의에 공명하지는 않"는다는 선언에 분명하다. 또 그렇다면 광호의 삶에 수시로 개입하는 "형의 영향"은 도대체 무엇이란 말인가?

그 비밀의 편린은 광준이 "신념과 가치를 완전히 잃어버리게 되기는 아마도 작금 양년간이 아닌가"라는 상황 판단과, 경희의 자선사업을 이해한다며 그녀에게 건네는 "신념만 확립될 수 있다면 사람의 마음의 진공상태만은 면할 수 있다"(274)는 말에서 엿보인다. 두 말에 공통된 단어는 '신념'인바, 이것은 광준의 결정적 영향이 어떤 '가치'에 대한 '신념'에 있음을 넌지시 암시하는 장면이 아닐 수 없다. 과감히 말해, '사상'의 '신념'으로의 대체가 광호와 광준을, 또 광호와 경희를 결속, 통합하는 원리임이 명확해지는 순간인 것이다. 사상과 신념이 서로 전유되는 순간은 다음과 같이 설명될 수 있을지도 모른다.

변혁 사상과 기술의 가치중립성, 자선 사업은 긴밀한 연관성이 거의 없는 영역들이다. 하지만 그것을 포지한 한 개인을 이끌고 밀어가는 신념과 가치일 때 주체의 최종심급의 생명선으로 작동한다는 점에서는 전혀 동일하다. 요컨대 광호는 광준의 시대현실을 꿰뚫는 사상과 이념에는 동의하지 않았으나, 그것을 시공간 초월의 신념으로 전유한 광준의 태도

만큼은 부인할 수 없었다. 광호 자신 역시 제국의 확장을 향한 영토 개척과 전쟁에 봉사하는 '기술의 사상'에는 동의하지 않으나, 기술은 전 인류를 위해 봉사하는 불편부당한 기제여야 한다는 신념 소유자이다. 이런 광준과 광호의 유사성은 "경희씨에겐 어떤 확고한 신념이 있다는 생각"(273) 아래 "제의 하는 행동과 사업의 한계성(限界性)만 명확히 인식하고 있으면 자선사업도 또는 그보다 더 소극적인 행동도 무가치하지는 않"(274)다는 타자의 승인과 결속을 필연적으로 불러오도록 예정하는 관계 형성과 유지의 매개체였던 것이다.

그러나 그것이 어떤 성격과 목표를 가지든지 모든 신념은 자아와 세계의 승인 아래 진정성과 윤리성을 함께 갖추고 구축할 때야 건강하며 위력적이다. 변혁 사상의 억압과 훼손에 처해 주체의 생명선이 어떤 임계상황을 견딜 수 없게 된 순간, 물론 직접적 사인은 급성폐결핵이었지만, 광준은 "더 살아서 아무 소용이 없어졌을 때 알맞춰 나의 육체가 살 수 없게 되는 것이 나는 반갑고 기쁘다"라고 고백한다. 이것은 광준이 스스로에게 내린 사망 선고로, 허나 그는 '사상'에의 '신념'과 '가치'가 있었기 때문에 끝내 '펫시미즘'(비관주의)과 '스켑티시즘'(회의주의) 어느 것에도 포위되지 않은 채 담담한 죽음을 살게 되는 것이다.33)

이와 관련하여, 광준의 죽음 속에서 발견되고 실천된, 평생의 '자기사업'(사상, 기술, 자선사업)에 대한 신념과 가치의 종요로움을 생각하면, 『사랑의 수족관』에 두 번 등장하는 '병원'을 둘러싼 인물 관계와 동선은 충분히 주의하여 마땅할 듯싶다.

---

33) 수전 손택에 따르면, "결핵은 시간의 질병이다. 결핵은 삶이 빠른 속도로 진행하도록 만들며, 삶을 돋보이게 만들고, 삶을 정화한다".(『은유로서의 질병』, 이후, 2002, 27쪽) 광준의 죽어서 기쁘다는 말과 생사의 기로에 선 장형을 향해 광신이 부여한 "참말 아름다운 시(詩)"라는 말에 손택의 정의가 고스란히 작동 중이다.

[그림 7] 길림 동양의원

　첫째, 경성의 병원은 광준의 죽음을 계기로 광호와 현순의 첫 만남이 성사된 곳이다. 결국 현순의 광호에 대한 사랑은 성취되지 못했다. 하지만 살아남은 자로서 광호와 현순과 양자의 만남은 어떤 방식으로든 지속될 수밖에 없을 것이었다. 왜냐하면 그녀들의 '생활'과 '직업'은 언제 어디서든 광준의 '사상'의 대상이자 목표였다. 따라서 그녀들은 광준에 대한 애도와 기억의 순간마다 궁금증과 함께 광호의 뇌리에 떠오를 것이었고, 광호의 직업상 '길림-사가방' 연선 어딘가에서 만나질 미래의 관계로 언제고 묶일 것이었다. 그녀들은 광준처럼 눈앞에는 부재하지만 늘 현실로 도래하는 존재들이라는 점에서, 비록 만주에 외떨어져 있지만, 광호와 경희 곁에 늘 상존하며 그들 삶에 끊임없이 개입해갈 영속의 타자인 셈이다.

　둘째, 광호와 경희의 병원은 길림의 '동양의원'이다. 둘은 그곳에서 서로 마주치기는커녕 엇나간다는 점에서 '동양의원'은 별다른 의미를 지니지 못하는 듯하다. 하지만 동양의원이 자리한 길림은 광호와 경희에게

'만주 모던'의 실체를 몸소 체험, 확인케 한 공간이다. 그런 만큼 그들의 '기술세계'와 '자선사업', 심지어 대흥콘체른의 자본 진출에도 어떤 신념과 가치를 부여할 공간이었다. 그런 점에서 동양의원은 철도국, 순환광장, 건축기지(526) 등과 더불어 '이메-지'와 '이류-종'에 머물렀던 길림에 실체성과 잠재성을 함께 부과하며, 그럼으로써 두 연인의 만주에 대한 환상과 이해의 한계를 깨뜨리는 모종의 치유와 갱생의 공간으로 거듭날 자격을 얻는다.

하지만 그들의 신념과 가치는 아직은 삶의 개선을 위한 '사상'보다는 '윤리(선)'의 영역에 머물러 있다. 그러므로 현실의 간섭에 의해 그 목표와 가치가 끊임없이 진동할 가능성이 농후하다. 광호의 입원 사유가 '독감'인 까닭이 여기 있다. 하지만 일단은 광호는 '경성' 아닌 '길림'에서 기술과 근대의 신념을 재차 확인함으로써, 또 경희는 만주 이전의 자신을 객관적으로 성찰하게 됨으로써 예의 '독감'은 치유된 것이며, 감염의 위험도 훨씬 덜어진 것이다.

그러나 그들의 "신념과 가치"가 어떤 식으로든 하강하는 순간 그곳이 길림이든 경성이든 '독감'은 두 연인을 무섭게 감염시킬 것이었다. 그들이 길림에 남모르게 던져진 현순과 양자의 삶에, 또 조선 이주민(개척민)의 삶에 무심할 수도 무심해서도 안 되는 이유가 여기 있다. 이 순간 '길림-사가방'은 광호와 경희에게 표면적으로는 미지와 공백의 기표지만, 심층적으로는 이미 '앎'과 '현실'의 기의로 그들의 내면을 장악중인 '지금·여기'의 공간일 수밖에 없다.[34] 길림이 경성의 외곽이 아니라 또 다

---

34) 이런 점에서 나는 다음의 언급을 김남천의 리얼리즘에 관련시킨 김지형의 주장에 적극 동의한다. 은주부인과 송현도의 음모사건을 계기로 "이경희는 비로소 음모의 최종 생산자, 가상한 폭격기가 자아내는 이데올로기 효과의 최종 생산자, 그리고 직업에서 자기의 생활을 세우고자 하는 강현순의 삶의 조건, 나아가 자신의 탁아소 경영의 '현실적' 가치

른 내부임이 새삼 드러나는 지점이다. 김남천은 이런 잠재적 시공간에 대해 "벌써 이 소설의 영역이 아닐 것"(546)이라면서 『사랑의 수족관』의 '피나-레'(533)를 선언했다. 하지만 '길림-사가방' 일대에서 "방황하는 금붕어"[35]들의 비극이 조만간 드러날 예정이었기에, '피날레'는 '또 다른 출발'의 다른 이름일 따름이었다.

3. '길림─사가방' 일대에서 "방황하는 금붕어"들의 운명

(1) '길림'에서의 생활과 직업, 혹은 관리되는 육체

미지와 소문의 땅 길림을 떠올리며 신경행 특급을 찾아보는 현순의 모습(438)은 두 가지 사실에서 인상적이다. 광준과 사별한 양자가 만주행을 먼저 마음먹었다는 것, 이에 자극받은 현순 역시 광호와 이별하려고 만주행을 결심한다는 것, 하지만 그 순간 광호의 길림행이 광호로부터 전달된다는 것. 두 자매의 만주행이 이주와 개척의 신개지를 꿈꾸기보다 광준, 광호에 대한 별리와 망각을 목적하는 충동적 행위임이 여지없이 드러난다. 아니나 다를까 "나는 조선에도 만주에도 마음 붙여 살 곳이 없어지는 것이 아닌가"(439)라는 현순의 침울한 고백을 들어보라. 오갈 데 없는 떠돌이 삶에 방불한 이 모습은 경성에서의 가옥(家屋) 체험, 곧 경희가 마련해준 일급의 '야마도아파트'[36]를 떠나, 원래 살던 "토인부

를 결정하는 최종 심급을 '물을 수 있는' 지점에 도달한 것이다".(김지형, 「전환기의 사상, 리얼리즘의 조건-김남천의 『사랑의 수족관』을 중심으로」, 앞의 책, 417쪽)
35) 파국(완결)을 향해 치닫는 『사랑의 수족관』 후반부의 일절 제목(425)으로, 만주행을 결심한 현순과 양자의 혼란스런 내면과 당황한 외형을 두루 표현하는 비유로 읽힌다.

락" 같은 동네 속의 비좁고 누추한 '수운장아파트'로 다시 돌아오는 모습에 비견될 만하다.37)

[그림 8] 길림시내   [그림 9] 길림역

물론 인용 엽서([그림 8] [그림 9])에 보이듯, 그녀들이 갓 도착한 신식의 길림역과 길림 시내는 경성만큼이나, 아니 그 이국풍 때문에 더욱 환상적이고 매혹적인 공간에 가까웠다.38) 길림은 그러나 그곳이 휘황해질수

---

36) '야마도아파트'는 집 내부에 양복장과 화장대, 테-블과 응접 의자, 침대와 거기 드리운 '커-틴', 스팀과 수도와 취사장을 모두 갖춘 위생적이고 편리한 공간(381)으로, '수운장아파트'에서 불가능했던 개인의 내밀한 생활도 보장하는 지극히 근대적이며 사적인 장소였다. 마찬가지로 현순과 경희가 욕망하는 탁아소 건물 역시 생명력 넘치는 자연환경과 더불어 공적 사무와 사적 생활에 편의성과 통합성을 함께 제공하는 이상적 공간('지상천국', 231)으로 제시된다.

37) 경희는 탁아소 사업을 상의하기 위해 현순의 '수운장아파트'를 방문할 때마다 "낯설은 이국의 『토인부락』을 심방하는 듯한 느낌"과 더불어 "음침하고 무섭고 그리고 그곳을 내왕하는 사람들의 눈초리도 어딘가 방심할 수 없는 그러한 경계심을 도발시키는 것"(226) 같은 공포와 불안에 떨었다. 아는 이 하나 없이 만리타향 '만주'에 버려진 현순의 심정 역시 이와 방불했을 것이다.

38) 좌측 엽서([그림 8])는 길림의 '대마로(大馬路)' 사진에 "넘치는 활기"라는 설명을 달았고, 좌측 하단의 <『길림』 대마로>라는 제목 아래에는 "대마로는 길림역에서 성내(城內)로 향하는 큰 거리로, 구라파풍의 건축물이 늘어서서 번영을 구가하는 거리에는 많은 사람과 차들로 인해 활기가 흘러넘치고 있다. 일본인 상점도 곳곳에 모여 보기 드문 발전상을 자랑하고 있다"라고 적었다. 우측 엽서([그림 9])는 '길림역' 사진에 "교통의 중심"이라는 설명을 달았고, 우측 하단의 <『길림』, 정거장 앞>이라는 제목 옆에는 (글자가 희미한 관계로 독해 가능한 대로 요약하면) "길림은 신경(新京)과 비교적

록 그녀들의 초라함과 비참함 역시 덩달아 심해지는 차가운 이토(異土)였다는 점에서 문제적이었다. 무엇보다 생존을 위한 몸부림이 강요되는 곳, 그러니까 "글쎄 나야 캬바레나 홀에다 닥치는 대로 설 수 있지만 너야 양재를 가지구 살아가야 하지 않겠니"(441)라는 양자의 말이 오롯이 진리가 되는 '당신들의 천국'이었기 때문이다. 여기에 그녀들의 길림에서의 첫 다짐과 임무가 "그의 몸을 부둥켜 새울 신념의 기둥은 역시 생활과 직업의 가운데서 찾아볼밖에 딴 방도가 없었다"(439, 강조-인용자)[39]라는 스스로의 말을 한 치도 벗어날 수 없는 까닭이 존재한다.

그러나 현순과 양자의 만주 생활과 직업을 서둘러 하나로 확정하기 전에, 당대 만주 일대의 역사현실을 재구성함으로써 그녀들 삶을 둘러싼 전형적 환경을 꿰뚫어본다면 어떨까. 먼저 만약 광준에 의해 견인된 만주행으로 그 가치를 드높인다면, 그녀들 삶의 좌측에는 저항의 사상과 해방의 신념이 너울대게 될 지도 모른다. 잘 아는 대로, 길림은, 일찍부터 중국 내지와 소련을 연결하는 하나의 중계점이자, 맑스 - 레닌주의 사상이 일본(따라서 조선도 포함될 수 있다)으로 수입되는 비밀 통로의 하나였던 '동양의 모스크바' 하얼빈[40]의 지적이었다.

가깝고 라파(拉法)를 통해 하얼빈과 연결되며(납빈선-인용자) 송화강의 수운(水運)도 있어 주변과 사통팔달로 연결된다. 사진은 길림역 앞의 경관이다"라고 적었다.

39) 탁아소 운영('직업')을 꿈꾸며 현순이 기대했던 '생활'은 그 대상이 "몸에 두르는 의장(衣裝)이 아니고 일곱살 이하의 어린 아이들이라는 것", 또 하루 종일 머리와 마음을 붙드는 것 역시 "「프랏슈」처럼 미칠 듯이 뒤바뀌는 「스타일」의 유행현상이 아니고, 가난하나 순진한 어린 동심(童心)이라는 것"이라는 점에서 매우 "진지하고 영광스러울 것"(337)으로 가치화되었다. 만주에 던져진 현순의 '직업'과 '생활'은 이만한 기대치를 충족시키지 못할 때 광호가 사회 현실에 대해 느끼는 펫시미즘(비관주의)와 스켑티시즘(회의주의)에 고스란히 포획될 수밖에 없을 것이었다.

40) 오카다 히데키(岡田英樹), 최정옥 역, 「이색적인 하얼빈 문단」, 『문학에서 본 '만주국의 위상'』, 역락, 2008, 136쪽 참조 한편 [그림 1]의 '만철' 노선에서 보았듯이 이전에는 길림과 하얼빈은 하얼빈 - 신경 - 길림 또는 하얼빈 - 라빈(拉法) - 길림의 철로로 연결되었으나, '길림사가방선'의 개통되면 하얼빈 - 사가방 - 길림의 단축노선이 사람과 물자

실제로 1920~30년대 길림과 연길을 포함한 동북 만주에서는 사회주의와 민족주의 지향의 무장단체들인 조선혁명군, 한국독립군, 동북항일연군, 조선의용대 등이 앞서거니 뒤서거니 항일독립투쟁을 수행했음은 주지의 사실이다. 그 누구와의, 또 어떤 단체와의 인연도 없이 만주(길림)로 급작스레 떠나온 현순과 양자이고 보면, 늘 목숨이 경각에 달린 항일투쟁에 굳건히 참여하거나 마음껏 돕기는 결코 쉽지 않았을 것이다. 하지만 길림─사가방 연선에서 생활했다면, 양자와 현순은 일제와 자경단 합작의 강제 토벌에 휘몰린 '조선 비적'에 대한 풍문과 사실을 함께 들으며 광준의 사상과 신념을 또 다시 떠올렸을지도 모를 일이다.

또 다른 삶의 길은 특히 양자의 운명과 관련된 것으로, 그녀는 다시 인용컨대 **"캬바레나 홀**(강조─인용자)에다 닥치는 대로 설 수 있지만…" 운운하며 만주 생활을 나름대로 자신했다. 과연 만주와 길림은 양자의 희망이 크게 어렵지 않은 안정적인 도시였는가? 개척의 식민도시 '길림'과 '사가방'은 당시 조선인들의 '봉천(奉天)'에 방불한 곳으로 연상하여 크게 틀리지 않을 것이다. 예컨대 "청운의 꿈을 싣고 한몫 잡으러 떠나는 곳, 이국적인 아편굴과 도박장에서 심신을 적시는 곳, 조선에서 사고 치고 튀는 곳"[41]에 더해, 체제협력의 밀정과 간자 역시 이곳저곳에서 암약하는 곳임을 떠올려보라. 이를 참조한다면, 새로운 시설과 통로가 들어서는, 따라서 여기저기서 몰려드는 뜨내기들로 몹시 북적일 길림과 사

를 실어 나르게 될 것이었다.

41) 한석정, 『만주 모던-60년대 한국 개발 체제의 기원』, 73쪽. 예컨대, 시인 서정주가 생활 안정을 위한 직업을 탐색할 "국경선박갓"으로 지목한 곳 역시 奉天이거나 外蒙古거나 上海("풀밭에 누어서」, 『비판』, 1939년 6월호)였다. 하지만 미당이 1940년 가을 실제로 찾아간 곳은 경원선과 길회선 연결의 '국자가'(局子街, 현 연길)이었으며, 마침내 길림성 용정촌 소재의 '특수회사 만주××(양곡-인용자)회사'에 취직했다.(서정주, 「만주일기」, 『매일신보』 1941년 1월 21일자)

가방 역시 개척과 건설의 패기와 의욕이 넘치는 건강한 공간 뒤편에, 후
안무치한 퇴폐성과 타락성이 둥둥 떠다니는 방탕과 소비의 공간이 들끓
는 야누스적 도시임이 자연스럽게 드러난다.

한 연구자에 따르면, 만주국 건국 이후 가장 번성한 신경과 봉천 등지
에 '춤추는 여성(踊り女)'의 급증이라는 괴이한 현상이 돌출했다 한다. '춤
추는 여자'들의 범주에는 일본인의 경우만 해도 조신한 가정주부와 음탕
한 화류계 여성 모두가 포함되었다. 현모양처여야 할 주부와 유흥업계의
논다니 유녀(遊女)의 뒤섞임 혹은 넘나들기는 무엇보다 제국 신민의 윤리
와 도덕을 강조했던 당국의 주목을 끌기에 충분했다. '댄스'의 문제성과
위험성을 감지한 당국은 결국 '댄스'를 건강한 신체(와 정신)를 위한 운동
에서 가정과 사회를 혼탁케 하는 불건전한 오락으로 가치를 하락시켜 그
활기를 억압하는 '댄스배격운동'을 공공연히 수행한다. 과연 '댄스배격운
동'은 궁극적으로 '춤추는 여자'들의 신체를 관리함은 물론 그녀들을 '창
부(娼婦)'와 '에로'의 영역에 가둬버린다. 그럼으로써 선량한 일본인(여성)
들을 '춤추는 여자'들과 구별 짓는 한편 일등국민으로서 일본인(여성)의
위상과 자격을 더욱 강화하기에 이른다. 요컨대 '댄스배격운동'은 일본
여성들의 지나친 일탈이나 소비행위를 억제하는 민생안정 차원을 넘어,
천황의 선량한 신민으로 그녀들을 다시 정위(定位)시키기 위한 민족적·
이념적·윤리적 차원의 엄격한 관리조치였던 것이다.[42]

이로써 길림의 '캬바레나 홀'에서 일하는 양자의 처지가 위험하고 불
결한 신체로 지목되어 차갑게 관리되는 '춤추는 여성'의 범주에서 벗어
날 수 없음이 자명해졌다. 그런데 식민지 조선 출신의 양자는 그녀의 건

---

42) 林葉子, 「『滿洲日報』にみる<踊り女> ─滿洲國建國とモダンガ─ル」, 生田美智子 編, 『女たち滿洲
─多民族空間を生きて』, 大阪大學出版會, 2015 여기저기 참조.

강한 생활 의욕과 무관하게 당시 선만(鮮滿)의 신문과 잡지, 시와 소설에 곧잘 오르내리던 "만주로 팔려간" 가엾은 여인으로 호명될 가능성이 농후하다는 사실에 문제의 심각성이 더해졌다. 물론 조선작가들의 시와 소설은 팔려온 그녀들의 '불우'와 '비참'을 통해 한 가족이나 한 나라의 몰락을 환기함으로써 경제적·계급적·국가적(민족적)·성적 지평에 걸친 그녀들의 몇 겹의 소외와 타자화의 현상을 날카롭게 짚어내기도 한다.

이 지점은 조선인의 만주 이주를 앞세우던 일제의 폭력성과 허구성이 폭로되는 곳이라는 점에서, 또 자국민을 보호할 국가 없는 식민지인의 비극과 무력감이 하릴없이 드러나는 곳이라는 점에서 일제에 대한 저항과 식민지 조선에 대한 이중적 성찰의 효과도 만만찮다.[43] 하지만 분명한 사실 하나는 양자는 '캬바레나 홀'의 여급으로 일하는 한 특히 일본인에게는 성적·계급적·민족적 마이너리티에서 결코 벗어나지 못한다는 점이다. 물론 이용악의 「절라도 가시내」(1939)의 모종의 사상운동에 관련된 화자와 만주 술집에 팔려온 가시내의 서러운 대화가 암시하듯이, 양자 역시 같은 족속(族屬)들에게도 실향의 상처와 주체 상실감, 나아가 나라 잃은 슬픔을 서로 위로하고 다독이는 '위무자의 역할' 정도로 그치고 말 것이다.

(2) '농업만주' 속 금붕어들의 '신체제' 유영과 잠수

지금까지 말해온 '저항에의 복무'나 '춤추는 여성'의 경우를 제외한다

---

43) '여인이 팔려간 나라'라는 관점에서 만주 유흥가에 던져진 조선 여성의 '마이너리티'를 당대의 여러 시와 소설과 산문을 통해 논한 글로는 조은주, 『디아스포라 정체성과 탈식민주의 시학』, 국학자료원, 2015, 225~252쪽이 유익하다. 이 글 역시 해당 부분의 도움을 얼마간 받았다.

면, 현순과 양자에게 남겨질 '직업과 생활'은 비교적 분명하다. 하나는
[그림 8]의 휘황한 길림 시내 어느 곳에 양장점을 열거나 말썽 적은 '빠-'
의 수더분한 여급으로 근무하는 것이다. 다른 하나는 당시 조선인의 가
장 보편적인 직업에 해당할 농토개척단-아마도 소작농일 가능성이 클-의
일꾼으로 생활하는 것이다. 하지만 하나를 선택하기보다 원래의 직업을
살릴 겸, 또 조선이주민의 현실도 고려할 겸, 길림 시내에서 일하며 궁핍
하고 고통스런 조선인의 처지를 묵묵히, 또 성심껏 들어주는 청자나 상
담역 정도로 현순과 양자의 역할을 설정해보는 편이 더욱 타당할 듯싶
다. 염상섭 소설에 뚜렷한 '심퍼다이저'(sympathizer)로의 설정은 그녀들의
눈과 귀와 입을 통해 그녀들 자신을 포함한 이주 조선인의 "가장 적나라
한 특독(特獨)한 자태와 상모(相貌)를" 엿볼 수 있는 계기를 제공할 것이다.
여기에 김남천이 양자와 현순을 광준, 광호와 결별시키며 만주로 훌쩍
떠나보낸 까닭이 숨어있다고 판단한다면 지나친 과장일 것인가?

　이 지점에 착목한다면 우리는 다시 1940년을 전후한 '길림사가방선'
일대의 현실과 면모에 더욱 주목해야 한다. 이 '길서철로'는 '공업만주'
와 관동군의 활동과 더불어 만주농토개척의 입식단(주-일본인, 종-조선인)
수송과 이동, 확장44)에 소용될 통로로 제공될 예정이었다.45) 이곳 입식

---

44) 김백영은 일본의 만주농업이민단과 만주관광단의 코스인 만철 북선선(北鮮線)-경도선
　　(京圖線)-납빈선의 '여정과 비용개산'표를 중심으로 제국의 만주 개척과 일본인의 심
　　상지리 확장 문제를 검토한 바 있다. 만주 개척과 여행, 그들의 방어와 만주 지배를
　　위한 군사력 강화의 식민주의가 관철되는 중요한 현장 가운데 하나가 동북 만주였음
　　이 잘 드러나는 대목이다. 이에 대해서는 김백영, 「제국 일본의 선만(鮮滿) 공식 관광
　　루트와 관광안내서」, 『일본역사연구』 39집, 일본사학회, 2014, 48~52쪽 참조. 한편 이
　　글에 수록된 길림 사진엽서('산수쌍려')에서 이미 보았듯이, 『여정과 비용개산』에서도
　　위의 동북 '만철' 노선이 "산하의 풍취미"와 "남만주에 비교되는 토속적 주택"을 구경
　　할 수 있는 코스로 소개되고 있다고 한다.

45) 길서철로의 본격적인 길장철로(신경-길림)는 길림에서 더 뻗어나가 라파(拉法)에서 납
　　빈선과 단일철로를 이룬다. '만철'은 길장(장춘-길림)·길돈(길림-돈화)철로와 만주국철

단의 위상이 어느 정도였는가는 다음의 사실에서 분명하게 드러난다. 1939년 당시 만주 '경제갱생운동' 달성의 견본으로 사가방 지역의 개척촌 '오히나타[大日向]분촌'이 선정되었다는 것, 이를 계기로 내지와 만주 곳곳에서 이곳을 방문하는 탐방단이 급증했다는 것,[46] 전향작가 시마키 켄사쿠(島木健作)의 산문 「滿洲紀行」(1939), 농민문학가 와다 츠토(和田伝)의 장편소설 『大日向村』(1940), 이를 토대로 제작, 상영된 선전영화 「大日向村」(1940) 등이 잇따라 출현했다는 것. 이런 문화지형만으로도 '길림사가방선' 일대, 특히 만주개척단(입식단)의 중요성과 그에 대한 기대감이 두드러지게 현상하고 있었음을 알 수 있다.

이를 좀 더 보충한다는 뜻에서 영화 「大日向村」을 중심으로 오히나타 분촌의 의미를 잠깐 살펴본다면 어떨까? 해당 영화는 "오히나타 마을의 만주분촌은 단지 농촌갱생의 방향뿐 아니라, 대륙에 토착하여 일만일여(日滿一如)가 되어 새로운 동아를 건설하려하는 일본민족의 중대 사명을 띤 국가적 장거(壯擧)"로서, "이 역사적 사실을 예술의 힘으로 세상에 고양"하기 위하여 제작되었다.[47] 당시 식민지 조선에서는 이 영화가 '광주'

돈도선(돈화-도문)을 일체화하여 경도선(신경-도문)을 구성하는 한편, 그것을 동해에 면한 북선 3항(청진·웅기·나진)과 연결한 북선선을 개시하기에 이른다(高木宏之, 『滿洲鐵道の旅』, 潮書房光人社, 2013, 10頁. [그림 1]의 1930년대 만철 철도노선도 여기서 가져왔다). 경도선과 북선선(길림-회령의 길회선 포함)의 결합은 일제의 국책사업 '만주산업5개년계획' 상의 공업 발전 및 만주농지개척의 대폭 확장에 혁혁한 공헌을 이룩하게 된다. 이는 다음 면 [그림 10]의 '조·일·만 철로·항로'의 동해안 일대를 살펴보면 더욱 분명해진다. 일본의 츠루가(敦駕)·니가타(新潟)·아오모리(青森)와 북선(北鮮)의 청진·웅기·나진이 동해 항로를 통해 서로 연결되며, 세 도시는 북선선을 통해 경도선과 이어진다.

46) 中川成美昭, 「幻影の大地-島木健作「滿洲紀行」論」, 小田切進 編, 『和文學論考-マチとムラと』, 八木書店, 1991, 461頁.

47) 梶山銀八, 「歷史的な分村移住を描く<大日向村>撮影記」, 『エスエス』 1940. 9, 106頁. 여기서는 강태웅, 「만주개척단 영화 <오히나타마을(大日向村)>을 통해본 만주국의 표현공간」, 『한림일본학』 21권, 한림대학교 일본학연구소, 2012, 47쪽 재인용.

에서 상영된 것으로 알려지는데, 개봉 및 상영을 알리는 신문기사에서도 위와 비슷한 유(類)의 선전이 발견된다. "文化映畵「大日向村」帝國館て 上映"이라는 제목 아래 '광주'에서 "20일부터 3일간 상영한다"는 것, '大日向村'은 "일본 신주(信州)의 한 마을 700여명의 촌민이 만주 광야로 건너가 말 그대로 '신체제'를 땅에서 일구는" 마을이라는 것, 농민문학의 대가 와다 츠토(和田伝)씨가 "몸소 현지에서 써올린 소설을" 영화로 제작했다는 것, "신시대를 요구하는 집단이민의 장거(壯擧)를 묘사한 감격의 대호화판"48) 작품이라는 내용이 그것이다.49)

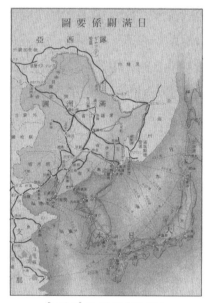

[그림 10] 조·일·만 철로·항로

---

48) 『釜山日報』 1940년 12월 21일자 6면. 일본어로 제작된 것으로 보아, 부산 주재 일본인을 주요 대상으로 한 신문으로 여겨진다. 한편 만약 이 영화가 광주에서만 상영되었다면 김남천이 관람한 것으로 추측하기는 어려울 듯하다. 하지만 '길림사가방선'에 관심을 가지고 있었고 오히나타분촌이 그 인근의 마을이라는 점을 감안하면, 문단, 신문, 인편 등을 통해 상영 소식 정도는 전해 들었지 싶을 따름이다.

49) 영화 『大日向村』이 광주에서 상영된 사실은 조선에서도 만주로의 '분촌(分村)운동', 곧 특정 마을의 집단이주 정책이 선전, 장려되었음을 짐작케 한다. 일례로 유치진의 국책극(國策劇) 「대추나무」(『신시대』 1942년 10월호~1943년 1월호)가 그렇다. 이 작품은 조선에서 만주 이주(분촌)를 결정하기까지가 극의 시공간적 배경을 형성한다는 점에서 영화 『大日向村』과 분명히 구분된다. 하지만 식민지 조선에서 만주로의 분촌 장려에 관한 정책과 선전, 조선인의 다양한 반응을 엿보게 한다는 점에서 그 의미가 상당하다. 2017년 5월 문학과사상연구회 월례발표 시 「대추나무」의 존재를 일깨워준 원광대 김재용 교수께 감사드린다. 한편 「대추나무」의 친일적 성격과 작품의 내적 구조에 대한 논고로는 이상우, 「일제 말기 유치진의 만주 체험과 친일극-「흑룡강」과 「대추나무」를 중심으로」, 『연극의이론과비평』 1호, 한국예술종합학교 연극원, 2000, 68~71쪽 참조.

하지만 아이러니하게도 이후 이 영화는 특히 만주 소재 영화관의 절반에 달하는 만계(滿係) 영화관 74곳에서 상영금지 처분되었다고 한다. 검열에서 문제가 된 부분은 첫째, 만주개척단에 건너온 일본인들이 내지에서는 '생활의 실패자'로 간주된 자들이라는 것, 둘째, 사가방의 오히나타분촌 개척 상황이 "물자의 궁핍, 국민생활의 고도핍박 등, 국력의 철저한 소모를 연상"시키는 바가 있다는 것, 셋째, 병에 걸린 여성의 자살이 암시하듯이, "일본인 이외에게는 어떠한 감흥도 주지 못하는, 일본인의 감정만을 그린 영화"에 그쳤다는 것 등이다.[50]

이런 검열의 체제와 문법은 다음과 같은 사실을 암시한다. 천황 주재의 '팔굉일우' 건설의 욕망이 만주국의 이상과 목적으로 치환되어, 일본 이주농의 실체적 진실과 현실적 한계 모두를 은폐, 억압하고 있다는 것, 따라서 만주국 개척단의 성공과 번영을 상징하는 오히나타분촌 역시 만주국이 그렇듯이 실현 불가능한 이상과 목표를 선전·선동하는 '이념적·실천적 구성물'의 일종이라는 사실이 그것이다.

그러나 이곳 의기양양한 만주국의 이상향에는 '복지만리'에 대한 선전·선동으로는 결코 해결할 수 없는 매우 현실적인 문제가 도사리고 있었다. 일본 입식단이 들어오기 전에 '수전'(水田)을 경작하던 조선인과 현재 일본 개척민이 정착한 곳에 살던 만주(인) 농민들이 앞서거니 뒤서거니 (半)강제적으로 떠밀려난 상황이 그것이다. 그 당시는 관동군의 강력한 지원 아래, 만주인 촌장을 개척단에서 고용하여 재래의 주민들과 교섭하는 방식으로 불만과 갈등을 무마하고 있는 실정이었다.[51] 하지만 제

50) 강태웅, 「만주개척단 영화 <오히나타마을(大日向村)>을 통해본 만주국의 표현공간」, 59~61쪽.
51) 劉含發, 「滿洲移民の入植による現地中國農民の强制移住」, 『現代社會文化研究』 No.21, 2001, 374頁.

국과 식민지, 곧 만주인과 일본인의 갈등은 어떤 식으로든 폭발할 예정이었는바, 일제의 패전과 더불어 그것은 피할 수 없는 현실로 닥쳐왔다는 것이 역사현실의 기록이다.[52]

'길림서가방선' 연선에 놓인 일본 개척단의 실태는 그 일대의 만주이주 '조선인'과 관련하여 몇몇 중요한 사실을 말해준다. 하나는 일본과의 관계로, 조선인 개척단의 자리를 일본인 개척단이 접수하는 형태로 일제의 만주 개척이 진행되었다는 것, 둘은 1931년 발생한 '만보산사건'을 소재로 한 이태준의 『농군』에서 보았듯이, '사가방' 일대의 수전(水田) 조성 시에도 조선인과 만주인 사이에 모종의 갈등과 분쟁이 발생했을 지도 모른다는 사실이 그것이다.

일본인과 만주인 사이에 끼어 겪은 여러 곤란과 고통은 아래와 같은 종류의 것임은 이미 널리 알려져 있다. 비록 관동군이나 만주국 경찰의 비호를 받았을지라도 조선인 대개는 농장주 일본인에게 늘 밀려나는 이등국민이자 소작농에 불과했다는 것, 또 조선인은 만주인들에게는 그들 고유의 토지를 빼앗은 침략자인 동시에 일본의 정책을 앞장서서 수행하는 불량한 앞잡이로 간주되었다는 것 말이다.[53] 그 결과로서 '일만일체

---

52) 일본의 패전이 확정된 후인 1945년 9월 2일~9일에 거쳐 사가방의 오히나타분촌 제5부락과 제3부락이 폭도화한 현지인의 습격을 받아 일본인 상당수가 해침을 당했으며 꽤 많은 재산을 약탈당했다고 한다. 물론 서란(舒蘭, 사가방)현 소재의 어떤 개척단은 중국인과 현지의 유력한 주민, 또는 조선인의 도움을 받아 비교적 무사히 그곳을 탈출, 일본으로 귀환했다고 전한다. 보다 자세한 내용은 윤휘탁, 「'복합민족국가'의 파탄 : 만주국의 붕괴와 '만주국인'의 충돌·수난」, 『중국사연구』 78집, 중국사학회, 2012, 175~176쪽 참조.

53) 한석정은 『만주 모던-60년대 한국 개발 체제의 기원』의 139~149쪽에서 '개척과 생존'이라는 제목 아래 '제국의 대행자'이기 전에 '절실한 생존자'의 입장에 처했던 재만조선인의 처절한 현실을 당대 창작된 각종 소설과 산문(함대훈, 정인택, 장혁주, 이태준, 유진오, 유치진 등의 작품이 그것으로, 민족문학연구소, 『일제말기 문인들의 만주체험』, 역락, 2007을 참조한 것임), 후대 연구자들의 만주 연구서와 논문을 토대로 재구성, 새롭게 의미화하고 있어, 여러모로 유익하다.

(日滿一體)'의 입장에서 본다면 조선인은 제국에 반할 기질이 다분한 불령
선인(不逞鮮人)으로 의심되는(민족주의와 사회주의 단체의 체포와 토벌) 존재였다.
또 '반일'(反日) 입장의 중국인이 본다면, 동북군 패잔병이나 비적(마적)54)
들에 의해 상시적 약탈과 공격을 받아 마땅한 간자(間者) 내지 협력자로
간주되는 존재이기도 했다. 이 상황은 1945년 8월 일본 패전 후 만주에
서 자행된 중국인의 조선인 습격과 단죄로까지 이어져 조선 이주농의 또
다른 수난사를 구성하기에 이른다.

그런 점에서 인용 엽서([그림 11])의 등장인물과 구성은 상당히 의미심
장하다. 전면: 만주 특산품 수수를 들고 있는 농장주 일본남성, 후면: 수
확한 농작물을 운반하는 중국인 쿨리(苦力), 중간: 그들 사이에서 일본 황
실의 꽃 '국화'와 만주국의 국화 '난초'를 함께 가꾸는 일본여성의 등장
과 구도가 그것이다.55) '만주'를 노래한 '일본'의 민요니만큼 조선(인)의
부재는 당연한 것일 수도 있다. 하지만 만주의 농토를 둘러싼 조선(인)과
일본(인)과 만주(인) 사이의 기묘한 협력과 갈등을 이미 살펴본 입장에서
는 인용 엽서의 이미지와 문자를 이렇게 재해석할 수밖에 없다.

'일만일체(日滿一體)'라고 했으나, '농장주' 일본인과 '쿨리(소작농)' 만주인

---

54) 간도와 길림, 북만(北滿) 일대의 조선인이 비적(匪賊)의 집중적 약탈 대상이었음은 "치
안은 소위 비적이라는 군(軍)들이 사변 전에는 생명을 해(害)는 일은 없었으나 지금은
조선농민이라면 기를 쓰고 죽일라고 한다"라는 기사에 잘 드러난다. 비적에 맞서 "농
민은 자위단을 조직하여 수십 정의 소총을 교부 받아 자위(自衛)를 하고 있는데 십배(十
培)의 비적은 물리칠 수 있"(「遊滿雜記(六) 北滿의 中心 할빈」, 『동아일보』 1935. 8. 9)었
다고도 하는데, 그럴수록 특히 반만항일(反滿抗日) 비적의 공격은 더욱 심해졌을 것이
다. 자위단을 결성한 조선인의 무기는 일본 경찰이나 관동군에게 교부받은 것이어서,
일제와 조선의 동일시가 한층 가능해지기 때문이다.

55) 이 그림엽서는 총8편으로 구성된 「만주소패 국경의 그대」 가운데 한 편이다. 우측 제
목 옆에 "밭 언저리에 국화를 심어/만주의 들과 산 난초가 자란다/아― 향기로운 들과
산 번영하네"라는 일본어 필기체의 민요(小唄)가, 좌측 하단에 "국화는 일본의 나라꽃
이고 난초는 만주의 나라꽃이다. 국화와 난초는 더불어 아름답게 피어나고 어지러운
들에는 만주 특산의 수수가 익는다"라는 설명이 적혀 있다.

[그림 11] 만주소패 국경의 그대

의 과업 분리와 노동 형태는 일·만이 하나라는 허구성을 폭로하는 역설적 기제이다. 이것은 '내선일체'든 '오족협화'든 그 이상과는 반대로 일본과의 관계 속에서 '이등국민'으로 멸시되던 조선(인)의 현실과 상통한다. 이 때문에 조선(인)과 만주(인)는 일등국(민) 일본(인)의 공통 식민지로 치환 가능하며, '일만일체(日滿一體)'를 모방한 '선만일여(鮮滿一如)'의 주장 역시 허구적임이 자연스레 드러난다.56) 요컨대 선·만·일 세 민족은 서로를 자신들의 삶과 땅을 강탈하고 제약하는 장애물로 간주하고 있다는 것, 그것이 '복지만리' 만주국의 본질적 실체라는 것 따위를 저도 모르게 드러내는 현장이 '왕도낙

---

56) 조선이주농과 원주민으로서 만주농민의 관계, 주로 갈등과 투쟁을 응시할 때 우리의 시선은 주로 전자의 관점을 취하는 경우가 많다. 만약 이 관점을 '만주인'의 입장으로 바꾼다면, "중국인에게 당시의 재만조선인은 똑같은 제국주의의 타자이면서도, 한편으로는 일본 국적을 가진 '반(半)일본인'으로, 재만조선인의 개척의 '당위'가 동시에 일본 제국주의의 대륙 침략과 만주 경영책의 일환이기도 한, 그래서 '동지'일 수도 '적'일 수도 있는 복잡 미묘한 대상"으로 비출 것이다. '적'이자 '동지'라는 이중모순의 관계는 조선인에게도 마찬가지지만, 만주인의 입장에서 보는 조선인과의 이중모순은 그들의 관점에서 조선인을 타자화하고 있다는 점에서 당대 재만조선인의 객관적 실상과 의미를 재구성하는 데 유의미한 기여를 수행할 것이다. 이상의 관점 전환에 대한 조언은 2017년 5월 문학과사상연구회 월례발표에서 연세대 한수영 교수가 해준 것이며, 그에 따르면 이런 관점 전환을 수행한 거의 유일한 작가와 작품이 안수길의 「효수(梟首)」(1968)라고 한다. 조언에 감사드리며, 해당 내용은 한수영, 「내부망명자의 고독—안수길 후기소설에 나타난 '망명의식'의 문제를 중심으로」, 『한국문학논총』 61집, 한국문학회, 2012, 276~271쪽 참조.

토'를 인유한 것임에 틀림없는 그림엽서의 그림과 시문인 것이다.

분열과 갈등의 복합국가 만주의 실상과 허상을 이렇게 확인했으니, 생활의 중간자이자 서사의 전달자로서 현순과 양자에게 다음과 같이 물어도 괜찮겠다. '길림사가방' 연선의 조선인 대개는 일본과 중국 양쪽에서의 의심과 멸시라는 이중의 소외와 고통에 시달린 것으로 보고되고 또 기억된다. 그들의 내면과 외형, 행동과 정서, 습속과 윤리 등 삶과 생활 전반을 보고 듣고 전달하는 관찰자 현순과 양자가 선택할 포지션은 다음 둘 중 어느 것일까?

> 인사를 청하면
> 검정 胡服에 당딸막이 빨간 코는 가네야마
> 핫바지 저고리에 꿀먹은 생불은 가네다
> 당꼬바지 납작코 가재 수염은 마쓰하라
> 팔대장선 강대뼈는 구니모도
> 방울눈이 친구는 오오가와
> 그 밖에 제멋대로 눕고 앉고 엎드리고—
> 샛자리 만주캉 돼지기름 끄으는 어둔 접시燈 밑에
> 잡담과 엽초 연기에 떠오를듯한 이 座中은
> 뉘가 애써 이곳 數千里길 夷狄의 땅으로 끌어 온게 아니라
> 제마다 정처 없는 流浪의 끝에
> 야윈 목숨의 雨露를 避할 땅뺌이를 듣고 찾아
> 北만주로 두메 이 老爺嶺 골짝 까지 절로 모여 든것이어니
> 오랜 忍辱의 이 슬픈 四十代들은
> 父母도 故鄕도 모르는이
> —유치환, 「나는 믿어 좋으랴」(『생명의 서(書)』, 행문사, 1947) 전문

유치환이 그의 형이자 극작가 유치진 처가의 농장(빈강성[濱江省] 연수현[延壽縣])에서 '가신흥농회'의 총무로, 또 만주제국협화회 연수현 직원으로

일했다는 사실은 비교적 잘 알려져 있다.[57] 하지만 그도 '분산개척민'의 일원이기는 했으나 관리자 신분이라는 점에서 궁핍했던 조선이주농과 여러모로 구별되었다. 「나는 믿어 좋으랴」는 관리인으로서의 시인이 무슨 일인가로 방문한 조선인 마을의 저녁 풍경을 그리며 거기서 느낀 바를 표현한 시편이다.

가장 흥미로운 지점 셋을 고르라면 다음과 같은 것이다. 첫째, 개척민(이주민)들이 조선인이되 만주인 또는 일본인 복장에 '창씨개명'[58]의 이름으로 불린다는 것, 둘째, 조선인의 만주 이주는 일제의 국책(國策)에 부응한 것이기 전에 자구책으로서 '생존권'을 찾아 나선 결과라는 것, 셋째, 욕됨과 고통으로 점철된 그들은 돌아갈 고향을 빼앗긴 존재들이라는 것이 그것이다. 만약 어려운 형태로나마 조선 유랑민들의 생활과 직업이 만주개척단 내에서 보장되고 있다면, 이 시는 자칫하면 식민지 조선의 거부와 만주국, 곧 일제의 지배와 통치에 대한 소극적 인정의 뜻으로도 읽힐 수도 있다. 하지만 시편 곳곳에서 조선이주민을 향한 연민과 슬픔의 정서가 압도한다는 점에서 만주국의 '복지만리'니 '왕도낙토'니 하는 이념과 주장을 강력한 형태의 '신념'으로 내면화하고 있다고 보기는 어려울 듯하다.[59] 이에 비하면 다음의 산문은 국책(國策) 사업에 대한 매우

---

57) 박태일, 『유치환과 이원수의 부왜문학』, 소명출판, 2014, 62~77쪽. 유치환은 이후 '하얼빈협화회'에서 근무한 것으로도 기록된다. 빈강성과 하얼빈 모두 길림과 사가방의 이웃임은 [그림 1]의 '만철 노선'에서 잘 확인된다. 한편 유치환의 만주시편 가운데 「오상보성외(五常堡城外)」가 있는데, '오상'은 납빈선(拉濱線) 연선에서 가장 큰 도시로 1940년 전후 인구가 4만 5천명에 달했다고 한다.
58) 한 연구자에 따르면, 조선인의 창씨개명, 특히 만주 같은 곳에서의 그것은 사업이나 근로에 관련된 각종 업무나 금전거래에 여러모로 편리하고 유리하다는 것, 또 일본인과 기타 종족과의 관계에서 차별을 피할 수 있다는 것 등이 주요한 이유였다고 한다. 보다 자세한 내용은 미즈노 나오키(水野直樹), 정선태 역, 『창씨개명 ─ 일본의 조선지배와 이름의 정치학』, 산처럼, 2008, 262~272쪽 참조.
59) 임학수 시인도 만주 경험 시편을 여럿 남겼는데, 마침 '사가방' 연선과 긴밀히 관련되

노골적인 부응과 실천의 글이라 할 만하다.

> 아즉도 조선 내에서는 만주라면 비적(匪賊)의 소굴이요 원주민(原住民)
> 에게 학대와 압박을 받으며 농토는 얼마든지 있어 봄에 씨뿌려 놓으면
> 가을에 가서 불노이추수(不勞而秋收)할 수 있는 곳이라는 관념을 가지고
> 있으며, 이민(移民)이라면 생활전선에 참패하여 남부여대(男負女戴)하고 눈
> 물을 흘리며 강을 건너가는 패퇴적(敗退的) 생각을 가지는 것이 보통 ……
> 이민은 기민(棄民)이라는 그릇된 생각을 버리고 보내는 사람도 국방의 제
> 일선에 가는 병사와 같이 그들의 앞날을 축복하는 정신적 물질적으로 격
> 려할 것이며, 떠나는 사람도 패퇴자라는 비굴감과 고국을 떠나는 슬픔을
> 극복하고 새 땅을 개척하고 새 문화를 건설하려가는 전사와 같은 긍지와
> 환희를 가져야 할 것이다.
>
> ─신기석(만주국개척총국), 「조선인 개척민의 전도(前途)」 부분[60]

신기석은 근무처가 시사하듯이 '만척'(滿拓)의 입장을 충실히 반영한 농업의 계몽과 독려의 목소리를 크게 울리고 있다. 조선 이향(離鄕)을 패퇴의 삶으로 치환하지 말 것, 만주를 비적과 원주민의 폭력이 횡행하는 곳으로 여기지 말 것, 별다른 노력 없는 수확의 결실을 탐하지 말 것, 전장에 나가는 병사처럼 농사짓기에 임할 것 등이 강조되고 있다. 책임자에

는 「납빈선(拉濱線) 안가(安家)에서」(㉮), 「광야에 서서」(㉯), 「哈爾濱(하얼빈)역에서」 등
이 눈에 띤다. 그에게 만주는 한편으로는 "주림이 허리를 졸라매지 않고/근심이 이마
에/휘돌아 가는 실개천을 파지도 않어/내 몸을 누일 공지(空地) 있고/팽이 들어 팔 대지
(大地)도 있다!"(㉯)라는 곳으로, 다른 한편으로는 "청룡도(靑龍刀로 파 버히고 거미줄
밑에서 자는 진(陳) 군(君), (…중략…) 이슬을 헤쳐 씨 던지고/황혼에 고량(高粱)을 거두
는 진(陳) 군(君)"(㉮)에서 보듯이 피할 길 없는 노동의 땅으로 인식되고 있다. 하지만
두 시의 대상을 ㉯는 '조선인'으로 ㉮는 '만주인'으로 보면, 대상의 호명과 가치화에
미묘한 균열과 차별이 발생하는 것처럼 느껴지기도 한다. 곧 우승(優勝)의 조선이라면,
열패(劣敗)의 만주인이라는 서열화가 그것이다. 이런 혐의는 임학수의 '체제협력' 경험
때문에 더욱 강화될 가능성이 농후하다.
60) 『조광』 제7권 6호, 1941. 여기서는 김도형, 「한말·일제하 한국인의 만주 인식」, 김도형
외, 『식민지시기 재만조선인의 삶과 기억』, 선인, 2009, 110~111쪽 재인용.

의해 이토(異土)에서의 농업의 윤리와 문법이 새삼 강조된다는 것은 그러나 저 문면을 뒤집으면 조선인 만주농업의 실상이 드러난다는 뜻이 될 수도 있다.

　이 문제를 검토하기 위해 이기영의 만주 방문을 주목해보면 어떨까?61) 그는 「만주견문—'대지의 아들'을 찾아」에서 경원선-길회선(?)-도가선(圖佳線)-경도선(京圖線)-납빈선 등을 타고 무려 약 1개월 동안 목단강, 간도, 길림, 하얼빈, 신경, 공주령, 봉천, 안동 제 도시와 5, 6개소의 농촌을 방문한 사실과 그에 대한 감상 및 소회를 남기고 있다. 개척단만 빼고 본다면, 광호와 경희와 현순이 대체로 거쳐 간 만주의 행로가 아닌가. 광호와 경희는 '공업만주'를 위한 '길림사가방선' 건설과 그 핵심지로서 길림의 휘황한 근대에 눈길을 던졌을 뿐, 실향의 이주민 '가네다'와 '구니모도' 등의 유랑과 궁핍, 간신히 그것을 면한 소작농의 실태와 고통 등에 대해서는 아예 무감했다. 하지만 만주를 생활과 직업의 근거지로 삼은 현순과 양자는 '길림사가방' 연선 개척단의 입식(入植) 상황, 그와 관련된 조선이주민의 실상을 가감 없이 보고 들었을 것이다. 이 점, 현순과 양자가 이기영의 만주 경험에 대한 감상과 술회에 비교적 가까이 서 있다고 여겨지는 까닭의 하나다.

　이기영의 「만주견문—'대지의 아들'을 찾아」의 핵심 가운데 하나가 "동남북 만주의 일망무제한 광야와 황지를 모다 옥토로 개척하야 수전(水田)을 풀게 된" '장관', 곧 '장대한 자연과의 투쟁'을 통한 '자연계의 일

---

61) 이기영, 「만주견문—'대지의 아들'을 찾아」, 『조선일보』 1939. 9. 26~10. 31. 여기서는 민족문학연구소, 『일제말기 문인들의 만주체험』, 역락, 2007, 99~114쪽. 이 글은 만주 일대의 개척단 및 조선이농민 실상을 비교적 객관적으로 서술하고 있다는 점에서 만주 척식의 입장을 대변하는 것으로 평가되는 함대훈의 「남북만주편답기(遍踏記)」(『조광』 1939년 7월호)나 장혁주의 「개척정신」(『半島の光』, 1942년 8월호)을 읽을 때 반드시 참조할 필요가 있다.

대변혁' 및 '개척민으로서의 위대한 창조력'[62]을 만주 곳곳의 탐방을 통해 확인하고, 거기서 '왕도낙토'로 변해갈 만주의 미래를 엿보는 작업이다. 하지만 이기영의 시선에 집중 포착되는 것은 풍요로운 '농업만주'의 현장이 아니다. 그보다는 조선이주농의 궁핍한 '소작상태', 농지를 계속 옮겨 다니는 삶의 '부동성', 그에 따른 불안정한 '생활상태'의 심화 같은 부정적인 상황들이다. 이에 맞서 민촌(民村)은 그 대안으로 집단농촌을 건설한 결과로서 '안전농촌'의 확보와 대규모 농장을 운영하는 회사의 협조를 통한 '자작농'의 확대를 강조한다.

이기영의 조선이주농의 현실 비판과 그들에 대한 구제법 제안은 일제가 취해온 조선의 한계 비판과 그 대안인 위로부터의 계몽 및 개발이라는 식민주의의 문법에 대해 상당히 유사하다는 느낌을 준다. 그러나 반만항일(反滿抗日) 비적의 횡행이 여전하며, 아직도 밭농사에 목숨을 거는 만주인이 편만한 현실에서, 조선이주민의 안전까지를 보장하는 '안전농촌'의 건설과 확대는 일본이주민 중심의 만주국 입장에서는 꽤 부담스러울 수밖에 없는 사업이다. 게다가 조선인 소작농의 자작농으로의 변화는 일본 개척단에 대한 값싼 노동력의 공급을 제한하게 될 것이며, 나아가 조선인들의 부의 축적과 권력 증대를 초래하게 된다는 점에서 일제(만주국)의 입장에서는 크게 달가울 것 없는 식민주의 정책의 하나일 수밖에 없다.[63]

---

62) 이기영, 「만주와 농민문학」, 『인문평론』 1939년 11월호. 여기서는 민족문학연구소, 『일제말기 문인들의 만주체험』, 95쪽.

63) 김재용은 한설야의 일문 소설 『대륙』(1939)이 발표될 무렵 이태준의 「농군」(1939)와 이기영의 『대지의 아들』(1939)이 함께 발표되고 있음을 주목했다. 그러면서 한설야의 "『대륙』이 일본이 만주국에서 초기에 표방하였던 오족협화를 거꾸로 활용하여 일본 제국의 식민주의적 성격을 비판"한 우회소설의 일종이라 주장했다.(김재용, 「한설야─『대륙』과 우회적 글쓰기」, 『협력과 저항』, 소명출판, 2005). 이기영의 「만주견문」의 부제가 "'대지의 아들'을 찾아"인 점을 감안하면, 그의 만주 탐방은 『대지의 아들』을 창작하기 위한 준비였던 셈이다. 한설야의 『대륙』에 견준다면, 이 작품도 일제의 국책

따라서 이런 문맥을 간과한 채, 이기영이 문득 등장시킨 '왕도낙토'에 지나친 의미를 부여한다든가, "대륙적 자연풍토와 싸워가면서 농촌을 건설하는 노력과 고투의 일상생활을 좀더 구체적으로 써보"[64]려는 그의 '생산문학론'을 "'대지의 맏아들'로서 대동아공영의 이상을 실천하는 어엿한 '국민'으로 지양"하기 위한 친일 이데올로기로 즉각 간주하는 시각[65]은 신중하게 재고될 필요가 있다.

만약 현순과 양자의 역할이 있다면, '길림사가방선' 일대에서 벌어지는 현실상황에 대한 객관적 사실을 전달하는 한편, 만주에 대한 서로 다른 입장과 태도로 그곳을 때로는 이상화하고 때로는 저열화하는 극단의 시선과 태도를 중재하고 조절하는 작업일 것이다. 물론 그녀들의 '목소리'와 '논리'는 그녀들 만주 생활과 직업에 관한 "고민, 감격, 흥분, 갈등, 초조"를 "냉정하게 가혹하게 그리어 보"는 김남천의 '관찰문학'에 의해 전달되고 입체화되어야 했다. 하지만 우리는 그럴 기회를 얻지 못한 채 김남천과 그의 페르소나 들인 현순 및 양자를 잃어버리고 말았다는 아쉬움과 안타까움을 마주하고 있을 따름이다.

4. 만주, 미지와 공백에서 재발견과 현실의 장으로

이 글의 '만주'는 『사랑의 수족관』 이내와 이외의 공간으로 구성, 조

'농업만주'를 우회적으로 성찰, 비판하는 '생산소설'로 읽힐 수 있다.
64) 이기영, 「만주와 농민문학」, 『인문평론』 1939년 11월호. 여기서는 민족문학연구소, 『일제말기 문인들의 만주체험』, 96쪽.
65) 이경훈, 「만주와 친일 로맨티시즘」, 『한국근대문학연구』 4권 1호, 한국근대문학회, 2003, 117쪽.

직되었다. 광호와 경희로 대변되는 기술과 자본의 관점 말고도, 둘과 깊이 연관된 현순과 양자의 직업과 생활의 감각으로도 만주의 실체를 엿보고 싶었기 때문이다. 『사랑의 수족관』 이후의 만주, 특히 '길림사가방선' 일대의 풍경과 삶도 김남천이 스스로의 '관찰문학'에 의거, "당해 시대의 역사적 특성으로부터 유출된 성격과 환경과 사건의 설정으로 길을 잡았"[66]더라면 더욱 풍요롭고 박진감 넘치는 공간으로 흘러넘쳤을 것이다. 하지만 본고는 기껏 1940년을 전후한 '길림사가방선' 연선의 개략적인 환경과 그것을 둘러싼 조·만·일의 기묘한 협조와 갈등, 분열의 편린 정도만을 간신히 엿보고 재구성하는 데 그치고 말았다.

그나마 성과가 있었다면, '모던 만주'의 한 표상으로서 '길림사가방선'의 개발과 기술 이면에 '만주 낭만'을 무색케 하는 '생활의 간난'을 '춤추는 여성'이라는 직업의 문제와 '사가방' 일대의 '오히나타분촌'의 실체를 통해 거칠게나마 엿보았다는 점이다. 두 매개체는, 도시든 농촌이든 만주에서라면 생활의 의욕과 직업의 추구가 거셀수록 오히려 조선인들의 소외감과 타자성을 더욱 깊게 하는 조건으로 작동했음을 여실하게 보여주었다. 김남천은 불쑥 광호와 경희를 경성으로 되돌려 보내고 현순과 양자를 만주에 던져 넣음으로써 미지와 공백의 길림 - 사가방 연선에 더욱 집중할 수 있는 기회를 제공했던 것이다.

이 모든 형편의 출발은 광호와 경희와 현순의 연애, 광준과 양자의 동거로부터 시작되었다. 그런 점에서 『사랑의 수족관』 이후의 만주와 길림과 사가방도 "연애 자체가 중심적인 사상적 내지는 도덕적 주제는 아니라 할지라도 작거나 크거나 그것을 일정한 각도로서의 추축(樞軸)을 삼고

---

66) 김남천, 「작품의 제작과정」, 『조광』 1939년 6월호. 여기서는 정호웅·손정수 편, 『김남천 전집』 I, 박이정, 2000, 499쪽.

왔다는 문학사적 사실"67)의 소산이랄 수 있겠다. 이런 연애의 문학(사)적
역할은 경희의 아픔과 그리움을 빌려 이미 부재(상실)한 광호에 대한 욕
망을 아직 부재(잠재)한 만주에 대한 호기심으로 치환한 본고의 의도에
얼마간의 정당성을 부여한다. 결국 만주는 광호의(에 대한) 사랑을 둘러싼
이중의 부재를 통해 '미지'와 '공백'의 추상적・관념적 공간에서 '재발
견'과 '현실'의 구체적・역사적 장소로 어렵사리 귀환하고 귀속되었다.
그 이동수단이 주인공들과 조선이주민을 더불어 태운 기차인 동시에 현
실 속의 내면이었음은 물론이다.

이 과정을 통해 『사랑의 수족관』의 '만주'는 광호와 경희의 '객관적
외부성'의 장소 구성법, 곧 "그들이 계획하는 장소로부터 자신을 감성적
으로 분리시키고, 논리, 이성, 효율성의 원리에 따라 장소를 재조직"68)하
는 힘센 이류-종'(Illusion)에서 일탈되었다. 이렇게 1940년 전후의 현실로
실제화된 만주는 현순과 양자가 휩싸였던 '실존적 외부성'의 감각, 곧
"사람들과 장소로부터의 소외, 돌아갈 집의 상실, 세계에 대한 비현실감
과 소속감의 상실"69)을 한편으로는 더욱 강화했지만 한편으로는 상당히
약화시켰다. 왜냐하면 '직업과 생활'의 '만주'는 그녀들의 생존을 향한
'신념의 기둥'과 더불어, 삶의 순간순간 달려드는 "일체의 추악과 치욕"
에 대한 싸움과 극복, 그 과정에서 찾아질 삶의 진정한 가치를 향한
"'성실'의 고백을 치열하게 요구"70)했기 때문이다.

이 물음에 응할 수 있다면, 아니 벌써 응했다면, 그녀들에게 만주는,

---

67) 김남천, 「조선문학과 연애문제」, 『신세기』 1939년 8월호, 66쪽.

68) 에드워드 렐프, 『장소와 장소상실』, 120~121쪽.

69) 에드워드 렐프, 『장소와 장소상실』, 119쪽.

70) 김남천, 「시대와 문학의 정신」, 『동아일보』 1934.4. 29. 여기서는 정호웅・손정수 편, 『김
    남천 전집』 I , 490~491쪽.

길림은, 사가방은 항상 낯설고 물 설은 소외와 고독, 설움과 울분의 이토
(異土/泥土)만은 아니었을 것이다. 아마도 시간이 흘러가고 생활이 점차 안
정되면서 "이 조용한 마을과 이 마을의 으젓한 사람들과 살뜰하니 친한
것"(백석, 「국수」)을 함께 나누는 또 다른 고향으로 천천히 내면화되었을지
모른다. 그곳으로의 오래 전, 아니 오래 된 인연 광호와 경희의 초대와
방문은 그래서 어색하지 않고 자연스러운 일이 되는 것이리라.

참고문헌

1차 자료

김남천,『사랑의 수족관』, 인문사, 1940.

_____,「조선문학과 연애문제」,『신세기』 1939년 8월호.

_____, 정호웅·손정수 편,『김남천 전집』I ~ II, 박이정, 2000.

최재서,「토마스·만 <붓덴부로-크 一家>」,『최재서평론집』, 청운출판사, 1961.

朝鮮總督府鐵道局,『半島の近影』, 1937.

논문·저서

강태웅,「만주개척단 영화 <오히나타마을(大日向村)>을 통해본 만주국의 표현공간」,
     『한림일본학』 21권, 한림대학교 일본학연구소, 2012.

김백영,「제국 일본의 선만(鮮滿) 공식 관광루트와 관광안내서」,『일본역사연구』 39집,
     일본사학회, 2014.

김지형,「전환기의 사상, 리얼리즘의 조건-김남천의『사랑의 수족관』을 중심으로」,『민족
     문학사연구』 44, 민족문학사학회, 2010.

김 철,「'근대의 초극',『낭비』그리고 베네치아(Venetia)」,『민족문학사연구』 18호, 민족
     문학사학회, 2001.

류수연,「기술자와 직업서사-김남천의『사랑의 수족관』연구」,『현대문학이론연구』 64호,
     현대문학이론학회, 2016.

박진숙,「일제 말기 사회사업의 텍스트화 양상과 그 의미」,『개신어문연구』 32, 개신어문
     학회, 2010.

박태일,『유치환과 이원수의 부왜문학』, 소명출판, 2014.

윤휘탁,「'복합민족국가'의 파탄 : 만주국의 붕괴와 '만주국인'의 충돌·수난」,『중국사
     연구』 78집, 중국사학회, 2012.

이경훈,「만주와 친일 로맨티시즘」,『한국근대문학연구』 4권 1호, 한국근대문학회, 2003.

이상우,「일제 말기 유치진의 만주 체험과 친일극「흑룡강」과「대추나무」를 중심으로」,
     『연극의이론과비평』 1호, 한국예술종합학교 연극원, 2000.

이수형,「김남천 문학 연구-이데올로기와 실천을 중심으로」, 서울대대학원, 1998.

이철호, 「동양, 제국, 식민주체의 신생」, 『한국문학연구』 26호, 동국대 한국문학연구소, 2003.

이혜진, 「김남천의 『사랑의 수족관』에 나타난 '현대'의 성격과 '현대청년'」, 『한국민족문화』 27호, 부산대 한국민족문화연구소, 2006.

임채성, 「전시하 만철의 수송전(1937-1945)-수송통제와 그 실태」, 『동방학지』 170집, 연세대 국학연구원, 2015.

서영인, 「일제말기 김남천 문학과 만주-미지와 공백의 기표」, 『한국문학논총』 48집, 한국문학회, 2008.

장두영, 「김남천의 『사랑의 수족관』론-1930년대 후반 식민지 자본주의 대응 양상을 중심으로」, 『한국현대문학연구』 23호, 한국현대문학회, 2007.

장문석, 「소설의 알바이트화, 장편소설이라는 (미완)의 기투」, 『민족문학사연구』 46호, 민족문학사학회, 2011.

정종현, 「근대문학에 나타난 '만주' 표상」, 『한국문학연구』 28호, 동국대 한국문학연구소, 2005.

한수영, 「내부망명자의 고독-안수길 후기소설에 나타난 '망명의식'의 문제를 중심으로」, 『한국문학논총』 61집, 한국문학회, 2012.

홍덕구, 「김남천의 『사랑의 수족관』 다시 읽기-장소와 공간의 문제를 중심으로」, 『구보학보』 13호, 구보학회, 2015.

김도형 외, 『식민지시기 재만조선인의 삶과 기억』, 선인, 2009.

김재용, 『협력과 저항』, 소명출판, 2005.

민족문학연구소, 『일제말기 문인들의 만주체험』, 역락, 2007.

윤휘탁, 『만주국: 식민지적 상상이 잉태한 '복합민족국가'』, 혜안, 2013.

조은주, 『디아스포라 정체성과 탈식민주의 시학』, 국학자료원, 2015.

한석정, 『만주 모던-60년대 한국 개발 체제의 기원』, 문학과지성사, 2016.

한수영, 『친일문학의 재인식: 1937~1945년 간의 한국소설과 식민주의』, 소명출판, 2005.

에드워드 렐프, 김덕현 외 역, 『장소와 장소상실』, 논형, 2005.

빌 로스, 이지민 역, 『철도, 역사를 바꾸다』, 예경, 2014.

야마무로 신이치(山室信一), 윤대석 역, 『키메라-만주국의 초상』, 소명출판, 2009.

오카다 히데키(岡田英樹), 최정옥 역, 『문학에서 본 '만주국의 위상'』, 역락, 2008.

와카바야시 미키오若林幹夫), 정선태 역,『지도의 상상력』, 산처럼, 2002.

劉含發,「滿洲移民の入植による現地中國農民の强制移住」,『현대사회문화연구』
       No.21, 2001.

高木宏之,『滿洲鐵道の旅』, 潮書房光人社, 2013.

貴志俊彦,『滿洲國のビジュアル・メディアーポス多ー・繪はがき・切手』, 吉川弘
       文館, 2010.

生田美智子 編,『女たち滿洲ー多民族空間を生きて』, 大阪大學出版會, 2015.

植民地文化學會 編,『近代日本と「滿洲國」』, 不二出版, 2014.

中川成美昭,「幻影の大地ー島木健作「滿洲紀行」論」, 小田切進 編,『和文學論
       考ーマチとムラと』, 八木書店, 1991.

한설야

한설야, 만주 그리고 동아시아

김재용

1. 한설야 프로문학의 세 층위 :
국민국가, 동아시아 그리고 세계

1차세계대전 종결과 연이어 벌어진 파리 베르사이유 강화조약을 계기로 비서구 식민지 국가들의 지식인들은 급격하게 사회주의로 경사되는 동시에 비서구 사회의 특성에 대한 자의식을 갖게 되면서 탈유럽을 추구하였다. 이 전쟁이 궁극적으로 유럽 제국주의 국가들이 자신의 영역을 넓히기 위한 것에 지나지 않는다는 것을 확인하면서 그 동안 자신들 마음 속에 가졌던 유럽 근대의 문명화란 환상에 거리를 두기 시작하였다. 유럽 근대를 배우는 것이 문명화요 진보라고 생각하였던 자신들의 생각이 한낱 허구에 지나지 않았다는 것을 체감하기 시작한 것이다. 원자재의 공급지와 상품시장으로서의 비서구 식민지를 대하는 유럽의 제국주가 자본주의의 팽창에 지나지 않기 때문에 자본주의에 대해서도 성찰하기 시작하였다. 이 국면에서 유럽의 진보적 지식인들은 그 대안으로 사회주의만을 내세운 반면, 비서구 식민지의 지식인들은 사회주의의 가능성에 대한 탐구와 더불어 유럽 근대 문명 자체에 대한 반성도 겸하였다.

1차세계대전 이후의 한국의 지식인들이 사회주의에 급격하게 경도되기 시작하였다는 것은 널리 알려져 있다. 특히 전쟁 와중에 터진 러시아 혁명은 이를 더욱 가속화시켰음을 주지의 사실이다. 실제로 1920년대 이후 외부로부터 들어오기 시작한 사회주의는 한국의 지식인들을 압도하기 시작하였고 이 흐름에서 자유로운 사람은 거의 없을 정도이다. 설령 이 사회주의에 관심이 없었던 이들조차도 막강한 사상적 흐름으로 대두하고 있던 이 사회주의에 대해서 자신의 의견을 표명해야 하는 압박감에 시달릴 정도였다. 주목할 것은 이 흐름 속에서도 일본 제국의 식민지였던 조선의 사회주의 지향의 지식인들 중에는 이 유럽의 사회주의를 그냥 따르는 것 역시 유럽중심주의의 지나지 않는다는 자의식을 가졌던 이들이 존재하였다. 자본주의의 확장판인 제국주의의 한복판에서 사회주의를 이야기하는 것과 제국주의의 억압으로 인해 피식민지 상태에서 자본주의을 비판하는 것 사이에는 확연한 차이가 있기 때문에, 단순히 자본주의를 비판하고 사회주의로 가는 것만이 능사가 아니라는 자의식을 가진 것이다.

이러한 생각은 비단 조선에서만 있었던 것은 아니고 비서구 사회 전반에 걸쳐 제기되었다. 가령 라틴아메리카 대륙의 하나였던 페루에서 이러한 문제의식을 가졌던 마리아떼기를 생각하여보자. 마리아떼기는 다른 유럽의 지식인들과 마찬가지로 1차세계대전을 경험하면서 사회주의에 경도되었다. 하지만 그의 고민은 그 이상으로 나아갔다. 유럽의 사회주의자들이 자본주의의 산물인 프롤레타리아를 중심에 놓고 사고하는데 과연 이러한 접근법이 아메리카 대륙에도 그대로 적용가능한가에 대해서 의문을 가졌다. 콜럼부스가 아메리카 대륙에 들어오고 스페인이 정복하기 시작하면서 그 곳에 살고 있던 인디오들이 현재 비참한 농민의 처지에서 고통을 받고 있는데, 이러한 문제를 고려하지 않고 유럽의 성장하는 노동자 세력에 기반을 둔 사회주의를 그대로 옮겨온다고 했을 때 과연 그것이 적실한 것인가이다. 마리아떼기는 유럽의 방식을 아메리카 대륙에 그대로 옮기는 것은 관념적인 유럽중심주의에 지나지 않는다고 생각하였다. 마리아떼기는 유럽의 사회주의를 거부하고 자신만의 독특한 길을 찾기 시작하였고 이는 이후 체 게바라를 비롯한 라탄아메리카 지식인들에게 이어졌다. 아프리카도 마찬가지이다. 마르띠니크에서 태어난 네그리뛰드의 시인 에메 세제르는 프랑스 파리에 유학하면서 자신의 흑인성을 발견하고 이를 옹호하면서 숱한 시들을 남겼다. 1차세계대전 이후 자신의 흑인성과 아프리카의 문제를 해결할 수 있는 길은 사회주의밖에 없다고 믿고 이를 추종하였으며 프랑스 공산당에도 가입하였다. 하지만 자신의 흑인성과 아프리카의 문제의 중요성을 제대로 보지 않고 오로지 사회주의의 성립만이 이 모든 것을 해결해 줄 것이라는 프랑스 공산당의 주장이 터무니없는 유럽중심주의에 지나지 않는다는 것을 알게되면서 결국 프랑스 공산당을 비판하고 떠난다. 이런 사례들을 고려할 때 1차세계대전 이후 식민지 조선에서 이러한 문제의식을 가진 지식인이 나오는 것도 결코 예외적이지 않은 비서구의 공통적인 현상임을 알 수 있다.

한국의 프로문학 내에서는 이 문제를 둘러싸고 두 갈래로 나누어졌다. 하나는 서구의 사회주의를 그대로 옮겨와야 한다고 주장하면서 식민지 문제는 사회주의가 완성되면 자연적으로 사라지기 때문에 이런 것에 신경을 쓰는 것은 불필요한 일이며 궁극적으로는 부르조아 민족주의로 떨어질 수도 있다고 경계하는 쪽이다. 이러한 사고는 1920년대와 30년의 한국 사회주의 지식인들의 대부분이 갖고 있던 생각이다. 다른 하나는 사회주의의 대의에 공감한다 하더라도 식민지 문제는 결코 계급문제로 환원할 수 없기에 동시에 사고해야 한다는 주장이다. 민족문제는 그 자체로 탐구되어야 하며 그것을 고려한다는 것이 결코 부르조아 민족주의로는 될 수 없다는 것이다. 또한 이 민족문제를 고려한다 하더라도 유럽 중심의 사회주의 혁명의 동원 대상이 되어서도 안 되다고 생각하였다. 일제하 한국 프로문학 내에서 이 두 흐름은 긴장을 유지한 채 지속되었다. 이러한 조선의 프로문학 내에서 후자의 지향을 드러낸 대표적인 문인이 바로 한설야이다.

그런데 한설야의 사유에서 더욱 흥미로운 것은 국민국가 기반의 저항과 국제주의적 저항 사이에 동아시아 지역의 문제의식이 있다는 것이다. 유럽의 국제주의를 그대로 따르지 않고 국민국가 기반의 저항을 사유하는 것도 결코 쉽지 않은 일이지만, 동아시아 기반의 저항을 고려하는 것은 더욱 그러하다. 그런데 한설야의 문학에서는 이러한 점이 발견되고 있다. 한설야의 문학과 사상에서는 국민국가, 동아시아 그리고 지구적 차원의 저항이란 세 가지 층위가 매우 긴밀하게 연계되어 있다. 필자는 한설야의 이러한 문제의식 즉 국민국가적 기반과 지구적 차원의 저항 사이를 매개하는 층위로서 동아시아 인식이 만주와 밀접한 관련을 갖고 있다고 생각하고 이를 밝히고자 한다.

2. 카프 창립 직후의 한설야와 만주 : 동아시아 인식의 산실

1939년 『국민신보』에 장편소설 『대륙』을 연재하기 직전의 소설가의 말에서 한설야는 만주를 5, 6번 방문하였고 그 중 한번은 가족과 더불어 이주하였다고 할 정도로 만주와 밀접한 관련을 가졌다. 한설야의 문학에 처음으로 만주가 드러나는 것은 카프 창립 직후인 1927년 초이다. 이 무렵에 한설야는 가족과 더불어 만주의 무순으로 이주하였고 그곳에서 일본어 신문인 『만주일일신문』에 일본어로 소설을 발표한 바 있다. 한설야가 언제 만주로 갔고 언제 돌아왔는지는 분명치 않지만, 대략 1926년 중반에 갔다가 1927년 후반 무렵에 귀국한 것으로 보인다. 1년이 좀 넘는 기간에 만주의 무순에서 가족과 생활하였다. 본인의 회고의 의하면, 아버지가 죽고 난 다음 자신이 가장이 되어 가족을 데리고 만주로 갔다고 했지만 그 구체적인 내용은 잘 알 수 없다. 분명한 것은 한설야가 이주한 무순은 당시 조선에서는 찾아보기 어려운 공업지대라는 점이다. 만철이 러일 전쟁 이후 러시아로부터 구입하여 거액을 투자한 탄광공업 지대이기 때문에 자본주의와 동아시아를 동시에 엿볼 수 있는 지점이라는 것이다.

만주에 가서 조선어로 처음 쓴 작품이 「그릇된 동경」이다. 이 작품은 도청에 근무하는 일본인과 결혼하였다가 조선인을 멸시하는 남편의 태도를 참지 못하여 이혼한 한 조선 여성이 자신의 과오를 반성하면서 감옥에 있는 오빠에게 편지를 보내는 형식으로 되어 있다. 조선인이 일본인과 결혼하는 것이 얼마나 어려운 일인가를 보여주는 이 소설은 그 자체로도 흥미롭지만, 더욱 눈여겨보아야 할 것은 그 여성이 이혼 후에 만주로 가서 선생을 하는 것으로 설정되어 있다는 점이다. 작가는 왜 주인공 여성을 하필 만주로 보냈는가? 남의 눈 때문에 고향에서 살기가 어렵 다면 조선의 다른 지방으로 갈 수도 있었을 텐데 왜 하필 만주로 보냈는 가 하는 점이다. 필자가 판단컨대, 만주를 보내야만 일본 중국을 비롯한 동아시아가 더욱 잘 보이기 때문이다. 이 작품에서 오빠는 상해로 가서 임시정부 등의 민족주의자들과 연대하여 활동하다가 잡힌 인물로 설정 되어 있다. 다시 말해 오빠는 중국을 배경으로 조선의 독립을 꿈꾸는 인 물이다. 주인공 여성의 남편은 조선에 거주하는 일본인 관료로 제국의 대리자로서 군림하는 인물이다. 이작품의 여주인공은 오빠와 남편 사이 에 끼어 있는 존재로서 배후에는 중국과 일본이 놓여 있는 셈이다. 작가 는 일본, 중국 그리고 조선이라는 동북아시아의 세 나라를 함께 고려해 야만 당시 조선과 조선 민중들의 삶을 제대로 볼 수 있다고 믿었던 것으 로 보인다. 그런데 이 세 나라를 동시에 볼 수 있는 지정학적 공간이 바 로 만주였기에 주인공을 만주로 보낸 것이 아닌가 생각한다.

한설야가 동아시아를 조망할 수 있는 공간으로서 만주를 생각하게 된 요인은 비단 만주 이주만은 아닐 것이다. 만주에서 생활하면서 일본과 중국이 대치하고 그 사이에 조선이 끼어 있는 형세를 체험하면서 이러한 생각을 깊이 하게 된 것은 사실이지만, 만주로 가기 전에 중국과 일본의 체류와 경험이 없었다면 불가능한 일이었을 것이다. 그런 점에서 3.1운 동 이후 한설야의 중국행과 일본행은 특별히 눈여겨 볼 필요가 있다. 한 설야는 젊은 시절 중국과 동경을 동시에 체험한 매우 예외적인 경우에 속한다. 한설야는 3.1운동 이후 민족주의의 바람 속에서 중국을 방문하 였다. 당시 많은 지식인들이 일본에 가서 공부했던 것과는 매우 다른 태 도이다. 아마도 한설야의 집안이 속한 함경도의 전통도 한 몫을 하였을 것이다. 실제로 한설야가 중국에 가서 무엇을 했는지는 분명하지 않지만,

주로 중국에 망명한 민족주의 그룹의 인사들과 교류를 하였던 것으로 보인다. 1926년에 서왈보의 죽음을 애도하는 글을 쓴 것을 보면 이러한 추측은 크게 어긋나지 않을 것이다.(이 시절을 배경으로 한 장편소설 『열풍』도 참고할 수 있을 것이다) 한설야는 중국에서 귀국한 후에 다시 일본으로 건너갔다. 일본의 니혼대학에 적을 두고 다양한 사회과학 서적을 읽었다고 하는 진술을 고려할 때 중국만으로는 성에 차지 않는 그 무엇이 있었던 것이다. 당시 지식인들은 일본으로 가거나 혹은 중국으로 가거나 둘 중의 하나만을 택하는 것이 일반적인 일이었기 때문에, 중국을 다녀온 후에 다시 일본으로 가는 것은 매우 특이한 일임에 틀림없다. 중국과 일본의 여행과 체류 경험은 한설야가 동아시아를 상상함에 있어 적지 않은 기여를 했을 것으로 보인다.

많은 조선의 프로문학가들이 일본으로 유학 가서 그곳에서 일본화된 러시아와 유럽의 사회주의를 배워서 이를 모든 실천의 기준으로 삼았던 것을 고려할 때, 일본 및 중국을 두루 거치면서 동아시아를 시야에 넣을 수 있었던 것은 매우 독특한 것임에 틀림없다. 게다가 일본 제국주의의 확장에 맞서 중국 당국이 재만조선인들을 경계하던 만주로 이주하였기 때문에 동아시아의 문제의식은 더욱 심화될 수밖에 없었을 것이다. 조선은 일본의 식민지였기 때문에 이곳에만 머무는 한 동아시아적 시야를 얻기가 쉽지 않다. 기껏해야 조선과 일본의 관계이다. 그런데 만주로 가게 되면 일본 중국 조선 모두를 조망할 수 있는 처지에 놓이게 된다. 「그릇된 동경」에서 여주인공을 만주로 보낸 것도 바로 이러한 의도에서 나온 것이 아닌가 생각한다.

한설야 문학에서 만주가 갖는 의미가 본격적으로 드러나는 것은 「그릇된 동경」 이후에 만주에서 쓴 일본어 소설과 귀국 후 조선에서 쓴 소설들에서이다. 한설야는 만주에 머물면서 일본어 신문인『만주일일신문』
에 세 편의 작품을 발표한다. 「초련」(만주일일신문, 1927.1.12.-14), 「합숙소
의 밤」(만주일일신문, 1927.1.26.-27), 「어두운 세계」(만주일일신문, 1927.2.8.-13)
중에서 「어두운 세계」는 그에 대응하는 조선어 작품이 있다는 점에서 더
욱 문제적이다.1) 당시 한설야가 만주에 머물면서 일본어로 이러한 작품
을 썼다는 것은 쉽게 납득하기 어렵다. 하지만 한설야에게 만주가 갖는
의미가 무엇인가를 생각하면 어느 정도 이해할 수 있을 것이다. 한설야
는 만주를 통해 동아시아 인식을 확고하게 할 수 있었기 때문에 조선을
비롯한 동아시아의 어느 한 지역에서는 볼 수 없고 느낄 수 없는 실감을
가질 수 있다고 믿었던 것으로 보인다. 당시『만주일일신문』 신문은 그
러한 자신의 생각을 알리고 확대할 수 있는 좋은 무대라고 생각하였을
것이다. 이 신문은 비단 재만일본인에 국한되는 것이 아니고 일본과 중
국에도 일정한 영향을 미칠 수 있다고 확신했기 때문이다. 자신이 터득
한 일본어를 충분히 활용하여 동아시아 속의 조선이 겪은 문제를 널리
알리려고 하였던 것으로 보인다. 그렇기 때문에 그는 일본어로 창작을
하였을 것이다.

한설야는 이 일본어 작품을 토대로 다시 조선어 작품을 창작하고 귀
국 후에 조선의 잡지에 발표하게 되는데 특별히 문제적인 작품은 「어두
운 세계」를 기초로 한 「인조폭포」(조선지광, 1928.2)이다. 이 작품은 요령
지역으로 나가 농사를 지으면서 농한기인 겨울에는 광산지대로 가서 돈
을 버는 한 남성 이주민의 이야기이다. 주변 술집에 갔다가 만난 고향
처녀 은순이랑 조선으로 도망치려다가 잡히고 자기와 같은 조선인 노동

---

1) 한설야 문학을 연구한 논문을 묶은 책『한설야 문학의 재인식』을 준비하던 시기에 와
   세다 대학의 호테이 토시히로 교수의 후의로 이 작품을 알게 되었다. 이 책에 수록되면
   서 한국근대문학계에 알려졌다.

자들을 보호해주던 이에게 야단을 맞는 것으로 끝난다. 이 작품이 흥미로운 것은 두 가지 점이다. 하나는 만주라는 공간을 둘러싸고 벌어지는 동아시아의 지정학적 판도이다. 중국 사람들이 만주로 이주하여 들어온 조선 사람들을 싫어한다는 점이다. 중국인들은 조선인들을 일본 제국의 만주 및 중국 침략의 선두부대라고 인식하고 특히 '상조권' 문제가 늘 그 핵심이라고 보았다. 단순한 소유권도 아니고 임대도 아닌 '상조권' 문제는 중국과 일본의 대립과 타협이 낳은 산물인데도 중국인들은 아주 예민하게 반응하였다. 조선인들이 땅을 소유하거나 빌리게 되면 궁극적으로 일본 제국 침략의 도구가 된다는 믿었기 때문이다. 이 작품이 돋보이는 것은 중국인들의 조선인 배척이 결국 중국과 조선간의 문제가 아니고 그 배후에 있는 일본 탓이라는 인식이다. 작가는 이 점을 인물의 입을 통해 우회적으로 보여준다.

　　되놈한테 땅은 떼였지만 …욕할 것도 아니야. XXX(일본놈-인용자)들이 조화질을 하니까 그렇지…오철을 낼 놈들[2]

　　결국 만주의 핵심적인 문제는 중국과 조선 사이의 문제가 아니라 일본의 중국 침략이며 그 과정에서 조선인들이 희생당하는 구조라는 것이다. 바로 이 점이 그 동안 만주에서 살면서 한설야가 얻어낸 독특한 동아시아의 지정학적 인식이다.

　　이 작품이 다른 이 시기 다른 한설야의 만주를 배경으로 한 작품과 달리 주목을 요하는 것은 국제주의의 확고한 인식이다. 주인공이 고향은 여자를 술집에서 데리고 나와 조선으로 탈출하는 것이 얼마나 바보스러

<hr>

2) 조선지광, 1928년 2월호, 120쪽

운 일인가를 깨닫는 것으로 마무리하는 것은 그 정점이라 할 수 있다.

> 나는 꿈이 깨인 것 같았다. 은순이를 데리고 가령 조선으로 돌아갔다
> 면 무슨 소용이랴. 도리어 크고 무거운 고통이 등을 누르고 목숨을 노릴
> 것이다.[3]

민족주의적 감정에서 벗어나 국제주의의 시각에서 보아야만 조선 민
중의 문제를 제대로 볼 수 있다는 한설야의 인식이 강하게 드러나는 대
목이다.

이 두 가지의 면 즉 국제주의와 동아시아적 지역성을 함께 고려하려
고 하는 것임을 알 수 있다. 한설야는 프로문학에 진입한 이후 결코 민
족주의적인 태도를 가진 적은 없다. 단지 민족문제만은 포기할 수 없기
때문에 이를 동아시아적 지역성과 국제주의 속에서 성찰하였다. 민족문
제와 국제주의 관계 속에서 동아시아적 지역성을 고려할 수 있는 것은
한설야의 만주 거주가 가져온 가장 큰 소득이라고 할 수 있을 것이다.
이 시기 한설야에게 만주라는 공간은 동아시아 인식을 산출한 장소 즉
산실이라고 할 수 있다.

3. 무한 삼진 함락 직후의 한설야와 만주 :
동아시아 인식의 거울

한설야가 만주에서 조선으로 돌아올 때는 조선에서 만주로 들어갈 때

---

3) 위의 책, 126쪽

와는 매우 달랐다. 만주로 들어갈 때의 한설야는 프로문학에 대한 기본적인 관심과 이해를 가지고 있었지만 당대의 사회주의 흐름에 대해서 어떤 자세를 가져야 할 것인가에 대해서는 명확한 자기 생각을 견지하지 못했던 것으로 보인다. 하지만 만주에서 경험한 동아시아적 현실과 자본주의의 실상은 그로 하여금 사회주의와 프로문학에 대해서 아주 새롭고 동시에 명확한 견해를 갖게 했던 것으로 보인다. 일본 제국이 자본주의를 통하여 중국을 침략하려고 하고 있으며 중국은 단일한 대오를 형성하지는 못한 막연한 태도로 일본에 맞서 저항하려고 한다는 것 그 사이에서 조선인들은 비참한 현실을 감수하고 있다는 것을 잘 알게 되었다. 현실에서는 중국인들이 조선인들을 배척하고 있지만 이는 중국이 조선을 미워해서가 아니라 일본의 침략을 꺼려서 빚어진 일이라는 것도 아주 명확하게 깨달았다. 그런 점에서 일본제국이 동아시아에서 행하는 억압과 이에 맞선 중국과 조선의 연대와 긴장의 세밀한 대목까지 읽을 수 있었다. 만주에서 조선으로 들어올 때의 한설야가 얻은 현실 인식 중의 또 다른 하나는 자본주의의 지구화와 국제주의의 중요성이다. 만주에서 그가 경험한 현실 중에 매우 중요한 것은 자본주의는 지구의 구석까지 버려두지 않는다는 점이다. 이미 그는 식민지 자본주의를 겪는 조선에서 그 단초를 읽었지만 중국과 일본 등지를 다니면서 자본주의의 위력을 실감하였다. 이 세 지역에 비해 다소 주변부였던 만주지역마저도 자본주의가 압도하는 것을 보면서 자본주의의 위력과 현실을 실감하게 된 것이다. 국민국가적 기반, 동아시아적 기반 그리고 지구적 단위에서의 저항이 서로 긴밀하게 연계되어 통합되어야 한다는 것이 그가 이 시기에 확고하게 가진 생각이었다. 그렇기 때문에 만주로 갈 때와는 많은 차이가 나는 것이다. 「과도기」는 이러한 인식 위에서 나온 작품이다. 창선이 중국인들의 등쌀에 살 수 없어 조선으로 귀국하는 것으로 시작되는 이 소설을, 한설야가 만주로 들어가서 막 쓴 소설 「그릇된 동경」과 비교하면 그가 만주에서 겪은 것이 무엇이었는가가 잘 드러난다.

귀국 후 내적 연소와 변모를 거친 한설야가 다시 만주를 불러낸 것은 무려 10년이나 지난 무한 삼진 함락 이후 동아시아의 정치적 지형이 변화하고 조선의 지식인계가 친일 협력과 저항으로 나누어질 무렵이다. 한설야는 만주를 배경으로 한 일본어 장편소설 『대륙』을 매일신보가 발행하는 주간지 『국민신보』에 연재를 하였다. 한설야가 왜 다시 만주를 불러냈는가? 약 10년 동안 만주를 방문하기도 했지만 작품으로 다루지 않았던 그가 왜 이 시기에 만주를 배경으로 한 장편소설을 썼는가 하는 점이다. 이 작품에 대해서는 발굴 직후 소개를 겸한 논문을 쓴 바 있고 또 그 후에 여러 논자들이 이것에 대해 글을 쓴 바 있기에 작품 자체의 세부적인 논의는 하지 않고 주로 이 무렵에 만주를 다시 불러낸 정황 중심으로 이야기를 하도록 하겠다.[4]

이 작품의 연재가 시작된 1939년 6월은 동아시아 역사에서 매우 미묘한 시기였다. 일본 제국이 무한 삼진을 함락한 이후 고노에 내각은 동아신질서를 외치면서 동아공존론을 이야기하였다. 동아시아가 서로 공존하면서 번영을 누려야 한다는 의견이었다. 고노에 내각의 이러한 방침이 알려지면서 일본의 좌파들은 동아협동체 등 다양한 방안을 내세웠다. 특히 자본주의에 비판적이었던 좌파들은 고노에 내각의 동아신질서론을 활용하여 동아시아에서 새로운 공동체의 틀을 만들 구상을 내놓기도 하

---

4) 「새로 발견된 한설야의 소설 '대륙'과 만주인식」, 역사비평, 63호, 2003.
　　「한설야의 '대륙'과 만주인식」, 『만주, 동아시아 융합의 공간』, 한석정 노기식 편, 소명출판사, 2008.

였다. 이러한 흐름은 동아시아 전체의 지식인들에게 공전의 반향을 불러
일으켰다. 동아시아가 전쟁에 계속 휘말리는 것도 막고 자본주의의 극복
도 할 수 있을 것이라는 환상을 가지게 된 것이다. 조선도 예외가 아니
었다. 주로 좌파 중심으로 이 문제를 심각하게 거론하는 이들이 나타나
기 시작하였고 때로는 격렬하지만 우회적인 논쟁도 벌어졌다. 이러한 조
선 사회와 동아시아의 지식인의 정형을 보면서 한설야는 소설로 개입해
야 할 필요성을 강하게 느꼈고 그 결실이 바로 『대륙』이다.

  앞서 보았던 것처럼 한설야는 여타의 프로문학가들과 달리 국제주의
적 관점을 견지하면서도 항상 국민국가적 기반 그리고 동아시아적 기반
에서의 저항과 연계시켜 사고하는 사람이었다. 당시 한국의 많은 프로문
학가들이 소비에트 러시아를 기준으로 삼고 모든 것을 그것에 맞추는 태
도와는 매우 달랐다. 국민국가와 동아시아를 동시에 보는 이러한 독특한
한설야의 국제주의는 1920년대 중반 만주에서의 경험을 통하여 확고해
진 상태였고 이는 귀국 후 프로문학을 할 때에도 계속 견지하였던 문제
의식이었다. 그렇기 때문에 동아협동체에 대해서 깊은 관심을 가질 수밖
에 없었던 것이다. 하지만 동아협동체에 대한 한설야의 지향은 비판적
개입이었다. 일본의 좌파들이 동아협동체를 통하여 일본 제국이 내세운
동아신질서론을 활용하여 동아시아에서 새로운 체제를 실현시키기 위해
서는 우선 일본 내의 재벌과 군부가 해체되어야 한다는 것이다. 일본 내
에서 이들을 혁파하는 개혁이 일어나지 않는 한 그 어떤 수사가 동원되
어도 그 본질이 변하지 않는 것이고 그럴 경우 동아협동체와 같은 것은
의미가 없다는 것이다. 이러한 개혁이 우선되고 나면 동아시아의 새로운
공동체에 대한 논의가 가능할 것이고 여기에는 조선의 좌파 지식인들도
참여할 수 있다는 것이다. 한설야의 이러한 논의는 당시 박치우 등의 동

아협동체론과 유사한 점도 없지 않지만 민족문제를 바탕으로 한 것이기에 세밀한 대목에서는 차이가 난다는 점도 잊어서는 안 된다.

그런데 흥미로운 것은 한설야가 이러한 동아시아의 미래를 고려할 때 그 거 거울이 만주라는 점이다. 일본 본토나 그 식민지인 조선의 현재를 통하여 동아시아의 미래를 예측할 수도 있지만 그럴 경우 그것은 일본 제국에 한정되기 때문에 중국을 아우르는 동아시아를 상상하기는 어려운 것이다. 그렇기 때문에 한설야는 다시 한번 만주를 불러낸 것이다. 만주라는 공간은 일본을 비롯하여 중국 조선 등이 공존하면서 경합을 하는 곳이기 때문에 동아시아의 미래를 새롭게 상상한다고 했을 때 이보다 더 좋은 공간은 없는 것이다. 동아협동체의 성공 여부를 비추어 볼 수 있는 거울이 바로 만주인 것이다. 그리고 한설야는 그 누구보다도 만주에 대해서 잘 알고 있는 사람이다. 아무리 만주를 새로운 동아협동체 논의의 거울로 삼으려고 하여도 이를 육체적으로 잘 알지 못하면 쓸 수 없는 것이다. 그런 점에서 한설야는 자신감을 가지고 있었던 것이다.

여기서 또 하나 주목해야 할 것은 일본어의 문제이다. 그가 왜 조선어가 아니고 일본어로 작품을 썼는가 하는 점이다. 당시 일본 내에서는 만주 바람이 불어 많은 작가들이 만주를 여행하고 작품을 썼다. 조선도 마찬가지였다. 이기영과 이태준 등이 만주를 다녀와서 글을 여기저기에 발표한 것을 한설야는 잘 알고 있었다. 이렇게 만주가 새로운 동아시아의 상상에서 영감의 원천으로 작동되고 있을 때, 한설야는 속으로 나만큼 만주를 잘 아는 작가는 드물 것이라고 생각하였을 것이다. 만주에 거주하면서 작품을 쓰는 이들은 만주 이외의 동아시아를 전체적으로 볼 시야가 없고, 일본과 중국 조선의 작가들은 만주를 잘 모르기 때문에 그 실감을 얻기 어렵기 때문에 자신이 가장 적임자라고 생각하였을 것이다.

그렇기 때문에 동아협동체 문제는 조선의 지식인뿐만 아니라 동아시아 전체의 지식인들이 공유해야 하는 것이기 때문에 일본어로 창작을 하는 것이 효율적이라고 생각했을 것이다. 재조일본인들이 주 독자였던 이 『국민신보』에 연재하게 되면 일본의 지식인 나아가 중국의 지식인 예컨대 주작인 등 일본어를 잘 하는 지식인 독자들이 볼 수 있을 것이고 이를 바탕으로 동아협동체의 논의가 확산될 수 있을 것이라는 믿음을 가졌던 것으로 보인다. 그렇기 때문에 조선어가 아닌 일본어, 그리고 재조일본인들이 주로 보는 『국민신보』에 이 작품을 실었던 것이 아닌가 한다.

동아협동체론은 고노에 2차 내각이 신체제론을 새롭게 내세우는 1940년 7월 무렵이면 사라져 버린다. 일본제국이 동아신질서 대신에 대동아공영론을 내세우고 이를 뒷받침하는 신체제론을 주장하면서 그것은 더 이상 의미를 갖기 어려웠다. 아마도 한설야는 자신이 견지하였던 동아협동체론에 대한 비판적 개입이 정당하였다고 생각하였을 것이다. 동아협동체론에 대한 일방적인 지지를 하지 않은 이유는 바로 이러한 우려 때문이었다. 일본 제국이 재벌과 군벌의 개혁을 하지 않는 한 동아협동체론은 의미를 가지지 못할 것이라는 자신의 예측이 맞았던 것이다. 이후 한설야는 신체제를 비롯한 그 어떠한 일본 제국의 좌파나 자유주의자들의 논의에 관심을 두지 않았다.

4. 산실과 거울로서의 동아시아

사회주의적 국제주의자로 평생 살면서도 항상 국민국가 기반의 저항이나 동아시아 기반의 저항을 놓치지 않았던 것이 한설야이다. 이러한 세 가지 층위에서의 저항을 통합적으로 보지 못하면 국제주의는 추상적인 것에 그친다고 보았다. 국민국가 기반의 저항이라는 것은 그가 민족주의에서 시작하였다는 사실을 감안하면 쉽게 이해할 수 있다. 국제주의자가 된 이후에도 민족문제를 놓치지 않았던 것은 민족주의 시절의 문제의식이 국민국가 기반의 저항으로 이어졌기 때문이다. 또한 국제주의라는 것은 사회주의자로 변신한 후에 일반적으로 갖는 태도이기 때문에 그렇게 낯선 것이 아니었다. 하지만 동아시아 지역 기반의 저항은 다른 누구에서도 쉽게 찾아볼 수 없는 매우 특이한 것이었다. 과연 이러한 상상력이 어디에서 왔는가? 필자는 그것이 만주에서 나왔다고 생각한다. 한설야는 일본 제국이 만주를 교두보로 중국을 침략하는 과정에서 조선인들이 어중간하게 끼어 있는 현장으로서의 만주를 통하여 동아시아 지역의 중요성을 체감하였던 것이다. 한설야에게 만주란 바로 동아시아 인식을 키운 지성의 산실이었으며 동아시아를 비추어 볼 수 있는 거울이었던 셈이다.

대륙의 주인은 누구인가?[1)]
─한설야의 『대륙』에 나타난 현실인식

1. 들어가기

한설야의 『대륙』은 1939년 6월 4일부터 9월 24일까지 『국민신보』에 연재된 일본어 장편소설이다. 그 주된 이야기는 1932년 '만주국' 건국 초기를 배경으로 일본인 청년 오야마와 하야시들이 만주 오지에서 민간에 의한 공동체 사회 건설을 위한 금광 개발 사업을 벌이는 와중에 부딪친 마적의 습격과 납치 및 만주인 조집오와 그의 딸 조마려의 도움으로 사건을 해결한다는 내용과 오야마와 만주인 처녀 조마려가 식민자와 피식민자 사이의 차별과 배제의 제국적 의식을 넘어 서로의 사랑을 확인하고 대륙에서 그들의 꿈을 실현해 간다는 내용이다. 『대륙』이 연재된 『국민신보』는 매일신보사가 자매지로 발행한 주간지로서 1939년 4월 3일자

---

1) 이 논문은 2014년 대한민국 교육부와 한국학중앙연구원(한국학진흥사업단)을 통해 해외한국학중핵대학육성사업의 지원을 받아 수행된 연구임(AKS-2014-OLU-2250004).

로 창간되었으며 순 일본어 신문으로 여기에는 조선인 뿐만 아니라 일본
인들이 필자로 등장한다.[2] 그 독자는 재조 일본인과 조선 지식인 계층이
었을 것이다.[3]

그러므로 한설야의 『대륙』은 창작시기, 작품의 배경, 발표지면, 발표
언어 등 측면에서 다음과 같은 몇 가지 문제점을 내포한다. 첫째, 한설야
는 왜서 1939년의 시점에서 그로부터 7년이나 앞선 시기인 1932년 즉
만주국 건국초기의 사건을 서사화하고 있을까? 1939년은 일본 관동군의
치안숙정 작업에 의해 '만주국'의 '치안'이 안정기에 접어들고 중일전쟁
과 함께 일본이 중국과의 무력전쟁으로부터 외교적 제휴로 정책을 조정
하여 "동아협동체론"을 적극 주창하고 펴나가던 시기이다. 그런데 『대
륙』 속의 사건이 벌어지는 시기는 만주국 건국 초기로 만주 각지에서 마
적과 비적 그리고 반일 의용군, 중국공산주의자와 조선공산주의자에 의
한 항일독립운동세력이 빈번하게 출몰하던 시기이자 일본 관동군의 비
적 토벌 등 치안숙정 작업이 가장 잔혹하게 가장 치열하게 이루어지던
시기이다. 둘째, 무엇 때문에 한설야는 이 시점에 일본어로 창작하여 일
본어 신문에 발표한 것일까? 한설야가 『대륙』을 집필한 시기는 1939년
6월부터 9월까지로 이 시기는 아직 일제에 의한 일본어글쓰기가 강요되
기 전이다. 그러므로 한설야는 자신의 어떤 필요에 의해 의도적으로 일
본어로 창작하여 일본어 신문에 게재한 것이다. 김재용은 한설야가 일본
어로 이 작품을 써서 잠재적 독자층으로 삼았던 일본인에게 만주국이 현

2) 김재용, 「새로 발견된 한설야의 소설 『대륙』과 만주 인식」, 『역사비평』 63, 역사문제연
   구소, 2003, 252쪽.
3) 김재용은 위의 글에서 『국민신보』가 일차적으로는 조선에 나와있는 일본인들을 대상으
   로 한 것이었을 것이라고 추측하였다. 일본어 소설의 잠정적인 독자로 재조 일본인과
   함께 식민지 시기 조선의 지식인 계층으로 미루어 짐작할 수 있다.

재 얼마나 엉뚱한 방향으로 나아가고 있는가를 강하게 보여주고 싶었던 것이라고 보았다.[4] 이를 두고 김윤식은 한설야는 그 이전 1937년에도 「白い開墾地(하얀 개간지)」를 일본어로 창작하여 일본 국내의 문학지『文學案內』에 발표한 것[5]을 예로 들면서 이것이 한설야의 일본어 쓰기 능력에 의한 그 자신의 자의적 선택임을 근거로 일제시기 이중어 글쓰기의 제4형식[6]이라고 평가한 바 있다. 셋째, 한설야는 과연 대륙 아니 만주에서 일본인의 주도가 아닌 여러 민족의 평등한 관계에 의한 진정한 의미의 오족협화를 희망했던 것일까?

위의 몇 가지 문제점에 대해서는 이미 상당한 정도의 선행연구가 이루어졌으며 다각적이고 다차원적인 측면에서 이에 대한 검토가 이루어졌다. 김재용은 한설야의 『대륙』을 발굴하여 소개하면서 한설야가 '만주국'의 오족협화의 허위성을 비판하고 동시에 자민족중심주의도 극복하려고 했다고 보았다. 일제에 의해 '만주국'이 완전히 정비된 1939년의 시점에서 치안 부재의 1932년의 초기 '만주국'을 다룬 것 역시 이러한 '만주국'에서의 오족협화의 허위성을 비판하기 위해서라고 하면서 『대륙』의 저항성을 높이 평가했다.[7] 장성규[8], 고명철[9], 서영인[10], 이경재[11]은

---

4) 김재용, 위의 글, 261~262쪽.
5) 이 외에도 한설야는 그의 만주 거주 기간인 1927년 1월『만주 일일 신문』에 일본어로 창작한 「合宿所の夜」, 「初戀」 등을 발표했었다. 이는 한설야의 일본어 글쓰기가 표현에 큰 제한을 받지 않고 상당히 자유로운 수준에 이르러있음을 보여준다고 할 수 있다.
6) 김윤식, 「이중어 글쓰기의 제4형식-한설야론」, 『20세기 한국 작가론』, 서울대학교출판부, 2004, 69~131쪽 참조
7) 김재용, 「새로 발견된 한설야의 소설 『대륙』과 만주 인식」, 『역사비평』 63, 역사문제연구소, 2003.
8) 장성규, 「일제 말기 카프 작가들의 만주 형상화 양상」, 『한국현대문학연구』 21, 2007.4.
9) 고명철, 「동아시아 반식민주의 저항으로서 일제말의 '만주 서사'-이태준의 <농군>과 한설야의 <대륙>을 중심으로」, 『한국문학논총』 제49집, 2008.
10) 서영인, 「만주서사와 반식민의 상상적 공동체-이기영, 한설야의 만주서사를 중심으로」, 『우리말글』 46, 2009.

한설야의 『대륙』이 제국의 담론을 수용하면서 그 담론 내부에서 다른 이야기를 만들어냄으로써 제국의 이데올로기와 어긋나는 지점을 만들며 제국의 이데올로기를 비판한다고 보았다. 특히 서영인은 작품에서 비적에 대해 주목하면서 "한설야가 『대륙』에서 형상화하고자 했던 것은 쉽게 정복될 수도 없고 쉽게 이데올로기화될 수도 없는, 만주 대륙의 실체"12)라고 지적하였다. 윤대석은 한설야가 1939년의 시점에서 만주국 건국 초기를 무대로 소설을 쓴 것은 당시 전개되고 있던 동아협동체론, 동아연맹론으로 대표되는 동아시아 신질서론에 참여해서 그것을 변형시키기 위해서였다고 하였다.13) 이진경은 한설야가 일본의 '동아신질서론'에 '편승'하면서 말하는 전략을 사용하고 있다고 보았고 그것만이 당시 식민지 조선인이 말하기 위한 필수적 전제였을 것이라고 하였다. 그는 한설야의 『대륙』은 일본인의 '만주인 되기'와 만주인의 '비 만주인 되기'를 통해 국민적 경계를 횡단하면서 소수자로서 식민지 인민 즉 '조선인의 말하기'를 하고 있다고 보았다.14) 서영인 역시 하위주체의 말하기 방식이란 맥락에서 한설야의 『대륙』에 나타난 미지의 '타자'들이자 '만주국'에서 피식민 민족의 하위주체인 조선인의 말하기 방식에 대해 살펴보았다.15) 위의 연구들이 한설야의 『대륙』이 저항의 의미를 가진다고 주장하는 것과는 상반되는 관점에서 김성경16)과 서경석17)은 한설야가 일본

---

11) 이경재, 「韓雪野와 滿洲」, 『어문연구』 44(2), 2016.6.
12) 서영인, 위의 글, 338쪽.
13) 윤대석, 「1940년대 '국민문학' 연구」, 서울대학교 박사논문, 2006.
14) 이진경, 「식민지 인민은 말할 수 없는가?: '동아신질서론'과 조선의 지식인」, 『사회와 역사』 제71집, 한국사회사학회, 2006.
15) 서영인, 「만주서사와 (탈)식민의 타자들」, 『語文學』 제108집, 2010.
16) 김성경, 「인종적 타자의식의 그늘」, 『민족문학사연구』 24, 2004.
17) 서경석, 「카프 작가의 일본어 소설연구」, 『우리말글』 29, 우리말글학회, 2003.
    서경석, 「만주국 기행문학 연구」, 『語文學』 제86집, 2004.

제국이 제기한 '동아협동체'론에 대한 희망과 이로부터 변화 가능한 만주 공간에 대한 희망을 보여줌으로써 『대륙』이 협력의 의미를 가진다고 보았다. 손유경 역시 민간 자치 공동체를 구상하는 진보적 일본 청년 오야마와 하야시가 마적(비적) 문제에 관한 한 철저히 관동군의 입장에 따르고 있으며 토벌대의 잔혹한 토착민 학살 행위에 대한 비판적 자의식을 이 두 청년이 전혀 구비하지 못하고 있다는 점에서 과연 저항의 의미를 갖는다고 볼 수 있는지에 대한 의문을 제기하고 있다.[18]

    이러한 논쟁의 핵심은 결국 한설야가 식민주의적 무의식에 포섭된 것인가 아니면 일제의 식민정책 내에서 일제를 비판한 것인가에 있다. 문제는 협력의 의미는 물론 저항의 의미를 가진다고 본 연구들에서조차 한설야가 일제의 제국 담론을 일단 수용했다고 본 것이다. 즉 "한설야는 제 민족에 대한 차별과 강제가 없는 평등한 연합체로서의 '오족협화'에 동의했다"[19]고 보았다. 그런데 과연 한설야는 '만주국'에서 진정한 '오족협화'를 희망했고 일본의 주도가 포기된 '동아협동체'의 실현에 기대를 가졌던 것일까? 과연 한설야는 '만주국'에서 일제의 식민정책에 조건부적인 동의를 한 것인가? 여기서 한가지 보다 근원적인 것을 이야기하자면 '대륙' 즉 '만주'는 원래 만주인의 땅, 즉 중국인의 땅이다. 과연 한설야는 제 민족 간의 평등한 관계만 성립된다면 일본 제국주의가 무력 침략의 결과로 점령한 중국 땅에서, 즉 '만주' 대륙에서 일본이 제기한 '오족협화' 내지 '동아협동체'의 실현이 가능하다고 본 것일까? 즉 한설야는 일본의 초기 만주 정책에 환상을 품고 있었던 것일까? 본고는 바로

---

18) 손유경, 「만주 개척 서사에 나타난 애도의 정치학」, 『현대소설연구』 42, 현대소설학회, 2009.
19) 서영인, 「만주서사와 반식민의 상상적 공동체-이기영, 한설야의 만주서사를 중심으로」, 『우리말글』 46, 2009, 348쪽.

이 지점에서 논의를 시작하고자 한다. 위의 근원적인 물음에 답하기 위해 본고는 다음과 같은 문제들을 추가로 염두에 두고자 한다. 친일과 국제주의자 사이에는 어떤 차이가 있는가? 일본인 청년들의 민간 공동체 건설에 공감하고 그들에 협력하는 조집오와 조마려는 친일세력인가 국제주의자인가? 한설야는 수필 『北國紀行』에서 간도공산당사건에 대해 자세히 다루고 있을 정도로 만주 사회주의자들의 항일운동에 대해 소상히 알고 있다. 그럼에도 왜 한설야는 『대륙』속의 항일세력을 장학량 의용군과 반만 마적으로만 한정한 것일까? 『대륙』에 나타난 그 의미를 알 수 없는 조선인들의 실체는 과연 무엇인가? 한설야의 『대륙』은 과연 만주의 조선인 이주농민들에게는 별다른 의미를 두지 않은 것인가? 본고는 위의 문제들을 차례로 답해가면서 논의를 진행하고자 한다.

2. 대륙의 진정한 주인 : 만주의 민간 토착세력

한설야는 '만주국'이 안정기에 접어든 1939년의 시점에서 1932년의 초기 '만주국'을 다루면서 『대륙』에서 유독 만주의 민간 토착세력인 조집오의 역할과 위력을 강조 부각하였다. 조집오는 돈과 절대권력을 가진 관동군의 군사력과 정치력으로도 해결하지 못하는[20] 마적에 의한 오야마 아버지의 납치사건을 자기의 집안과 대대로 돈독한 관계를 맺고 있던 마적 두목 왕쾌대와의 협상을 통해 해결한다. 조집오의 협상이 없었다면 오야마와 그의 아버지는 생존조차 불가능했으며 오야마와 하야시 이 두

---

20) 서영인, 위의 글, 338쪽.

의욕에 찬 제국의 청년들은 비적과 스파이 앞에서 속수무책이다. '만주국'의 관리도, 군인도 아닌 조집오의 영향력과 위상은 '만주국' 이전의 만주의 역사로부터 형성된 관계에 의한 것으로 "만주의 주인은 만주를 개척의 대상으로 바라보는 오야마나 하야시도, 그리고 만주국에서 막강한 권력을 차지하고 있는 관동군도 아닌, 조집오와 왕과 같은 토착세력"21)이다. 그렇다면 오야마와 하야시라는 두 일본 청년의 이상에 호의를 보이는 조집오는 과연 이들의 생각에 완전히 공감한 것인가? 그런데 조집오가 공감하고 동의하고 있는 이 이상 즉 국가의 힘이 아닌 자유 이민, 군대의 힘이나 대자본의 힘이 아닌 민간인들 간의 협력에 의한 만주 오지의 개발과 건설에 의한 만주 제 민족의 공동체 건설이라는 이 이상은 엄밀하게 말해서 관동군의 무력 침략에 의해 세워진 '만주국'의 건국 역사를 부정하는 자리에서만 가능한 것이어서 현실의 '만주국'과 근원적으로 공존이 불가능한 이상이다. 그렇다면 이 이상이 가능한 '만주국'은 어떠한 형태여야 하는가? '만주국'에서 일본인과 만주인은 어떤 위치에 있어야 하는가?

> "장래에는 논밭이나 미개척지를 매입하려고 생각합니다. 물론 국가의 힘이 아닌 자유 이민의 정신 아래 노력 하나로 이루려고 생각하고 있습니다."
> "그건 굉장히 좋은 생각입니다. <u>그러나 만주라는 곳은 당신네 나라와 사정이 달라서……</u>"
> 조 노인은 사색적인 인간이 가지고 있는 냉정함을 잃지 않고 있었다.
> "물론 그것도 생각하고 있습니다. 그러나 만주 사람도, 일본 사람도, 조선 사람도 삶을 원하는 인간적인 본능은 누구나 같다고 생각합니다. 저는 어려서부터 만주에서 자라 만주 사람이나 조선 사람들 틈에서 오랫동

---

21) 서영인, 위의 글, 338쪽.

안 생활했기 때문에 이 땅의 공기는 잘 알고 있다고 자부하고 있습니다."
"아 그래요 그래서 <u>만주어를 잘하시는군요</u> 아주 잘 되었군요. <u>외국에</u>
<u>서 가장 큰 자본은 바로 그것이니까요. 먼저 외국을 이해하고 생활하고 가</u>
<u>능하다면 그 나라 사람이 되는 것이지요</u>."(『대륙』22), 20쪽, 밑줄 인용자 주)

만주에서 국가의 힘을 배제한 민간인 공동체 건설에 대한 순수한 이
상으로 불타고 있는 일본인 청년 하야시의 격정과 열변에 조집오는 "그
러나 만주라는 곳은 당신네 나라와 사정이 달라서…"라고 냉정하게 대
답한다. 조집오의 이 대답에는 여러 가지 층위의 의미가 내재되어있다.
표면적으로 그것은 '만주'는 일본 내지와 치안, 문화, 풍토 등이 다름을
나타내는 매우 상식적인 차원의 발언으로 받아들여질 수도 있으나 그 뒤
의 생략된 말은 여러 가지 상상을 가능하게 한다. 생각하기에 따라서 그
생략된 말은 "그렇게 쉽지 않을 것입니다" 내지 "그렇게 마음대로 되지
않을 것입니다" 등으로 상상 가능하며 그 전체적 뜻은 "만주는 당신네
나라가 아니라서…"라는 잠재된 차원의 뜻을 포함하고 있다. 이런 냉정
하고 고집스럽기까지 한 조노인을 설득하기 위해 하야시는 자기가 어려
서부터 만주에서 자라 만주 사람이나 조선사람들 틈에서 오랫동안 생활
했기 때문에 만주의 공기는 잘 알고 있다고 설명한다. 즉 하야시는 이때
의 자신을 극력 일본인과는 멀리 떼어내며 자기가 얼마나 만주를 이해하
고 만주인에 대해 이해하고 있는지에 대해 극력 강조하고 있다. 하야시
의 이러한 노력과 발화는 대륙에서 즉 만주에서 만주인과 소통하기 위해
서는 일본인이 일본인이기를 포기하고 현지에 융화되어야 하며 현지인

---

22) 한설야, 『대륙』, 『국민신보』, 1939.6.4~9.24. 인용은 김재용 외 편역, 『식민주의와 비협
력의 저항』, 역락, 2003, 20쪽, 이후의 작품 본문 인용은 각주로 따로 표기하지 않고
인용문 뒤에 책의 쪽수만 표기하도록 한다.

화 되어야 함을 은연중 보여주고 있다. 이러한 하야시의 설득에 조집오
는 우선 하야시의 만주어 실력을 높이 평가한다. 그리고 조집오는 "외국
에서 가장 큰 자본은 바로 그것이니까요. 먼저 외국을 이해하고 생활하
고 가능하다면 그 나라 사람이 되는 것이지요."라고 긍정적으로 대답한
다. 이는 얼핏 보면 하야시의 뛰어난 만주어 실력이 만주에서 생활하는
데 매우 도움이 될 것이라는 극히 평범하고 일반적인 발언이지만 1932
년 혹은 1939년 당시의 일본과 '만주국'의 관계 내지 '만주국'에서의 일
본인과 만주인의 관계 속에서 놓고 본다면 이는 틀림없이 대단히 혁명적
이고 위험한 발언이다. 우선 조집오는 오야마와 하야시라는 두 일본인
청년을 향해 '만주'를 거침없이 '외국'이라고 호명한다. 이는 '만주' 혹은
'만주국'을 일본 제국의 판도 내에서 분리하여 제국의 식민지[23]의 위치
가 아닌 일본 제국과 대등한 국가 즉 '외국'으로 호명한 것으로 '만주국'
에 대한 일본 제국 내지 관동군의 영향력과 간섭을 배제하고 분리한 것
이다. 그때 '만주국'에 이민해 살고 있는 일본인들 중 과연 몇 사람이나
'만주' 내지 '만주국'을 일본의 식민지가 아닌 하나의 대등한 국가로, '외
국'으로 생각했을까? 역으로 과연 몇 사람이나 되는 만주인이 일본에 대
하여 '만주국'을 피식민지가 아닌 대등한 국가로, '외국'으로 생각하고
있었을까? '만주국'에 대한 조집오의 이 '외국'이라는 호명은 일본이 제
국 내에서 특히 '만주국'인들을 향해 구축해왔던 일본 제국과 '만주국'의
어떤 관계[24]를 일거에 전복해버리는 혁명적이고 위험한 발화였다. 이어

---

23) 물론 '만주국'은 외형상 독립국의 형태를 취했으므로 엄밀한 의미에서 일본 제국의 식
    민지인 조선, 대만과는 구별되었다.
24) 일본정부는 "푸이의 방일을 맞아 접대위원회를 설치, 푸이를 융숭하게 맞았"으나, "의전
    에서 만주국 황제와 일황의 차이를 철저하게 강조했다." 한석정·임성모, 「쌍방향으로
    서의 국가와 문화: 만주국판 전통의 창조, 1932~1938」, 『한국사회학』 35집 3호, 185쪽.

서 조집오는 하야시에게 먼저 외국을 이해하고 가능하다면 그 나라 사람
이 되어야 한다고 설교한다. 즉 1932년 내지 1939년의 '만주국'에서 만
주인이, 만주에서 이상을 실현하고자 하는 일본인 청년들에게 '만주'를
이해하고 '만주인'이 되어야 한다고 설교하는 것이다. 이처럼 이러한 오
늘날 평등한 국제교류라는 차원에서 보면 지극히 상식적이고 일반적인
대화이지만 그때의 '만주국'에서는 대단히 혁명적이고 심각한 대화가 이
루어진 끝에 조집오는 드디어 하야시와 오야마에게 도움을 약속한다. 한
설야는 『대륙』에서 유난히 일본인이 '만주국'에서 살아가기 위해서는 만
주어를 공부해야 함을 강조하면서 '만주국'에서 일본어에 비해 만주어의
우위를 강조하고 있는데 일본인인 하야시마저 오야마에게 "자네도 앞으
로 만주어를 더 공부해"라고 진심으로 권하고 있다. 그것은 만주를 알고
만주에서 생활하기 전에 먼저 말을 배우지 않으면 안 된다고 생각하고
있었기 때문이다. 또한 만주에 진출한 일본인 대재벌 고토 사장도 마려
에게서 만주어를 배울 정도로 『대륙』은 온통 만주어 열풍이다. 조선에서
일제가 1938년부터 제3차 <조선교육령>을 반포하여 조선어교육을 배제
하고 조선어 말살 정책을 실시하였던 것을 감안하면 '만주국'에서 일본
어에 대비한 만주어의 우위에 대한 한설야의 이러한 강조는 결코 우연이
아닐 것이다.

　이를 통해 한설야는 은연중 대륙의 주인 즉 만주의 주인은 만주인임
을 암시하고 있다. 즉 일본인이 대륙에서, 만주에서 어떠한 아름다운 이
상이든지 그 이상을 실현하고 이루어나가기 위해서는 우선 만주어를 잘
해야 하고 만주를 이해해야하고 나중에는 만주인이 되지 않으면 안된다
는 이 담론이 의미하는 바는 만주에서 모든 일의 주도권은 일본인이 아
닌 만주인에게 있음이다. 즉 일본인이 혹은 일본이 대륙에서, 만주에서

어떤 이상 내지 사업을 실현하기 위해서는 현재처럼 무력 침략에 의한 '만주국' 건국이 아니라 평화적 외교관계를 통한 협상과 협의가 전제되어야 하며 자주와 독립, 평등한 외교관계에 기초하여 대륙 즉 만주의 주인인 만주인의 자발적인 동의와 허락이 있어야 가능하다는 것이다. 즉 한설야는 국가의 힘이나 군대의 힘, 또는 대자본의 힘이 아닌 평등한 국가 간의 교류 즉 평등한 국제교류를 희망했던 것이다. 그러나 한설야가 주장했던 일본과 '만주국'의 관계, '만주국'에서 일본인과 만주인의 관계는 당시의 '만주국'에서는 원천적으로 불가능한 것이었다. '만주국'의 건국 자체가 일본 관동군의 무력에 의한 만주 침략 위에 건립된 것이므로 이는 '만주국' 건국 자체가 안고 있는 근원적인 모순이었고 그러한 '만주국'의 건국의 역사가 통째로 부정되지 않는 한 해결 불가능한 모순이었기 때문이다. 그래서 '만주국'에서 일본인과 만주인의 관계는 협화 내지 협력이 아닌 배신과 불신, 감독의 관계일 수밖에 없다고 한설야는 말하고 있다.

> "오늘 두도구에서 일만군(日滿軍) 귀순 선서식을 하고 협피구 주둔을 명령받아 간다고 합니다."
> "<u>위험하군요. 마적처럼 쉽게 배반하는 사람들은 신용할 수 없겠네요.</u>"
> "그도 그렇지만 몰살할 수도 없는 노릇이고 가능하다면 유도해서 군에 넣어 변경 경비…… 라기 보다는 <u>비적 회유의 표본을 삼는 겁니다. 물론 엄중하게 감시하지요</u>"
> "마적도 예전과 달리 모두 곤란한 모양이네요."
> "그래요. 그래서 계속해서 귀순을 신청하는 겁니다…… 그러나 일단 진심으로 귀순을 하면 피복이나 식량을 나누어줍니다. 저기 말에 실은 것이 보이지요?"
> "이상한 사람들이네요. 이렇게 좋은 토지를 버리고……"
> 마스코는 언제까지나 바라보고 있었다.(『대륙』, 72~73쪽, 밑줄 인용자 주.)

귀순하는 마적의 부대를 바라보며 하야시와 오야마의 동생 마스코가 주고받는 대화이다. 만주의 마적에 대한 일본인 일반의 인식이 잘 드러나는 부분이다. 마적의 귀순을 바라면서도 정작 귀순하는 마적에 대해서는 마적처럼 쉽게 배반하는 사람들은 신용할 수 없다고 하는 것을 통해 '만주국'에서 마적에 대한 일본인들 일반의 이중적인 태도를 보여준다. 또한 귀순한 마적에 대해서는 진심으로 그들을 '만주국' 군대에 편입시키는 것이 아니라 비적 회유의 표본으로 변경 경비를 시키며 엄중하게 감시한다는 것이다. 이러한 귀순한 마적에 대한 불신임은 역으로 그들의 진정한 귀순을 불가능하게 하여 그들은 귀순하였다가도 다시 반변하여 마적과 내통하거나 마적이 되어버린다. 문제는 이 대화의 주인공들인 하야시와 마스코의 신분이다. 만주에서 군대에 의존한 개발과 건설이 아닌 민간의 힘에 의한 제 민족 협화의 공동체를 건설하겠다는 이상에 불타는 하야시와 재벌의 딸이자 관동군 장교의 동생이긴 하지만 군인과는 거리가 먼 한 일본인 소녀 마스코의 대화는 이것이 마적에 대한 일본인 일반의 태도이자 인식임을 보여준다. 일본군의 무력 침략에 의한 '만주국' 건국에 반대하는 만주의 마적과 일본군의 대대적인 소탕에 직면하여 하는 수 없이 귀순하는 마적에 대한 일본인 일반의 불신은 '만주국'의 절대 권력자인 일본인들을 '고독한' 처지에 빠지게 하며 만주에서 그들의 처지를 어렵게 만든다. 이러한 불신은 일본인과 마적 사이 뿐 아니라 일본인과 그들의 협력자인 '만주국' 병사들 사이에도 존재한다. 마적 토벌에 나선 '만주국' 병사들은 "사격의 명수였지만 웬일인지 정확하게 조준을 하지 못했"고 "병사들은 어제까지 자신의 동료였던 적을 사살하는 것을 별로 내켜하지 않는 것 같았"다. 일본의 무력 침략으로 건국된 '만주국'에서 일본인과 만주인의 진정한 협력은 있을 수 없으며 일본인은 만주인에 한한 어디까지나 침략자일 뿐으로 만주인의 진정한 협력을 구할 수 없다는 것이다.

더구나 ""이상한 사람들이네요. 이렇게 좋은 토지를 버리고……"라는 마스코의 이 말은 "침략"이라든가 "무력"이라든가 "군인"이라든가 하는 것들과는 거리가 먼 순진한 일본인 소녀의 입에서 무의식 중 나온 말이기 때문에 그만큼 더 충격적이고 파괴력을 가진다. 국가의 힘에 의해 즉 일제의 '토지수용령'으로 중국인 농민들의 토지를 무상으로 혹은 헐값으로 차지한 일본인 이민자의 입장과 그 땅에서 쫓겨나 하는 수 없이 혹은 분노로 마적이 된 중국인 내지 만주인들의 마음의 거리는 그만큼 멀고 어긋나는 것이어서 그들 사이의 협력이란 처음부터 불가능한 것이었던 것이다.

여기까지 오면 우리는 한설야가 『대륙』에서 결코 제 민족이 평등한 오족협화에 동의한 것이 아니었고 일본인의 주도가 포기되어진 동아협동체에 동의한 것이 아니었음을 명징하게 보아낼 수 있다. 한설야는 적어도 중국인의 땅인 대륙에서 이루어지는 오족협화 내지 동아협동체라면 평등한 관계에 앞서 주인인 중국인의 허락과 동의가 있어야 가능하다고 보았다. 이는 일본제국주의의 무력에 의해, 침탈에 의해 구상된 동아협동체론의 근거를 부정한 것으로, 동아협동체론을 수용하고 그 틀 속에서 국가와 민족의 문제를 사유했던 전향 사회주의자들의 한계를 간파하고 동아협동체론의 존립근거에 의문을 제기하고 있는 것이다. 한설야는 대륙의 주인은 만주인 민간 토착세력이고 그들의 허락과 동의가 있어야만 일본인이 만주에서 협화를 실현해나가고 그들의 이상을 실현해갈 수 있다고 보았다. 그러나 '만주국' 자체가 일본 관동군의 무력 침략에 의한 것인 만큼 이는 원천적으로 불가하다고 그는 말하고 있다. 그러므로 그

는 제국의 담론을 수용하고 그 틀 내에서 제국의 이데올로기를 비판한
것이 아니라 보다 혁명적으로 제국의 담론 자체의 가능성을 송두리째 부
정하고 있는 것이다. 그 자리에 서면 '만주국'은 건국부터 다시 되어야
할 것이다.

이제 남은 것은 '만주국'의 군인 오영장의 고문이기도 하고 길림성 실
업 국장의 친구이기도 한 그렇지만 민간인이기를 자처하는 조집오는 과
연 누구인가 하는 문제이다. 조집오는 "원세개(遠世凱)의 건아로 중앙 정
계에 이름을 떨친 적도 있고 원세개의 사후에는 고향에 돌아가 길림성의
대의원을 지내기도 했"으니 청조 복벽을 위한 친일파는 아닐 것이다. 또
한 장학량의 폭정에 불만을 품고 정계에서 은퇴하여 시골에서 청빈한 생
활을 하고 있었으므로 장작림과 장학량의 군벌통치에 불만을 품고 있는
사람이다. 오늘날의 평등한 국제관계에서였다면 그는 틀림없는 진정한
국제주의자, 즉 한설야가 이념적으로 바라는 진정한 국제주의자의 모습
이 아닐까?

3. 대륙의 타자 : 설 자리조차 없는 조선인

한설야의 『대륙』은 주인공을 만주인과 일본인으로 설정함으로써 조선
인들이 극히 미미한 존재로 등장하며 서사의 기본 줄기와도 큰 연관을
맺지 못하고 동떨어져있다. 기존의 연구들은 『대륙』에서 이 조선인의 존
재에 대해 거의 주목하지 않았다.[25] 이 무렵 식민지 조선에서 만주붐이

---

25) 한설야의 『대륙』에서 만주의 조선인을 주목한 연구로는 서영인의 「만주서사와 (탈)식

일고26) 각 언론매체들이 만주 관련 기사, 기행문 등을 집중적으로 쏟아 냈으며 1939년 이후 한국 근대문학에서는 만주를 배경으로 한 작품이 본격적으로 창작되었다. 이는 1939년 5월, 조선인 이민을 일본인 이민과 마찬가지로 국책이민으로 정하면서 만주가 조선인에게 매우 현실적인 장소로 다가왔기 때문이다. 한설야가 『대륙』을 발표하는 것과 거의 동시기에 이기영, 이태준 등이 만주 관련 소설들을 발표했고 그 주인공들이 오로지 만주 대지에서 개척과 정착을 위해 고투하는 조선농민들이었음을 감안할 때 한설야의 이런 조선과 조선인에 대한 무관심은 매우 이례적이고 흥미로운 일이다.

일본의 만주 개발이 본격화되고 이것이 중일전쟁과 맞물리게 되면서 식민지 조선의 지식인과 대중에게 만주는 경제적으로 하나의 희망의 공간으로 다가왔으며 정치적으로는 자치를 꿈꿀 수 있게 한 가능성의 공간으로 부각되었다. 이 무렵 '만주로 가자'는 "일을 하러 가고 희망을 갖고 간다고 할 수 있게끔 되었다."27)『조광』1939년 7월호는 만주문제를 특집으로 다루고 있는데 대륙진출의 문제와 만주와 조선과의 관련, 그리고 당대의 만주붐을 확인할 수 있는 글들로 특집이 구성되어 있다고 할 수 있다.28)

민의 타자들」과 김성경의 「인종적 타자의식의 그늘」이다. 서영인은 식민지의 하위주체이자 타자로서 조선인에 대해 주목했고 김성경은 일본인의 인종적 타자의식을 드러낸다고 보았다.

26) 1930년대 후반기는 일종의 '만주붐'으로 들뜬 시대였다. 『매일신보』1939년 3월 26일, 27일자 기사에 따르면 조선과 만주를 오가는 열차 승객이 매일 삼 만명을 헤아렸다……「흥아의 대인파로」,『매일신보』, 1939.3.26;「흥아의 봄 여객 홍수」,『매일신보』, 1939.3.27. 윤대석, 위의 글, 71쪽, 재인용.

27) 함대훈, 「남북만주 遍踏記」,『조광』, 1937.7.

28) 서영인, 위의 글, 333쪽.

(가) 오늘의 滿洲國은 그 建設의 거름(肥料)으로 우리 農民의 피와 땀도 적지않게 提供한 곳이라 滿洲事變의 重要起因의 하나가 萬寶山 朝鮮農民事件이었다 함은 누구나 짐작하고도 남는 바아니랴. 日本 帝國의 힘찬 後援 아래 滿洲國이 건설되었고 그의 一構成要素로 우리 겨레도 參劃을 許容맡았으며 더욱이 帝國政府의 國策으로 移住開拓을 奬勵케까지 된 以上 그 무엇 때문에 大陸進出을 躊躇할 것이랴.[29]

(나) 朝鮮內地에 있는 사람들은 좀더 滿洲의 重大性을 하로바삐 正當히 認識할 努力을 할 것, 적어도 자기 民族의 系統-鮮系가 堂堂한 國民으로 한 목들이 着着飛躍을 하는 만주국에 무관심할 배가 아닐 것이다. 특히 인테리층에게 우리 鮮系의 진실한 질을 보이자.[30]

위의 인용문 (가)과 (나)는 『조광』 1939년 7월호 만주특집에 실린 이선근과 이운곡의 글이다. 이선근은 만주 개척과 건설에서 조선농민의 기여와 공로를 강조함으로써 '만주국'에서 조선인이 당당히 그 구성요소로 국가 건설에 참획할 권리와 의무가 있음을 강조하고 있으며 제국의 국책에 의해 대륙에 진출할 권리가 있음을 강조하고 있다. 이운곡 역시 선계가 당당한 '만주국'의 국민으로 한몫 하고 있음을 강조하면서 조선의 지식인들에게 선계의 질을 보이자고 하고 있다. 당시 전향 사회주의자들의 진영에서도 '만주'는 조선인의 권리를 확보할 수 있는 공간으로 인식되었다. 중일전쟁의 상황에서 사회주의자들은 국제적 정세 속에서 조선의 독립이 불가능하다는 것을 깨닫고, 동아협동체론이나 내선 일체론 속에서 조선인의 권리를 찾는 데에서 강요되는 의무만큼의 권리, 그리고 실질적 이득이라는 희망을 발견하였다.[31] 5개의 민족이 평등하다는 만주국

---

29) 이선근, 「滿洲와 朝鮮」, 『조광』 45호, 1939.7.
30) 李雲谷, 「鮮系-만주생활단상」, 『조광』 45호, 1939.7.
31) 홍종욱, 「중일전쟁기 사회주의자들의 전향과 그 논리」, 서울대학교 국사학과 석사학위

의 논리가 물론 허구이기는 하지만, 이 허구를 실현시킬 가능성에 일본
과 조선의 좌파 지식인들은 일종의 환상을 가졌던 것으로 보인다.[32) 차
별과 제한을 철폐할 것을 주장하면서, 자치라는 권리를 주장할 단계에
이르는 과정으로 만주에서의 권리주장을 했던 것으로 여겨진다.[33)

　이러한 식민지 조선 지식인들의 만주 인식은 그 무렵 만주를 재현한
소설에서도 그대로 나타난다. 이기영의 『대지의 아들』은 “우리의 선배는
만주에서 처음으로 수전을 개척한 명예스런 지위를 차지하게 되었습니
다”[34)라고 조선 이주 농민의 수전개간의 역사와 공로를 강조하며 이는
‘만주국’에서 조선민족공동체가 존재할 수 있는 역사적 기반이 된다고
하였다. 1937년경에 이미 ‘만주국’에 이주하여 『만선일보』편집국장을 역
임했고 이 무렵은 『만선일보』를 그만두고 안동의 만주국 생필품 회사에
근무하던 염상섭 역시 재만 조선인 작품집 『싹트는 대지』(1941년 11월 15
일, 만선일보사 출간)와 안수길의 개인 창작집 『북원』(1944년 4월, 연길 예문당
출간)의 서문에서 조선농민이 ‘만주국’의 국민이 되기 위한 길은 수전개
간으로써 만주의 농업건설에 기여하는 것이며 만주 조선인 개척문학 내
지 농민문학은 그러한 개척민의 마음의 양식인 동시에 정신적 원동력의
공급원이 된다고 하였다.[35) ‘만주국’ 조선계 문단이 낳은 재만 조선인
출신 작가 안수길은 1944년 『만선일보』에 연재한 소설 『북향보』에서
‘만주국’ 이전 조선계 농민들의 만주의 개척과 수전개간에 대한 기여를

　　논문, 2000, 62~63쪽.
32) 홍종욱, 위의 논문.
33) 배주영, 「1930년대 만주를 통해 본 식민지 지식인의 욕망과 정체성」, 『韓國學報』56쪽.
34) 이기영 저·이상경 편, 『대지의 아들』, 한국 역락출판사, 2016, 259쪽.
35) 이해영, 「일제말 만주에서의 잃어버린 민족의 상상과 그 문학적 실천」, 『통일이후를
　　만들어가는 융·복합적 통일 연구』(2017 건국대학교 통일연구네트워크 사업단 주최
　　국제학술대회 발표 자료집), 2017년 5월 12일, 232쪽.

통해 조선인의 '만주국 국민'의 자격을 확인하였으며 '만주국'이 적극 장려하는 유축농업을 발전시키고 농민도를 확립하는 것이야말로 '만주국 국민'이 되기 위한 길이라고 주장하였다.36)

그런데 한설야의 소설에 등장하는 조선 농민은 "황량한 만주의 처녀지를 개척한 은인이었"37)지만 '만주국'에서 정작 어떠한 권리도 자격도 획득하지 못하고 있으며 일본인에게도, 만주인에게도 협상의 상대, 대화의 상대가 되지 못하고 있다. 『대륙』에서 조선인이 실체로 등장하는 장면은 세 장면이다. 두 장면은 마적이 조선인 마을을 침입하는 장면이고 한 장면은 마적의 침입과 약탈을 당해 가족과 친인을 잃고 집을 잃은 조선인 피난민들이 고국에 돌아가게 해달라고 요구하는 장면이다. 조선인 이주민들은 '만주국' 건국 이전에는 장작림 군벌의 온갖 폭정에 시달렸고 '만주국' 건국 이후에는 마적에게 시달렸다. "일본의 군대가 레일을 점령하고 지키고 있을 뿐인 시대에 오지의 주민들은 피뢰침 하나 없이 천둥번개 속에 서있는 노목과 마찬가지였다. 그리고 갑자기 대륙에 등장한 만주국이 그들 국민에게 약속한 새로운 봄도 반군과 비적의 도약으로 각지에 피바람을 일으켰다."38) 안수길이 만주시기 소설에서 '만주국'의 건국이 조선인 이주민들에게 삶의 안정을 가져다주었다고 했던 것과는 매우 대비되는 서술이다.

그런데 왜 유독 조선인 마을만이 마적의 표적이 되는가? 한설야는 『대륙』에서 마적이 조선가를 침입하는 장면과 조선가와 지나가 사이의 경

---

36) 이해영, 「만주국 '선(鮮)'계 문학 건설과 안수길」, 『만주, 경계에서 읽는 한국문학』(중국해양대학교 해외한국학중핵대학사업단 편, 중국해양대학교 한국연구소 총서 07), 소명출판, 2014년, 223쪽.
37) 한설야, 『대륙』, 역락, 2003, 63쪽.
38) 한설야, 『대륙』, 위의 책, 66쪽.

계, 일본 경찰의 반격에 패퇴하게 된 마적들이 조선인의 옷을 입고 도망치는 장면을 통해, 그것이 '만주국'에서 어쩔 수 없이 일본인으로 혹은 일본인의 하수인으로 낙인 찍힌 조선인의 벗어날 수 없는 신분 때문이라고 날카롭게 지적하고 있다. 마적의 습격을 받은 삼도구 시가의 서반부는 지나가이고 동반부가 조선가였는데 "삼도구 시가의 반인 조선가는 이미 막다른 골목에 있었지만", "그러나 웬일인지 지나가는 평화로웠다."[39] 마적의 습격을 받자 얼마 안 있어 '만주국' 공안대와 육군대는 백기를 들고 군대 외의 지나가의 주민들도 마적들과 결탁하여 포탄세례를 면했을 뿐만 아니라 조선가의 약탈에 동참했다. 마적들은 "조선가와 영사관 경찰을 맹렬하게 공격하였"는데 이는 마적들의 목표가 어디에 있는지 분명하게 보여주고 있다. 조선가와 지나가의 경계 일대는 흰옷을 입은 주검이 뒹굴고 있었고 조선가는 거의 다 타버렸다. 지나가 사람들은 경계에 진을 치고 방벽을 쳐 지나가에 불이 번지는 것을 막고 있었다. 그런데 일본 경찰대가 반격하자 이번에는 역으로 지나가가 불에 타게 되고 지나인 포로들의 손으로 지나가와 조선인 경계에는 넓은 공간이 생겨 조선가에 불길이 번지는 것을 막고 있었다. 마적들은 대개 조선인의 흰옷을 훔쳐 입었다. "그들은 일본군이 온 것을 알자 약탈품에서 조선인의 흰옷을 꺼내 입고 조선인으로 가장했다."[40]는 이 단 한 줄의 묘사보다 우리에게 '만주국'에서 조선인이 구경 어떤 처지에 있으며 어떤 신분인지를 명확히 알려주는 표현은 없으리라. 거기에 더해 일본인 하야시는 "지나가 물건들은 전부 당신들 것이 되는거야"라고 조선인들을 위로한다. 이처럼 '만주국'에서 조선인들은 어쩔 수 없이 일본인들과 같이 묶여

---

39) 한설야, 『대륙』, 위의 책, 34쪽.
40) 한설야, 『대륙』, 위의 책, 38쪽.

있으며 이는 일본이 무력으로 중국 대륙을 침략하고 진행한 '만주국'의 건국이 조선인들에게 가져다준 재난이자 숙명적인 것이었다. 윤대석은 이를 다른 작가들이 '일본인:조선인＝조선인:만주인'이라는 구도를 만드는데 비해, 한설야가 '일본인:조선인＝일본인:만주인'이라는 구도를 만들었고 "그것은 이 소설에서 조선인을 주인공으로 등장시키지 않고 괄호 속에 묶어둠으로써, 그러니까 다른 작가들과는 달리 조선 민족의 주체성을 내세우지 않음으로써 가능했다"고 지적하였다. "주체성을 내세우면 내세울수록 스스로를 일본에 일치시킬 수밖에 없는 운명이 당시의 조선인에게 있었던 것"이라는 것이다.[41]

그렇다면 '만주국'에서 일본인들에게 조선인은 무엇인가? "대지에 스며드는 피와 목숨을 이 황량한 대륙에 유용하게 쓰려는 것 뿐"이라는 하야시의 생각은 '만주국'에서 조선인에 대한 일본인의 생각을 명징하게 보여준다. '만주국'에서 조선인은 일본인에게 결국 대지를 개척하기 위한 도구이자 밑거름일 뿐인 것이다. "죽어도 좋으니까 고국 땅에서 죽고 싶다고 하네요."와 "그러나 지금 죽어도 그들 모두가 고국까지 갈 방도가 없어요."라는 조선인 민회 서기의 입을 빌어 전달되는 조선인 피난민들의 처지는 '만주국'에서 실제 조선인이 놓여있는 상황을 잘 보여주고 있다. "실제 이도 저도 어쩔 수 없는 상황에 놓여있는 것이었다"고『대륙』은 쓰고 있다.

그렇다면 한설야는 왜 당대의 만주담론과는 전혀 반대되는 '만주국'에서 설 자리조차 없는 조선인을 그리고 있는 것일까? 이는 다른 작가들이 오족협화의 틀을 수용하거나 동아협동체론의 틀 즉 제국의 담론을 수용

---

41) 윤대석, 위의 논문, 100쪽.

하고 그 담론 내에서 다시 비판하려고 했던 것과는 달리 한설야는 '만주국' 건국의 부당성을 지적하고 원천적으로 그것을 부정했기 때문이다. 일본의 무력 침략에 의해 세워진 '만주국'에서 조선인은 원래의 그 땅의 주인이었던 만주인들에게는 일본인의 앞잡이로 취급될 수밖에 없으며 일본인들에게는 또한 도구 정도밖에 되지 못한다는 것, 그래서 만주국에서 조선인은 설 자리가 없다는 것이 한설야의 인식이다. 만주의 주인은 만주인이기 때문이다. 안수길은 그래도 수전개간과 민족협화를 통해 '만주국'의 국민 자격을 획득하고자 했다. 그러나 그것이 '만주국'의 존재를 승인해야 하는 일인 한 그것은 근원적으로 불가능한 것이었다. 일본이 무력 침략으로 세운 '만주국'에서 일본의 신민으로 살아가는 한 조선인 역시 만주인에게는 그들의 땅을 빼앗은 원쑤일 뿐, 협화란 애당초 있을 수가 없는 것이다. 안수길이 훗날 『효수』에서 '만주국'의 토지 주인은 결국 일본인도 조선농민도 아닌 그들, 즉 목 매달린 만주인 '비적'들이었다고 했을 때, 그것은 '만주국'을 벗어난 먼 훗날의 일이었다. 한설야는 만주에 대한 환상과 꿈을 끝없이 부풀리는 당대의 만주담론을 그 뿌리로부터 전복시킴으로써 조선의 지식인들에게 만주에서 조선인의 타자적 위치, 설 자리조차 없는 처지를 말해주고자 했을 것이다.

4. 대륙의 부랑아 : 주인 자격 상실의 장학량 의용군

『대륙』에는 일본에 대항하는 여러 갈래 세력의 마적 외에 이들과는 달리 분명한 정치적 이념을 지닌 세력인 장학량 의용군이 등장한다. 그 아버지 장작림은 원래 동북의 오랜 마적 출신으로 동북을 장악한 군벌이었으나 일본 관동군과의 알력으로 그 유명한 황고툰 사건을 당하여 폭사하게 되고 장학림은 역치하여 동북군을 이끌고 관내로 퇴각하여 장개석의 휘하에 들어간다. '만주국' 건국 초기, 장학량은 북경에서 "항일구국, 실지회복"의 구호를 내걸고 권토중래(捲土重來)를 꿈꾸며 신경, 할빈, 봉천 등지에 온갖 스파이 조직을 운영하고 국제사회에 '만주국'의 부당함을 호소하며 동북 현지에는 의용군을 파병하여 일본군에 대항한다. 그러나 장학량의 이러한 항일구국운동에 대해 한설야는 의외로 대단히 냉소적이고 비판적이다.

『대륙』에서 우선 장학량의 휘하에서 항일구국에 나선 스파이들은 순수한 항일구국의 이념보다는 돈이 목표이다. 돈을 위해서라면 그들은 매우 중요한 정보를 적대국에 넘기기도 하고 정보를 마음대로 고치기도 하고 또한 임무를 맡기 전에 대가부터 따지는 등 애국과는 거리가 한참 멀다.

> "……오야마 대위를 생포하기로 만반의 책략을 도모하고 이미 백방에 수배중이라는 것을 조금 과장되게 말하십시오. 상황은 말하기에 달려 있기 때문에 운 좋게 이것이 성공할 경우에는 일생동안 편하게 먹고 자고 생활할 수 있을 정도의 사례금을 받을 수 있을지도 모릅니다. 돈만 많으면 누가 이런 위험한 곳에서 자청해서 한가롭게 지내고 있겠습니까? 빨리 이런 일에서 손을 뗀 뒤 외국에라도 도망가고 싶습니다."
>
> ……
>
> "끝났어요? 수고했어요. 빨리 보고해 두지 않으면 나중에 동북 의용군 총지휘나 그 부하군단이 자신들이 한 것처럼 해서 상금을 가로챌지도 몰라요. 호호호. 누가 뭐라고 해도 돈이 목적인 걸요."(『대륙』, 122쪽.)

장학량이 신임해마지 않고 모든 중대한 임무를 맡기는 신경의 스파이 두목 류오락이 그 부하에게 하는 말이다. 애국이나 장학량에 대한 충성심이라고는 꼬물도 보아낼 수 없고 오로지 돈이 목표이며 상금을 위해서는 정보를 과장하기도 하고 또한 의용군에게 상금을 뺏길까봐 전전긍긍한다. 그들이 얼마나 본업에 충실하지 못한 허술한 스파이인지는 만주의 산속에서 활동하는 장학량 의용군에게 장학량의 명의로 보내는 오야마 부자의 납치와 연관된 중대한 밀서를 연락원인 당이 술에 취해 조마려의 방에 떨어뜨린 것을 보아도 알 수 있다. 만주의 산속에서 장학량의 밀명을 받아 항일에 나선 장학량 의용군 역시 돈에서 자유롭지 못하며 싸움보다는 "논공상행"이 우선이다. 그들을 움직이는 것은 정작 항일도 애국도 아닌 돈이다. 장학량이 믿어마지 않는 "북만의 나폴레옹"이라는 마점산도 "또 돈을 달라는 거겠지"라는 류오락의 말처럼 돈에 대한 요구가 심하다.

한설야는 장학량의 휘하들 뿐만 아니라 장학량 본인의 항일구국 방식에 대해서도 비판적이다.

> "미국이나 영국은 물론 국제 연맹 가맹국이 모두 지나를 응원하고 있어요. 장장군도 중앙정부에 합종해서 국제연맹에 출소(出訴)하세요. 중국의 운명은 뭐니뭐니 해도 국제 연맹에 달려 있으니까요."
> 영국과 미국 영사와 공사들이 이렇게 설득하자 장 장군은 희희낙락하여 그들의 기분을 맞추어 주느라 돈을 뿌렸다.(『대륙』, 66쪽.)

한설야는 장학량이 '만주국' 초기에 국제열강들과의 외교에 주력하고 국제연맹을 통해 만주 문제를 해결하고자 하는 것에 매우 비판적이다. 강대국의 틈서리에서는 식민지의 운명을 벗어날 수 없다고 보았던 것이다.

> "그 사람이 요즘 굉장히 분주해. 그리고 미국영사도 외국의 신문기자도 모두 일본과 만주국에는 불리한 존재거든. 독일은 전에 장 장군이 독일에서 산 액자의 수 배나 되는 군수품을 약속했어. 미국에는 만주 철도 시설권을 저당 잡히고 중국 차관의 묵계를 얻었고 영국에는⋯⋯"(『대륙』, 57쪽.)

위의 마담 류오락의 말에서 드러나는 것처럼 장학량의 항일구국 방식은 열강들에게 나라의 주권을 팔아넘기고 열강들의 지지를 얻어내는 것이다. 이는 결국은 일본을 물리치기 위해 또 다른 열강들의 식민지가 됨을 뜻하는 것으로 자주독립과는 거리가 멀며 이대로라면 장학량에게서 항일구국의 전망을 보아낼 수 없다는 것이다.

그런데 북경에서 만주의 "실지회복"을 꿈꾸는 장학량은 그러나 '만주국' 건국 이전에는 아버지 장작림 대부터 만주에서 선량한 만주의 주민들을 대상으로 온갖 가렴잡세와 착취를 진행하며 폭정을 일삼아온 군벌이다. "삼위 일체"의 착취라고 할 정도로 거의 강탈에 가까운 착취가 자행되었다. "장 장군이 북경으로 진출하게 되자 더욱 착취의 밀도가 심해졌다. 장이나 그 아내들의 끝없는 유흥비와 외국 사절의 매수를 위한 막대한 자금은 이런 인민의 고혈과 마찬가지인 것이다. 그래서 장 장군의 중앙 진출은 특히 만주 3천만 주민의 궁핍에 박차를 가할 뿐이었다"라는 서술은 '만주국' 건국 이전 장작림, 장학량 군벌의 폭정이 어느 정도였는지를 잘 보여준다.42) 그렇다면 이 장학량이 되찾으려고 하는 만주가 어떤 모습일지는 불 보듯 뻔하다. 장학량은 만주 주민들을 위해서가 아니라 자신의 권력, 부와 사치를 위해서 만주를 되찾으려고 하는 것이라고 한설야는 암시하고 있다. 온갖 착취와 폭정을 일삼아 만주의 3천만 주민을 궁핍에 빠뜨리고 참상에 밀어 넣은 그는 원래도 대륙의 주인이 아니었지만 대륙의 주인이 될 자격을 상실한 대륙의 부랑아일 뿐이라는

---

42) 여기서 '만주국' 건국 이전, 장학량 군벌의 폭정에 대한 한설야의 비판이 결코 '만주국' 건국의 정당성을 인정하려는 것이 아니었음을 분명히 밝혀둔다. 한설야는 '만주국' 건국 이전, 장학량 군벌의 폭정을 비판하면서 북경에서 만주의 "실지회복"을 꿈꾸는 장학량이 결코 항일구국의 대안일 수 없다고 보고 있다. 일본의 무력 침략에 의한 '만주국' 건국의 정당성을 부정한 자리에, 그리고 장학량 군벌의 항일구국의 방식을 부정한 자리에 한설야의 항일에 대한 확고한 또 다른 신념이 자리하고 있다.

것이 한설야의 인식이다.

장학량 군벌의 항일구국에 대한 이러한 예리한 비판은 카프작가로서 한설야의 이념적 성찰의 결과일 것이며 카프 이념에 대한 일관된 견지에 의한 것일 것이다. 1931년 당시 김명식이 만주 조선 동포의 문제에 대해 논하면서, 일본, 중국의 제국주의에 대항한 노동자의 연대로 문제를 해결하기보다는 장개석에게 만주 조선인의 자치구 설정을 요구한 것[43]과는 매우 대조적이다. 또한 안수길이 「벼」에서 일본의 만주 침략에 발판과 구실이 된다는 것 때문에 조선인의 토지를 몰수하고 조선인을 만주에서 몰아내고자 하는 국민당의 청렴 관리 소현장에 대해 매봉둔 조선주민들의 입장에서는 불편하지만 중국이란 국가의 입장에서는 소현장과 같은 민족의식에 투철한 진보적 인물이 관리로 발탁되어야 한다고 하면서 중국 국민당의 애국주의, 민족주의의 고양에 대해 보다 객관적이고 긍정적인 평가를 보인 것과도 사뭇 대조적이다. 우리는 특히 『대륙』이 발표된 시점이 1939년임을 상기할 필요가 있다. 이때가 되면 일본 관동군과 '만주국' 군의 치안숙정이 효과를 거두어 비적은 1932년 여름 최대치 30만명에 달하던 데로부터 수백명으로 감소하며 최후의 무장 항일세력인 동북항일련군(東北抗日聯軍)은 1939년 겨울부터 한만 국경에서 끝까지 추격되었다가 궤멸 수준에 이른다.[44] 한설야는 이 시점에서 반만항일 실패의 원인을 찾고 있는 것이다. 그것은 바로 앞에서 살펴본 장학량과 그 휘하들의 부패와 타락 그리고 순수하지 못한 항일구국 때문이었다고 한설야는 비판하고 있다. 이런 맥락에서 한설야가 1933년 10월 24일의 『북국

---

43) 김명식, 「在滿朝鮮人問題 解決策에 對하야 朴一氏의 所論을 駁함」, 『비판』, 1931.12, 배주영, 「1930년대 만주를 통해 본 식민지 지식인의 욕망과 정체성」, 『韓國學報』 112, 54쪽 재인용.
44) 한석정, 『만주국 건국의 재해석』, 동아대학교 출판부, 2009년, 80쪽.

기행』에서 1930년의 간도공산당 사건에 대해 "『전부조선사람뿐이엇나
요?』하고 물엇다. 『웬걸 지금은 만인과 합작하고잇습니다. 만주사람이아
니면 그러케광범위에밋처거사하기가어렵고 또 잘숨어낼수도 업지요. 무
기나폭탄가튼것도 그사람이라야 마니변통할수잇지요.』『그래, 이런일이
종종잇나요?』『각금잇기는하지만 이번처럼 대규묘로한일은업습니다.사오
도시를 한꺼번에 첫스니까 아마도멷천명일테지요.』"45)라고 자세히 다룰
정도로 만주의 공산주의자들의 항일운동에 대해 소상히 알고 있으면서
도 정작 『대륙』에서는 이들 항일세력 속에 공산주의자들을 포함시키지
않은 것은 결코 우연이 아닐 것이다.

5. 결론

이 글은 한설야의 『대륙』에 나타난 현실인식을 살펴보는 것을 통하여
한설야가 오족협화나 동아협동체론으로 대표되는 일본 제국의 담론을
일정부분 수용하고 그 틀 내에서 제국의 이데올로기를 비판한 것이냐를
핵심적인 문제로 제기하고 그와 연관된 문제들에 대답하고자 하였다. 결
론부터 말하자면 한설야는 결코 일본 제국의 담론을 수용하지 않았고 그
것을 원천적으로 부정한 자리에, 즉 '만주국'의 건국 자체를 부정하는 자
리에 서있었다. 한설야는 적어도 중국인의 땅인 대륙에서 이루어지는 오
족협화 내지 동아협동체라면 평등한 관계에 앞서 주인인 중국인의 허락

---

45) 한설야, 「북국기행」, 『20세기 중국조선족문학사료전집』 제14집, 연변인민출판사, 2013,
    203쪽.

과 동의가 있어야 가능하다고 보았다. 이는 일본제국주의의 무력에 의해, 침탈에 의해 구상된 동아협동체론의 근거를 부정한 것으로 동아협동체 담론을 수용하고 그 틀 내에서 국가와 민족의 문제를 사유한 전향 사회주의자들의 한계를 간파하고 동아협동체의 존립근거에 의문을 제기하고 있는 것이다. 한설야는 대륙의 주인은 만주인 민간 토착세력이고 그들의 허락과 동의가 있어야만 일본인이 만주에서 협화를 실현해나가고 그들의 이상을 실현해갈 수 있다고 보았다.

한설야는 또한 당대의 만주담론과는 전혀 반대되는, '만주국'에서 설 자리조차 없는 조선인을 그려냈다. 이는 다른 작가들이 오족협화의 틀을 수용하거나 동아협동체론의 틀 즉 제국의 담론을 수용하고 그 담론 내에서 다시 비판하려고 했던 것과는 달리 한설야는 '만주국' 건국의 부당성을 지적하고 원천적으로 그것을 부정했기 때문이다. 일본의 무력 침략에 의해 세워진 '만주국'에서 조선인은 원래의 그 땅의 주인이었던 만주인들에게는 일본인의 앞잡이로 취급될 수밖에 없으며 일본인들에게는 또한 도구 정도밖에 되지 못한다는 것, 그래서 만주국에서 조선인은 설 자리조차 없다는 것이 한설야의 인식이다. 대륙의 주인은 만주인이라는 것이 한설야의 확고한 인식이다.

이와 함께 의용군을 결성해 일본에 저항하는 항일세력이기는 하지만 온갖 착취와 폭정을 일삼아 만주의 3천만 주민을 궁핍에 빠뜨리고 참상에 밀어 넣은 장본인인 장학량 역시 원래도 대륙의 주인이 아니었지만 대륙의 주인이 될 자격을 상실한 대륙의 부랑아일 뿐이라는 것이 한설야의 인식이다. 한설야는 1939년의 시점에서 장학량 의용군의 부패와 무능, 타락으로부터 반만항일 실패의 원인을 찾고 있는 것이다. 장학량 군벌의 순수하지 못한 항일구국과 그 실패에 대한 예리한 비판은 카프작가

로서 한설야의 이념적 성찰의 결과일 것이며 카프 이념에 대한 일관된
견지에 의한 것일 것이다. 이런 맥락에서 한설야는 정작 『대륙』에서는
이들 항일세력 속에 공산주의자들을 포함시키지 않았다.

참고문헌

1. 기본자료

한설야, 『대륙』, 『국민신보』, 1939.6.4~9.24. 인용은 김재용 외 편역, 『식민주의와 비협력
　　　의 저항』, 역락, 2003.

한설야, 「북국기행」, 『20세기 중국조선족문학사료전집』 제14집, 연변인민출판사, 2013.

이기영·이상경 편, 『대지의 아들』, 한국 역락출판사, 2016.

함대훈, 「남북만주 遍踏記」, 『조광』, 1937. 7.

이선근, 「滿洲와 朝鮮」, 『조광』 45호, 1939. 7.

李雲谷, 「鮮系-만주생활단상」, 『조광』 45호, 1939. 7.

2. 단행본

김윤식, 『20세기 한국 작가론』, 서울대학교출판부, 2004.

한석정, 『만주국 건국의 재해석』, 동아대학교 출판부, 2009년.

3. 논문

김재용, 「새로 발견된 한설야의 소설 『대륙』과 만주 인식」, 『역사비평』 63, 역사문제연구
　　　소, 2003.

장성규, 「일제 말기 카프 작가들의 만주 형상화 양상 」, 『한국현대문학연구』 21, 2007.4.

고명철, 「동아시아 반식민주의 저항으로서 일제말의 '만주 서사'-이태준의 <농군>과 한
　　　설야의 <대륙>을 중심으로」, 『한국문학논총』 제49집, 2008.

서영인, 「만주서사와 반식민의 상상적 공동체-이기영, 한설야의 만주서사를 중심으로」,
　　　『우리말글』 46, 2009.

서영인, 「만주서사와 (탈)식민의 타자들」, 『語文學』 제108집, 2010.

이경재, 「韓雪野와 滿洲」, 『어문연구』 44(2), 2016.6.

이진경, 「식민지 인민은 말할 수 없는가?: '동아신질서론'과 조선의 지식인」, 『사회와
　　　역사』 제71집, 한국사회사학회, 2006.

김성경, 「인종적 타자의식의 그늘」, 『민족문학사연구』 24, 2004.

서경석, 「카프 작가의 일본어 소설연구」, 『우리말글』 29, 우리말글학회, 2003.

서경석, 「만주국 기행문학 연구」, 『語文學』 제86집, 2004.

손유경, 「만주 개척 서사에 나타난 애도의 정치학」, 『현대소설연구』 42, 현대소설학회, 2009.

한석정・임성모, 「쌍방향으로서의 국가와 문화: 만주국판 전통의 창조, 1932~1938」, 『한국사회학』 35집 3호.

홍종욱, 「중일전쟁기 사회주의자들의 전향과 그 논리」, 서울대학교 국사학과 석사학위논문, 2000

배주영, 「1930년대 만주를 통해 본 식민지 지식인의 욕망과 정체성」, 『韓國學報』 56쪽

이해영, 「일제말 만주에서의 잃어버린 민족의 상상과 그 문학적 실천」, 『통일이후를 만들어가는 융・복합적 통일 연구』(2017 건국대학교 통일연구네트워크 사업단 주최 국제학술대회 발표 자료집), 2017년 5월12일.

이해영, 「만주국 '선(鮮)'계 문학 건설과 안수길」, 『만주, 경계에서 읽는 한국문학』(중국해양대학교 해외한국학중핵대학사업단 편, 중국해양대학교 한국연구소 총서 07), 소명출판, 2014년.

심각한 자기부정

-<대륙>을 통해서 본 한설야의 정화(淨化) 미학

유혜영

1. 들어가며

한설야의 장편소설 <대륙>은 1939년 6월 4일부터 9월 24일까지 일
주일에 한 회 씩 『국민신보』에 연재되었다. 총 17회로 구성된 이 소설은
중일전쟁이 전면적으로 발발했던 배경 아래 창작되었다. 조선과 중국 동
북 지역을 발판으로 삼아 중국 전역 진출을 도모한 일제는 한편으로는
식민지 조선을 동화(同化)하고자 하는 '내선일체' 정책을 일련의 조치로
현실화했고,[1] 다른 한편으로는 중국 동북 지역으로 일본인, 조선인 이주

---

1) '내선일체'는 사실상 '선만일여(鮮滿一如)'의 연장선상에 있어 1936년 8월 미나미 지로
(南次郞)가 제7대 조선총독으로 부임한 후 이슈화되기 시작하며, 1937년 7월 7일 중일전
쟁 발발 후에는 일본어 보급, 창씨개명, 종교·풍습의 통합, 지원병제 내지 징병제의
실시 등 일련의 방침으로 점차 구체화되었다. 劉惠瑩, 「일제말기 한국 국민문학과 타이
완 황민문학 비교 연구─중·단편소설을 중심으로」, 서울대학교 박사학위논문, 2015년

를 주도, 장려했다.

일본인의 만주 이주는 러일전쟁 이후 이미 시작되었지만 만주사변 이전까지는 규모가 그리 크지 않았다.[2] 1932년 1월, 일본 관동군 통치부에서 주최한 '만몽의 법제·경제 정책 자문회(滿蒙に於ける法制及び經濟政策諮問會議)'에 만주 이민 계획이 본격적으로 제시되었다.[3] 1936년 7월에 일본 척무성에서 관동군이 제정한 '만주 농업 이민 백만 호 이주 계획(滿洲農業移民百万戶移住計畵)'을 바탕으로 '20년 백만 호 송출 계획(二十ケ年百万戶送出計畵)'을 세웠다. 1937년부터 앞으로 20년 동안 백만 호 500만 명을 중국 동북 지역으로 이민할 것을 내용으로 한 이 계획은 히로다(廣田) 내각에 의해 칠대국책(七大國策) 중 하나로 정해졌다.[4] 1939년 12월, 일제는 위만주국 정부와 '만주 개척정책 기본요강(滿洲開拓政策基本要綱)'을 공동으로 발표했다. 1945년 8월까지 일본의 만주 이민은 10만 6,000호, 31만 8,000명에 이르렀다.[5]

조선인 강제이주는 일본의 만주 이주의 보조적 수단으로 동원되었다. 1927년에 내각총리대신 다나카 기이치(田中義一)는 그의 상주문에서 '만몽에 대한 정책'을 제출하면서 '조선이민의 장려 및 보호정책'이라는 제목으로 조선인에 대한 문제를 언급했다. 조선 이민을 장려함으로써 중국 침략을 추진하려는 의도를 극명하게 드러냈다.[6] 1932년 1월, '만철' 지

8월, 156면.

2) 沈海濤·衣保中·王胜今,「論日本對中國東北移民的侵略本質」,『吉林大學社會科學學報』第54卷 第3期, 2014年 5月, 7면; 鄒桂芹,「"九一八"事變後日本對中國東北的移民侵略」,『長春敎育學院學報』第19卷 第2期, 2003年 6月, 28면.

3) 淺田喬二,「拓務省の滿州農業移民計畵(試驗移民期)」,『駒澤大學經濟學部研究紀要』32卷, 1974年 3月, 91면.

4) 山畑翔平,「昭和戰中期における滿洲移民獎勵施策の一考察——移民宣伝誌を通じてみた滿洲イメージとその変容」,『政治學研究』41号, 2009年 5月, 139면.

5) 馬平安,『近代東北移民研究』, 齊魯書社, 2009年, 92면.

방부 농무과(農務課)에서 조선인에 대한 만주 이주 강령을 제정하여 20년 동안 매년 5,000호씩 수송한다는 계획을 발표했다.[7] 위만주국이 세워진 후, 조선총독부는 1932년 4월에 '만선농사주식회사 설립안'을, 1933년에 '조선인이민 정책대강'을 작성하여 집단적 강제이주를 계획, 추진했다.[8] 1936년 8월 이후, 조선인 이주는 '만주 농업 이민 백만 호 이주 계획'의 일부로 실시되었고[9] 1941년 4월 '만선척식주식회사'가 만주척식회사에 통합된 후, 조선인 이주에 대한 관리는 일본인 이주에 대한 그것과 일원화되었다.[10] 1937년부터 1944년까지 중국 동북 지역으로 이주 온 조선인은 4만 1,345호, 14만 9,846명이었다.[11]

<대륙>은 조선인과 일본인의 만주 이주, 개척을 주된 내용으로 하는 소설로 위와 같은 시대적 배경을 충분히 염두에 두면서 창작되었음에 틀림없다. 소설 내적 시간은 1932년 이른 봄부터 여름까지이다. 하야시 카즈오(林一夫)와 그의 친구 오오야마 히로시(大山博)의 만주 개척 이야기 및 히로시와 중국 여성 조마리(趙瑪麗) 사이의 연애 이야기가 동시에 전개된다. 일본인 하야시와 히로시는 만주의 오지에 와서 '자유이민촌'을 지어 금광 개발과 농지 개척에 종사한다. 그들은 한편으로는 현지의 민간 유력자인 조노인의 도움을 받고, 다른 한편으로는 히로시의 약혼자인 고토

---

6) 유필규, 「滿洲國시기 韓人의 강제이주와 集團部落 연구」, 국민대학교 박사학위논문, 2014년, 20-21면.

7) 依田憙家 著, 卞立强 等 譯, 『日本帝國主義的本質及其對中國的侵略』, 中國國際廣播出版社, 1993年, 294면.

8) 한석정, 노기식 편, 『만주, 동아시아 융합의 공간』, 소명출판, 2008, 204면; 朴仁哲, 「朝鮮人'滿州'移民のライフヒストリー (生活史) に關する研究－移民体驗者たちへのインタビューを手掛かりに」, 北海道大學博士學位論文, 2015年, 18면.

9) 馬平安, 앞의 책, 120-121면.

10) 馬平安, 위의 책, 121면; 朴仁哲, 앞의 글, 20면.

11) 馬平安, 위의 책, 122면.

유키코(後藤雪子)의 숙부로부터 경제적인 지원을 받는다. 그러나 히로시는 조노인의 딸 마리와 사랑에 빠져 유키코와의 정략결혼을 거부하게 된다. 마리가 중국 여성이라는 이유로 이 사랑이 오오야마 집안과 고토 집안의 강렬한 반대에 부딪침에도 불구하고 히로시의 결심은 굳다. 그러나 마리는 히로시의 사랑이 과연 일본인의 민족적 편견을 이겨낼 수 있을지 자신이 없다. 고민한 나머지 그녀는 히로시를 떠나기로 결심한다. 편지만 남기고 떠나 버린 마리를 찾기 위해 히로시는 바로 신징(新京)으로 향하게 되는데 두 사람이 함께 도피한 것으로 오해한 히로시의 아버지 오오야마 겐지는 사업 자금을 우려해 예금처인 룽징(龍井)에 가다가 마적에게 납치된다. 아버지를 구하러 나선 히로시도 결국 붙잡힌다. 다행히 마리 부녀는 마적의 두목과 친분이 있어 오오야마 부자를 성공적으로 구출한다. 얼마 되지 않아 히로시는 다시 마적의 습격에서 치명상을 입게 된다. 마리의 행동에 감동을 받은 유키코는 히로시를 열심히 간호해 줄 뿐 아니라 히로시와 마리의 결혼을 적극적으로 주장한다. 소설은 퇴원한 히로시가 마리와 같이 마적 습격으로 죽은 사람들의 묘소를 찾아가는 것으로 마무리된다.

이 줄거리는 일견 매우 '국책적'인 것처럼 보인다. 따라서 이 소설에 대해서는 조선작가가 이미 일제의 시선을 내면화했다거나 일제의 시선과 겹쳐 있었다는 주장이 대부분이다. 배주영과 정종현, 한설옥(韓雪玉)은 한설야가 일본과 조선이 가진 제국과 식민지라는 서열적 시선을 만주에 투영시킴으로써 '만주'라는 공간에서 "제국적 질서 속에서의 평등이라는 새로운 가능성"이나 "침략의 직접적인 수혜자가 되리라는 기대"를 획득했다고 주장한다.12) 서경석에 따르면 한설야는 '대륙'을 "희망의 공간"으로 형상화하며 "대륙의 가능성"을 확고히 드러내 보이는 데 일본의 시

선과 겹쳐 있다고 한다.13) 윤대석 또한 조선작가가 제국의 동아신질서론
과 어긋나는 상상력을 통해 그것을 비판할 수 있었다고 밝히면서 다른
한편으로 이 소설이 동아신질서론에 깊이 개입되어 그것과 사고를 공유
하고 있다는 점에서 '저항'과는 거리가 멀었다고 지적한다.14) 김재용만
<대륙>을 일제의 '오족협화'를 거꾸로 이용하여 그 식민주의적 성격을
비판하고 이를 넘어서 진정한 국제주의를 보여주는 우회적인 글쓰기라
고 호명한다.15)

　식민지 조선 작가가 식민주체로 변신했다든가 오족협화의 허위를 드
러내 보였다든가 하는 것은 궁극적으로 제국-식민지라는 틀을 적용하고
있다. 다시 말해 이 소설을 제국과 식민지의 관계, 즉 내선일체 문제를
검토하는 소설로 상정한 것이다. 필자는 한설야가 이 소설에서 민족을
무화(無化)시켰다는 사실에 주목하여 그의 민족 논의가 계급문제와 교차
되어 전개되었다고 지적하고 싶다. 민족의 무화는 작가의 계급적 시각
때문에 가능했으며 내선일체의 틀을 넘어섬으로써 내선일체에 대한 부
정적 태도를 드러냈다.

12) 배주영, 「1930년대 만주를 통해 본 식민지 지식인의 욕망과 정체성」, 『韓國學報』 제29
　　권 제3호, 일지사, 2003년, 56-57면; 정종현, 『동양론과 식민지 조선문학』, 창비, 2011
　　년, 134-144면; 韓雪玉, 「僞滿洲國時期中韓作品中的東北形象比較」, 中央民族大學 碩士學位論
　　文, 2016年, 42-52면.
13) 서경석, 「만주국 기행문학 연구」, 『어문학』 제86호, 한국어문학회, 2004년 12월, 356
　　면; 서경석, 「카프 작가의 일본어 소설 연구」, 『우리말글』 제29집, 우리말글학회, 2003
　　년 12월, 24면.
14) 윤대석, 『식민지 국민문학론』, 역락, 2006년, 219면.
15) 김재용, 『협력과 저항』, 소명출판, 2004년, 239면.

2. 무구한 '처녀지'—민족 무화의 세계

<대륙>이 연재되기 직전에 1939년 5월 28일자『국민신보』에는 편집
부의 연재 예고와 함께 한설야의 '저자의 말'이 실렸다.

> (중략)
> 따라서 만주의 오지—아직 혼란스럽고 더러운 상태에 있는 그 오지—
> 의 공기를 자기의 생활에 어울리도록 환기시켜 신흥 만주에서 사는 영광
> 을 누린다는 것은 나의 연래의 지론이며 소설 <대륙>으로 구상화되었다.
> 그리고 또 한 가지는 이 지구의 끝에서 불쑥 튀어나온 신천지에 인간
> 성격의 개조라는 것이 있다. 참으로 대륙경영에 참획하는 새로운 인간형
> 을 창정해 보고 싶었던 것이다.
> 이런 의도로 나는 장편 <대륙>을 썼다.16)

한설야가 이 소설을 이상적인 "신흥 만주"나 "새로운 인간형"을 구상
화한 결과로 제시했음을 알 수 있다. 다시 말해 이 소설을 통해 식민지
만주 또는 그 주체에 대한 한설야의 이상적인 설계도를 엿볼 수 있다.
다음에 구체적으로 살펴보겠다.

(1) 이상적인 인간형—민족의식이 씻어진 사람

수많은 등장인물들 중에 누가 "새로운 인간형"으로 제시되는가? 이
문제를 해결하기 위해 "다시 태어난" 유키코에 대한 묘사를 살펴볼 필요
가 있다.

---

16) 韓雪野, <作者の言葉>, 『國民新報』, 1939년 5월 28일, 30면.

(a) 유키코는 다시 태어난 겸허하고 <u>무구한</u> 표정이었다.[17]

(b) 『(중략) 만주에 온 지 반년도 채 안 되는 사이 사람이 완전히 변했
네. 질투나 제멋대로 하는 성질이나—부유한 집안의 그런 <u>불순물</u>밖
에 없는 줄 알았는데……스스로 깨달았을까? 스스로 <u>깨끗이 씻어</u>
<u>버린</u> 것 같네.』[18]

(c) 유키코다운 흔적이 전연 없는 것은 아니었지만 편지 전체는 역시
다시 태어난 <u>청순한</u> 기분으로 가득 차 있었다.[19]

—밑줄 친 부분은 인용자

밑줄 친 부분을 보면 유키코의 갱생을 묘사하는 데 저자가 반복 사용
하는 것은 "불순물"을 "깨끗이 씻어 버린"다는 이미지이다. 이와 관련하
여 "다시 태어난" 유키코를 그리는 데 그 "무구"함에 초점을 맞춘다. 오
오야마 히로시에 대한 묘사도 같은 맥락에 있다.

히로시에 대해서 저자는 "순진한 남자(純な男)", "서생같은 오오야마(書生
ツぽい大山)", "아직 인생 초년병인 순진한 오오야마(未だ人生初年兵のうぶうぶしい
大山)", "순진함(無邪氣)" 등 일련의 표현으로 특히 그 순진무구함을 강조한
다. 이 소설에서 '무구'함이 긍정적인 이미지로 등장된다는 사실을 감안
하면 히로시가 바로 '새로운 인간형'임을 알 수 있다.

'새로운 인간형'의 특징, 즉 '무구'함의 함의를 파악하기 위해 다시 유
키코의 변화에 주목할 필요가 있다. 처음 등장할 때 유키코는 외모적인
단점이나 성격적인 단점도 다분히 가지고 있지만 특히 만주나 만주 사람
에 대한 민족적 편견을 적나라하게 드러내는 게 문제이다. 그녀는 끊임
없이 히로시를 도쿄로 소환하는 한편, 만주는 사람을 거칠고 천하게 만

---

17) 韓雪野, <大陸【16回】>, 『國民新報』, 1939년 9월 17일, 14면.
18) 韓雪野, <大陸【17回】>, 『國民新報』, 1939년 9월 24일, 13면.
19) 韓雪野, 위와 같음, 14면.

드는 "마적의 본고장"으로 폄하한다. 마리를 이름으로 부르지 않고 "저런 하찮은 만주 여자 따위……"라고 경멸하며 마리에 대한 히로시의 사랑에 대해 "저런 짱꼴로 여자에게 홀린다니 꼴사나워 못 보겠네"라고 부정적으로 평가한다. 유키코의 이런 시선은 사실상 고토 사장이나 오오야마 겐지를 비롯한 구세대 식민주의자들의 "도국(島國) 쇼비니즘"적인 사고방식을 답습한 것이다.

고토 사장이나 오오야마 겐지는 만주나 만주 여성을 자신의 사욕을 채우기 위해서만 존재한다고 여긴다. 그들은 군수용품 판매나 아편 재배를 만주에서의 사업으로 삼는 투기자들이며 만주 여성을 엑조틱한 시선으로 주시하고 노리개로 취급한다. 그것을 저자는 처녀지나 처녀의 무구함을 파괴하는 "검은 선(黑い一線)"으로 호명한다.[20] 고토 사장을 묘사하는 데 풍자와 비판을 감추려고 하지 않는 것은 도국 쇼비니즘에 대한 저자의 부정적인 입장을 극명하게 드러낸다.

변화를 거친 유키코는 성격상의 단점을 고친다기보다는 마리나 만주에 대한 차별적인 태도를 버린다. 그녀는 급한 전보로 히로시가 부상을 입었다는 사실을 마리에게 알려주고 마리를 병원까지 불러 나온다. 마리와 히로시의 사랑이 인간애가 민족 간의 경계선을 넘을 수 있다는 사실을 제시해 준다는 점에서 의미가 있다고 인정해 준다. 마리를 대등하게 대해 주며 연꽃을 선물하는 중국 풍습(일본에서는 금기시됨)까지 거리낌 없이 받아들인다. 그리고 이욕을 위해서가 아니라 가난한 식민지인들을 도와주기 위해 만주에서 성실하게 일하겠다는 결심을 밝힌다. 이로 보건대

---

20) 韓雪野, <大陸【第五回】>, 『國民新報』, 1939년 7월 2일, 29면. 제9회에서 고토 사장의 폭행을 당할 뻔한 마리를 묘사하는 데 저자가 사용하는 "뭔가 불순한 것(何か不純なもの)"이라든가 "불순한 느낌(不純な感じ)"이라든가 등의 표현도 같은 맥락에 있다. 韓雪野, <大陸【第九回】>, 『國民新報』, 1939년 7월 30일, 28면.

유키코의 변화는 특히 식민지의 타민족에 대한 대등한 자세를 취하게 되는 것을 통해서 구체적으로 드러난다.

히로시의 '무구'함 또한 '민족'을 중심으로 서술된다. 처음에는 만주 또는 마리에게 보내는 히로시의 시선에는 "엑조틱한 정서"가 없는 것도 아니지만 처음부터 마리는 이민족 여성으로서가 아니라 구체적인 성격으로 비쳐지며 유키코와 대등한 결혼대상으로 인식된다. 히로시가 '민족'이라는 것을 의식하기 시작한 것은 마리가 고토 사장의 폭행을 당할 뻔했음에도 불구하고 민족적인 고려로 인해 그에게 울분을 털어놓고 싶지 않을 때부터다.

"오오야마 씨랑 아버님이랑 사장님의 사이 말이야. 우리보다는 훨씬 깊은 거지—무조건이라든가 절대적이라든가 해도 좋지. 저는 그렇게 생각해요. 그래서 사장님의 일은 누구한테도 얘기하고 싶지 않았어"라고 생각한 대로 얘기했다.

"깊은 사이라니. 혹시 경제적인—사업관계 말입니까"

"아닙니다"

"그러면?"

"글쎄, 뭐랄까? 하지만, 만약에 제가 일본인이라면, 아니면 오오야마 씨는 만주 사람이라면. 그렇다면 제가 오오야마 씨한테 혼나기 전에 모두 말해 버렸을지도 모르겠어요. 아니 오히려 제가 더 얘기하고 싶었겠지요"

오오야마는 문득 짐작이 가서 안색이 약간 변했다.

"그건 마리 씨의 편견이에요"

라고 그는 엄숙하고도 온화하게 위로하듯 말했다.

"그런지도 몰라요. 제 입장으로는 그건 느껴지지만 오오야마 씨의 입장으로는 그렇지 않겠지요. 하지만 오오야마 씨는 다만 제 편견이라고 깨끗이 제쳐둘 수 있겠지만 저로서는 여하튼 그렇게 쉽게 제 편견이라고 할 순 없어요"

"하지만……"

오오야마는 뭔가 말하려다가 입을 다물고 말았다. 그는 이 순간만큼 일본인 또는 만주인을 뚜렷하게 인식한 적은 없다. 마리의 생각을 다만 "편견"이라고 치워 놓았지만 역시 자신의 생각은 얕았다. 인간의 마음과 마음이 하나로 되어가는 사랑의 과정에서도 민족이라는 관념이 뿌리깊이 그리고 세게 작용되고 있는 사실을 그는 처음으로 피부로 느꼈다.

자신이 일찍부터 알고 있는 사실이지만 오오야마는 미처 생각하지 못 했다는 마리의 말도 하나의 움직일 수 없는 진리처럼 생각되었다. 일본인 은 자칫하면 민족적인 우월감 때문에 정당한 인간적인 사고를 잊어버리 게 마련이다. 오오야마 자신도 그 중 한 사람이었다.[21]

위 인용문에서 마리는 두 가지 측면에서 히로시에게 '민족'을 제시해 준다. 하나는 민족 간의 경계선이고 다른 하나는 일본인의 자민족중심적 인 사고방식이다. 히로시와 달리 처음부터 민족의식이 강하고 민족적인 차원에서 히로시와의 사랑을 인식해온 마리는 인간적인 남녀지애가 "무 조건이"며 "절대적"인 '민족'을 이길 힘을 가지지 못한다고 판단한다. 그리고 그것을 인정해 주지 않는 것이 일본인의 자민족중심적인 사고방 식 때문이라고 완곡적으로 지적한다.

민족을 의식하지 못하던 히로시는 이 사건을 계기로 '민족'에 눈뜨게 된다. "마리와는 유키코와도 다릅니다. 단순히 사랑이라든가 아내라든가 하는 것으로 그치는 것이 아니라고 생각됩니다"라면서 그는 민족적인 차원에서 마리와의 사랑을 새삼스럽게 재고하게 된다. 그리고 "우리의 결합은 사랑 이상의 무엇을 낳아야 합니다"라고 이 사랑의 상징적인 의 미를 역설한다. 다른 한편으로 그는 의식적으로 자민족중심주의를 극복 하고자 노력한다. 만주어를 열심히 배우고 만주 옷을 칭찬하고 도쿄로

---

21) 韓雪野, <大陸【第九回】>, 『國民新報』, 1939년 7월 30일, 29면.

가는 것을 단호히 거부하며 만주에서 살겠다는 것이 모두 이런 맥락에 있는데 저자는 마리의 입을 빌려 "히로시는 사랑을 위해서 싸우고 민족적인 편견과도 싸웠다. 그야말로 대륙에 대한 큰 애착 속에서 자신과의 사랑을 살리려고 했고 또한 그 사랑을 위해서 이번엔 대륙에 대한 애착의 밀도를 크게 했다."라고 이 점을 밝힌다.

　제국-식민지의 기존 질서를 깨뜨린다는 것은 정치적인 현실성을 가지고 있다. 일본-만주의 경우는 일본-조선에도 적용될 수 있고 "왜 만주사람은 안됩니까? 만주사람이라고 경멸하는 이유가 어디 있습니까?"라든가 "이 세상은 왜 약자만 괴롭히는가?"라든가 하는 일본인 인물의 발화는 일본인과 만주인의 가면 뒤에 숨어 있는 조선인 작가의 민족차별 비판으로 읽히는 것이 충분히 가능하기 때문이다.

　그러면 과연 히로시의 '무구'함은 제국 쪽의 자민족중심주의를 제거한다는 의미로 그치는가? <대륙>은 과연 조선인 작가가 일본인과 만주인의 연애 이야기를 빌려 내선일체의 바람직한 형태를 검토하는 이야기인가? 정 그렇다면 히로시와 마리의 연애 이야기는 마리가 그렇듯이 굳이 결혼하지 않더라도 서로에 대한 사랑만으로 이미 그 상징적인 의미에서 이루어진 것이나 다름없다.[22] 그러나 소설은 그것으로 마무리되지 않고 일부러 히로시에게 다시 한 번 죽음의 위협을 씌움으로써 두 사람을 사실상의 결합까지 끌어간다. 뒤에서 다시 논의하겠지만 히로시가 다시 한 번 죽을 위험에 처하지 않으면 안 되는 것은 그의 피로써만 마리의 민족적 콤플렉스를 씻어 없애 버릴 수 있기 때문이다. 히로시가 마적에게 붙잡혀간 것은 마리에게는 도와줄 까 말 까라는 문제로 다가왔을 뿐 민족

─────
22) 비슷한 시기에 발표된 이광수의 <마음이 만나서야말로(心相觸れてこそ)>(『녹기』, 1940. 3~7)는 대표적인 예로 들 수 있다.

적 감정을 씻어 버릴 힘을 가지지 못한다. 히로시의 치명상을 알고서야 그녀는 비로소 "인간의 죽음이라는 거대한 불행 앞에 있다 보니 기분이 묘하게 차분해졌다. 원망 따위는 어느 쪽에도 없었다."라는 '무'의 상태에 이르러 일본인들과 같이 히로시의 병실을 민족적 경계선이 없는 "아름다운 세계"로 만든다.

일본인에게 자민족중심주의의 제거를 요구하는 동시에 식민지인에게 민족적 콤플렉스의 제거를 재촉하는 것을 보면 이른바 '무구'함은 민족 차별의 비판으로 그치지 않고 민족의식이 씻어지는 국제성을 의미한다. 일찍이 <舞踊 使節 崔承喜에게 보내는 書>라는 글에서 한설야는 문화와 민족이 국제성·세계성을 가지고 있다고 주장하면서 "今日은 민족과 文化 속에서 이 국제性·世界性을 全然 追放하랴고 하니 이것은 말하자면 停滯에의 踏步요 窮極에 있어서 死滅에의 逆行이 된다 할 것이다"[23]라고 일제 동화 정책 아래 조선의 문화적·민족적 현실을 부정한 바 있다. 그 연장선상에서 그는 일련의 글을 발표하여 중국 대륙에 보내고 있는 서양·일본·조선의 엑조틱한 시선을 비판했다.[24] '저자의 말'을 통해 소설 <대륙>이 바로 이런 비판의식을 바탕으로 창작되었음을 알 수 있다. 균질적인 '민족' 개념은 '내지-외지-식민지'라는 불균질한 제국적 질서를 해체시켰는가 하면 '대륙'까지 확대한 작가의 시선은 그가 이미 내선일체의 틀을 넘어섰음을 말해준다.

다음에 '자유이민촌'을 통해 한설야의 이상적인 민족 동서(同棲)를 살펴보겠다.

---

23) 韓雪野, <舞踊 使節 崔承喜에게 보내는 書>, 『四海公論』, 1938.7, 156면.
24) 대표적인 글로는 <舞踊 使節 崔承喜에게 보내는 書>(『四海公論』, 1938.7), <天壇>(『人文評論』, 1940.11), <大陸文學 等>(『京城日報』, 1940.8.2-4) 등을 꼽을 수 있다.

(2) 이상적인 이민공동체―민족성이 지워진 '자유이민촌'

이민공동체에 대해서 하야시가 특별히 강조한 점은 "군대나 다른 권력"에 의탁하지 않고 "자신의 힘"만 의지하는 독립적 민간적인 성격이다. 다시 말해 일제의 국가적 권력과 의식적으로 거리를 두는 공동체를 기획한 것이다. 이런 "자유이민의 정신"은 일제의 강제이민 국책에 어긋난다는 점에서 일종의 '저항'으로 읽히지만, 장쉐량(張學良), 마잔산(馬占山)을 비롯한 중국의 항일 역량에 대한 부정적인 입장을 감안하면 '항일'이라기보다는 '민족' 개념의 정치적인 함의를 추방하려는 태도를 드러냈다고 해야 한다.

공동체에서 민족성이 지워진 것은 이와 관련되어 있다. 중국인이 조선옷을 입고 조선인으로 변장해서 일본군의 가해를 피하는 반복된 내용을 통해 민족적 신분과 민족 복장 사이의 연관성을 짐작할 수 있다면 젊은 세대가 민족 복장을 마음대로 갈아입는 것은 민족적 경계선을 넘나드는 자유로움을 드러내 보인다.

> (a) "근데 지나, 아니 만주옷도 나쁘진 않은데"
> 라고 하면서 하야시는 마리를 보고 빙그레 웃었다.
> 마스코는 어쩐지 갑자기 마음이 답답해졌다.
> "나도 만주옷 입어 볼까"
> 라고 마스코는 하야시에게 허락을 구하는 듯한 눈길을 보내다가 곧
> 바로 오빠를 보고
> "네? 오빠가 사 줄 거야?"
> "응, 응, 사 주고말고"[25]
> (b) 쓰하이(四海)의 말대로 왕콰이투웨이(王快腿)에게 줄 선물로 중절모자

---

25) 韓雪野, <大陸 【第五回】>, 『國民新報』, 1939년 7월 2일, 28면.

며 양말이며 작업화를 사고 히로시는 만주옷을 새로 맞춰서 껴입었다.[26]

(a)에서 하야시에게 호감을 느끼는 일본 여성 마스코는 만주옷에 대한 하야시의 칭찬을 듣고 질투하는 마음에 자기도 만주옷을 입겠다고 선언한다. 그녀의 오빠 히로시도 그것을 쾌락한다. 만주옷에 담겨진 민족적인 함의를 의도적으로 무시한 것은 매우 모호한 민족적인 경계선을 암시한다. 반면에 (b)에서 민족적인 기호로서의 만주옷의 기능이 강조된다. 아버지를 구출하기 위해 직접 마적을 찾아가는 히로시는 만주옷을 입음으로써 만주인과의 민족적 거리감을 의도적으로 축소하려고 한다. 여기서도 일본인의 만주옷은 넘나들 수 있는 민족적 경계선을 암시한다.

언어의 경우도 마찬가지다. 일본인 하야시의 유창한 중국어는 조노인에게 "그 나라 사람이 되어 보려는" 자세로 들리며 조선어는 귀향을 열망하는 조선인들에게 조선적인 기호로 인식된다. 히로시는 중국인 여성 마리와의 거리감을 지우기 위해 중국어를 열심히 배우게 된다. 사실은 마리까지 일본에서 대학교를 나오고 방에 일문신문을 두고 있다는 사실을 감안하면 젊은 세대 사이에서 무슨 언어를 사용하고 있는지 짐작하기가 어렵다. 무너진 언어적 장벽은 매우 불투명한 민족적 경계선을 암시한다.

특히 하야시와 마리의 복합적인 민족성은 역으로 민족성을 지워 버리는 역할을 한다. 하야시는 성씨부터 일종의 국제성을 보인다. '임(林)'씨는 중국에서는 '린', 조선에서는 '임/림', 일본에서는 '하야시'라고 각각 다르게 발음되지만 공통적으로 존재한다. 하야시는 국적으로는 일본인이

---

26) 韓雪野, <大陸【第十二回】>, 『國民新報』, 1939년 8월 20일, 13면.

지만 젖먹이 때부터 부모님을 따라 만주에 건너온다. 그의 아버지는 조선인과 구별이 안 될 정도로 조선옷에다가 상투머리를 하고 긴 조선담뱃대를 물며 가난한 조선인 백성들과 어울린다. 하야시 본인은 만주인, 조선인과 오래 같이 살다 보니 중국어와 조선어를 능수능란하게 구사할 수 있다. 그는 만주를 일본보다 더 잘 알고 있는 "사실상의 고향"으로 호명하며 만주에 뼈를 묻겠다고 각오한다. "야생적"인 생김새는 만주가 이미 그의 신체의 일부가 되었다고 말해준다. 이런 하야시는 혈통적으로는 일본적이고 문화적으로는 조선적이며 신체적으로는 만주적이라는 매우 복합적인 민족성을 보인다.

마리는 조노인의 딸, 그러니까 중국인 여성으로 등장된다. 그럼에도 불구하고 그녀의 이름부터 일종의 유럽적인 분위기를 풍긴다. 무용에 대한 천부적인 재능은 그녀에게 백계러시아적인 요소를 부여한다. 이는 그녀가 첩보활동의 중심지이자 모던적인 분위기로 충만한 댄스홀의 댄서가 되는 대목에 이르러 더욱 분명해진다. 경제적으로 여유가 있는 중국의 유서 깊은 집안의 딸로서 그렇게 쉽게 댄서가 될 리가 없기 때문이다. 오히려 나라를 잃고 하얼빈(哈爾濱), 창춘(長春), 선양(瀋陽) 등 각지를 전전한 백계 러시아인 여성들이 댄서로 전락되어 버린 경우가 많다.[27] "베이징에서 고향으로, 고향에서 펑텐(奉天)으로, 펑텐에서 신징으로 여기저기를 전전하면서 가끔은 여관에서, 가끔은 댄스홀에서 고생을 함께 해

---

27) '백계 러시아인'은 소비에트 정권을 반대하는 바람에 러시아혁명 이후 소련에서 쫓아낸 사람들을 가리킨다. 통계에 따르면 1919년부터 1937년까지 중국 동북 지역에 온 백계 러시아인은 약 76,404명이었다. (房建昌, 「偽滿洲國時期的白俄」, 『黑龍江社會科學』, 1997年 12月, 67면) 그 중 많은 백계 러시아 여성들이 음악, 무용에 대한 재능을 가지고 있었으므로 경제적인 궁지에 하얼빈, 선양, 창춘, 상하이 등 대도시에서 댄서가 된 경우가 많았다. 많은 댄서들은 첩보활동에도 적극적으로 참여했다. 王俊彦, 『白俄中國大逃亡紀實』, 中國文史出版社, 2002年, 214-216면.

오고 곧바로 주인한테 버림받을 일용품들을 보면서 역시 수심에 잠겼다."라는 마리에 대한 서술 또한 백계 러시아인 여성들의 디아스포라적인 이미지와 맞물려 있다.

하야시와 마리의 복합적인 민족성은 이민공동체의 전반적인 성격과도 겹친다. 이민공동체는 일본인 하야시와 히로시의 주선으로 지어졌지만 따져보면 조선인 이성천(李聖天)의 권유를 받는 결과이며 전 과정에 걸쳐 이성천이 주도적인 역할을 담당한다. 조씨 부녀의 도움은 공동체에 중국적인 요소를 주입한다. 복합적인 민족성은 다른 방향에서 지워진 민족성을 말한다.

한중일의 구분 없이 "똑같이 대륙의 불을 켜 줄 한 방울의 기름"이 된다고 하는 것은 일견 일제의 오족협화(五族協和) 슬로건에 호응한 것처럼 보이지만 일제의 국가적 권력과 의식적으로 거리를 두려는 자세, 그리고 '대륙'으로 향하는 종국적인 방향을 감안하면 그렇지 않다. 오히려 "귀국의 사람이든 일본인이든 조선인이든 살아가려는 인간적인 본능에 있어서는 어떠한 차이도 없"다는 말이 암시하듯이 평등한 생존권을 내세움으로써 계급문제와 연결된다. 즉 "다분히 적색을 띠고 있는" 것이다.

'공산당 선언'에서 노동자의 국제적 단결을 호소했다. 이에 계급문학에서 노동자 계급의 국제성을 주장했다. '일본인'이 침략자라는 민족적 신분으로서가 아니라 '일본인 노동자'라는 계급적인 기호로 등장한 현상은 <대륙>에서도 발견할 수 있다. <황혼> 이후 대체로 한설야의 창작이 계급문학의 이념에서 벗어났다고 선행연구에서 주장해 왔지만 이는 지나치게 작가를 단순화시켰다. 중국의 경우를 보면, 1934~1938년 무렵, 일제의 침략이 심각해져감에 따라 계급담론이 점차 민족담론으로 전환되어 갔다.[28) <대륙>도 민족담론이 점차 확대되어 가는 전환점에 위치했던 게 아닌가?

다른 한편, 가난한 하층민의 '생업'을 반복 강조한 것이 사실상 민족보다 앞선 생존권을 내세움으로써 식민지문제를 제쳐두고 계급문제를 볼 가능성을 제시한다. 즉, 가난한 하층민이 민족을 넘어 아래에서 위로 제국의 국가적 권력을 초극할 가능성이다. 국가적 권력과 거리를 두려는 민간적인 성격을 강조하는 것, 그리고 "우리를 포위한 백성이나 노동자는 우리한테 법률이자 권력입니다."라면서 하층민의 절대성을 강조하는 것은 모두 같은 맥락에 있다.

이로 보건대 <대륙>에서 민족의 무화는 궁극적으로 작가의 계급적 시각 때문에 가능했다. 작가는 내선일체의 틀 속에서 민족관계를 검토한 게 아니라 계급문제와 맞물려 있는 민족 논의를 펼쳤다. 한설야에게 있어 민족이란 국제성을 지닌 민족이듯이 식민지문제 또한 계급문제와 동떨어져서 고려할 수 없다.

3. 정화, 죽음 기호의 등장, 그리고 자기부정

선행연구에서 이미 <대륙>에서 일본인의 변화에 주목한 바 있다. 그것에 대해 서경석은 "대륙의 힘" 때문이라고 매우 추상적으로 해석했고[29] 한설옥은 "농촌 개척사업"의 결과로 해석했다.[30] 그러나 위에서 논

---

28) 張武軍, 『從階級話語到民族話語——抗戰與左翼文學話語轉型』, 中華書局, 2013年, 3-6면.
29) 서경석, 「카프 작가의 일본어 소설 연구」, 『우리말글』 제29집, 우리말글학회, 2003년 12월, 23-24면.
30) 韓雪玉, 앞의 글, 50면.

의한 바와 같이 이 소설에서 일본인만이 아니라 식민지인도 민족적 콤플렉스를 버리는 과정을 거쳐야 비로소 '무구' 상태에 도달하게 된다. 두 가지 정화 과정에서 모두 죽음 기호가 등장한 것이 주목을 요한다.

일본인이 자민족중심주의를 제거하는 정화 과정은 유키코를 통해서 구체적으로 형상화된다. 유키코가 정화된 계기는 마리가 비록 오오야마 겐지의 민족적인 편견을 겪음에도 불구하고 여전히 그를 구출해주는 것이다. 유키코는 그것을 일종의 "희생적인 마음"으로 읽고 거기에 투영된 "자신의 진심"을 발견하기에 이른다. '희생적인 마음'이라는 표현은 마리의 행동을 일종의 죽음으로 규정하는데 이는 마리 자신의 표현과도 겹친다.

> 원수를 사랑한다는 것은 저도 물론 찬성할 수 없어요. 하지만 보다 높은 생각으로써, 비록 그렇지 못하더라도 피로써 적을 이겨 소중한 친구로 만드는 일은 종종 있지요[31]

마리가 아버지를 설득하는 대목이다. 그녀는 만주 또는 만주인 위에 쇼비니즘적인 자세로 군림하는 일본인을 "원수", "적"으로 비판적으로 이야기한다. 민족의식이 지워진 "보다 높은" 상태에서 일본인을 용서하는 게 아니라 오히려 강한 민족 자의식에 입각하여 "피로써", 다시 말해 자신을 희생함으로써 일본인들을 반성시키는 것이다.

마리가 "전의 감정을 완전히 씻어 버"려 민족적인 정서를 버린 것은 히로시의 치명상을 알게 된 이후다. 여기서 다시 죽음 기호의 등장을 발견할 수 있다. 사실은 죽음을 통과해야만 비로소 정화가 가능하다는 논

---

31) 韓雪野, <大陸【14回】>, 『國民新報』, 1939년 9월 3일, 13면.

리는 유키코와 마리의 경우에만 국한되지 않는다.

> "물론 사망자도 있기는 있지. 사업은 크든 작든 간에 그것에 걸맞은 희
> 생이 수반되니까. 삶은 죽음에서 시작되고 빛은 어둠에서 시작된다는 말
> 이 꽤 오래되었는데 난 정말 죽음과 어둠보다 대륙의 삶과 빛을 분명하
> 게 본 것 같네"
> (중략)
> "물론 계속 해야지. 하야시도 마리도 나도, 그리고 다른 사람들도 똑같
> 이 대륙의 불을 켜 줄 한 방울의 기름이라고 나는 생각해. 그래서 전사자
> 의 묘지에 서 있다면 더욱 분명하게 자신을 인식할 수 있고 남을 인식할
> 수 있을 것 같아. 바꿔 말하면, 인간의 묘지에 서서 자신을 다시 생각하게
> 되는 거지. 내 기분도 아마 그런 거겠지……유키코의 경우도 마찬가지지
> 만 아무튼 좋은 생각이니까 뭔가 같이 해 보자"[32]

소설의 마지막에 거의 회복된 히로시가 하야시에게 다 나으면 가장
먼저 가 보고 싶은 곳이 마적 습격으로 죽은 사람들의 묘지라고 마음을
밝히는 대목이다. 하야시가 "대륙의 삶과 빛"을 "죽음" 또는 "희생"에서
찾는가 하면 히로시는 민족의 구분 없이 "대륙"으로 수렴되는 민족 무화
상태를 "전사자" 앞의 자기반성과 연결시킨다. 전사자 앞에서 자신을 새
삼스럽게 인식하게 된다는 것은 유키코가 마리의 "희생적인 마음"에 투
영된 "자신의 진심"을 발견한다는 것, 그리고 마리가 "인간의 죽음이라
는 거대한 불행 앞에 있다 보니 기분이 묘하게 차분해졌다"는 것과 궤를
같이 한다. 죽음은 자기반성을 불러일으키고 다시 정화로 이어진다. 다
시 말해 죽음은 정화—민족 무화라는 이상적인 상태—에 도달하기 위한
선결조건이다.

---

32) 韓雪野, <大陸【17回】>, 『國民新報』, 1939년 9월 24일, 15면.

죽음 기호의 등장은 작가 한설야의 정화 미학이 심각한 자기부정 위에 구축되었음을 말해준다. 1937년 초『조선일보』에 발표된 <朝鮮文學의 새 方向>이라는 글에서 그는 '부정'의 의미를 강조하고 있다.

> 새삼스레 辯證法이나 엥겔스의 「보외알」의 例를 끄러올 거 업시 이른바 「否定」은 아나키스트的 任意의 否定이나 任意의 抹殺을 意味하는 것이 아니라 先行過程의 充分한 認識과 究明과 批判과 그리고 그 止揚으로서서 오는 否定을 말하는 것이다. 모든 事象은 이미 그 自體 中의 消極面을 스스로 否定하는 積極的인 要素를 가지고 잇는 것이니 그럼으로 先行過程의 眞實한 批判과 攝取는 곳 後行過程의 萌芽가 되는 것이다. 33)

한설야는 "그 自體 中의 消極面을 스스로 否定하는" 자기부정을 "積極的인 要素"로 평가한다. 그리고 다음 단계의 발전이 자기부정에 의해 이루어진다고 주장한다. 이어서 그는 이런 논리를 문학 분야로 확대시킨다.

> 文學 傳統에 잇서서 보아도 그 變遷은 亦是 이러한 過程을 過程하는 것이니 그럼으로 文學이 今日의 否定으로부터 明日의 肯定을 가지지 못하고 다만 旣成 질서 안에서의 旣成 認識 秩序에 向하는 內省的인 文學인 以上 그것은 文學의 退步를 意味하는 것이오 文學 傳統으로 보아서 主潮를 이룰 수 업는 것이며 따라서 後繼文學의 繼承者가 될 수 업는 것이다.

그에 따르면 문학은 "內省的인 文學"으로 그치면 안 되고 "적어도 무엇을 求하야 懷疑的 態度라도 가"지고 "부정"까지 가야 "새로운 認識이 움트기 시작한"다고 한다. 드디어 그는 "現實否定의 文學"이야말로 "文學의 主潮"이자 "文學의 새 方向"이라는 결론에 도달한다. 이런 논의는 계

---

33) 韓野, <朝鮮文學의 새 方向(四)>, 『朝鮮日報』, 1937년 1월 8일.

급문학운동에 대한 그의 반성과도 무관하지 않으리라.

    <대륙>에서 한설야의 정화 미학은 역시 일제에 대한 비판으로 돌린다. 다음은 일본인의 성격 개조에 관한 대목이다.

  (a) "유키코 뿐만 아니라 내가 보기엔 대륙이 가장 고마운 것은 반드시 지리(地利)만이 아니다. 그것보다 나는 도리어 일본인의 성격 개조의 새로운 무대나 도장(道場)으로서의 대륙을 예찬하고 싶어. 예찬한다기보다는 여기서 열심히 살고 싶어. 시대는 틀림없이 새로운 성격을 요구해. 우리가 여기에 와서 다른 데보다 일본인이라는 것을 분명하게 보게 되는데 역시 대개조가 필요하거든. 너무나도 지나치게 좀스럽고 섬세해"

      "그러네. 우물 안에 있다면 언제도 세상을 모르지. 우리 대학 때는 자네! 동창생들까지 우리보고 '만주꼴로'라고 이단시했었지—아니 심한 놈들은 이국인으로 취급했었지. 맹자님의 말씀을 빌려 쓰자면 남만격설지인으로 봤던 거야, 우리 만주에서 온 사람 말이야"

      "자네, 지금이라도 도국 쇼비니스트들은 그러는 거지"

      "근데 앞으로 다가올 시대를 담당하는 신일본의 성격은 틀림없이 대륙적인 요소를 포함할 거야"

      "그러네. 지금이 하나의 거대한 전형기임에 틀림없어."[34]

  (b) 자신도 남들도 어떤 차질로 구불구불 비틀비틀 더럽고 더러운 세상에 구속받는 좀스러운 인간에서 해방되어 인생의 전장에서 목전의 작은 이득에 눈멀지 않고 항상 최후의 대성을 지향하는 느긋한 인간이 되었으면 하는 기분이었다.

      이른바 무협담에서 볼 수 있는 '하라키리 일본인'의 성급함은 이미 끔찍하게 싫어졌다. 겉으로는 졌지만 결국은 이기고, 오늘은 불리하지만 내일은 유리한, 게다가 그것이 극히 담담하고 자연스럽게 이루어지는 그런 사람이 되고 싶었다.

---

34) 韓雪野, 위와 같음, 13면.

그런 점에서도 더욱더 대륙이 고마웠다. 지금의 생각과 대륙과는
틀림없이 어떤 연관성을 가지고 있다고 생각되었다. 대륙 없이는
지금 결코 이런 생각이 없을 거라고 그는 생각했다.[35]

　(a)는 하야시와 히로시가 일본인의 성격 개조를 논의하는 대목이다. 대
륙에 와서 일본인의 자기성찰은 "대개조"의 필요성, 즉 자기부정을 불러
일으킨다. 주목할 만한 것은 "대개조"가 "도국 쇼비니스트들"의 민족차
별에 대한 비판에만 국한되지 않고 "대륙적인 요소"도 포함하는 점이다.
(b)는 히로시의 내면묘사인데 일본민족의 성격을 부정하는 한편, 다른 한
편으로는 "느긋한 인간"을 제시하면서 대륙적인 성격을 인정해준다. 결
국 일본과 대륙과의 접목은 일본민족의 자기부정과 자기숙청을 요청하
는데 심각한 자기부정은 일종의 죽음이라고도 할 수 있다. 청나라가 비
록 힘으로 한족을 정복했지만 끝내 망하여 한족과 같이 "중화"가 된다는
고토 사장의 말과 연관지어 읽으면 이 점을 확인할 수 있다.
　민족의 무화가 죽음이나 다름없는 심각한 자기부정과 직결되는 것을
감안하면 결국 한설야의 이상에는 심각한 자기부정을 내포하고 있다. 이
는 <대륙>의 해체적인 구성을 초래한다.

4. 스스로 해체된 이상향

　<대륙>의 해체적인 구성은 이민공동체를 통해 집중적으로 나타난다.
자유이민촌은 결코 이상향이 아니다. 우선 민족관계의 실상을 살펴보겠다.

---

35) 韓雪野, 위와 같음, 14면.

(1) 중국인과 일본인이 부재한 '민족연합체'

자유이민촌은 비록 불투명한 민족적 경계선과 복합적인 민족성을 지향하지만, 실상 중국인과 일본인이 부재한다. 제6-7회에서 그 결성에 대한 묘사에 따르면, 대도회(大刀會), 구국군(救國軍, 反滿軍)과 합류한 '마적' 및 위만주국의 공안부대와 육군부대, 일본영사관 경찰, 일본 보병부대의 사이에서 벌어진 격전은 중국인과 조선인의 거주지까지 퍼진다. 그러므로 현지의 중국인은 대부분 불에 타죽고 나머지도 거의 다 도망친다. 조선인 거주민 또한 여기저기로 떠돌아다니게 되는데 그 중 조선인민회에 수용된 피난민이 이민촌의 주된 구성원이 된다. 사실상 처음부터 하야시는 일손을 조선인 농민으로 상정한다. 뿐만 아니라 이민촌에서 실제적으로 주도적인 역할을 담당하는 사람은 조선인 이성천과 조선적인 성격을 다분히 띤 하야시 뿐이고 일본인 히로시는 자금조달을 비롯한 섭외사무만 담당하고 중국인 조씨 부녀의 도움이나 극소수의 위만주국 군인의 보호는 이민촌의 변두리에 머무른다. 결국 이민촌 안에는 실체가 분명하지 않은 "지나 동요(支那子唄)"를 제외하고는 중국인과 일본인의 실제적인 등장을 확인할 수 없다.

한중일 사이의 심각한 민족적인 모순은 소설 전체를 관통한다. 첫 장면에 나타난 '조선호'는 '처녀지' 위에 작용하고 있는 민족 간의 폭력을 집중적으로 형상화한다. '조선호'는 전조선의 헌금으로 구입한 간도파견군 항공대의 육군기인데 대륙의 상공에 "검은 점(黑い一點)"을 그리며 '처녀지'의 무구함을 더럽힌다. 하야시의 '피스톨' 또한 마찬가지로 폭력적 부정적 민족관계를 상징한다. '마적'의 습격전과 복수전이 소설 전체에 걸쳐 부정적인 요소로 작용한다면 중국인은 모든 계층에 걸쳐 '마적'과

연계되어 있어 일본군과 조선인의 대척점에 서 있다. 일본군과 조선인
거주민의 제휴도 극히 느슨하다. 조선인 피난민은 "죽어도 좋으니 고국
에 돌아가서 죽고 싶다고" 하면서 일제의 이민 정책에 협력하지 않는 태
도를 보이는 한편, 다른 한편으로는 일본인을 믿지 못한다. 마적의 습격
을 앞두고 그들은 일본인의 명령에 따르지 않고 스스로 피난소를 찾는
다. 히로시까지 쓰러지고 하야시가 밥도 제대로 먹지 못할 무렵에 그들
은 무관심한 태도로 큰소리만 친다. 격렬한 전투를 그리면서 작가가 많
은 지면을 할애하여 조선인의 한담을 대비적으로 묘사하는 것은 조선인
의 비협력을 암시한다. 반면에 야학에 관한 장면을 통해 조선인 거주민
을 주시하는 일본인의 우월적인 시선을 확인할 수 있고 '권총'과 협박에
대한 동원은 폭력적인 한일관계의 실상을 환원한다.

　종합해 보면 소설에서의 '자유이민촌'은 중국인과 일본인이 부재하는
조선이민촌이며 대륙에서 한일 간의 느슨한 제휴, 그리고 일본군의 공범
이 된 조선인과 중국인의 대립을 그대로 투영된다. 이는 작가가 겉으로
내세운 민족의 경계선이 지워진 이상향과 매우 대조적이다. 이런 균열은
'오족협화' 슬로건과 현실 사이의 거리를 환원한 결과이기도 하지만 필
자가 특히 주목하고자 하는 것은 이상적인 형태를 내세우다가 다시 그것
을 손수 깨뜨리는 자기부정의 과정이다.

(2) 민족을 초극하지 못한 계급

　위에서 이미 언급한 바와 같이 <대륙>에서 한설야는 민족문제를 계
급문제와 함께 검토하면서 국경과 민족을 넘는다는 계급의 보편성에 의
해 제국의 헤게모니를 초극할 가능성을 제시했다. 이런 노력이 결국 국

경과 민족을 넘은 제국의 헤게모니에 수렴된 과정을 작가가 보여준 것이
흥미롭다.

가난한 하층민이 국경을 넘어 이민의 자리에 서는 순간부터 자의든
타의든 간에 보다 더 강력한 국제적인 역량—제국의 헤게모니에 부딪치
게 된다. 위만주국은 그 다민족적인 구성으로 인해 제국의 헤게모니가
이미 민족이나 국경을 넘었다는 사실을 잘 보여주는 장소가 된다. 이민
공동체가 비록 의식적으로 국가적 권력과 거리를 두려고 하지만 처음부
터 국가적 권력에서 이탈한 '마적'의 대척점에 서는 반면에 일본군, 위만
주국의 군대, 일본영사관의 경찰 등 다양한 형태로 구체화된 국가적 권
력과 협력하게 된다. 이민촌은 처음부터 마적에 대비하기 위해 위만주국
군대의 보호를 받는다. 오오야마 부자가 마적에게 붙잡혀 간 후 하야시
는 "아무래도 역시 군대의 힘이 필요하다고 생각"하고 "뒷줄 좀 보여주"
기 위해 일본과 위만주국의 군대 및 경찰을 동원한다. 그 결과 하야시도
하층민의 '보호자'로 스스로를 자리매김하며 하층민을 타자화한 한편,
폭력에 의해 그들을 통제하기에 이른다.[36] 특히 흥미로운 점은 하층민의
일부까지 일본영사관으로부터 총기를 배포 받아 일본군의 보충적인 역
량으로 수렴된 사실이다. 국가적 권력과 거리를 두기는커녕 도리어 국경
을 넘은 제국에 의해 더 강력하게 통제되고 제국으로 깊이 흡수된 패러
독스이다.

경제적인 면에서도 같은 회로를 보인다. 하야시는 "국가적 권력까지

---

36) "無智の者の恐怖といふものは、實に測り知れないものであつた。餘り惜くもなさうな命が、何んでそん
なに恐いのだらうと思ふと、林は寧ろ笑ひたくもなるのだつたが、それは勿論獨善的な考へであること
を知らないのではなかつた。
自分は、矢張りどんな場合でも、彼等の護衛者でなければならないと思つた。彼は、護衛團をし
て、彼等避難民を一歩たりとも表に出さないやうに監視させた。"韓雪野、<大陸【15回】>、『國民新
報』、1939년 9월 10일, 13면.

이용해 얼마든지 이익을 얻을 수 있다"는 일본의 "큰 재벌이나 투기자"를 비판하면서 "완전히 평민적이고 어디까지나 공존공영을 원칙으로 한" 사업을 시작하지만 실제적으로는 위만주국 기구로부터 정책적인 지원을, 구세대 식민주의자로부터 경제적인 지원을, 그리고 일본군으로부터 군사적인 지원을 받고 있다. 이런 사실을 감안하면 이민촌의 '자유 개척 사업'도 제국의 독점적인 식민지 경제 체제의 일부이고 계급문제는 어디까지나 민족문제에 구속받아 식민지문제로 흡수된다. 국제적인 시야에 의해 민족을 초극하고자 하는 욕심을 가지고 출발하는데도 불구하고 도리어 식민지문제의 구렁으로 깊이 빠져 버린 과정을 여실하게 보여준 것은 한설야의 투철한 관찰을 말해주는 한편, 식민지문제, 계급문제를 둘러싼 그의 현실적 비판이 얼마나 심각했는지를 시사한다.

5. 나오며

<대륙>은 민족의 경계선이 무너진 세계를 이상향으로 제시하다가 다시 이상향의 파탄을 일일이 지적한다. 이런 해체적 구성이 이 소설의 가장 큰 특징이 아닌가 싶다. 해체적 구성은 특히 1943년 중반 이후 식민지 조선 소설의 전반적인 특징이 되었지만,[37] 1939년에는 아직 그리 일반적이지 않았다. 이는 작가 한설야의 자기부정의 미학과 직결되어 있었는데 그 결과 소설에서의 정화는 죽음의 이미지로 가득 차 있었다.

선행연구자들은 대체로 <대륙>을 한설야가 계급문학 창작을 포기한

---

37) 劉惠瑩, 앞의 글, 55면.

이후의 작품으로 상정하고 그 전제 아래 '협력'과 '저항'이라는 지평에서 이 소설을 검토해 왔다. 이와 달리 필자는 이 소설에서의 민족 담론이 작가의 계급적 시각과 밀접히 결부되어 있었다는 사실에 주목한다. 계급적 시각 때문에 한설야의 민족 논의는 다른 조선 작가들과 달리 한일관계에만 국한되지 않고 일종의 국제성을 보였다. 내선일체의 틀 속에서 대등한 한일관계를 주장한 게 아니라 민족을 무화시킴으로써 아예 내선일체의 틀까지 깨뜨렸다고 할 수 있다. 내선일체에 대한 그의 부정적 태도를 엿볼 수 있다. 이런 의미에서 <대륙>은 식민지 작가의 가장 절실한 현실적인 고민을 여실하게 드러낸 작품이지 친일협력의 작품과 거리가 멀다.

내선일체에 대한 작가의 부정적인 입장을 감안하면 1940년대의 <피(血)>(『국민문학』, 1942.1)나 <그림자(影)>(『국민문학』, 1942.12)에서 이민족 간의 연애가 실패로 마무리된 것은 필연적이었다. <대륙>의 시점보다 사상적인 변화를 거친 결과가 아니라 같은 문제를 다른 측면에서 접근한 결과였다. 이에 대한 고찰은 다음의 과제로 남겨둔다.

참고문헌

1. 기본 자료

韓雪野, <作者の言葉>, 『國民新報』, 1939년 5월 28일

韓雪野, <舞踊 使節 崔承喜에게 보내는 書>, 『四海公論』, 1938.7

韓雪野, <大陸>, 『國民新報』, 1939년 6월 4일~9월 24일

韓野, <朝鮮文學의 새 方向(四)>, 『朝鮮日報』, 1937년 1월 8일

2. 단행본

김재용, 『협력과 저항』, 소명출판, 2004년

윤대석, 『식민지 국민문학론』, 역락, 2006년

정종현, 『동양론과 식민지 조선문학』, 창비, 2011년

한석정, 노기식 편, 『만주, 동아시아 융합의 공간』, 소명출판, 2008

馬平安, 『近代東北移民研究』, 齊魯書社, 2009年

王俊彦, 『白俄中國大逃亡紀實』, 中國文史出版社, 2002年

依田熹家 著, 卞立强 等 譯, 『日本帝國主義的本質及其對中國的侵略』, 中國國際廣播出版社, 1993年

張武軍, 『從階級話語到民族話語──抗戰與左翼文學話語轉型』, 中華書局, 2013年

3. 논문

배주영, 「1930년대 만주를 통해 본 식민지 지식인의 욕망과 정체성」, 『韓國學報』 제29권 제3호, 일지사, 2003년

서경석, 「만주국 기행문학 연구」, 『어문학』 제86호, 한국어문학회, 2004년 12월

서경석, 「카프 작가의 일본어 소설 연구」, 『우리말글』 제29집, 우리말글학회, 2003년 12월

유필규, 「滿洲國시기 韓人의 강제이주와 集團部落 연구」, 국민대학교 박사학위논문, 2014년

劉惠瑩, 「일제말기 한국 국민문학과 타이완 황민문학 비교 연구──중·단편소설을 중심으로」, 서울대학교 박사학위논문, 2015년 8월

朴仁哲,「朝鮮人'滿州'移民のライフヒストリー（生活史）に關する硏究－移民体
　　　驗者たちへのインタビューを手掛かりに」, 北海道大學博士學位論文, 2015年
山畑翔平, 「昭和戰中期における滿洲移民奬勵施策の一考察—移民宣伝誌を通
　　　じてみた滿洲イメージとその変容」,『政治學硏究』41号, 2009年 5月
淺田喬二,「拓務省の滿州農業移民計畫(試驗移民期)」,『駒澤大學經濟學部硏究
　　　紀要』32卷, 1974年 3月
房建昌,「僞滿洲國時期的白俄」,『黑龍江社會科學』, 1997年 12月
沈海濤・衣保中・王胜今,「論日本對中國東北移民的侵略本質」,『吉林大學社
　　　會科學學報』第54卷 第3期, 2014年 5月
鄒桂芹,「"九一八"事變後日本對中國東北的移民侵略」,『長春敎育學院學報』
　　　第19卷 第2期, 2003年 6月
韓雪玉,「僞滿洲國時期中韓作品中的東北形象比較」, 中央民族大學 碩士學位
　　　論文, 2016年

이기영

『만선일보』 연재소설 이기영『처녀지』 소고

김장선

1. 들어가며

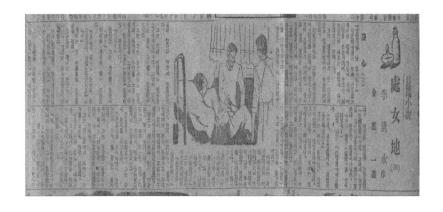

　주지하다시피 이기영은 한국문학사에서 카프의 대표 작가로 평가되고 있으며 그에 대한 연구도 다양한 시각으로 활발하게 이루어지고 있다. 하지만 1940년 이후의 이기영 장편소설 특히『처녀지』[1]는 "해방 전 이

---

1)『滿鮮日報』1943년 1월-12월(추정) 연재, 단행본『처녀지』, 삼중당서점, 1944년 9월.

기영의 마지막 장편소설이라는 점에서 문학사적으로 중요한 의미를 지니고 있음에도 불구하고 그 동안 충분한 논의가 이루어지지 못했다.”2) 지금까지의 연구는 “당대 지배 담론과의 관련성 속에서 이기영 소설에 타나난 친일적 요소를 추출 배열해내는 공통점을 보여준다.”3) 물론 “일제 말기에 작가가 열정적으로 펼쳐 보였던 생산력주의의 완성과 그 한계를 동시에 보여주는 작품”4)이라는 부동한 연구시각도 있다. 이런 기존 연구는 그 시각의 여하를 막론하고 모두 하나의 중요한 공통점이 있는데 그것은 삼중당서점 단행본『처녀지』를 텍스트로 하고 있다는 것이다. 학계는 지금까지 이기영의『처녀지』는 “신문에 연재되는 과정 없이 처음부터 단행본으로 출판된”5)것으로 알고 있다. 이는 일제 말기라는 특정시기에 창작 발표된『처녀지』의 관련 자료 확보가 어려웠던 것과 관련된다고 하겠다.

　필자는 다년간의 추적을 통하여 1943년(康德十年, 昭和十八年) 1월 27일자『만선일보(滿鮮日報)』를 입수하게 되었다. 주지하다시피『만선일보』는 1937년 10월 21일부터 1945년 광복직전까지 간행되었지만 현재까지 1939년 12월부터 1940년 9월까지의 영인본과 1940년 10월부터 1942년 10월까지의 마이크로필름을 통하여 그 일부분만 파악할 수 있다. 따라서 필자가 입수한『만선일보』(1943년 1월 27일자)는 지금까지 학계에 알려진 바 없는 회귀 자료로 된다. 바로 이 자료를 통하여 필자는 이기영의『처녀지』가『만선일보』에 연재되었다는 사실을 알게 되었다. 이 사실은 본

---

2) 이기영 저, 서재길 편『처녀지』, 역락, 2015년 5월,「이기영과 만주국 문학에 대한 새로운 해석을 위하여」, 2쪽 인용.
3) 이경재, 이기영의 “처녀지” 연구」,『만주연구』제13집, 2012년, 108쪽 인용.
4) 이경재, 이기영의 “처녀지” 연구」,『만주연구』제13집, 2012년, 105쪽 인용.
5) 이경재, 이기영의 “처녀지” 연구」,『만주연구』제13집, 2012년, 109쪽 인용.

고를 통하여『만선일보』연재『처녀지』의 존재를 학계에 처음으로 알리
는 것으로 된다. 확보된 자료는 비록 1회분이기는 하지만『처녀지』에 대
한 학계의 기존 연구 시각과 공간을 파격적으로 확장시켜주기에 어느 정
도 충분하다고 하겠다.

　본고는 이 1회분『처녀지』를 통하여『만선일보』에 연재된『처녀지』의
대체적인 양상을 간접적으로나마 고찰해보고자 한다. 비록 300여회로 추
정되는 연재본 중에서 단지 1회분으로『처녀지』전체의 의미를 논리적
으로 설득력 있게 재해석하기에는 무리할 수밖에 없지만 본고를 통하여
앞으로『처녀지』에 대한 자료 발굴 및 연구가보다 새로운 시각으로 다
차원적으로 이루어지기를 기대한다.

2.『만선일보』의 성격과 특징

　일제는 '만주국' 건립초기인 1932년 12월 1일 홍보처(弘報處)가 관장하
는 '만주국통신사'를 성립하여 신문통신업을 독점한 후 자기들이 편집한
신문원고를 '만주국'의 각종 문자로 된 신문과 방송에서 사용하도록 강
요하면서 "어느 신문원고는 반드시 실어야 하고 어느 신문원고는 어떤
제목을 달아야 하며 어느 지면에 어떻게 실어야 한다는 것까지 모두 엄
격히 규정하였다."[6] 1936년 9월 28일에는 만주홍보협회를 설립하여 보
도, 언론, 경영 등 다 방면에서 신문을 통제하였다. 1937년 7월 1일 홍
보처는 만주국통신사(株式會社滿洲國通信社)를 성립하고 만주홍보협회에 가입

---

6) 孫邦 主編『僞滿史料叢書·僞滿文化』, 吉林人民出版社, 1993년 10월 306쪽.

하지 않은 신문사들을 폐간하거나 합병시키는 수단으로 신문계통을 통제하였다. 이 조치로 인하여 당시 신경(장춘)의 조선문 신문 『만몽일보(滿蒙日報)』와 간도 조선문 신문 『간도일보』(『만몽일보』지사)가 합병되어 '만주국'의 유일한 조선문 신문인 『만선일보』(1937년 10월 21일)가 창간되었다. 『만선일보』는 그 창간부터 재만 조선인을 상대로 한 '만주국'의 국책을 홍보하는 어용매체의 성격을 갖고 시종 식민국책의 통제를 받게 되었다.

『만선일보』는 비록 태생적으로 어용매체의 성격을 갖게 되었지만 실제적 발간과정에 '만주국'의 유일한 조선문 신문이었을 뿐만 아니라 한반도에서의 일제 한글말살정책, 1940년 8월 『동아일보』와 『조선일보』의 강제 폐간 등으로 인하여 한글문학 창작 무대를 상실한 문인들, 특히 일제 식민주의와 비협력적인 문인들의 새로운 활동무대로 되었다. 『만선일보』는 초창기 편집국장 염상섭을 비롯하여 박팔양, 안수길, 현경준, 황건, 김조규 등 적지 않은 한국 기성작가와 재만 신진작가들이 학예란을 중심으로 "재만 조선인문학을 건설"하려 하였다. 『만선일보』는 창간 초기부터 폐간 직전까지 즉 1937년-1939년 사이에 염상섭의 『개동』(현재 미확인), 1939년 중반(?)부터 1939년 12월 1일까지 현경준의 『선구시대』, 1941년 11월 1일부터 1942년 3월까지 현경준의 『도라오는 인생』, 1943년 1월부터 1943년 말(?)까지 이기영의 『처녀지』, 944년 12월부터 1945년 4월까지 안수길의 『북향보』 등 여러 편의 장편소설들을 지속적으로 연재하면서 한국문학 내지 재만 조선인문학의 명맥을 이어나갔다. 이점이 바로 『만선일보』의 독특한 특징의 하나라고 하겠다.

세상만물은 대체로 2분법으로 해석되며 이 또한 흔히 동전의 양면으로 비유된다. 1942년, 『만선일보』는 본사 창립 5주년을 경축하기 위하여 기념패물을 만들었다. 사진에서 보다시피 정면은 한 마리의 용이 있고 뒷면은 창립 5주년 기념, 만선일보사라는 글체가운데 하나의 새싹이 그려져 있다.

청나라 마지막 황제였던 부의는 신해혁명으로 자금성에서 쫓겨난 후 청나라 복벽을 위해 1932년 3월 9일 일본 제국주의의 괴뢰정권인 '만주국' '집정(執政)'으로 되고 연호를 '대동'(大同)으로 정하였다. 1934년에는 국호를 '만주제국'이라 개칭하고 '황제'로 된 후 연호를 '강덕'으로 바뀌었다. 이를 기념하기 위하여 '만주제국'은 대동 2년과 강덕 원년 동전을 발매하였는데 이 동전들의 앞면에 모두 두 마리의 용이 그려져 있다. 주지하다시피 청나라에서 용은 황권을 상징하는 만큼 이 동전에 새겨진 용역시 청나라의 정통을 이은 '만주제국' 및 그 황권을 상징한다고 하겠다.

무리한 추정일지 몰라도『만선일보』5주년 기념패물 정면에 있는 용은 무엇보다『만선일보』가 '만주제국'의 어용매체라는 기본 성격을 상징하는 것이 아닐까 싶다. 사실 1942년은『만선일보』창립 5주년이 되는 해이자 "만주제국"의 건국 10주년이 되는 해이기도 하다. "만주제국"의 인정이 없으면 또한 이를 인정하지 않으면『만선일보』의 존재는 거의 불가능한 상황이라고 할 수 있다.

다음 기념패물 뒷면의 새싹의 상징의미에 대해 추정해 보기로 한다. 새싹은 흔히 그 어떤 꿈이나 희망을 상징한다. 이 새싹 그림을 통하여『만선일보』은 비록 "만주제국"의 어용매체이기는 하지만 나름대로의 특징과 희망이 있음을 반영하고 있다. 그 특징과 희망은 과연 무엇일까?『만선일보』의 지배인, 편집인, 기자 등 신문사 직원들은 그 신분, 지위, 경력, 가치관 등의 차이로 인하여 그 역할과 편집, 취재, 집필 의도가 신문사의 성격 및 취지와 다소 다를 것이고 각자가 이루고자 하는 실질적 소망도 나름대로 다를 것이다. 아쉽게도 현재 자료의 결핍으로 이러한 것들을 분명히 밝힐 수 없다. 하지만 한 가지 분명한 것은 당시 재만 문인들은 "재만 조선인문학을 건설"하려는 희망을 품고『만선일보』학예란 주위에 모였다는 것이다. 또한 국내에서 한글창작을 할 수 없었던 재조선 문인들에게『만선일보』은 새로운 무대이자 희망이 아닐 수 없었다. "국내에서는 이미 발표 기관이 좁혀진 데다가 검열이 심했으므로 그들은 가끔 <만선일보>학예면을 통해 작품을 발표했다."7)『만선일보』창립 5주년 기념패물에 그려진 새싹은 그 누가 그 어떤 의미로 그렸는지는 딱히 알 수 없지만『만선일보』는 대체로 만주 개척의 희망을 상징함과 아울러 재만 조선인 문인 그리고 식민주의와의 비협력을 선택한 일부 한국 국내 문인들에게는 현실적이고 구체적인 희망이었다고 해도 무리가 아닐 것이다. 이런 희망이 바로『만선일보』의 독특한 특징의 하나라고 하겠다.

1941년 1월 16일 홍보처는 만주신문협회(滿洲新聞協會)로 새로운 신문 체제를 건립하고 같은 해 8월 25일에『홍보3법(弘報3法)』즉『만주국통신사법』,『신문사법』,『기자법』을 반포하였다.『만주국통신사법』은 국통사(國通社)가 특수법인으로 되어 '만주국' 홍보의 신문원고의 채집과 공급을 독점한다고 규정하였고『신문사법』은 신문사의 이사장, 이사, 감사(監事) 등은 정부에서 임명 통제한다고 규정하였다.『기자법』은 기자에 대해 시험, 처벌, 등록 등 관련제도를 실시한다고 규정하여 언론자유를 압제하고 기자들로 하여금 일제의 침략정책을 위해 복무하게 하였다. 이런 고압정책으로 하여 1942년 6월에 이르러 만주신문협회는 겨우 10개 회원만 남게 되었는데『만선일보』가 그 회원의 하나로 생존하게 되었다. 태

---

7) 안수길, <龍井·新京時代>,『안수길 소설집』(중국조선민족문학대계 10), 연변대학 조선 언어문학연구소 편, 흑룡강조선민족출판사, 547쪽 참조.

평양전쟁이 날로 치열해지면서 모든 물자가 부족하게 되자 '만주국'은 종이, 먹 등 인쇄물자까지 배급제로 통제하고 1943년 9월과 11월 두 차례 신문 지면을 감축하였는데 11월부터는 국가 직속 신문마저 지면을 8면에서 4면으로 감축하였다. 『만선일보』도 1930년대 말-1940년대 초반에는 조간(朝刊)에서 석간(夕刊)으로까지 늘어 그 지면이 아주 여유로웠지만 1943년 1월 27일자 『만선일보』를 보면 총 4면으로 줄어들었다. 이와 반면으로 일제는 시책 보도와 '국민 위로' 차원의 글들을 다량 게재하여 국책 언론의 영향력을 확보하고자 하였다. 특히 태평양전쟁 시국이 날로 불리한 국면으로 접어들자 신문기사 자원을 독점하였을 뿐만 아니라 모든 신문의 내용 및 지면 배정과 양식마저 간섭하고 동일화를 강요하였다. 하여 모든 신문은 '영미(英美)를 격멸하고 동아(東亞)를 건설하자', '결전 하 국민정신의 통일을 도모하자' 등 시국 언론으로 도배되었다.

이 점은 1943년 1월 27일자 『만선일보』도 에누리 없이 구체적 잘 보여주고 있다.

1943년 1월 27일자 『만선일보』 제1면에는 톱기사로 「惶恐、天皇陛下 國民動勞를 御軫念」이라는 기사가 실렸는데 이는 일본 천황의 대동아전쟁 하 국민 근로문제를 걱정하고 있다는 것, '만주국' 국민도 이에 적극 부응해야 함을 호소하는 보도라고 하겠다. 이어 「米英의 敗戰會談」, 「英機의 反復盲爆에 緬甸民衆 極度로 憤激」, 「佛印(프랑스령 인도차이나 약칭, 필자 주)의 米、蜀黍를 對日供給키로 決定」, 「소로몬 메라우케 連爆--米陣地에 巨彈集中」 등 태평양 전장에서의 '승전' 소식을 게재하고 있다. 그 다음 「各地 蠢敵을 殲滅-武漢周邊의 肅淸狀況」, 「姜卓然、部下四千을 引率 國府傘下에 歸順」, 「'重慶의 慘狀-捕虜된 蔣의 義從弟談', '重慶物資政策의 破綻-民衆生活은 極度로 逼迫'」, 「北邊鎭護에 磐石陳--軍管區 司令官 會議 開催」 등 중국 및

'만주국'의 전시 상황을 게재하였다. 주지하다시피 이 시기 유럽 전장에서는 파시즘 세력이 기울어져 날로 격퇴되고 있었고 태평양 전장에서도 일제의 패색이 서서히 드러나기 시작하였다. 하지만 제1면을 도배한 기사 제목만 보아도 일제는 태평양 전쟁의 '전과(戰果)'를 과장, 날조하면서 '재만'조선인뿐만 아니라 제반 '만주국' 민중을 기만하고 있음을 알 수 있다.

제2면에는 「我精銳大行山脈에 進擊--共産第四軍에 大鐵槌, 頑强抵抗하는 敵三方으로 包圍」, 「警備隊、共産匪擊滅」 등 중국공산당 항일부대와의 '승전' 소식과 '獨軍戰況發表'라는 유럽 전장에서의 독일파시즘 '승전'소식을 게재함과 아울러 「日本의 眞意理解한 中國 共同目的貫徹에 邁進--重光大使上海情勢視察談」, 「大陸各地關係를 緊密化, 對日寄與의 增强企圖-物資交流會議서 靑木次長 談」, 「南部方面戰況', '敵機의 鬼畜한 暴虐에 回敎徒民衆激昂」, 「勞務報國會設立」, 「蔣政權下의 難民 寒波에 死者續出」, 「交通運輸態勢의 萬全-小運送賃金規準化」, 「國內造林의 積極化企圖-各省林務主任官會議開催」 등 중국 내 일제 식민통치를 미화한 보도를 게재하고 있다.

그리고 「國民禮法解說-법례의 기본(基本) 제六장 거거(起居)」, 「謙讓にして嚴しい所に日本の表情があのだ-日本の表情」, 「初等國語講座-『節約』(下)」, 「復習問題」, 「산성식물은 해롭다-맛잇는 것일수록 산성이니 반성 필요」 등 교양에 관한 기사들을 게재하고 있는데 그 중 일본어 강좌가 전반 교양 기사 지면의 70%를 차지하고 있다. 교양 기사 역시 일제식민문화통치를 중심으로 이뤄지고 있음을 알 수 있다.

바로 위와 같은 식민문화통치를 반영하고 있는 제2면에 이기영의 장편소설 『처녀지』 제18회가 연재되어 있다. 그 지면은 제2면의 약 10% 정도 할애되어 있다.

제3면에는 「朝鮮人輔導機能整備要領-分科委員會도 設置, 在京鮮系를 適切

히 指導」, 「割當量을 堂堂히 突破, 增産에 總進軍態勢-穀倉吉林省의 이 熱意
를 보라」 등 '만주국' 시국 관련 기사와 「十萬人全解를 目標-日婦京城支部
會員에게 國語普及運動」이라는 조선 국내 기사 그리고 「鬼畜! 敵兵의 虐待-
谷日氏의 뉴-카레도니아 監禁生活談」이라는 일본 국내 기사가 주요지면을
차지하였다. 그 외 「日蝕時의 電離層觀測과 電波傳播에 미치는 影響㈣觀測
의 困難에 對하야/關東軍少佐 新妻淸一(下)」, 「新商人道强調, 滿關百貨店從業
員大會/齊藤少佐」, 「在滿國民學校 新入學願書受付開始」, 「歸農希望이 多數, 今
月末에 第四軍管區除隊式」, 「牛痘 마즙시다, 全市民에게 臨時種痘」 등 과학
교육과 관련된 기사도 게재되었다.

제3면에서 특징적인 것은 「間島地方旅行記(3) 龍井은 美人鄕/金惠一」라는
기행문이 연재되고 있다는 것이다. 이 기행문은 지면의 12% 정도 차지
하고 있다.

제4면에는 「國民體力增强의 道場, 朝鮮에 療養所修練會新設」, 「明東敎會國
防獻金」, 「商工都市平壤人口 四十萬臺에 達한다」, 「商品에 一割의 債券, 京城
府貯蓄對策」, 「十八億圓突破, 鮮內銀行 預金高」, 「靑年鍊成에 萬全, 京城에 十
八鍊成所增設」, 「陸軍病院看護婦半島處女를 募集」, 「平壤商業學校增築」, 「平
南學徒號獻納, 一錢獻金이 二萬七千」, 「總力運動推進에 寄與, 朝鮮總聯委員人
選運用規程決定」, 「家畜飼料에도 代用食, 平北道의 劃期的發明에 成功」 등
태평양전쟁에 총동원된 조선 국내 소식을 전면 보도함과 아울러 「濱江省
出荷續報, 九一%突破, 大豆와 高粱은 全滿一」, 「消費組合事務擔當者再敎育,
各村配給組合事務講習會」, 「農은 天下의 大本이다, 一般細民層에 歸農傾向 자
못 濃厚」, 「煙突掃除로 獻金, 延吉義奉隊幹部員의 美擧」, 「(延吉)柴山氏의 出荷
美談, 二袋配定에 十六袋供出」, 「無籍者一掃企圖, 戶籍事務協會總會開催」, 「日
婦南浦支部分會長會議開催」, 「生産省使命完遂, 增産重點運動을 展開」, 「大陸科

學院奉天地方講演會」, 「舊正食卓에 朗報, 奉天에 北滿淡水魚大量入荷」 등 '만주국'의 '성전' 성원 소식들을 게재하였다. 그리고 '間島短信'이라는 코너에 「武部總務長官 在間日滿軍警慰問」, 「和龍國高도 二月에 開校」, 「協和會務職員行賞人員決定」, 「地方警察學校建國神廟月例祭', '間島省本部管下五縣本部長會議」, 「東一製藥會社 漢藥部를 新設」, 「綜合大會앞두고 競技者登錄促進」, 「孫警長表彰」, 「帶金商工科長米穀配給所視察」 등 간도 소식을 전문적으로 게재하였다. 또한 '赤誠의 獻金'라는 코너를 만들어 헌금자와 헌금액수를 전문적으로 게재하였다.

제4면은 조선과 '만주국'의 민중이 출하 헌금 등 여러모로 태평양전쟁에 총동원된 기사들로 도배되었다.

위와 같이 기사 제목만 보아도 당시 『만선일보』는 철두철미한 일제 식민통치의 어용 매체이었음을 쉽게 알 수 있다. 이런 『만선일보』에, 더욱이 일제의 '대동아성전'이 패색으로 물들기 시작한 1943년에 장편소설을 연재한다는 그 자체만으로도 1930년대 카프문학의 대표 작가였던 이기영에게는 그야말로 예사롭지 않은 일이었을 것이다. 소설의 기본 스토리 전개와 묘사는 문제될 것 없겠지만 주제 설정과 표현에서는 한번 깊이 고민하지 않을 수 없었을 것이다. 무엇보다 '만주국'의 강압적이고 공포적인 원고 검열제도를 결코 의식하지 않을 수 없다. 그 어떤 작가든 국책에 부응하는 작품만이 발표가 가능한 상황이었기 때문이다.

그럼에도 불구하고 이기영은 장편소설 『처녀지』를 『만선일보』에 발표하여 '만주국'말기 『만선일보』 연재소설이라는 특징을 갖게 되었다.

따라서 『만선일보』 연재소설로서의 『처녀지』 연구는 당시 복잡하고 특정적인 문학의 외부환경과 내부 상황의 복잡성과 진실성, 그리고 그 다의성(多義性)을 제대로 파악할 것을 요한다고 하겠다.

3. 『만선일보』 연재소설로서의 『처녀지』

필자가 입수한 『만선일보』 연재 『처녀지』 제18회가 1943년 1월 27일에 게재된 것을 감안하면 『만선일보』는 1943년 1월 10일경부터 『처녀지』를 연재한 것으로 추정된다.

위의 사본에서 보다시피 제18회 분량은 삼중당서점 단행본 『처녀지』 분량의 약 2면 정도인데 단행본 전작 분량이 730면에 이르는 것 등을 감안하면 연재 『처녀지』의 총 분량은 무려 365회에 달할 수 있다. 하지만 실제로 제18회 분량을 단행본 상응 부분과 자세히 대조해보면 단행본의 글자 수가 대체로 30-40자 더 많은데 이는 제18회 총 분량의 약 0.05% 정도 차지한다. 물론 연재소설 분량 전부가 발굴되기 전에는 감히 단정할 수는 없지만 제18회 분량 수치로 추산해보면 연재 『처녀지』는 단행본보다 대체로 30-50면 적지 않았을까 싶다.

단행본 『처녀지』는 맨 마지막에 이렇게 쓰고 있다.

> 작가 부기-그 뒤에 귀순이와 일성이는 어찌 되었으며 현림이와 애나의 가정 생활 또한 학교와 병원을 중심으로 이 정안둔은 어떻게 시대와 보조를 맞추고 수전 농장은 어떻게 되었는지 아직도 이야기할 거리가 많지만은 임의에 정한 지면을 초과하였기 때문에 미진한 설화는 오직 독자의 상상에 마껴두고 이만 붓을 놓는다.[8]

이기영은 임의에 정한 지면을 초과하였기 때문에 붓을 놓는다고 명명백백히 밝히고 있다. 지면 제한은 단행본의 출간에서보다 신문연재에서 더 흔히 이루어지고 또한 더 엄한 것이다. 실제로 1943년 1월 27일자

---

8) 이기영 저, 서재길 편 『처녀지』, 역락, 2015년 5월, 596쪽 인용.

『만선일보』는 총 4면으로 되었을 뿐만 아니라 1면부터 4면에 이르기까지 절대대분 지면은 시책 미화 기사로 도배되었고 『처녀지』 또한 장편소설로 창작 연재된 만큼 지면 제한은 불가피한 것이었다고 하겠다. 작가가 지면을 초과하여 소설을 "미완결"로 끝맺는다는 것은 그 지면 제한 요구상황이 아주 심각하였음을 의미한다. 이런 상황은 단행본 출간보다 신문연재에서 발생할 가능성이 더 크다고 볼 수 있다. 엄밀한 논리라고 하기 어렵지만 여기서 연재 『처녀지』는 『만선일보』 연재를 완료하였을 뿐만 아니라 그 결말이 단행본 『처녀지』의 결말과 일치한다고 추정할 수 있다.

따라서 『처녀지』는 대체로 『만선일보』에 330회 내외로 1943년 11월-12월까지 1년 가까이 연재되었을 것으로 추정해 볼 수 있다.

『만선일보』 연재 『처녀지』의 총체적인 실제 양상은 어떠할까? 현재 1차 자료의 부족으로 직접적인 텍스트 분석 연구는 거의 불가능한 상황이기에 제18회 양상과 단행본 『처녀지』를 참조 대비하면서 간접적으로나마 총체적인 양상을 추정해 보기로 한다.

우선 『처녀지』의 작품 전개 양상을 연재 제18회와 단행본 상응 부분을 비교해 보면 극히 미세한 정도의 차이점을 보이고 있다. 그 차이점을 아래 18회 사본에서 구체적으로 살펴보기로 한다.

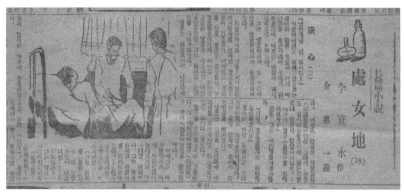

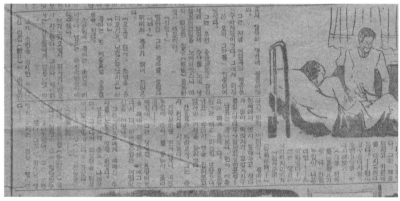

위 18회 사본을 통하여 연재『처녀지』와 단행본『처녀지』는 윗부분에
서 대체로 거의 일치함을 알 수 있다. 다만 필자가 밑줄 그은 두 구절에
서 미세한 차이가 있을 뿐이다.

1) 연재:
퍼뜻 그는 이런생각이재차들자
『신상 오호실환자의 피한방울만빼시오..』
경아는 마침 등대하고 섯다가재바르게 대답을하며나갓다.그는 금방 환
자의 귀에서 피한방울을 빼내엇다.

남표는 그것을 유리쪽에 여러개를 무처가지고 현미경으로 연신 드려다 보았다.

혈구를 검사한결과는 신중하다. 그는 마침내백혈구(白血球)가 증다(增多)된 것을 발견하엿다.

2) 단행본:

편뜻 그는 이런 생각이 재차 들자 남표는 혈구 계산기와 채혈증을 가지고 5호실로 올라갔다. 그리고 경아는 준비했든 오벡트쿠라스와 주정면 등을 가지고 그 뒤를 따러 올라갔다. 그는 병실로 들어가서 채혈증으로 환자의 귀를 뚫고 피를 빼내왔다.

남표는 그것을 유리쪽에 여러 개를 무처 가지고 현미경으로 연신 드려다 보았다.

한편으로 혈구 계산을 하고 한편으로는 표본을 만드러서 정밀히 검사한 결과 그는 마침내 혈구가 증가된 것을 알 수 있었다.

보다시피 연재에서는 주인공이 채혈하는 과정과 현미경으로 검사하는 과정을 속사하듯 기본 선만 그렸다면 단행본에서는 스캔하듯 보다 구체적으로 묘사하고 있다. 그럼에도 불구하고 작품 전개는 전혀 변함없고 다만 수식에서만 미세한 변화를 보여주고 있다. 작가 이기영이 단행본을 출간할 때 대체로 신문 연재의 엄격한 분량 제한으로 인하여 작가 수준 이하를 보여준 일부 거칠고 미흡했던 묘사를 분량이 상대적으로 자유로운 단행본에서 보완한 것으로 보인다. 즉 『처녀지』의 서사 전개는 연재든 단행본이든 별 차이는 없고 단행본 『처녀지』는 『만선일보』 연재 『처녀지』를 스크랩하여 작가수준 이하의 묘사부분만 수정을 거친 것이 아닐까 추정된다.

위와 같이 무려 300여 회(?)에 달하는 『만선일보』 연재 『처녀지』의 전반적 내용과 주제를 고작 1회분(제18회)을 통하여 분석 파악 한다 것은 분명 무리가 아닐 수 없다. 하지만 필자는 제반 『처녀지』 연구에서 연재 소설의 양상을 밝히는 것이 자못 중요하다는 의미에서 단행본 『처녀지』 와 연재 당시의 『만선일보』 및 '만주국'의 제반 사회, 정치, 문화 환경 및 문학장 상황 등을 유기적으로 연관시키는 접근 방식으로 간접적으로 나마 그 연구를 시도해보기로 한다.

현재까지 단행본 『처녀지』는 부동한 연구시각으로 논의되고 있으며 이런 논의는 모두 이기영의 『처녀지』를 "신문에 연재되는 과정 없이 처음부터 단행본으로 출판된 것으로 알고" 삼중당서점 단행본을 연구 텍스트로 한 논의라고 할 수 있다.

지금까지의 논의를 대체적으로 개괄하면 크게 두 가지 견해로 나눠 볼 수 있다. 하나는 『처녀지』가 "생산소설과 만주개척소설의 성격을 기본으로 하면서 통속적인 연애담이 가미"된 작품, "우생학 이론에 바탕을 두고 제국주의의 출산 통제 논리에 동화되어 가는 특이한 작품", "의사-제국주의적 정체성을 보여준" 작품, 당시 일제의 정책이 형상화되고, 작품 속에서 "제국주의 파시즘의 논리"가 작동하는 작품 등으로 보거나 작가 이기영을 "당시" 누구보다 앞장서서 국책을 문학으로 실천했던 사람으로 평가하면서 총체적으로 "소설에 나타난 친일적 요소를 추출 배열"하는 견해이다.9)

다른 하나는 서재길과 이경재의 견해라고 할 수 있다. 이경재는 "이기영은 서사의 표면에서는 국책에 적극적으로 협력하는 생산소설의 기본 성격에 충실한 면모를 보여주지만, 심층적인 차원에서는 일제 말기의 국책이 전혀 불가능한 기획임을 강하게 환기"시키기에 『처녀지』는 '분열된 텍스트의 면모를 보여주고 있다'고 보고 있다.10) 서재길은 "남표가

---

9) 이경재, 「이기영의 『처녀지』 연구」, 『만주연구』 제13집, 107-108쪽 인용.

정안둔에 정착하게 되는 과정을 식민지 개척의학의 전개 과정이라는 관점에서 바라보고, 주인공이 죽음에 이른 과정이 일본의 제국 의료의 한 극단이라고 할 수 있는 세균전 부대에 의한 페스트 실험이라는 역사적 사실을 모티프로 했을 가능성이 있음을 밝"히고 "일본에 의한 동아시아 식민지 지배 과정에서 가장 중요한 역할을 했다고 평가되는 개척의학이 한 식민지 지식인의 육체를 잠식하는 과정을 그림으로써 이 작품은 '위생의 근대'에 대한 근본적인 질문을 제기하고 있다"고 보고 있다.11)

필자는 본고에서 무엇보다 『처녀지』가 『만선일보』 연재소설이라는 중요한 사실에 주안점을 두고 대체로 『만선일보』 연재 『처녀지』의 창작, 발표 과정에 있어서의 복잡한 외부환경과 내부 상황의 복잡성, 진실성, 다의성 등을 파악 논의하면서 그 주제를 밝혀보고자 한다.

주지하다시피 신문연재소설의 주요특징은 바로 대중화이고 이런 문화 소비자의 주류는 청년들인 만큼 신문연소설의 주요 서사와 갈등은 대체로 이슈적인 새로운 문물과 청년 남녀 간의 삼각연애로 이루어진다. 『만선일보』 역시 현실적으로 독자들의 구매력과 구독 효율을 높이기 위해서는 신문연재소설 특징을 잘 구비한 소설을 적극 선호주문하지 않을 수 없었다. 특히 1면부터 4면까지 시책, 국책 기사로 도배해야만 했던 1940년대 상황에서, 그리고 문예 지면이 겨우 손바닥 정도까지 축소된 상황에서 이런 특징을 띤 소설을 연재한다는 것은 참으로 중요한 일이 아닐 수 없기에 『만선일보』는 연재소설 작가와 작품을 엄선할 수밖에 없다. 이기영과 『처녀지』도 에누리 없이 이런 엄선을 거쳤을 것이다.

---

10) 이경재, 「이기영의 『처녀지』 연구」, 『만주연구』 제13집, 109쪽 인용.

11) 서재길, 「식민지 개척의학과 제국 의료의 "극복"-이기영의 『처녀지』를 중심으로」, 『민족문학사연구』, 2013년 제51권, 인용.

따라서 이기영은『처녀지』창작과정에 무엇보다『만선일보』연재라는 전제조건을 감안하지 않을 수 없었고 작품에 신문연재소설의 주요특징을 반영하지 않을 수 없었을 것이다. 실제로 단행본『처녀지』는 "주인공 남표가 만주국의 수도인 신경을 떠나 북만의 '정안둔'이라는 농촌에 정착하여 농촌 계몽운동을 전개하다가 페스트에 걸려 죽게 된다는 기본적인 서사 속에 삼각관계의 애정 갈등이 결합되어 있는 형태를 취하고 있다." "서사의 심층에 작용하는 것은" "만주국 이데올로기라기보다는 세 주인공 사이의 삼각관계 혹은 '붉은 연애'이"다.[12] 다시 말하면 이 소설의 슈제트를 전개하여 나가는 주요 갈등은 주인공 남표와 그를 둘러싼 선주, 경아 등 세 사람의 삼각연애관계이다.

또한 소설에서 보여준 '의료보국', '왕도락토', '유전우생학' 등 국책에 동조한 논의와 서사는 당시『만선일보』연재소설로서 반드시 갖추어야 할 기본 요소라고 할 수 있다. '만주국'의 어용언론인『만선일보』는 국책 부응의 요소가 없는 소설을 연재할리 만무하기 때문이다. 이와 같은 요소는『처녀지』후에 연재된 안수길의『북향보』에서도 쉽게 찾아 볼 수 있다. 이런 국책 부응 요소는 이 시기『만선일보』연재소설의 공통된 특징이자 기본 요소라고 보아도 무방할 것이다.

『처녀지』의 국책 부응 요소와 삼각연애 갈등 설정이 바로『만선일보』연재를 가능하게 한 것이다. 실제로『처녀지』는 이런 방식으로 300여 회(?)에 달하는 연재를 완료하였다고 본다. 아울러『처녀지』는 연재 완료로 인하여 비로소 심층적 의미 즉 작품의 주제가 구현되었다고 하겠다. 그렇다면『처녀지』의 주제는 과연 무엇인가?

---

12) 서재길, 「식민지 개척의학과 '위생의 근대'-『처녀지』론-」, 이기영 저, 서재길 편『처녀지』, 역락, 2015년 5월, 597-604쪽 참조.

필자는『처녀지』의 주제를 삼각연애의 갈등에서가 아닌 주인공 남표의 거듭되는 사업 전향과정과 죽음으로 인한 미완성의 서사에서 음미해 보고자 한다. 소설에서 남표는 "정신적으로- 아직 생활의 방향을 못 정하고 암중모색(暗中摸索)을 해 온"(24쪽) 사람으로 조선을 떠나 "만주국"의 신경으로, 다시 신경을 떠나 북만의 '정안둔'으로 들어온다. "정안둔에 들어온 근본 목적은 자기도 농민이 되어 보겠다는 생각"이었고 "농촌 개발에 힘을 써서 자기가 사는 동리는 명실이 상부한 모범적 개척촌을 만들고 싶은 야심이 있었든 것이다."(350-351쪽) 하지만 그 후 "그의 왼 정신은 어떻게 하면 오늘날 농촌의 현실에서 농민 대중을 우선 질병의 마수로부터 건져내어 그들로 하여금 건전한 개척 전사가 되게 할까 하는 병균 박멸에 대한 투쟁 생활로 강잉히 집중되었다."(464쪽) 즉 생활의 방향을 못 정하고 암중모색하다가 "농민"의 삶을 지향하고 다시 "의학 연구"로 방향을 전향한다. 그리고 "의학 연구" 사업을 실현하는 과정에서 남표는 페스트에 감염되어 생명을 잃게 되며 그의 사업은 실패를 초래하게 된다. 한편 남표는 삼각연애에서도 실패의 고배를 마신다. 결국 남표는 연애도 사업도 모두 실패한 불운의 주인공이다. 이런 비극적 요소는 소설의 마지막 부분에서 확연히 드러난다.

> 남표의 묘지는 선주의 무덤과 마주 바라보는 곳이였다. 그것은 누가 일부러 정한 것이 안이라 마을의 공동묘지가 한 곳이였기 때문이다.
> 아! 그들이 이렇게 한 곳에 무칠 줄을 누가 알었으랴? 그러나 그들은 이 마을의 수호신이였다.
> 경아는 장예를 치르고 나니 참으로 세상 일이 허무하였다. 그는 남표가 개업을 하였을 때 바로 오지 못한 것이 후회되었다. 그 때 와서 남표를 도아주었다면 그고 죽지 않고 자기의 진정도 티웠을 것이 아니냐? 참으로 그는 당면한 앞길이 캄캄하였다.

허나 그는 어떤 결심을 하였다. 그것은 자기도 남표의 유언을 지켜서 일성이와 같이 병원을 살리자는 것이었다. 비록 자기는 의사가 아니지만 쉬운 병은 넉넉히 볼 수 있다. 그리고 영리를 목적으로 하지 안는다면 당국에서도 용인할 것이 아니냐고-그는 이렇게 일성이가 한 사람 목의 의사가 되기까지 그를 도아가며 남표의 유지를 밧들자 하였다.

마을 사람들은 이 말을 듯자 모다들 경아의 가륵한 생각에 감사하였다. 경아는 그들을 위함보다도 자기의 살 길은 그밖에 없다고 겸양하였다.……

경아는 그 길로 정 노인의 집에 눌녀있었다(終)[13]

보다시피 소설은 남표가 선주와 한 곳에 묻힐 줄은 누구도 몰랐고 그의 죽음으로 인하여 경아는 "세상 일이 허무"함을 느꼈고 "당면한 앞길이 캄캄하였다."

물론 경아가 남표의 유언을 지키기 위해 정안둔에 눌러 있는 것으로 끝나면서 그 어떤 희망적인 미래를 제시하는 듯하다. 그러나 소설은 이미 중간부분에서 남표의 직접적 체험을 통하여 경아가 꿈은 실현이 불가능함을 암시해주고 있다.

『그렇다-의사시험을 준비하자-』

남표는 마침내 이렇게 부르짓고 감었든 눈을 떴다.

이제까지 그는 의사의 자격을 형식적으로 갖고 싶은 생각은 조곰도 없었다. 아니 그는 도리혀 개업의를 멸시하고 싶었다.……

그런데 어찌 알었으랴! 이번에 당한 일로 보아서 그는 자기의 무모한 것을 깨다렸다. 현실이란 과연 단순한 것이 아니다. 현실을 이상으로 높이는 □은 권위가 필요하다. 권위는 즉 힘이다. 힘이 업는 사람은 결국 아무 일도 못한다. 세상만사는 모두 힘으로 움지긴다. 아무리 좋은 일이라도 힘이 없으면 그 일을 성공하지 못한다. 실력이 없으면 정의도 일우지 못한다.

---

13) 이기영 저, 서재길 편『처녀지』, 역락, 2015년 5월, 595-596쪽 인용.

그렇다며 자기는 지금까지 세상을 모르고 함부로 날뛰지 않았든가! 의
사시험을 안 본다고 여직 뻣땐 것은 무슨 고고한 정신이 안이다. ……만일
자기고 의사의 면허장을 얻었다면 이번의 봉변도 안 당했을 것이요 또한
개업을 하는 중에 떳떳이 인술의 본령을 발휘할 수 있었을 것이다. 아니
인술은 그와 같은 합법적 권위 밑에서야 도리혀 널리 베풀 수 있다.[14]

이처럼 남표는 '만주국'에서 편벽한 개척촌이라고 하여도 의사 자격이
나 권위가 없으면 의료 개업은 불가능함을 뼈아프게 느꼈던 것이다. 소
설의 결말에서 경아는 남표의 유지를 받들고자 결심하지만 실제로 의사
면허장도 없고 아무리 권위도 없는 그녀에게 있어서 이는 막연하고 허무
한 일이 아닐 수 없다. 또한 남표의 후계자 일성이는 경아의 가장 믿음
직한 협력자이지만 역시 겨우 독학으로 의사가 되려는 의학 지망생이나
다름없기에 그 훗날 역시 막연하기만 하다.

당시 '만주국'은 의료법 관리에서 비교적 엄한 편이었다. 병원 개업은
반드시 정부 부처로부터 영업 허가서를 받아야 하였고 한의사이든 서의
자이든 의사자격증을 받자면 모두 시험뿐만 아니라 일정 기한의 양성 교
육을 받아야 하였다. 간호사자격증도 마찬가지였고 약 처방전도 규제가
엄하였다. 이런 실제적 상황에 비추어 볼 때 이기영은 『처녀지』 창작 당
시 "만주국"의 의료법이나 농촌 의료 상황을 비교적 정확하게 알고 있었
던 것 같다.

뿐만 아니라 이기영은 이미 패색이 짙어가는 '만주국'의 실상도 어느
정도 파악하였다고 볼 수 있다. 하여 이기영은 "임의에 정한 지면을 초
과하기 때문에 미진한 실화는 오직 독자의 상상에 마껴두고 이만 붓을
놓는다."(596쪽)

---

14) 이기영 저, 서재길 편 『처녀지』, 역락, 2015년 5월, 279-280쪽 인용.

『처녀지』는 남표의 유지를 받들고자 하는 이들의 앞길이 불안하고 막막하여 도저히 희망이 보이지 않기에 끝맺을 수밖에 없었다. 미래가 없는 현실은 비참하고 불행한 법이다. 따라서 남표의 비극적 운명과 "개척촌"의 불안한 미래에 대한 서사가 바로『처녀지』의 핵심 서사라고 볼 수 있다.

이와 같은 핵심 서사는 또한 무엇을 의미하는가?

주지하다시피 '만주국'의 홍보처는 1941년 3월 23일에『예문지도요강(藝文指導綱要)』을 반포하였다. 이『요강』은 문예를 '만주국'의 군사, 정치, 경제 등을 위하게 하고 일본의 '동아 신질서의 건설'을 위하게 하였으며 작가와 문예단체의 활동을 모두 '전시총동원체제(戰時總動員體制)'에 귀결시켰다. 같은 해 7월 만주문예가협회(滿洲文藝家協會)를 설립하고 1943년 8월 25일에 만주문예가협회, 만주극단협회 등 단체들을 연합하여 만주예문련맹(滿洲藝文聯盟)을 설립하였다. 그 취지는『예문지도요강』의 정신에 좇아 예문자의회(藝文諮議會)와 가맹예문협회를 연계시켜주는 것이었다. 1944년 11월 1일 만주예문련맹은 만주예문협회로 개칭하고 산하에 문예국, 연예국, 음악국, 영화부 등을 설치하여 전반적인 국책문화를 실행하였다. 1942년 6월 '만주국' 수도경찰청은 문예정찰부(文藝偵察部)를 설치하여 문예계의 "관할대상을 측면으로 정찰"하도록 하였다. 문예계의 동향을 장악하기 위해 문예 정찰부는 작가에 대한 감시는 물론이고 문예작품도 상세히 검열하였는데 작품 검사는 구절구절을 따져가며 표면적인 것과 내면적인 것까지 따지는 정도에 이르렀다. 하여 많은 작품들이 검열에 걸려 출판이 금지되고 이미 발행허가를 맡은 도서들도 문제가 있다고 여겨지는 부분은 삭제되었으며 이런 도서는 삭제했다는 표기를 한 다음에야 발행할 수 있었다. 뿐만 아니라 '만주국' 정부에 등용된 작가들마저 감시하면

서 그 작품들을 검열하였다. 당시 일단 반일경향이 발견되기만 하면 구
속당한 것은 예사로운 일이고 지어 체포되어 옥살이를 하거나 살해당하
기도 했다. 이런 파시즘 공포 통치로 인하여 적지 않은 진보적인 작가들
은 절필하거나 '만주국'을 떠나게 되었다.

또한 일본인문인들은 '만주국' 건국이념 선양을 위하여 '낭만주의' 창
작방법을 극구 주장하였다.

> 만주에서 로맨티시즘을 주장하는 데는 두 가지 방향을 위해서이다. 하
> 나는 건국정신이라는 선천적인 이념으로부터 직접적으로 로맨티시즘이라
> 는 문학방법이 도출되었고 다른 하나는 잡다한 현실을 저주하여 "대륙일
> 본인의 생활방식의 규범으로" 로맨티시즘을 요망한데 있다.
> 로맨티시즘은 어찌하여 대두하게 되었는가. 우리들은 여기서 교훈을
> 흡수하여야 한다. 그 교훈은 방향과 열정을 상실하여 도리비아리즘에 빠
> 진 저속한 리얼리즘을 비평해야 한다는 것이다. 더욱이 시대의 태동에 대
> 하여 적극적인 의욕을 보여주어야 하는 까닭이다.15)

요컨대 건국정신이 강조되고 구질서의 파괴와 아울러 새 질서의 건설
이 매진되고 있는 시대는 필경 신화시대이고 신화가 낭만의 세계에 있다
는 것은 과거의 역사가 증명하고 있다.16)

일본인문인들이 이런 '낭만주의' 창작방법을 주장한 것은 식민지문학
이 '만주국'의 암흑한 현실을 회피하거나 기만하고자 함이었다. 일제는
이 '낭만주의' 창작방법을 극구 주장, 선양하고 강요하는 한편 리얼리즘
창작방법을 저속하다고 비난하고 압제, 반대하였다. 필요에 따라 간혹
리얼리즘 창작방법을 운용한다하더라도 현실을 명랑하게 보여주는 건설

---

15) 加納三郎 著 『滿洲文化のために』, 作文發行所, 昭和十六年 十二月, 223쪽 재인용, 필자 역.
16) 동상서 169쪽 재인용.

적 리얼리즘 창작방법을 운용해야 한다고 주장하였다. 이른바 건설적 리얼리즘 창작방법이란 건설적인 안광으로, 건국이념으로 발전하고 있는 '만주국'의 명랑한 현실의 건설모습을 반영해야 한다는 것이다. 태평양 전쟁이 폭발된 후, 일제는 또 반영미시(反英國美國詩) 즉 영국과 미국을 반대하는 시를 대대적으로 선호하고 그 창작을 강요하여 '만주국' 문학장에 반영미시가 흥행되게 하였다. 그리고 대동아문학상을 설립함과 아울러 각 신문잡지에서 각종 작품현상모집을 획책하게 하면서 '결전문예' 창작을 선동하였다. 일제는 연속 세 차례나 대동아문학자대회를 조직하면서 멸망할 때까지 '대동아성전'을 선양하는 전시(戰時)문학을 고취하였다.

이와 같은 특정 시대의 특정 언론체계와 특정 문학장에서 『만선일보』에 게재되는 기사, 보도, 논평, 시, 소설, 희곡 등 그 어떤 장르의 글이든 모두 식민국책의 통제와 검열을 면할 수 없었다.

특히 『처녀지』가 연재 발표되던 시기 일제는 반영미시(反英國美國詩)를 대대적으로 선호하면서 '결전문예' 창작을 선동, 강요하였다. 이런 특정시기 특정 환경 속에서 『처녀지』가 보여준 핵심 서사는 결코 '낭만적' 서사가 아니었고 '건설적' 서사도 아니었으며 '결전' 서사는 더더욱 아니었다. 이 점에서 『처녀지』는 당시 '만주국' 문학장의 기조와 이념을 이탈한 작품이라고 평가할 수 있다. 이탈은 분명 비협력을 의미하며 나아가 일종의 저항을 의미한다고 하겠다.

작가는 『처녀지』의 이런 특징을 감안하여 '작가 부기'라는 독특한 방식으로 소설 결말을 해피엔딩으로 끝내지 못한 것은 지면초과라는 객관적 원인 때문이라고 특별히 부언하면서 주관적 원인을 희석시키고 있다. 이와 같은 결말 방식은 이기영의 그 어느 작품에서도 찾아볼 수 없다. 일제 말기 '만주국' 문학장이라는 특정 시기 특정 환경의 신문연재라는 독특한

발표 여건 하 작가의 독특한 서사 방식이 아닐 수 없다. 현실 부응의 표면
서사 속에 허무한 현실의 비극과 막막한 미래의 불안이라는 핵심서사의
안정성과 완결을 확보하고자 한 심층적 의미를 엿볼 수 있다고 하겠다.

이외 『처녀지』의 현실 부응 서사도 다시 한 번 깊이 음미해볼 필요가
있다고 본다. 이 소설이 연재되던 시기의 '만주국'는 '대동아성전'을 위해
개척촌을 비롯한 제반 농촌에서 약탈적인 '양식 출하와 헌금'을 국책으로
선양 강요하던 시기였다. 『처녀지』의 농촌계몽적인 '농사개량'과 '개척의
학'은 당시 시책과는 어느 정도 거리가 있어 작가가 "현실을 직시하지 못
하고 오히려 식민지 정책에 적극적으로 동조하고 타협하는 모습을 보인
다"고17) 보기에는 무리가 있지 않을 가 싶다. 이 점 또한 『처녀지』의 현
실 부응 서사는 핵심 서사로 볼 수 없는 이유의 하나라고도 할 수 있다.

4. 나오며

본고는 상술한 바와 같이 필자가 발굴한 1943년 1월 27일 자 『만선일
보』를 통하여 이기영의 장편소설 『처녀지』가 『만선일보』에 연재되었다
는 사실을 처음으로 확인하였다. 이기영의 『처녀지』는 무엇보다 『만선일
보』 연재라는 전제조건 하에 창작된 소설로서 당시 신문연재소설의 주
요특징을 감수하지 않을 수 없었다. 『처녀지』에서 보여준 '의료보국',
'왕도락토', '유전우생학' 등 국책에 동조한 논의와 서사는 당시 『만선일
보』 연재소설로서 반드시 갖추어야 할 기본 요소라고 할 수 있다. 이런

---

17) 김진아, 「이기영 장편소설 『처녀지』 연구」, 영남대학교 대학원 석사학위논문, 2003년
6월, 21쪽 인용.

국책 부응 요소는 이 시기『만선일보』연재소설의 공통된 특징이자 기본 요소라고 보아도 무방할 것이다.『처녀지』의 국책 부응 요소와 삼각 연애 갈등 설정이 바로『만선일보』연재를 가능하게 한 것이다. 실제로『처녀지』는 이런 방식으로 300여 회(?)에 달하는 연재를 완료하였다고 본다. 아울러『처녀지』는 연재 완료로 인하여 비로소 심층적 의미 즉 작품의 주제가 선명하게 구현되었다고 하겠다.

주인공 남표의 비극적 운명과 "개척촌"의 불안한 미래에 대한 서사가 바로『처녀지』의 핵심 서사라고 볼 수 있다. 이런 핵심 서사는 반영미시를 비롯한 '결전문예'가 선양, 강요되던 '대동아성전' 중후반기 '만주국' 문학장의 기조와 이념을 이탈한 서사였다고 할 수 있다. 당시『만선일보』연재소설에서 이런 특징을 표면에 드러낸다는 것은 절대 불가능한 일이었던 만큼 작가는 이 점을 감안하여 '작가 부기'라는 독특한 표현방식 즉 소설 결말을 해피엔딩으로 끝내지 못한 것은 지면 초과라는 객관적 원인 때문이라고 특별히 부언하면서 주관적 원인-핵심서사를 이면으로 스며들게 하였다. 이와 같은 결말 방식은 이기영의 그 어느 작품에서도 찾아볼 수 없다. 일제 말기라는 특정 시기 및 '만주국' 문학장이라는 특정 문학 환경과 당시 어용 매체의 신문연재라는 특정 여건을 감안한 작가의 특별한 대응방식이 아닌가 싶다. 현실 부응의 표면서사 속에 허무한 현실의 비극과 막막한 미래의 불신이라는 핵심서사의 안정성과 완결을 확보하려는 심층적 의미를 엿볼 수 있다고 하겠다.

또한『처녀지』가 연재되던 시기의 '만주국'는 '대동아성전'을 위해 개척촌을 비롯한 제반 농촌에서 약탈적인 '양식 출하와 헌금'을 주요 국책으로 선양 강요하던 시기였던 만큼『처녀지』에서의 농촌계몽적인 '농사 개량'이나 '개척의학' 같은 현실 부응 서사는 당시 시책과 어느 정도 거리를 두고 있다. 이 점 또한『처녀지』의 현실 부응 서사를 핵심 서사로 볼 수 없는 이유의 하나라고도 할 수 있다.

전체 300여 회로 추정되는 연재 중에서 겨우 1회분으로 상기한바 같이 논의를 전개한 것은 무리이고 설득력이 떨어지지 않을 수 없다. 1차 자료가 극히 제한적이기에 필자는 아래에 "만주국" 중국인 작가 산정(山丁)의 장편소설『녹색의 계곡(綠色的谷)』의 경우를 대략 살펴보는 것으로 이러한 아쉬운 부분을 어느 정도 보완하고자 한다.

작가 산정은 '만주국' 중국인문단에서 "문총문선파(文藂文選派)"의 대표적 작가이며 "향토문학"을 주장하고 실천한 대표적 작가이다. 그는 1930년대 말부터『대동보(大同報)』문예란을 통하여 문단에서 활약하기 시작하였다.『대동보』신경에서 중국어로 발간된 '만주국' 정부 기관지로 영향력이 가장 큰 신문이었고 성격상 일제식민통치와 그 괴뢰정권의 어용매체로 국책과 시책의 메가폰이나 다름없었다. 그럼에도 불구하고 산정, 오영(吳瑛), 김음(金音), 랭가(冷歌) 등 "문총문선파" 중국인문인들은 문예란을 무대로 진보적 경향의 "향토문학" 작품들을 발표하면서 자신들의 문학주장을 실천해 나갔다. 1942년 5월 1일부터 산정은 장편소설『녹색의 계곡』을『대동보』석간에 연재하여 같은 해 말(?)에 연재를 끝낸 후, 1943년 3월 15일 신경 문화사(文化社)를 통하여 단행본을 출판한다. 1986년 7월, 산정은『녹색의 계곡』을 재출판하면서 1940년대의『대동보』신문연재 과정과 단행본 출판 과정을 회고하였다.

> 사실 나는 녹림호한(綠林好漢)을 쓰려고 하였다.……나의 이런 구상은 창작실천과정에 변화가 생겼다.……소백룡(小白龍)은 대단한 농민무장의 지휘자였지만 나는 정면으로 그를 묘사할 수 없었다.……소설의 마지막 분절은 전적으로 경견(警犬)을 미혹시키기 위해 꼬리를 달아놓은 것이다. 의

도적으로 소설에 체현된 시간을 "9.18"사변 전으로 옮겼는데 총명한 독자
들은 이해할 것이다.

　이 소설은 먼저 장춘의 『대동보・석간』에 하루하루 연재되었다. 2장을
발표한 후 일본인 번역가 오오우찌 다까오(大內隆雄)에 의해 일본어로 번
역되어 『하얼빈일일신문(哈爾濱日日新聞)』에 연재되었다. 역자는 사전에 나
와 연락하지 않았고 기별도 전하지 않았는데 이는 나의 창작 정서에 영
향을 미치게 되었다. 우선 나로 하여금 일본어 역자에 대하여 의심과 불
안을 느끼게 하여 정신적으로 외래 부담을 감당해야 하였다. 다음, 나의
창작 구상의 차원과 심도에 영향을 끼쳤다.

　……1943년 2월, 인쇄공장에서 단행본을 제본할 때 갑자기 위만주국
홍보처의 명을 접하게 되었다. "『녹색의 계곡』에 심각한 문제가 있으니
공장출고를 할 수 없으며 판매하여서는 안 된다. 처분을 기다려라."……
삭제처분이라는 홍보처의 통보를 받고 출판사에서는 제본을 끝낸 책들을
통보에서 지적한 부분을 잘라내고 깨끗한 표지의 녹색 소설 제목 아래에
"삭제제(削除濟)"라는 붉은 도장을 찍은 다음에 발행하였다. 이 세 글자의
일본어 뜻은 "삭제 필"이라는 것이다.……18)

　이 인용문에서 우선, 『녹색의 계곡』이 1942년 신문에 연재될 때는
문제되지 않다가 1943년 단행본으로 출판될 때 삭제 처분을 받은 것
은 불과 1년 사이에 '만주국' 문학자의 심열제도가 심각하게 악화되었
음을 알 수 있다.

　다음 작가는 신문연재소설로 창작할 때 일본인 번역가로부터 부담을
느끼고 창작 구상의 차원과 심도에 영향을 받았다고 한다. "사실 나의
본의는 녹림호한(綠林好漢)을 쓰려는 것이었다.……나의 이런 구상은 창작
실천 과정에 변형되었다.……소설의 마지막 부분은 전적으로 경견(警犬)을
미혹시키기 위하여 덧붙여놓은 꼬리이다. 나는 의도적으로 소설에 반영

─────
18) 『梁山丁硏究資料』, 遼寧人民出版社, 1998年 3月, 200-201쪽 인용.

된 시기를 "9.18"사변 전으로 옮겨 놓았는데 총명한 독자들은 이해할 것이다."[19]

여기서 1940년대 '만주국'에서 검열제도로 인하여 일제 식민주의와 비협력적인 작가들은 신문연재소설을 창작할 때 주제 설정뿐만 아니라 슈제트 구성에서도 우회적이었음을 알 수 있다.

안수길도 "초기 『만선일보』 시절"이라는 글에서 "만주에도 검열제도가 있었다. 더구나 우리말을 아는 일인이 이를 담당했다."고 밝힌바 있다. 이기영의 『처녀지』는 1943년 1월부터 근 1년간 『만선일보』에 연재되었으니 당시의 심열제도의 심각성과 작가의 심리적 부담감을 가히 짐작할 수 있다.

소설 『녹색의 계곡』은 비록 한 편벽한 시골 마을의 변화와 그 마을 사람들의 서로 다른 운명을 리얼하게 묘사하여 "향토문학"의 대표작으로 평가받고 있지만 당시 신문연재소설의 요소도 적잖게 반영되어 있다. 우선, 소호(小虎)라는 한 주인공의 연애와 사랑 이야기이다. 그는 원래 시골에 있을 때는 지주 집 아가씨와의 혼사를 거절하고 마을에서 가장 가난한 집의 소녀를 사랑한다. 그런데 봉천(奉天)이라는 번화한 대도시 세계에 와서 일본인 경영인의 딸을 흠모한다. 그는 일본인 처녀한테서 중국 전통문화와 다른 이질적 문화를 알게 되자 경이로워하고 격동되고 매료되어 두 처녀를 두고 방황, 고민한다. 이런 요소는 산정의 기타 소설과 구별되는 특징으로서 신문연재소설의 요소라고 보지 않을 수 없다.

소설 『녹색의 계곡』에는 또한 당시 일제의 만주 철도 "개발"과 "건설"에 관한 묘사 봉천 일본인 경영인에 관한 묘사에서 "친선", "합작", "공존", "협력" 등 현세 부응의 "협화어(協和語)"들이 적잖게 등장한다. 이런

---

19) 『梁山丁硏究資料』, 遼寧人民出版社, 1998年 3月, 200쪽 인용.

"협화어" 역시 고정의 기타 작품에서는 찾아보기 힘들다. 즉 이런 "협화어"의 등장은 작가가 『녹색의 계곡』에 신문연재소설이라는 특징을 부여하지 않을 수 없었기 때문일 것이다. 한 것은 이런 "협화어"로 인하여 비로소 '만주국'정부 기관지 『대동보』에 연재가 가능하였기 때문이다.

이와 같이 산정의 『녹색의 계곡』은 이기영의 『처녀지』 보다 1년 앞서 신문에 연재되고 단행본으로 출판되었는데 그 제반 과정을 통하여 1940년대 '만주국'어용신문에 연재된 소설들의 공통된 점을 간접적으로나마 살펴볼 수 있다. 나아가 『만선일보』 연재소설로서의 이기영 『처녀지』의 특징을 밝히는데도 참고적 가치를 부여해 준다고 하겠다.

요컨대 이기영의 장편소설 『처녀지』는 단행본으로 출판되기 전 『만선일보』에 연재되면서 당시 『만선일보』 연재소설의 기본 요소를 갖게 되었고 작가는 표면서사와 핵심서사라는 이중구조를 통하여 소설 연재의 완료와 주제의 완전성을 확보하였다. 따라서 소설 『처녀지』는 당시 '만주국' 문학장의 기조와 이념을 이탈한 작품이라고 평가할 수 있다. 이런 이탈은 분명 비협력이라고 할 수 있으며 나아가 저항을 의미한다고 해도 과언이 아닐 것이다.

본고에서는 『처녀지』의 핵심서사 요소인 페스트 서사에 대하여 깊이 있는 논의를 진행하지 못하였는데 다른 지면을 빌어 보완하고자 한다.

참고문헌

1. 기본자료

『滿鮮日報』, 1943年 (昭和十八年) 一月二十七日

이기영 저, 서재길 편 『처녀지』, 역락, 2015년 5월

2. 문헌자료

서재길, 2013, 「식민지 개척의학과 제국 의료의 "극복"-이기영의 『처녀지』를 중심으로」,
  『민족문학사연구』, 제51권 147-169쪽

이경재, 2012, 「이기영의 『처녀지』 연구」, 『만주연구』 제13집, 105-126쪽.

김진아, 2003. 6, 「이기영 장편소설 『처녀지』 연구」, 영남대학교 대학원 석사학위논문,
  21쪽.

孫邦 主編 『僞滿史料叢書·僞滿文化』, 吉林人民出版社, 1993년 10월 306쪽.

加納三郎, 1941. 12, 『滿洲文化을 위하여』, 作文發行所, 223쪽.

이기영의 『대지의 아들』

─제국의 만주 국책에 대한 길항의 정치적 상상력

고명철

1. 카프 작가 이기영의 『대지의 아들』을 어떻게 읽을 것인가?

일제의 식민지 근대를 극복하기 위한 최전선에서 조직적으로 문학운동을 실천한 카프(KAPF, 1925~1935)의 해산은 식민지 조선의 프로문학 진영에 대한 충격과 와해는 물론 카프 구성원의 창작과 비평에 대한 반성적 성찰 및 자기갱신의 험난한 길을 예고한다.[1] 무엇보다 프로문학을 에워싼 국제정세의 급격한 변화, 가령 1929년 10월 미국의 주식시장의 폭락으로 시작된 경제공황은 전 세계 경제에 심각한 파급을 미치면서 일본의 경제 역시 예외가 아닌바 일본의 식민지로 전락한 조선은 1930년대 전 세계를 강타한 경제대공황 속에서 일본 제국의 경제적 생존과 번영을 위한 희생양으로 전락한다. 특히 일본 관동군에 의해 주도면밀히

---

[1] 카프 해산 이후 힘겹게 모색되는 식민지 극복을 향한 민족문학의 요체에 대해서는 김재용·이상경·오성호·하정일 공저, 『한국근대민족문학사』, 한길사, 1993의 '제5부 파시즘의 강화와 민족문학의 위기'를 참조

기획된 '만주사변(1931)'과 '만주국 수립(1932)' 후 "일제는 일본제국 엔화블록 경제체제 내의 전반적인 통제 차원에서 만주를 농업지대로, 일본을 精工業地帶로, 한국을 양자의 연결고리인 粗工業地帶로 분업구조를 추진하면서 '만주국'이 식량공급지로서 일부 역할을 담당하도록 하였다."[2] 일제의 이러한 1930년대 동아시아를 대상으로 한 식민지배는 '중일전쟁(1937)'을 계기로 파시즘적 군국주의가 정점으로 치달으면서 만주의 식민통치와 관련한 일련의 식민지배 담론들-내선일체(內鮮一體), 선만일여(鮮滿一如), 왕도낙토(王道樂土), 민족협화(民族協和)-을 내세운다.

　카프 해산 이후 프로문학이 직면한 식민지 현실은 이처럼 암담하기만 하다. 카프의 농민문학의 최고봉으로 손꼽히는 이기영(李箕永, 1895~1984) 역시 예외가 아니다. 반제국주의·반식민주의·반자본주의를 추동해온 문학운동 조직 카프의 소멸, 유럽과 아시아에 전횡하는 파시즘적 군국주의의 전일적 지배 등은 일제 말 이기영의 프로문학을 에워싼 난경(難境)을 고스란히 드러낸다.[3] 지금까지 축적된 『대지의 아들』에 대한 논의는

---

2) 김영, 『근대 만주 벼농사 발달과 이주 조선인』, 국학자료원, 2004, 197쪽. 참고로 일본이 만주국을 보는 관점은 다음과 같이 요약할 수 있다. "첫째, 만주는 소련에 대한 군사 전략적 거점이라는 관점이다. 러일전쟁이래, 러시아(1917년 이후는 소련)의 남하를 경계해온 군사적 거점이라고 할 수 있다. 둘째는, 중공업 발전을 위한 자원 보급지라는 경제적 관점인데, 만주에는 풍부한 자연자원이 미개발로 남아 있다고 생각되고 있었다. 셋째는 제국의 과잉인구를 소화하는 이민지라는 관점이다. 이것은 이식민정책의 관점에서 보는 것이고, 만주사변 후 '민족협화' 이념이 강조된 배경에는 이 관점에서 이민정책의 강화를 부르짖었던 것에 한 원인이 되었다. 넷째는 조선에서 탈출한 독립운동가들의 거점의 하나라는 관점이다. 이것은 조선의 치안문제와 연결된 관점이었다."(호사카 유우지, 『일본제국주의의 민족동화정책 분석』, 제이엔씨, 2002, 286쪽)

3) 이 같은 프로문학의 난경은 카프의 맹원인 한설야를 통해 여실히 살펴볼 수 있다. 카프 2차 검거사건으로 투옥돼 출감한(1935.12) 후 그는 카프 해산 이후 좌절된 문학의 새로운 용기와 의지를 북돋우기 위한 자기구원과 자기갱생을 위해 고향을 재발견한다. "나는 좀더 深刻히 내周圍를 凝視하기 싶고 좀더 내발아래를 샅샅히 파보고 싶습니다. 그리고보니 平凡한 告杳도 하찮은 내生活도 마치 이제부터 새로 허치어보고 손수 씨를 뿌려볼 가장좋은 處地인듯한 느낌을 줍니다. 나는 이 좋은 處女地를 얼마나 오랫동안 잊고

이 난경을 헤쳐나가는 일이 결코 간단하지 않다는 것을 보여준다. 그동안 진행된 논의의 주된 방향을 정리해보면 다음과 같다.

① 제국의 지배정책에 적극 협력4)
② 제국의 식민통치에 비협력5)
③ 제국의 틈새에서 제3의 입장6)

①의 경우 그 논의의 핵심은 일제 말 국책문학으로 강제되는 생산소설로 씌어진 『대지의 아들』이 '만주 붐'에 편승한 채 일제와 만주국의 만주개척에 적극 협력했다는 것을 강조한다. 그에 반해 ②는 이기영이 엄혹한 일제 말의 검열 속에서 카프 시대 프로문학의 전성기와 같은 소설적 전언과 다른 방식의 글쓰기를 통해 식민지배에 쉽게 투항하지 않는

있었든지 알 수 없읍니다. 이 잊엇든 境域을 새로 발견하는 기쁨과 놀람과 강개를 나는 함께 느끼고 있읍니다."(한설야, 「고향에 돌아와서」, 『조선문학』, 1936. 8, 102쪽)

4) 이경재, 「일제 말기 이기영 소설에 나타난 생산력주의」, 「이기영 소설에 나타난 만주 로컬리티」, 『한국 프로문학 연구』, 지식과 교양, 2012; 손유경, 「만주 개척서사에 나타난 애도의 정치학」, 『프로문학의 감성 구조』, 소명출판, 2012; 조진기, 「일제 말기 만주 이주와 개척민소설」, 『일제 말기 국책과 체제 순응의 문학』, 소명출판, 2010; 와타나베 나오키, 「식민지 조선의 프롤레타리아 농민문학과 '만주': '협화'의 서사와 '재발명된 농본주의'」, 『한국문학연구』 32집, 2007; 정종현, 「근대문학에 나타난 '만주' 표상」, 『한국문학연구』 28집, 2005; 김성경, 「인종적 타자의식의 그늘-친일문학론과 국가주의」, 『민족문학사연구』 24, 2004.

5) 이상경, 「해설: 이기영 장편소설 『대지의 아들』을 읽는 방법」, 『대지의 아들』, 역락, 2016; 김흥식, 「일제말 이기영 문학의 내부망명 양상 연구」, 『한국현대문학연구』 47집, 2015; 김재용, 「일제 말 한국인의 만주 인식」, 『만보산 사건과 한국 근대문학』(김재용 편), 역락, 2010; 이원동, 「만주 담론과 이기영 소설의 변화」, 『어문학』 97집, 2007.

6) 차성연, 「일제 말기 농촌/농민문학에 나타난 일본 농본주의의 영향과 전유 양상에 관한 연구」, 『한국문예비평연구』 46집, 2015; 차성연, 「만주 이주민 소설의 주권 지향성 연구」, 『국제어문』 47집, 2009; 서영인, 「만주서사와 반식민의 상상적 공동체」, 『우리말글』 46집, 2009; 장성규, 「일제 말기 카프 작가들의 만주 형상화 양상」, 『한국현대문학연구』 21집, 2007.

비협력에 비중을 둔다. 마지막으로 ③의 경우 기존 ①과 ②가 지닌 제국
의 지배에 대한 대립적 속성을 지양함으로써 반식민주의를 좀 더 구체화
한 어떤 대안을 읽어내려고 한다. 사실, 엄밀히 말해 ③은 ②의 범주에
포괄한다 해도 다르지 않다.

그런데 이들 기존 주요 논의 방향을 검토해보면서 아무리 강조해도
지나치지 않을 게 있다. ①에 포괄된 각각의 논의들이 쟁점화의 구도 속
에서 자칫 간과하기 쉬운 점이 있다. 우선, 『대지의 아들』에 붙은 '農民
小說의 第一人者'[7]란 수식어가 말해주듯, "미적 반영으로서의 리얼리즘에
대한 인식이 확고해지면서 카프 전체가 제대로 된 새로운 방향전환을 모
색하던 시기 이기영"[8]의 프로문학을 일제 말 전향 혹은 청산의 시계(視
界)로 손쉽게 이해할 수 있을까. 이것은 『대지의 아들』이 국책문학의 일
환인 생산소설과 연관 속에서 창작되었기 때문인데, 이기영은 그 당시
조선총독부의 만주개척 이주 정책과 이에 적극 협력한 『조선일보』의 만
주개척 '기획소설'에 따라 이 작품뿐만 아니라 작품을 쓰기 위해 만주
현지를 직접 취재한 견문기를 발표한다. 여기서 쉽게 간과할 수 없는 점
은 일제 말 더욱 가혹해지는 검열 및 강제와 구속이 심해지는 국책문학
의 사위에서 이기영은 이러한 일제 말 주류적 글쓰기에 속수무책으로 편
승할 수밖에 없을까. 끝으로 『대지의 아들』이 주된 공간은 작품 속 '개
양툰(開陽屯)'인데, 그동안 이 작품에 대한 개별 논의들 속에서 개양툰이
지닌 공간적 속성을 막연히 만주벌판을 벼농사 지대로 개척한 곳으로 간
주한 나머지 일제의 만주개척에 적극 협력한 생산소설의 전형으로 해석

---

7) 이 수식어는 『조선일보』 1939년 10월 5일 지면에서 이기영의 『대지의 아들』을 연재한
　　다는 소개의 말과 함께 표제어로 부각돼 있다.
8) 이상경, 『이기영 시대와 문학』, 풀빛, 1994, 136쪽.

하는 것은 아닐까. 바꿔 말해 개양툰을, 황량한 만주벌판을 벼농사 지대로 일군 다른 만주개척지와 동등한 만주개척의 표상 공간으로 고착시켜 인식하는 것은 아닐까.

위 물음들을 곰곰 생각해보면 서로 맞물려 있음을 알 수 있다. 필자가 『대지의 아들』을 또 다시 읽어보는 것은 바로 이와 같은 사안들이 ①뿐만 아니라 ②와 ③에서도 꼼꼼히 검토되고 있지 않다는 문제의식 때문이다. 따라서 필자의 『대지의 아들』 읽기는 세 가지 차원에서 진행될 것이다. 첫째, 이기영의 『대지의 아들』은 일제 말 국책문학에 대한 강제와 구속 속에서 만주국을 사실상 일제의 또 다른 식민지로 전락한 현실 아래 씌어진 생산소설의 일환이되, 그가 함께 발표한 일련의 만주견문기를 겹쳐 읽어봄으로써 프로문학의 최고봉인 이기영의 문학이 생산소설을 어떻게 이기영의 방식으로 전유하고 있는지, 그래서 국책문학과 힘겨운 고투를 하는 그의 서술책략의 징후를 주목해본다.[9] 둘째, 『대지의 아들』에서 부각되는 공간 '개양툰'이 지닌 로컬리티가 지닌 문제의식을 간과해서 곤란하다. 물론 이 로컬리티는 물리적(/지리적) 실재로서의 그것은 아니다. 이기영이 주목한 작품 속 개양툰은 만주국의 대도시 근처나 주변부, 혹은 만주국의 궁벽한 외딴 오지에서 개척된 곳이 아니라 식민지 조선과 만주국의 '접경 지대'임을 상상해볼 수 있다. 이 허구의 공간은 『대지의 아들』에서 그려지고 있는 재만조선인의 파란만장한 개척사가 지닌 정치적 상상력을 새롭게 불러일으킨다. 이 새로운 정치적 상상력은 이기영이 『대지의 아들』에서 보이는 서술책략에 의해 이 작품이 일제의

---

9) 이에 대해서는 이상경의 「해설: 이기영 장편소설 『대지의 아들』을 읽는 방법」에서 많은 시사점을 받았음을 밝혀둔다. 이상경은 『대지의 아들』과 이기영의 만주견문기를 면밀히 검토하면서, 농민문학과 생산문학의 사이에 힘겨운 고투의 산물이 『대지의 아들』임을 주목한다. 이상경, 「해설: 이기영 장편소설 『대지의 아들』을 읽는 방법」, 522-531쪽.

만주개척 식민통치에 쉽게 협력한 것이 아니라는 이기영의 문학 대응을 보인다. 셋째, 이러한 이기영의 문학 대응은 비록 카프의 전성기처럼 프로문학이 거둔 리얼리즘의 미적 성취에 이르지는 못하지만, 이 허구의 공간 개양툰에서 치열히 재만조선인의 개척자로서의 삶을 살면서 만주국 개척서사에 힘겹게 균열을 내고, 특히 개양툰이란 허구의 공간에서 미래적 전망을 포기하지 않고 이상공동체를 추구하는 재만조선인'들'의 삶에 초점을 맞추고 있다.

2. 제국의 국책에 틈새를 내는 '틈새 텍스트'

『대지의 아들』은 1939년 10월 12일부터 1940년 6월 1일까지 『조선일보』에 총 157회에 걸쳐 연재된 장편소설로서 이기영은 연재하기 전 신문사의 전폭적 지원으로 만주를 취재하여,[10] 「만주 견문-'대지의 아들'을 찾아」(『조선일보』, 1939. 9. 26~10. 3)를 애초 3회 연재하기로 한 것에 3회를 더 추가하여 총 6회 연재한다. 그런가 하면, 「國境의 圖們-만주 소감」(『문장』, 1939. 11)뿐만 아니라 「만주와 농민문학」(『인문평론』, 1939. 11)을 잇따라 발표하는 등 『대지의 아들』 못지않게 이들 만주견문기에도 이기영은 애착을 쏟는다. 무엇보다 "이기영은 자신의 체험 영역을 벗어나서 소설을 써야 할 때에는 성실한 자료조사와 답사로써 체험의 부족을 보충"[11]한 프로문학의 리얼리스트인 만큼 『대지의 아들』을 본격적으로 연

---

10) 『대지의 아들』이 당시 일제 말의 '국책'과 '만주 붐'에 편승하여 『조선일보』의 대대적 '기획소설'에 의한 것에 대한 치밀한 논증은 이상경, 위의 글 참조.
11) 이상경, 『이기영 시대와 문학』, 141쪽.

재하기 전 발표한 일련의 만주견문기는 『대지의 아들』을 심층적으로 이해하기 위해 매우 요긴한 '틈새 텍스트(gapping text)'다. 물론, 이들 만주견문기는 읽기에 따라 일제 말 제국의 국책에 포섭된 채 만주개척을 적극 고무함으로써 만주로의 식민지 농민이주 정책에 협력한 것으로 이해할 수 있다. 사실 이것을 전적으로 부인할 수는 없다. 일제 말 파시즘 군국주의가 강제되는 현실에서 엄혹한 검열과 그에 따른 제국의 국책으로부터 자유로운 글쓰기는 현실적으로 존재하지 않는다 해도 과언이 아니다. 하지만 그렇다고 제국의 식민주의 국책에 모든 글쓰기가 포섭된 채 제국에 결국 협력하는 것으로만 이해할 수 없다. 이 같은 이해는 제국의 식민주의 작동 원리뿐만 아니라 글쓰기 자체가 함의한 미적 정치성에 대한 단조로운 판단에 기인한다. 아무리 식민주의가 공고한 지배의 시스템을 갖추고 그것을 지속적으로 다듬어 재생산한다고 하지만 식민주의가 피식민 주체와의 상호작용 없이 식민지배를 유지할 수 없다. 단적으로 얘기하자면, 식민주의 지배를 관철시키고 식민주의 이해 관계를 극대화하기 위해 피식민의 존재는 어느 정도 충족되면 그만인 '충분조건'에 만족되는 게 아니라 식민주의 지배를 통해 잉여 가치를 지속적으로 충족시킴으로써 식민 주체의 번영을 보증하기 위한 '필요조건'으로서 피식민의 존재는 보증되어야 한다. 식민주의는 이렇게 양가성을 지니는바, 비록 식민 주체의 지배력이 압도적으로 피식민 주체를 억압한다고 하지만 식민 주체의 효율적 지배와 잉여 가치의 산출을 통한 식민 주체의 번영을 위해서는 불가피하게 피식민 주체와의 상호작용을 전적으로 배제할 수 없는 일이다. 따라서 아이러니컬하게 이러한 식민주의의 양가성(兩價性)을 통해 "식민주의의 균열과 동요는 구조적이다."[12]는 식민주의의 작동원리를 쉽게 간과해서 곤란하다. 여기에다 환기해야 할 주요한 문제의식은 글쓰기 자체가 지닌 미적 정치성이다. 자유로운 글쓰기가 엄혹한 검열을 통해 강제·구속·억압된다고 하지만 글쓰기 자체를 불모화하고 폐지하지 않는 한 아무리 폭압적 현실 속에서도 그것에 쉽게 투항하지 않고 오히려 그 폭압의 현실을 우회적으로 드러내는, 즉 검열을 교묘히 피해가는 글쓰기의 미적 정치성을 실현할 수 있다. 그래서 일제 말 대부분 글쓰기가 친일협력으로 수렴되어간 것은 사실이되, 이러한 미적 정치성을 기반으로 제국의 국책에 협력하지 않은 서술책략을 활용함으로써 식민주의에 쉽게 투항하지 않고 식민주의에 길항하는 글쓰기 역시 엄연히 존재한다.13)

필자가 이기영의 '틈새 텍스트'에서 주목하고 싶은 것은 바로 이러한 측면이다. 이기영은 이들 '틈새 텍스트'를 통해 제국의 만주개척의 국책에 일관성 있는 협력의 글쓰기에 충실하지 않다. 대신, 「만주 견문」을 통해 그는 만주개척에 따른 역경을 극복해온 재만조선인의 "강대한 생활력"14)과 만주의 이주농으로서 안정적 삶을 유지하기 위해 사전에 충실히 준비해야 할 것에 대한 사전 정보를 제공하고(1.풍토/2.생활상태/5.안전농촌), 그동안 재만조선인의 삶에 불합리한 모순으로 작동해온 소작관계를 은연중 들춰낼(3.소작관계) 뿐만 아니라 '만주 붐'이 파생하는 황금만능주의와 도덕적 파행의 양상을 대면하고(4.부동성), 자작농 육성에 힘을 쏟아

---

12) 하정일, 「일제 말기 임화의 생산문학론과 근대 극복론」, 『탈식민의 미학』, 소명출판, 2008, 353쪽.
13) 필자는 이러한 측면에 초점을 맞춰 일제 말의 계용묵 문학과 김정한의 단편 「월광한」을 검토해보았다. 고명철, 「일제 말 계용묵 문학의 미적 정치성」, 「제주의 '출가해녀'를 통한 일제 말의 비협력의 글쓰기-요산 김정한의 단편 「월광한」 읽기」, 『흔들리는 대지의 서사』, 보고사, 2016.
14) 이기영, 「만주 견문」, 『대지의 아들』(이상경 편), 역락, 2016, 469쪽. 이후 별도의 각주 없이 본문에서 인용될 이기영의 만주견문과 『대지의 아들』은 이 책의 부분을 인용한 것이다.

야 한다는 것(6.자작농)을 적절히 주류 문맥의 틈새에 배치함으로써 제국의 국책 협력에 무작정 순응하고 있지 않다.

『대지의 아들』을 연재하기 위해 만주개척지대를 '견학'할 목적으로 두만강을 넘은 이기영은 「만주 견문」에서 보여주듯 제국의 국책에 포섭되는, 말하자면 만주벌판을 벼농사 지대로 개척함으로써 일제의 농업생산력을 높이는 데 초점을 맞추는 '개척주의 서사'의 발판이 되는 글쓰기로부터 비껴나 있다. 가령, '5.안전농촌'에서는 만주국이 만주개척에서 자긍심을 갖는 집단부락과 안전농장 몇 군데를 시찰하였다는 간략한 소개와 만몽회사가 경영하는 농장을 들러보았다는 간략한 소감 정도가 있을 뿐 이 주류 문맥의 틈새에는 "만보산 사건이 있던 만보산 농장을 꼭 보려들었는데"(「만주 견문」, 476쪽) 어쩔 수 없이 가보지 못한 아쉬움이 배음(背音)으로 남아 있다. 이기영이 표면적으로는 만주국의 집단부락과 안전농장을 소개함으로써 만주국의 국책에 적극 협력하는 것처럼 보이지만, 기실 만주개척지의 벼농사가 안착되는 도정이 얼마나 험난한 것인지를 이기영은 잘 알고 있다. 그 단적인 사례가 일제에 의해 조작된 '만보산 사건(1931)'이었다. 프로문학의 대표적 리얼리스트인 이기영은 만보산 사건이 일어난 만보산 농장에 대한 견문을 통해 재만조선인이 정착하고자 한 벼농사의 힘든 농업노동의 도정을 주목하고 싶은 것이다. 그리하여 만주국의 농업생산력을 증대시키기 위한 국책의 틈새로 벼농사 과정에서 일어나는 정치사회적 문제를 슬그머니 개입시키고 있다.

이렇게 보를 막아 놓고 좌우의 만주인 한전(旱田) 사이로 보똘을 길고 깊게 내어 논으로 물을 대게 하였으니 **수전 개척지에는 도처에 물싸움으로 유명했다는 만주인과의 역사적 분쟁사건도 미상불 그럴 수밖에 없겠다는 근거가 있어 보인다.**

고래로 한전만 지어 먹던, 물이 귀한 만주의 평원 광양 사람들이다. 그
래 그런지 만인은 물을 제일 무서워한다는 것이다. 그런데 조선인이 침입
하여 난데없는 보똘을 자기네 밭 사이로 뚫고 그래서 허영 벌판에다가 별
안간 물을 가득 실어서 바다같이 만들어 놓은 것을 내가 보았을 때 평생
을 논이라고는 못 보던 그들의 놀라움은 여간 크지 않았을 것이다. 그들의
생각에 자기네 동리는 금방 물에 망해 버릴 것 같다. 그래서 저 참극한 해
림사건도 발생하였다는 것이다.(「만주 견문」, 477-478쪽; 밑줄 강조-인용)

그러니까 만주국이 자긍심을 갖는 만몽회사의 안전농장을 견학하고
있는 이기영이 정작 관심을 갖고 확인하고 싶은 것은 안전농장의 각종
시설과 운영 원리가 아니라 안전농장을 세우기 위해 가장 근간이 되는
논을 만들기 위해 물길을 내야하고 그 과정에서 만주인과 부딪치면서 생
성된 민족적·정치적·농경적·생활적 갈등이다. 이러한 제 갈등의 양상
을 일제와 만주국은 '선만일여', '민족협화', '내선일체' 등의 만주담론으
로 제국의 이해 관계를 철저히 관철시키는 방향으로 봉합하는바, 이기영
은 이러한 만주개척-식민주체의 정치사회적 지배를 받는 재만조선인과
만주인 사이에 생기는 현실적 제 갈등을 주목함으로써 제국의 만주개척
과 관련한 국책에 일방적으로 포섭하지 않는 글쓰기를 보인다.[15] 이것은

---

15) 벼농사 지대를 개척하는 과정에서 피식민 주체인 재만조선인과 만주인 사이에 생기는
갈등의 양상과 함께 서로 다른 문화풍토를 상호 인정하는 이기영의 글쓰기를 간과하
기 십상이다. 얼핏보면, 재만조선인이 제국의 시선에 포섭된 채 벼농사 문화를 전혀
모르는 만주인에 대한 문명적 폄하의 시선으로 비쳐질 수 있다. 하지만 필자가 강조하
듯이 이기영은 '틈새 텍스트'를 통해 이 같은 제국의 시선을 심드렁히 희석화시킨다.
가령, 이기영은 「국경의 圖們-만주 소감」(『문장』, 1939. 11)에서 도문을 지나는데, 도문
사변 전후 도문의 급변하는 경제 현실뿐만 아니라 도문 근처 국경 접경 지대에 살고
있는 만주인의 장례 풍속을 소개한다. 만주국의 만주개척지대를 견학하는 과정에 들
른 국경 도시 도문과 그 근처 만주인의 장례 풍속을 담담히 소개하고 있는 것은 '틈새
텍스트'로서 예사롭지 않다. 이것과 관련해서는 『대지의 아들』의 공간 '개양툰'을 필
자가 다음 장에서 좀 더 상세히 논의하기로 하는데, 「국경의 도문」에서 징후적으로 포
착할 수 있는 것은 재만조선인과 만주인은 흔히들 생각하는 것처럼 벼농사 때문에 서

이기영의 '틈새 텍스트'가 지닌 식민주의에 대한 길항의 정치성을 드러낸다. 그렇다면, 일제 말 제국의 국책 사이에 틈새를 내는 이 같은 길항의 정치적 상상력이 겨냥하고 있는 것은 무엇일까.

> 그렇다면 만일 동남북 만주의 일망무제한 광야와 황지를 모두 옥토로 개척하여 수전을 풀게 된다면, 참으로 그것이 얼마나 장관일 것이냐? 자연계의 대변혁이 될 것이다. 물론 그것이 일조일석에 될 일은 아니다 그들은 **개척민으로서의 위대한 창조력을 발휘할 수 있는 동시에 조만간 성취될 사업이요, 또한 그것은 원시적 대자연 속에 파묻힌 거인의 시를 찾아낼 수 있게 할 것이다.**
>
> (중략)
>
> 이런 대륙적 신흥기분은 실로 만주가 아니고는 볼 수 없는 광경이라 하겠으나 그중에서도 만주의 농촌개발은 장대한 자연과의 투쟁 중에서 **위대한 창조성(수전개척)**을 띄어 있고, 그만큼 그것은 **장래의 농민문학을 개척함에 있어서도 위대한 소재와 정열을 제공**할 줄 안다.(「만주와 농민문학」, 488쪽; 밑줄 강조-인용)

카프의 농민문학의 최고봉 이기영은 카프 해산 이후 위 글을 쓴 1939년의 시점에서도 '농민문학'을 향한 글쓰기의 의지와 열정을 조금도 거둬들이지 않는다. 비유적 언술, '거인의 시'가 함의하는 내용이 뚜렷하지 않고, '위대한 창조성'이란 수사가 다소 모호하며 낙관적인 것으로 비쳐지는 게 엄연한 사실이지만, "조선에서의 사회주의 운동의 붕괴 이후 만주라는 미개척의 공간은 새로운 진보적인 기획이 가능한 실험의 공간으

로 심각한 갈등으로 대척적 입장에만 있지 않고 서로 다른 문화풍속을 상호 인정하며 공생·공존하기도 한다. 즉 이기영의 「국경의 도문」은 일제와 만주국이 재만조선인과 만주인을 벼농사의 생산증산에만 초점을 맞춰 바라보는 통념적 시선의 '틈새'에 개입함으로써 재만조선인과 만주인이 항시 대척적 입장에만 놓인 관계가 아닌, 그래서 제국의 국책과 길항하는 정치적 상상력을 무시할 수 없다.

로 인식되었다"16)는 점을 눈여겨볼 때, 카프의 맹원 이기영이 벼농사를 중심으로 한 재만조선인의 만주개척'들' 틈새와 그리고 만주국의 국책으로서 만주개척과 재만조선인의 그것과의 틈새에서 기획하고 있는 '거인의 시'가 '위대한 창조성'을 실현할 '장래의 농민문학'에 초점이 맞춰져 있다는 점을 주목해야 한다. 여기서 비록 일제 말의 시대적 한계가 불가피한 장애로 작용하고 있으나, 그 '장래의 농민문학'의 징후가 바로『대지의 아들』로 볼 수 있다.

3. 허구적 표상공간의 로컬리티, 제국에 길항하는 정치적 상상력

필자는 이 글의 서두에서 문제를 제기했듯이,『대지의 아들』과 관련한 기존 논의들이 무심결 관성적으로 작품 속 주요 공간인 '개양툰'을 벼농사 지대로 개척한 만주의 집단부락과 안전농촌의 속성을 지닌 표상공간으로 간주한 것은 이 작품이 지닌 제국의 국책에 대한 길항의 정치적 상상력의 가능성을 봉합하는 것으로 귀착되기 마련이다. 이것은 작품 속 공간 '개양툰'에 대한 섬세한 읽기를 간과한 채 재만조선인의 일반적 만주개척사에 대한 통념에 사로잡혔을 뿐만 아니라 이와 같은 '만주 붐' 속에서 일제 말 국책에 따른 생산문학의 강제와 구속에『대지의 아들』도 예외일 수 없다는 판단이 기존 논의들 근저에 침강돼 있기 때문이다. 여기서 중요하게 고려해야 할 것은『대지의 아들』에서 이기영이 허구적

---

16) 장성규, 앞의 글, 183쪽.

표상공간으로 만들어낸 '개양툰'의 로컬리티다.17) 그런데 '개양툰'이 허구적 표상공간이되, 이것은 이기영의 만주견문에 뿌리를 둔, 다시 말해 이기영이 『대지의 아들』을 연재하기 위해 두만강을 건너 만주 일대를 취재한 실재의 것들과 관련한 창조의 공간이다. 그렇다면 이기영은 그가 힘주어 강조한바 "장래의 농민문학을 개척"하기 위해 어떠한 허구적 공간을 그리려고 했을까. 일제 말 엄혹한 검열과 제국의 국책으로서 생산문학의 시대적 한계 안에서 이기영이 주목한 공간은 어떤 것일까.

이와 관련하여, 『대지의 아들』의 서사가 펼쳐지는 공간 '개양툰'이 물리적(/지리적) 실재 면에서 구체적으로 어떤 곳인지 가늠하는 일은 쉽지 않다. 작품 속에서도 구체적 지리 정보가 나타나있지 않다.

> **○○강 연안인 저습지 일대**에는 지금도 길이 찬 갯버들이 꽉 들어섰지마는 그전에는 그런 버들밭이 수십 리를 연하여서 강펄은 온통 버들숲이 둘러싸고 있었다. 이 버들밭과 늪 사이를 꿰매고 나가면 남쪽으로 마치 바다의 물결이 거슬리듯 얕은 구릉이 펼쳐나가고 그 주위에 군데군데 한전이 있는데 그 밭 기슭으로 수십 호의 부락이 있는 것을 자고로 개양툰이라 불러왔다.
> 그러나 이 동네에 **농장이 개척되기는 거금 이십 년 전에 김시중이라는 노인이 십여 호의 동포를 데리고 들어온 이후**였다 한다.

---

17) 이경재의 「이기영 소설에 나타난 만주 로컬리티」는 『대지의 아들』을 '로컬리티'의 측면에서 논의한다. 그의 논의 구도는 작품 속에서 '하얼빈(도시)/개양툰(농촌)'으로 대비시킨 채 개양툰을 무갈등의 공간으로 만주의 복잡한 혼종의 서사를 거세한 공간으로, 그래서 현장의 다양하고 이질적 복수의 목소리를 조선(인)이라는 하나의 풍경으로 덮어버리는 '조선중심주의'를 내비침으로써 이기영 역시 일제 말 국책에 포섭된 지방주의에 매몰된 식민주의적 (무)의식을 읽어낸다. 그런데 이러한 읽기는 이기영의 로컬리티를 너무 손쉽게 파악하고 있는 문제점을 노정한다. '개양툰'의 로컬리티를 좀 더 섬세히 검토해보면서 이기영이 일제 말의 엄혹한 글쓰기 현실에서 정작 감추고 있는 그러면서 드러내고 싶은 '장래의 농민문학'으로서 징후를 적극적으로 읽는 게 절실히 요구된다.

　　지금은 김노인도 작고한 지 오래되고 그때 그와 함께 살던 사람들은
만주사변 이외에도 여러 차례의 환란을 겪는 통에 몇 집 안 남고 뿔뿔히
흩어져서 어디 가 사는지도 모르는 터이나 그래서 일설에는 이 개양툰이
그때 김노인의 손으로 건설되었다기도 한다. **그것은 김노인이 남쪽으로**
부터 들어와서 다양한 언덕 위에 집을 짓고 저습한 들 안에 가 농장을
개척하는 동시에 개양툰이란 마을 이름도 그가 지어냈다는 것이다.

　　그것이 사실인지 아닌지는 모르나 개양툰의 오늘날 발전이 있게 한 것
은 확실히 김노인의 필생의 사업에 틀림없었고 그만큼 그의 공적을 이
근처에서는 모르는 사람이 별로 없었다. **그의 무덤 앞에는 지금도 개양**
툰 농장의 개척공로비가 서 있다 한다.(115-116쪽; 밑줄 강조-인용)

　　작품 속 '개양툰'의 유래를 소개하고 있는 대목이다. 흥미로운 것은
'개양툰'의 명칭의 기원과 그 유래를 뚜렷이 확정지을 수 없다는 점이다.
하나는 "○○강 연안인 저습지 일대"에 예전부터 한전(旱田) 마을이 있었
는데 그 마을이 '개양툰'으로 불리웠다는 것이고, 다른 하나는 만주사변
이전, 좀 더 자세히 추정하면, 이 작품이 씌어지기 20여년 전인 1910년
대 조선인 김시중 노인이 "십여 호의 동포"를 데리고 들어와 벼농사를
짓기 위한 농장을 개척하면서 마을 이름을 '개양툰'으로 불렀다고 한다.
말하자면, '개양툰'은 한전(旱田) 위주의 마을, 곧 벼농사에 문외한인 만주
인이 원주민으로서 삶의 터전이었던 곳이자 만주사변 이전에 조선인이
이주하여 벼농사를 짓는 농장을 개척하면서 정착하기 시작한 새로운 삶
의 터전이다. 따라서 '개양툰'은 특정한 민족이 그 고유성을 배타적으로
지배하고 있는 곳이 결코 아니다. 이기영이 주목하고 있는 허구적 공간
으로서 '개양툰'은 바로 이러한 속성을 지닌 표상공간이다.

　　그런데, 간과해서 안 되는 것은 그렇다고 이 허구적 공간이 한갓 추상
적 관념 및 공상으로 빚어진 것이 아니라 이기영의 만주 견문을 골격으

로 하고 있다는 사실이다. 특히 그의 만주 견문 중 각별히 주목해야 할 로컬이 있다. 그의 「만주 견문」과 「국경의 도문」에서 만주의 여러 로컬들이 호명되고 그곳과 연관된 내용이 서술되고 있는데, 아예 견문기 제목에서 밝혔듯이 식민지 조선과 만주국의 접경에 있는 '도문(圖們)'과 그 근처에 대한 관심이 높다는 점이다. 실제로 이기영은 만주를 취재하기 위해 "두만강을 건너"면서 "대안(對岸)의 조선 땅인 남양(南陽)" 바로 맞은편에 있는 "국경의 도문시(圖們市)를 건너와 보"(「만주 견문」, 465쪽)고 "도문에서 목단강까지도 도처에 조선사람이 널려 있"(「만주 견문」, 468쪽)는 것을 목도한다. 만주 여행이 난생 처음인 이기영에게 "차가 상삼봉(上三峰)을 지나고 남양(南陽)을 접어들매" "산세(山勢)와 수태(水態)가 내조선(內朝鮮)과 아주 판이해 보이는 것이 진기"(「국경의 도문」, 482쪽)해, "이제는 강 하나를 지나면 정말로 만주 땅이요, 간도의 초입이란 바람에" "더욱 긴장"(「국경의 도문」, 483쪽)하는 모습 속에서 '도문'과 그 근처의 자연 및 풍속-가령, 밀수 경기가 성황했다가 사그라든 도문, 그리고 만주인의 낯선 장례풍속과 '풍장(風葬)' 문화를 보이는 도문의 근처 등-에 한층 관심을 갖는 것은 이상하지 않다. 모든 것이 낯설기만 한 만주 초행길에 조선인이 다수를 차지한다는 익숙함을 제외하고는 도문과 그 근처, 즉 식민지 조선과 만주국의 동만(東滿) 접경 지대는 이기영에게 만주의 다른 로컬보다 각별히 다가왔을 것이다. 여기서, 우리는 『대지의 아들』의 허구적 공간 '개양툰'을 식민지 조선과 만주국의 동만 접경 지대를 중심으로 한 만주 개척의 표상공간으로 생각해볼 수 있다. 이기영이 경성역에서 기차를 타 "관북 2천 리를 거진 돌파해"(「국경의 도문」, 482쪽)가는 도정에서 함경북도의 회령(會寧)을 지나 상삼봉리(上三峰理)를 거쳐 남양(南陽)에 이르는데, 만주견문기에서는 직접 언급하고 있지 않으나 흥미로운 만주국의 로컬이 있다. 그것은 상삼봉리 건너편에 있는 만주국의 '개산툰(開山屯)'이란 로컬이다. 실제 지리상 상삼봉리와 남양은 근거리에 위치한 만큼 관북행 만주 초행길에서 모든 것이 새로운 호기심의 대상으로 포착되는 이기영에게 상삼봉리 건너편에 있는 만주국의 '개산툰' 근처의 풍광을 그냥 지나칠 리 없었을 것이다. 그의 만주견문기에는 서술돼 있지 않으나 '개산툰'도 일찍이 만주국 설립 이전부터 조선인이 그곳으로 이주하여 벼농사를 짓는데 성공하였고 그 이후 '개산툰' 지대를 중심으로 광범위하게 벼농사 보급이 확산돼 있는,[18] 그래서 식민지 조선과 만주국의 동만 접경 지대에서 간과할 수 없는 재만조선인의 정착지 중 하나다. 이것은 어디까지나 필자의 추정일 뿐이지만, 『대지의 아들』의 '개양툰'은 이처럼 실제 존재하는 '개산툰'의 로컬리티를 염두에 둔 이기영의 소설 속 공간의 작명이 아닐까. 물론, 거듭 강조하지만, '개양툰'은 이기영이 허구적으로 창조해낸 만주 개척의 표상공간이지, 실제로 존재하는 '개산툰'을 재현한 것은 아니다.[19] 그럼에도 불구하고 '개양툰'은 '개산툰'이 지닌 로컬

---

18) 光緒初年(1876-1879), 朝鮮的貧窮飢民爲了糊口, 冒着生命危險渡過界河圖們江來到延邊的開山屯地區傻傻种植水稻, 因爲松花江流域土地肥沃, 降水充沛, 日照充足, 无霜期長等條件, 適宜种植水稻, 水稻的种植從松花江流域的上游向中, 下游厂泛傳播, 進一步取代旱稻.
　　청나라 光緒 初年(1876~1879년), 조선의 빈곤하고 굶주린 백성들이 입에 풀칠하기 위해 목숨을 걸고 경계선이 되는 하천인 松花江을 건너 연변 개산툰(開山屯)에 와서 남몰래 벼를 재배한다. 송화강 유역의 토지가 비옥하고 강수량이 왕성하며, 일조량이 충분하고 상장기도 없는 등 벼 재배에 적합하기 때문이다. 그리하여 벼 재배는 송화강 유역의 상류에서 중, 하류로 널리 퍼져 점차적으로 밭벼로 대체됐다. 「喚醒"倉官碑"的古老記憶 長春粮食文化曾世界矚目」, 『長春晩報』(2014. 11. 26), 7면.
19) 이와 관련하여, 본문에서 필자가 '개양툰'의 허구적 공간의 속성에 대한 논의에서 강조점을 두는 것은 물리적 실재로서 존재하는 길림성 소재 '개산툰'과의 직접적 연관성에 초점이 맞춰져 있지 않다. 다만, 이기영이 경성을 떠나 관북으로 이어진 철도를 통해, 곧 식민지 조선과 만주국의 접경 지대를 거쳐간 사실을 주목해볼 때 '개산툰'과 같은 로컬리티를 지닌 곳을 허구적 표상공간으로 설정한다면, 『대지의 아들』이 지닌 또 다른 소설적 진실을 새롭게 읽어낼 수 있는 여지가 생긴다. 물론, 여기에는 '개산툰'과 유사한 로컬리티를 지닌 만주국의 또 다른 곳에 대한 허구적 표상의 가능성을

리티와 전혀 무관하지 않다. 여기에다 작가의 언어적 재치가 보태지면서 '양(陽)/산(山)'의 한 음가만이 서로 교체되어 새롭게 탄생한 '개양툰'이란 공간은 프로문학 작가로서 이기영의 한갓 추상적 관념의 산물이 아니라는 것을 여실히 보증한다.

그래서 '개양툰'은 한층 문제적 공간으로 다가온다. 『대지의 아들』에서는 총 22장으로 나눠 이곳에서 다양한 서사가 전개된다. 그 중 각별한 관심을 끄는 대목은 극심한 가뭄 사태 속에서도 좀처럼 마르지 않은 강물이 말라가면서 축우제(祝雨際)도 지내보았으나 모든 노력이 도로(徒勞)에 그치자 강이 마르는 원인을 찾아냈는데, 그것은 개양툰 상류에서 벼농사를 짓고 있는 또 다른 재만조선인들이 강을 막고 농사를 짓고 있다는 사실 때문이다. 이 사실을 알게 된 개양툰 사람들은 막힌 강물을 흐르게 하기 위해 상류 지역을 관장하는 만주국 관료를 만나 통사정을 하는가 하면, 관료의 묵인 방조 아래 막힌 물길을 트는 거사에 성공한다. 이 난관을 극복하는 과정에서 개양툰의 재만조선인과 만주인은 서로 적극 협력하는 관계를 보이고,[20] 사건의 원인 제공자인 상류의 재만조선인과 개양툰의 사람들은 이렇다할 물리적 대립과 충돌 없이 개양툰의 물부족 문제를 해결한다.[21] 그 후 상류의 재만조선인들은 번창해가는 개양툰으로

충분히 열어둘 수 있다.

20) 개양툰 사람들이 이웃 마을의 관료 현장을 찾아가 면담을 하는 자리에서, 만주인 왕노인에 대한 작가의 다음과 같은 서술을 보자. "강주사가 이렇게 힘 있는 말을 하자 다른 대표들까지 모두 감심하였다. 그중에도 왕노인은 그대로 있을 수 없어서 그는 강주사의 말이 끝나기를 기다려서 개양툰이 조선 동포의 손으로 개척되기 전의 옛날을 회고하면서 지금의 훌륭한 농장이 된 것을 말한 후에 이런 농장을 버리게 된다는 것은 국가사업을 위해서도 대단히 통분한 일이라고 자못 강개무량한 어조로 호소하였다."(364쪽)

21) 개양툰 사람들이 가뭄 사태를 해결하는 과정에서 결사적 행동대를 조직하는데, 이것을 손유경은 「만주 개척서사에 나타난 애도의 정치학」에서 '무장한 청년'들의 군사훈련으로 상상하게 만드는 대표적 작품으로 해석하고, 심지어 황군 토벌대와 동일시함

점차 삶의 터전을 이주해온다.

여기서, 개양툰의 가뭄을 해결하는 이 과정에 대해 연구자들이 '만보산 사건(1931)'에 지나친 비중을 둔 나머지 벼농사를 두고 재만조선인과 만주인 사이에 항시 민족적 · 정치적 · 농경적 · 생활적 갈등이 생기는 것이 만주의 실제이고, 생존을 위한 벼농사에 모든 것을 기투한 재만조선인이므로 재만조선인들 사이에도 자기생존을 지키기 위한 갈등과 긴장 역시 만주의 실제이기 때문에 리얼리스트 이기영의 농민문학이 이러한 만주의 실제에 천착하는 서사에 얼마나 성공하고 있는지 여부에 초점을 두는 읽기는 오히려 작품을 에워싼 현실의 구체성을 탈각한 채 연구자가 의도하고 있는 문제틀로 작품을 이해하고, 심지어 작가가 정작 겨냥하고 있는 소설적 전언을 단순화시킴으로써 이기영이 추구하는 '장래의 농민문학'에 대한 징후를 외면할 수 있다. 때문에 작품 속 개양툰을 식민지 조선과 만주국 동만 접경 지대를 염두에 둔 허구적 표상공간으로 인식하는 게 중요하다. 이 표상공간은 이기영이 취재한 만주국의 집단부락과 안전농촌이 안착되고 구조화된 곳이 아니다.[22] 개양툰이 이러한 속성을

으로써 제국의 군사작전과 다를 바 없는 것으로 읽어내는 것은 이 작품이 지닌 제국에 대한 길항의 정치적 상상력을 아예 원천적으로 봉쇄한다. 이 역시 개양툰의 공간적 속성을 단순히 파악하고 있을 뿐만 아니라 작품 속 결사적 행동대를 무작정 황군토벌대로 동일시하고 있는데서 빚어진, 작품을 섬세히 읽지 못한 이유 때문이다. 여기서, 결사적 행동대와 황군 토벌대를 동일시로 읽는 것 자체가 잘못은 아니다. 중요한 것은 작품 속에서 이렇게 조직된 행동대가 군기(軍氣)가 빠진 것은 고사하고, 단일한 대오 정비는커녕 제식 훈련에서도 기본인 번호 붙이기도 제대로 해내고 있지 못한 채 자기들끼리 웃음의 대상으로 만들고 있다. 말하자면, 여기서 이기영은 '되받아 치기' 글쓰기를 구사한다. 만주국의 자랑스런 황군 토벌대와 결사대를 동일시하여, 결사대의 엉성함을 향한 자기풍자를 통해 어떻게 보면 황군 토벌대를 비꼬고 있는 것이기도 하다. 따라서 일제 말에 쓰어진 문제적 작가의 작품일수록 '섬세한 읽기'를 아무리 강조해도 지나치지 않을 것이다.

22) "한편, 이쪽 현에서는 개양툰 사람들의 비상한 활동력을 가상하게 여길 수 있었다. 그 것은 현 당국으로 하여금 개양툰을 종래의 농촌보다도 한층 월등하게 재인식하게끔

지니고 있다는 것은 가볍게 넘길 수 없다. 왜냐하면 일제가 만주개척을 위해 세우기 시작한 집단부락과 안전농촌은 만주국(1932) 수립 후 식량증산을 확보한다는 미명 아래 항일무장세력으로부터 재만조선인과 만주인을 격리·통제하기 위한 치안 및 군사적 목적에 초점이 맞춰져 있기에 일제는 집단부락과 안전농촌 건설에 집중함으로써 특히 재만조선인과 만주인을 이간질했기 때문이다. 말하자면, 표면적으로 재만조선인이 일제의 국책에 충실하기 때문에 벼농사를 위한 만주개척이 원인이 돼 만주인과의 갈등을 낳는 것처럼 보이지만, 그것만이 재만조선인과 만주인 사이에 켜켜이 쌓인 관계를 모두 말할 수 없는 것이다. 앞서 논의했듯이 두만강을 경계로 한 동만 접경 지대는 물론 압록강을 경계로 한 서만(西滿) 및 남만(南滿) 접경 지대, 멀리 북만(北滿) 지대에까지 일찍부터 재만조선인이 이주하여 벼농사를 짓고 있었고, 그 과정에서 만주인과 갈등은 있었지만, 벼농사의 보급으로 작황이 좋아지면서 재만조선인과 만주인 사이에는 공존하는 관계도 전혀 없는 것은 아니다.[23] 또한 만주의 곳곳으로 이주한 재만조선인들 사이에는 불협화음 못지않게 이주민으로서 프롤레타리아 계급으로서 민족적 공속 의식으로서 연민과 연대의 공동체를 형성해온 것 또한 사실이다.[24]

되었다. (중략) 따라서 **현 당국에서는 개양툰을 안전농촌으로 만들 계획으로** 내년도부터 보조금을 내려서 제방을 다시 완전하게 쌓도록 공사를 시작하고 부근의 토지를 사게 해서 농경을 확장하도록 예산을 세우게 되었다 한다."(434쪽; 밑줄 강조-인용)

23) 이에 대해서는 김영필, 『조선적 디아스포라의 만주 아리랑』, 소명출판, 2013, 145-149쪽 및 윤휘탁, 「근대 조선인의 만주농촌체험과 민족의식-조선인의 이민체험 구술사를 중심으로」, 『한국민족운동사연구』 64집, 2010 참조

24) 이러한 재만조선인의 생생한 삶의 현실에 대해서는 재만조선인을 직접 대상으로 구술 채록한 『기억 속의 만주국 Ⅰ/Ⅱ』, 경인문화사, 2013 및 구술사를 토대로 재만조선인의 삶을 르뽀로 기록한 박영희, 『만주 그리고 조선족 이야기-해외에 계신 동포 여러분』, 삶창, 2014를 참조

따라서 필자가 주목하는 것은 비록 일제 말 만주개척의 국책이 더욱 기승을 부리고 재만조선인의 농업노동이 국책에 종속되는 현실이지만, 이기영은 '장래의 농민문학'을 위해 『대지의 아들』에서 아직 집단부락과 안전농촌이 구조화되지 않은 개양툰에서, 일제의 만주국 수립으로 악화된 재만조선인과 만주인 사이의 갈등을 재현하는 데 초점을 두지 않고, 뿐만 아니라 재만조선인들 사이에 분규와 갈등을 재현하는 데도 초점을 두지 않는 '존이구동(尊異求同)'과 '화이부동(和而不同)'하는 "제2의 고향을 이 땅에서 찾"(259쪽)고 싶은 것이다. 물론, 이것은 만주국의 '민족협화'와 '왕도낙토'의 만주개발 담론과 포개진다. 하지만 이기영이 기획하는 재만조선인의 삶은 『대지의 아들』에서 적나라하게 풍자적으로 그려지듯 만주국의 개발 담론을 표상하는 국제도시 하얼빈-농업노동의 가치를 식민지 자본주의의 온갖 유혹으로 훼손시키는 타락한 자화상을 보여주는 만주국의 근대-과 거리를 둔 것이다. 그래서 이러한 이기영의 기획이 만주국의 화려한 주요 도시 근처, 즉 제국의 소비자본주의의 공간(『대지의 아들』에서 직접 언급되는 하얼빈, 봉천 등)이 아닌 개양툰처럼 식민지 조선과 만주국의 동만 접경 지대에서 새로운 가능성의 공간을 힘겹게 모색하고 있는 정치적 상상력을 주목해야 한다. 그래서 개양툰은 제국의 일방적 시선에 포획된 공간으로만 인식할 수 없는 제국에 길항하는 정치적 상상력으로서 로컬리티의 공간이다.

4. 만주국 개척서사에 균열을 내는 재만조선인'들'

그러면, 이러한 정치적 상상력의 로컬리티를 띤 개양툰과 직간접 연관된 재만조선인을 어떻게 온전히 이해할 수 있을까. 개양툰에서는 크게 두 범주의 삶이 공존한다. 하나는 아직 개양툰의 크고 작은 일들의 복판에서 그것을 실질적으로 고민하고 해결하는 중추 역할을 할 만큼 성숙하지는 못하지만 장차 개양툰의 이러한 문제들을 거뜬히 해결할 준비를 하고 있는 젊은 세대의 삶이고, 다른 하나는 만주국 수립 이전부터 식민지 조선과 만주국 동만 접경 지대로 이주해온 재만조선인과, 만주사변 이후 '만주 붐'에 편승하여 일제의 만주개척 이주정책에 따라 이주해온 재만 조선인이 온갖 난경 속에서 개양툰을 일궈내온 기성 세대의 삶이다. 이 기영은 『대지의 아들』에서 젊은 세대와 기성 세대의 삶을 교차시키는데, 주의를 기울여야 할 것은 어느 특정 세대에 비중을 두고 있지 않다는 점이다. 『대지의 아들』을 이들 세대와 연루된 사건 중심으로 살펴보면, 젊은 세대의 중심 서사는 작중 인물 덕성이-귀순이-황식이-복술이를 중심으로 펼쳐지는 연애담과 그 과정에서 덕성의 출중한 면모를 부각시키는 영웅담, 그리고 개양툰에 전도사업을 하러온 신학생 서치달의 계몽담으로 이뤄진다. 그에 반해 기성 세대의 중심 서사는 만주사변 이전부터 일찍 개양툰을 개척한 것과 깊숙이 연관된 김노인의 공훈, 그리고 만주사변 이후 일제 말에 이르는 동안 일제의 만주개척의 국책에 따라 이주해온 재만조선인이 벼농사의 삶의 터전을 일궈내는 과정의 숱한 내력 등 말하자면 기성 세대의 중심 서사는 재만조선인의 만주개척사 그 자체라 해도 과언이 아니다.

이렇듯이 세대론적 접근을 하더라도 『대지의 아들』에서 마주하는 개양툰 사람들의 서사는 결코 단순하지 않다. 따라서 작품 속 개양툰의 "재만 조선 농민이 일본 제국주의 판도 내부에서 차지하는 구조적인 위치만을 문제 삼을 경우"[25] 이러한 사람들의 서사를 통해 정작 이기영이 말하고 싶은 소설적 전언의 진면목을 이해하기 어렵다.

여기서, 다시 한 번 상기하고 싶은 것은 개양툰이 지닌 허구적 공간으로서 로컬리티이고, 이기영이 그리는 인물들은 바로 이 개양툰의 서사적 자장(磁場)과 무관하지 않다. 이 점을 주시할 때 젊은 세대의 인물 중 서치달과 그의 계몽담에 대한 이기영의 서술책략은 이 작품에서 새롭게 주목되어야 한다. 그런데 『대지의 아들』에 대한 기존 연구에서 서로의 입각점과 논의에서 차이를 보이되, 한결같이 서치달에 대해서는 제국의 시선에 포섭된 채 만주국의 개척 계몽담론을 적극 설파하는 것으로 파악한다. 이것은 달리 파악할 필요가 있다. 사실, 신문연재 소설로서 서사의 자연스러운 흐름과 집중도 및 흥미를 배가시키기 위해서는, 이 소설이 만주개척에 초점을 맞춘 '기획소설'인 만큼 개양툰에서 벼농사를 짓는 사람들의 서사에만 집중해도 그만이다. 그럼에도 불구하고 이기영은 전체 22장 중 제8장(전도대회)과 제15장(농사강습소)에 신학생 서치달을 '생뚱맞게' 등장시킨다. 표면상으로는 서치달의 급작스러운 출현과 그 전도 내용이 특히 만주국의 국책에 적극 부합되는 측면 때문에 『대지의 아들』을 국책에 협력한 것으로 읽어내기 십상이다. 그런데 바로 이것을 주목할 필요가 있다. 분명, 국책에 협력한 것으로 보인다. 하지만 적확히 응시해야 할 것은 이기영은 국책에 협력하는 것처럼 보이고, 다시 말해 협력하는 척 말하고, 기실 그 틈새에 재만조선인이 갖춰야 할 농민의 삶과 식민지 조선과 현저히 달라진 풍토에 걸맞는 농법을 갈고 다듬어 새로운 공동체를 세우려는 욕망도 투영돼 있다. "농본주의를 내세우고 농민을 대상으로 전도에 힘쓰는 서치달"(334쪽)이 강조하듯, "서치달이 다니는 교회는 조선과는 전혀 분리된 만주에서 새로 생긴 독립교회"(184쪽)로서

---

25) 이원동, 「만주 담론과 이기영 소설의 변화」, 308쪽.

"죽은 뒤에 있다는 천당만은 믿을 수가 없"(196쪽)는 것이며, 농업노동의 "거룩한 노동"이 "천당을 낳는" 것이고, 이러한 "창조의 기쁨과 생산의 기쁨"을 다루는 "농민의 예술"이야말로 "돈으로는 바꿀 수 없는 거룩하고 귀중한 것"(이상 203쪽)이란 전언에 녹아 있는 이기영의 숨은 의도를 식민주의 (무)의식으로 번역해서 곤란하다. 이기영이 카프 해산 후 일제 말 국책에 어쩔 수 없이 속수무책으로 순응해갈 수밖에 없었다면, 『대지의 아들』에서 서치달을 '생뚱맞게' 등장시켜 국책의 계몽담론을 어색하게 강변할 게 아니라 이기영 특유의 리얼리즘 농민서사에 부합하는 글쓰기를 통해 적극 협력했을 터이다. 하지만 이기영은 오히려 부자연스러운 농민서사를 전략화하는 글쓰기 방식, 즉 서치달의 계몽담론이 소설로서 치밀한 형상화를 거치지 않고 종교의 전도 강연이란 구술성을 빌어 표면적으로는 제국의 국책에 노골적으로 직접적으로 협력하는 모양새를 취하지만, 기실 바로 직접적 구술성에 기댄 협력이야말로 이기영의 『대지의 아들』이 반소설적·반예술적·반리얼리즘적인 작품으로 국책으로서 생산소설에 썩 좋은(/훌륭한) 작품이 아니라는 정치적 상상력을 보여준다. 그러면서 동시에 서치달의 전도 강연 틈새로 사회주의자로서 이기영의 세계관의 근간도 슬그머니 내비친다.[26] 이와 관련하여, 서치달의 종교가 일제 말 만주에서 횡행한 친일종교적 색채로만 볼 수 없다. 서치달의 전도 틈새로 분명 이기영의 사회주의자로서 유물론적 세계관뿐만 아니라 기독교의 메시아주의와 공유하는, 명시적으로 언급하지는 못하지만 프롤레타리아 계급으로서 농민이 복락을 누리는 이상공동체를 향한 전망을

---

26) 가령, 서치달의 전도 강연 중 다음과 같은 직접적 구술을 보자. "그것은 무당이나 판수와 같은 미신이올시다. 또한 정신은 물질을 토대로 삼아서 우리의 육신이 사는 만큼, 물질적 실력이 없이는 정신을 구할 수가 없습니다. 우리의 물질적 생활은 의식주이므로 물질적 실력이란 즉 경제적 실력을 의미하는 것이올시다."(204쪽)

버리지 않고 있다.[27)

다음으로, 『대지의 아들』의 젊은 세대로서 표면상 주목되는 인물은 덕성이다. 개양툰에서 함께 성장한 또래 중 "든든한 믿음을 갖게"(160쪽)할 뿐만 아니라 개양툰의 학교를 우등으로 졸업하여 상급 학교인 "봉천 농림학교에 입학시험을 치르고 합격통지를 받"(318쪽)아 유학을 앞둔 덕성은 개양툰의 젊은 세대 중 군계일학이다. 하물며 유학 도중 개양툰의 가뭄 사태를 해결하기 위해 어른들로 조직된 결사대에 자임하여 동참한 것도 모자라 "덕성이의 대담 용감한 행동"(413쪽)에 힘입어 "일이 손쉽게 성공되었다고,"(418쪽) 마을 어른들은 장차 개양툰의 미래를 짊어질 리더로서 덕성의 됨됨이를 추켜세운다. 사실, 덕성이의 아버지 건오는 유소년 시절 가난하여 배움의 기회조차 갖지 못한 그의 한을 덕성에게 되물리지 않기 위해 덕성을 향한 교육열을 불태우는바, 교육열의 목적은 "농촌 건설과 농사 개량에 진력하여 이 만주의 보고를 개발하는 개척민의 위대한 사명"(320쪽)을 덕성이 실현해줄 것을 기대한다. 따라서 개양툰에 주동이 되는 젊은 세대의 인물은 덕성으로, 그에게 개척민으로서 미래상은 만주국의 만주개척 정책에 충실한 프롤레타리아 계급 출신의 만주국 지식인으로서 제국의 협력자의 모습을 전혀 배제할 수 없다.

---

27) 사실, 작품 속에서 이 같은 서치달의 종교적 성격을 확연히 입증하는 일은 힘들다. 만주국의 반공정책과 만주사변 이전에 유입된 종교의 일부와 만주국 수립 이후 유입된 종교가 친일종교의 색채를 띠거나(재만천주교와 재만기독교는 친일협력 관계를 돈독히 유지) 아예 친일종교의 기치를 내세운 신종교(대표적으로 侍天敎)가 출현함으로써 재만 조선인의 종교적 색채가 사회주의와 불화의 관계를 유지한다. 하지만 1936년 6월 10일 「재만한인조국광복회선언」에서 조선공산주의자들이 민족적 사회주의의 입장을 보이고, 중국 공산당이 부분적으로 동만 일대 천도교와 항일통일전선을 제휴함으로써 일제 말 동만 지대의 종교운동에서 사회주의적 성격이 습합할 여지가 충분하다는 점을 생각해 볼 수 있다. 이에 대해서는 최봉룡, 『만주국의 종교정책과 재만조선인 신종교』, 태학사, 2009, 302-317쪽 및 고병철, 『일제하 재만 한인의 종교운동』, 국학자료원, 2009.

하지만 덕성이에 대한 이러한 해석은 귀순과 복술의 관계 속에서 균열이 생긴다. 어릴 때부터 어른들끼리 구두로 약혼하다시피 한 귀순은 약혼 상대자 덕성이보다 훨씬 적극적으로 애정을 표현한다. 비록 비적의 습격을 맞아 그 약혼이 깨지면서 귀순은 개양툰에서 부농인 홍승구의 아들 황식이와 혼인할 수밖에 없는 처지로 몰리지만, 덕성을 향한 귀순의 애정은 변함이 없는 채 덕성이 유학을 하고 있는 대도시 봉천으로 가출할 결심을 하고, 이를 친구 복술과 함께 마침내 결행한다. 복술은 평소 덕성과 귀순의 관계가 잘 되기를 바라면서 귀순의 대도시 가출행을 돕는다. 이들의 서사는 이 또래 젊은이들에게 낯익은 연애로서 신문 연재소설을 염두에 둘 때 이러한 연애담의 역할을 결코 과소평가할 수 없다. 그렇기 때문에 이들 연애담을 이루는 애정행각이 중요하다. 눈여겨 볼 것은 개양툰의 장차 미래를 선도해갈 지도자로서 손색이 없는 덕성이 애정의 중심축을 형성하여 귀순과의 애정 전성에 드리운 그림자를 적극적으로 해결하는 데 나서는 게 아니라 귀순의 적극적 의지로 그들의 애정 문제를 해결할 실마리를 마련하고 있다는 사실이다. 말하자면 덕성과 귀순 사이에 애정의 축은 바로 귀순이다. 어른들 사이에 농토를 매개로 하여 사람의 순연한 애정을 계약 관계로 맺는 이 부당성에 대해 귀순은 '가출'과 '동거'란 적극적 행동을 주체적으로 선택함으로써 개양툰의 미래를 일궈나갈 지도자가 덕성이 혼자만이 아니라는 것을 은연중 말한다. 덕성과 귀순이 함께 개양툰의 현재와 미래를 온전히 그리고 진취적으로 일궈나갈 인물이라는 데 이기영은 자격을 부여하고 있다. 물론, 이들 애정에서 상기해야 할 것은 서로 맹목적 사랑에 빠져 있지 않고, 귀순은 덕성이 갖춘 출중함에 덕성은 귀순이 갖춘 과단성 있는 지혜에 애정을 키워나간다. 그리하여 그들이 만들어갈 꿈을 토대로, 이기영은 식민지

조선과 만주국의 동만 접경 지대의 허구적 공간인 개양툰에서 이 꿈이
실현될 이상공동체를 향한 욕망을 품는다.28)

> 사실 강냉이와 고량만 심을 줄 알던 이 땅에서 옥 같은 쌀이 난다는
> 것은 한 개의 놀랄 만한 기적이었다. 그것은 확실히 대지의 아들이다. 고
> 량이나 강냉이에 비교한다면 쌀은 아들이라도 맏아들 쪽이라 할 수 있다.
> 따라서 이 땅을 모두 논으로 푼다면 그것은 얼마나 큰 농장을 개척할 수
> 있을까? 그러면 그 위대한 사업은 누구의 손으로 건설될 것인가! 그것은
> 생각만 해도 가슴이 뻐근하게 한다.(451쪽)

'대지의 아들'로 은유되고 있는 '쌀'을 수확할 때까지 재만조선인이
만주에서 겪은 험난한 서사는 '만보산 사건'이 단적으로 말해준다. "수
전의 개척사, 그것은 만주의 어디나 공통되다시피 이 개양툰 농장도 전
례에 빼놓지 않은 피로 물들인 기록이었다."(117쪽) 개양툰의 삶에서 앞
서 논의한 젊은 세대 못지않게 기성 세대 역시 중요하다. 이기영은 기성
세대에도 주목한다. 이것은 만주의 험난한 서사를 개척한 조선인의 내셔
널리즘에 호소함으로써 만주의 고토(故土)를 향한 망각과 맞서는 것도 아
니고, 만주국의 국책에 충실하기 위해 만주의 온갖 역경을 극복함으로써
만주개척을 향한 제국의 적극적 협력 본보기를 만드는 것도 아니고, 조
선의 유구한 농본적 문명의 우월함을 내세우기 위한 것도 아니다. 다른

---

28) 이와 관련하여, 『대지의 아들』 마지막 22장(대지의 아들)에서 다음과 같은 부분을 음
미해보자. "'자네두 어서 공부를 잘하구서 개양툰 농장을 한번 훌륭하게 만들어보
게.'// '음! 내야 물론이지만 너두 딴 생각말구 농사나 같이 짓자!'// 귀순이는 그 말을
들으니 미리부터 가슴이 철렁인다. 덕성이가 농림학교를 졸업하고 돌아오면 결혼을
한다. 아니 결혼은 그 전에 해도 상관없겠지, 공부에 방해만 안 된다면……. 그리고 개
양툰 농장의 지도자로 나선 남편을 도와가며 이상적 농촌을 건설한다면 그것은 참으
로 낙토를 이룰 것이 아닌가? 그런 생각은 복술이게도 제 마음에 맞는 색시를 얻어
주고 싶고 어쩐지 그자 전에 없이 쓸쓸해 보이었다."(457쪽)

방식으로 얘기하면, 『대지의 아들』에서 재만조선인 기성 세대가 포괄하는 시기는 만주사변 이후 만주국 시기 일제 말에만 해당된 것도 아니고, 그 이전 시기만을 다루는 것도 아니다. 따라서 『대지의 아들』에서는 상대적으로 협소하게 다뤄지고 있지만 작품 속 재만조선인 기성 세대와 관계를 맺은 만주인 기성 세대 역시 어느 특정한 시공간에 국한돼 있지 않다는 것을 알 수 있다.

이것은 무엇을 말하는 것일까. 『대지의 아들』에서 이렇게 비교적 광범위한 시간대에 산재해 있는 기성 세대를 다루고 있다는 것은 "만주의 돌피판"(119쪽)을 벼농사 지대로 개척하는 사람들(재만조선인이 주축이되 점차 만주인도 합류)이 모두 개척의 주체라는 점을 은연중 드러낸다고 볼 수 있다. 물론, 여기에는 사람들 사이에 편차가 존재하기 마련이다. 가령, 병호는 만주의 대도시 근교에서 아편 밀매업에 종사하다가 벼농사를 지은 이력도 있는데, 병호의 호출로 건오는 만주로 이주하여 벼농사 짓기에 성공한 삶을 살면서 귀순네를 개양툰으로 이주시킨다. 사실 건오 역시 개양툰에 정착하는 일은 쉽지 않았다. 4장(도시의 매혹)에서 적나라하게 드러나듯 병호와 건오는 벼 수확물을 갖고 만주국의 대표적 국제도시 하얼빈에 보다 큰 이익을 남기기 위해 갔다가 만주국 소비자본주의에 하릴없이 희생당하고 만다. 이기영이 기성 세대 중 건오처럼 이유야 어떻든지 표면상으로 만주국의 국책인 만주개척에 보다 친연성을 갖는 인물을 집중적으로 등장시키거나 개양툰의 농장에서 가장 모범적 개척 농민인 건오를 좀 더 집중적으로 부각시켰다면 『대지의 아들』은 소설의 형상화 면에서 좋은(/훌륭한) 제국의 생산소설로서 손색이 없을 것이다. 하지만 건오는 병호와 같이 소비자본주의의 향락에 빠진 채 개척민으로서 윤리감을 상실한, 말하자면 대단히 역설적이지만, 만주국의 생산소설에 귀감이 되는 건전한 신체와 건전한 정신을 소유한 제국의 국민의 자격으로서 큰 흠결을 지닌 인물이다. 여기에는 만주국이 자긍심을 갖는 하얼빈으로 표상되는 제국의 식민지 근대자본주의의 병폐가 자리하고 있다. 따라서 『대지의 아들』에서 등장하는 기성 세대를 살펴볼 때 이처럼 기성 세대들 틈새로 균열이 생기는 만주국 개척이 지닌 한계도 이기영은 자연스레 응시하고 있는 것이다.

5. 남는 과제

이기영은 "만주에 있어서 신흥 농촌건설 사업은 동시에 농민문학 즉 대지의 문학을 건설할 훌륭한 소재가 될 수 있으리라 생각한다."(「만주와 농민문학」, 489쪽)고 카프 시대 농민문학에 혼신의 힘을 쏟은 프로문학 작가로서 옹골찬 전망을 모색하고 있다. 비록 『대지의 아들』이 일제 말 제국의 국책으로서 생산소설의 혐의를 완전히 벗기는 힘들지만, 그렇다고 제국의 시선에 포획된 채 이기영 역시 예외 없이 일제 말 제국에 협력한 문학으로 단정짓는 것은 일제 말 이기영의 문학에 대한 온전한 이해로 볼 수 없다. 따라서 보다 종요로운 이해를 위해 『대지의 아들』에 대한 '섬세한 읽기'가 요구된다고 강조한 것이다.

글을 맺으면서, 미처 논의하지 못한 채 추후의 과제로 미루고 싶은 게 있다. 일제의 사회주의에 대한 폭력·감시·억압 속에서 결국 식민지 조선에서 사회주의가 공식적으로 자리하지 못한 엄연한 현실에서, 이기영처럼 투철한 사회주의자가 현실에 쉽게 투항하여 전향하지 않은 채 자신의 정치적 입장을 어떻게 현실 세계에 대응하면서 조율할까 하는 점이다. 무엇보다 이기영이 운동가이기보다 문학인으로서 정치주의에 함몰되지 않고 자신이 기획하는 이상공동체를 향한 정치적 상상력을 어떻게 글쓰기를 포함한 문학 활동으로 구체화할 수 있을까 하는 점이다.

조심스레 추정해볼 수 있는 것 중 하나로,『대지의 아들』에서 읽을 수 있듯 이기영은 프롤레타리아 계급으로서 농민에 대한 주요한 문제의식을 조금도 놓치고 있지 않되, 일제 말 제국의 국민총동원체제 속에서 자칫 절멸해갈 수 있는 조선적인 것, 그것의 사회문화적 대상으로서 초점화된 벼농사와 직결된 농업노동의 생산과 기쁨을 동시에 주목하고 있다. 그 과정에서 재만조선인의 험난한 개척이주사(물론 여기에는 만주인과의 갈등을 포함한 협력, 그리고 존이구동, 화이부동의 관계)를 외면하지 않는 면도 분명 존재한다. 말하자면, 일제 말『대지의 아들』에서 보이는 이기영의 정치적 상상력의 스펙트럼은 어떤 단일한 것으로 말할 수 없다. 이것을 사회주의와 민족주의의 회통(會通)으로 볼 수 있을까. 그래서 흥미롭지만, 필자는 『대지의 아들』에서 개양툰이란 허구적 공간에 각별히 주목하여, 이곳이 이기영의 이러한 정치적 상상력을 펼칠 수 있는, 그리하여 식민지 조선에서 문학적으로 더 이상 구현할 수 없는 이기영식 이상공동체를 기획하고 있다고 작품을 이해할 수 없을까. 식민지 조선과 만주국 동만 접경 지대란 허구의 표상공간에서 '대지의 아들'이 복락을 누리는 세계, 바꿔 말해 식민지 조선과 만주국 및 동아시아를 억압하고 있는 일본 제국의 근대가 아닐 뿐만 아니라 그것과 유사한 각종 식민지 근대에서 해방된 근대를 이기영은 그가 창조해낸 '개양툰'에서 추구하고 싶은 게 아닐까.

'대륙문학'의 기획과 이기영의 『대지의 아들』

천춘화

1. 시작하며

1939년 8월 18일, 이기영은 만주 기행을 떠난다. 이번 여행은 만주 조선인 농촌 시찰이 주목적이었고 20일가량의 만주 여행을 마치고 돌아온 이기영은 「만주견문-'대지의 아들'을 찾아」(조선일보, 1939.9.26.-10.3), 「國境의 圖們-만주소감」(『문장』, 1939.11), 「만주와 농민문학」(『인문평론』, 1939.11) 등 일련의 평론과 기행문을 발표함과 동시에 『조선일보』에 '만주개척민소설' 『대지의 아들』(1939.10.12.-1940.6.1.)을 연재하기 시작한다.

만주에서 펼쳐지는 조선이주민들의 정착과정을 서사화하고 있는 『대지의 아들』은 지금까지 크게 세 가지 측면에서 논의가 이루어졌다. 그 첫 번째가 생산소설적 성격에 주목한 연구이다. 『대지의 아들』은 이상경에 의해 처음으로 생산소설[1]로 평가되었고, 이어 이경재에 의해 이기

---

1) 생산문학(소설)은 식민지말기 국책문학의 하위장르로 생성된 문학 양식의 하나이다. 일본에서 국책인 '생산확충'에 관련하여 이름 붙여진 것이었고 주로 생산면을 강조, 확대하려는 목적으로 쓰였다. 이것이 최재서, 임화 등에 의해 국내에 소개되었고 그것은 다

영 생산소설의 가장 큰 특징으로 생산력주의가 주목되었다. 『대지의 아들』은 이기영의 식민지말기 생산소설이 생산력주의로 기울어가는 과정에 그 첫머리에 놓이는 작품으로 평가되었다.[2] 이와 같은 연구는 식민지말기 생산문학에 대한 세밀하고 진일보한 논의를 진전시키고 있다는 점에서 중요한 의미를 지닌다. 두 번째는 2000년대 들어 시작된 친일문학 논의의 자장 안에서 이루어진 만주 연구의 일환으로 생성된 연구들이다. 이 연구들은 식민지말기 만주국이라는 공간에 주목하게 되면서 작품을 읽는 중요한 기준은 자연스럽게 만주 공간에서의 지배 이데올로기에 대한 대응 양상에 대한 고찰로 이어졌다. 따라서 지배 이데올로기를 수용하였느냐 우회하였느냐, 그렇지 않으면 협력과 저항의 사이에 놓이는 작품이냐에 초점이 맞추어지면서 다소 도식적인 접근 양상을 보여주고 있다. 김성경[3]은 『대지의 아들』은 오족협화의 이상이 직분의 윤리와 조선인의 장자의식에 기반을 두고 서사화되고 있다고 지적하면서 이와 같은 '만주국의 장자 의식'은 일본의 가족 국가의 이데올로기를 수용한 결과라고 판단하였다. 이에 반해 서영인[4]은 조선민족만의 상상적 공동체의 구축을 통해 만주국 이데올로기의 허구성을 우회적으로 비판하는 측면

시 생산력과 생산관계 중 어느 것에 비중을 두느냐에 따라 두 종류로 대별되었다. 최재서는 생산관계보다는 생산력의 발전만을 문제제기한 경우였고 이에 반해 임화는 생산의 문제와 관련해 생산관계의 문제를 재사유하고자 한 경우였다.(이경재, 「일제말기 생산소설의 정치적 성격 연구」, 『한중인문학연구』 29, 한중인문학회, 2010, 203~204면.) 이와 같은 기준에서 볼 때 이기영의 『대지의 아들』은 생산관계는 도외시되고 생산력의 발전만이 문제가 되고, 생산력 발전과 관련된 문제가 소설 구성의 중심 갈등을 이루는 작품으로 평가되었다.(이상경, 『이기영, 시대와 문학』, 풀빛, 1994, 286-299면.)

2) 이경재, 「일제말기 이기영 소설에 나타난 생산력주의」, 『민족문학사연구』 40, 민족문학사학회, 2009.
3) 김성경, 「인종적 타자의식의 그늘: 친일문학론과 국가주의」, 『민족문학사연구』 24, 민족문학사학회, 2004.
4) 서영인, 「만주서사와 반식민의 상상적 공동체」, 『우리말글』 46, 우리말글학회, 2009.

이 있지만 그렇다고 하여 지배 이데올로기에 저항하고 있다고 판단하기에도 불충하다는 주장을 펼친다. 이원동5) 역시 이와 비슷한 주장이다. 식민지말기 만주 기행 이후 달라진 이기영 소설의 서사는 때로는 제국주의 담론이 정한 한계 속에서 그 담론과 타협하면서, 때로는 제국주의 담론이 가진 틈새의 균열을 활용하면서 전개되었는데 그것은 만주 자체가 '균열'의 장소였기 때문이라고 판단한다. 이와 같은 문제점을 장성규6)는 표면적 층위에서의 수용과 내적인 층위에서의 저항으로 해석한다. 즉 표면적인 층위에서는 파시즘에 대해 동의하는 것으로 보이지만 텍스트에 구한말 민족운동의 표상을 표기함으로써 우회적인 글쓰기를 통한 일제 이데올로기에 대한 전유양상을 드러낸 것이라고 판단하였다. 이와 같은 연구의 한계를 극복하고자 『대지의 아들』을 새롭게 읽고자 한 시도들이 세 번째 범주에 드는 연구들이다. 『대지의 아들』이 드러내고 있는 농본주의를 루이스 영(Louise Young)의 개념을 끌어와 "재발명된 농본주의"7)로 해석하거나 『대지의 아들』을 포함한 일제 말기 농민문학을 통해 "일본 농본주의의 영향과 전유 양상"을 고찰한 연구들이다.8) 이러한 연구들은 텍스트 외적인 요소들을 참조하여 텍스트가 놓인 맥락을 천착한 글이다. 이상경9)의 최근 연구 역시 이와 동일한 맥락에 놓이는 글이다. 그는 『대지의 아들』이 조선일보사의 '기획소설'이었음을 설명하면서 소설이 어떻

---

5) 이원동, 「만주 담론과 이기영 소설의 변화」, 『어문학』 97, 한국어문학회, 2007.
6) 장성규, 「일제말기 카프 작가들의 만주 형상화 양상」, 『한국현대문학연구』 21, 한국현대문학회, 2007.
7) 와타나베 나오키, 「식민지 조선의 프롤레타리아 농민문학과 '만주': '협화'의 서사와 '재발명된 농본주의'」, 『한국문학연구』 33, 동국대학교 한국문학연구소, 2007.
8) 차성연, 「일제 말기 농촌/농민문학에 나타난 일본 농본주의의 영향과 전유 양상에 관한 연구」, 『한국문예비평연구』 46, 한국문예비평연구회, 2015.
9) 이상경, 「'기획소설'과 생산소설 그리고 검열: 이기영 장편소설 『대지의 아들』론」, 『현대소설연구』 62, 한국현대소설학회, 2016.

게 강요된 국책을 우회하고 있는지를 자세하게 분석해 보여주고 있다.

본고 역시『대지의 아들』이 '기획소설'이었다는 점에 착안하지만 기획적 측면보다는 소설이 '대륙문학'으로 기획되어 '만주개척민 소설'로 발표되었다는 변화과정에 주목하고자 한다. 그리고 이 변화과정의 이면에는 당시 만주개척정책의 공표가 중요하게 작용하였음을 밝혀내고, 이러한 만주개척정책의 시행과 함께 생성되었던 일련의 개척문학들에 견주어『대지의 아들』을 살펴봄으로써 그 개척문학적 요소들을 짚어보고자 한다. 나아가 식민지말기 국책문학의 하위장르의 하나로 생성된 개척문학(대륙문학)이 조선에서는 여러 형식의 개척 서사로 변주되어 나타났음을 제시하고 그러한 작품들을 새롭게 읽을 수 있는 가능성을 제시해보고자 한다.

2. 문인동원체제와『조선일보』의 '대륙문학'의 기획

『조선일보』의『대지의 아들』의 기획과정은 당시『조선일보』가 얼마나 발 빠르게 '만주열'에 편승하고 있는지, 그리고 그 '만주열'의 열기가 얼마나 대단했는지를 잘 보여주고 있다.[10] 식민지말기 조선문단에 나타난 '만주열'은 그야말로 뚜렷한 하나의 조류였고 현상이었다. 이태준의 「만주이민부락견문기」(『조선일보』, 1938.4.8.-4.21)를 선두로하여 함대훈의 「南北滿洲遍踏記」(『朝光』, 1939.7), 임학수의 「北支見聞」(『문장』, 1939.7-9), 안순용의 「北滿巡旅記」(『조선일보』, 1940.2.28.-3.2) 등 다수의 기행문과 방문기가 발표

---

10) 이상경, 앞의 글.

되었고, 40년대에 들어서면 대대적인 개척지 시찰이 이어지면서 많은 보고서와 작품들이 발표된다. 유치진의 『대추나무』를 비롯한 장혁주의 일련의 작품들이 이 범주에 들어간다. 이러한 만주 열기를 낳게 했던 것은 1938년 무한 삼진 함락과 함께 유포되기 시작했던 '동아신질서'와 '대동아공영권' 논의가 일본의 만주 이민정책의 변화시기와 적절하게 맞물리면서 함께 작용한 결과였다.[11)

하지만 문인들의 입장에서 볼 때 그 직접적인 원인은 식민지 종주국인 일본문단에 대한 의식에서부터 시작되었다. 1939년 3월 2일 『매일신보』에는 「文壇三氏 戰線에, 小說・詩・評論界서 各一名派遣, 期待되는 「펜」部隊活動」이라는 기사가 실린다. 이어 『동아일보』 4월 12일자는 「朝鮮文壇 펜部隊 壯行會를 開催」라는 기사를 통해 오후 네 시 반부터 부민관에서 김동인, 박영희, 임학수 세 사람을 위한 장행회를 개최한다는 소식을 전하고 있다. 그리고 5월 14일과 28일 양일에는 각각 펜 부대의 귀환 소식과 환영회 소식을 전하고 있다.[12) 『삼천리』 1939년 7월호에서는 경성 내의 여러 출판사와 문화인들이 천오백여원의 경비를 지원한[13) 사실을 기사화하고 있으며 또 「朝鮮文壇使節 特輯」[14)을 별도로 편성하여 그 의의와 가치를 찬양하는 글을 싣고 있어 눈길을 끈다. 그런데 이와 같이 신문과 잡지들을 통해 홍보되고 있는 이 '문단사절단'이 사실은 조선문단이 자발적으로 결성한 최초의 '펜 부대'였다는 사실은 짚고 넘어가야 할 부분이다.

---

11) 김재용, 「일제말 한국인의 만주 인식: 만주 및 '만주국'을 재현한 한국 문학을 중심으로」, 『일제말기 문인들의 만주체험』, 역락, 2007.
12) 「使命을 맞추고 펜部隊 歸還」, 『매일신보』, 1939.5.14.
　　「任務 맞치고 온 펜部隊 歡迎會」, 『매일신보』, 1939.5.28.
13) 「文壇使節에 千五百圓」, 『삼천리』, 1939.7, 6면.
14) 「朝鮮文壇使節 特輯」, 『삼천리』, 1939.7.

당시 일본에서는 이미 많은 문인들이 전선에 동원되어 전쟁문학을 활발히 창작하고 있었다. 김동인은 이와 같은 일본 내 사정을 잘 알고 있었고, 이러한 분위기와는 달리 당시 조선문단은 아무런 협력단체도 가지고 있지 않았고 문인들 역시 그렇다할 활동을 하지 않고 있었으므로 그는 한편으로는 문단에 어떤 타격이 가해질까 두려웠고 다른 한편으로는 본인 개인의 신상에 문제가 생길까 걱정되어 자진해서 총독부 사회교육과를 찾아갔던 것이다. 그런데 바라던 전선위문은 주선해주지 않고 연극이나 하라는 언질을 받는다. 실망하여 나오던 길에 이태준을 만나 그 이야기를 했더니 이태준이 나서서 자금을 모아 위문단을 조직했던 것이다.[15] 그렇게 모금한 돈이 겨우 세 사람의 경비밖에 되지 않았고 김동인, 박영희, 임학수가 황군위문단으로 北支那로 파견되었던 것이다. 이것이 조선문인사절단, 다시 말하자면 조선 '펜 부대'의 시초였다. 김동인의 회상기는 당시 그렇게 하지 않으면 안 되었던, 자발적이라고는 하나 더 이상 물러설 데가 없었던 문인들과 문단의 분위기, 시국 정세를 잘 전달하고 있다.

일본에서 문인들을 전선으로 파견하기 시작한 것은 중일전쟁 발발 직후부터였다. 중앙공론사를 비롯한 몇몇 출판사에서 종군 작가를 파견하였고 그들이 돌아와 현지보고를 썼다. 민간단체들에서 시작된 이와 같은 문인들의 전선 파견은 1938년에 이르면 정부적인 차원에서 이루어지기 시작한다. 1938년 8월에 오면 내각정보부가 직접 나서서 문학자와 간담회를 열고 문학자들이 종군할 것을 요청한다. 이리하여 9월 중순 육·해군 종군부대가 편성되어 20여 명의 문인들이 전선으로 파견되었고, 11월

---

15) 김동인, 「文壇三十年의 발자취」, 국학자료원 편, 『한국문단의 역사와 측면사』, 국학자료원, 1994, 88~92면.

에는 南支 파견 '펜 부대'가 결성되어 출발하게 된다.16) 이렇게 각처에서
직접 문인들을 소집하여 전선에 파견하기 시작하면서 정식으로 '펜 부
대'라는 이름이 생성된 것이다. 이것을 시작으로 대대적인 문인동원이 시
작되었고 조선 '펜 부대'의 결성은 이러한 일본문단을 의식한 결과였다.
1938년 10월 조선문인협회가 결성되었고 각지역별 위문단과 강연단이 파
견되었던 것도 이러한 시국 하에 행해진 것이었다.

　'펜 부대'의 대거 파견으로 1938.9년 사이 일본에서는 전쟁문학이 급
속하게 범람하기 시작하였고 그와 함께 두각을 나타냈던 것이 농민문학
이었다. 농민문학이 주목을 받았던 것은 1937년 농민문제를 소재로 한
시마키 켄사쿠(島木健作)의『生活의 探求』, 와다 덴(和田傳)의『沃土』, 쿠보 사
카에(久保榮)의『火山灰地』등 작품들이 사회적으로 반향을 일으켰던 것과
직접적으로 연관된다. 당시 근위내각 農相이었던 아리마 요리야스(有馬賴
寧)가 이들을 주목하게 되고 자신의 농업정책을 추진시키기 위한 하나의
방편으로 농민문학을 이용하려고 한 것이 바로 '농민문학간화회'의 결성
이었다. 1938년 10월 아리마 요리야스는 시마키 겐사쿠(島木健作), 와다 덴
(和田伝), 와다 가쓰이치(和田勝一) 등을 초대하여 농민문학간화회를 결성할
것을 논의하고 농민문학 진흥방책으로 아리마 문학상의 설정, 총서 발행,
만주개척 이민지 시찰 등을 결정한다. 이와 같은 농민문학간화회의 결성
은 그후에 나타나게 되는 반관반민적인 여러 단체의 결성을 촉진하게 된
다. 그 대표적인 단체가 바로 대륙개척문예간화회, 해양문학협회, 경제문
예회 등이었고 이로부터 파생되었던 것이 농민문학, 대륙문학, 생산문학,
해양문학 등과 같은 국책문학들이었다.17)

16) 히라노 겐,『일본 쇼와 문학사』, 고재석·김환기 옮김, 동국대학교출판부, 2001, 218~222면.
17) 위의 책, 223~227면.

특히 척무성의 협력 하에 1939년 1월 새롭게 발족한 대륙개척문예간
화회[18]와 농민문학간화회는 '대륙개척 펜 부대'와 '농민 펜 부대'를 결
성하여 만주로 문인을 파견하였고 그들은 조선, 만주, 북지를 시찰하면
서 조선과 만주의 문학가들과 좌담회를 가지는 등 바쁜 일정을 보냈다.[19]
그리고 그들이 돌아가 창작한 작품들이 하였는데 그것이 바로 '대륙개척
문학' 일명 '대륙문학', '개척문학'이라고 하는 것이었다. 그 대표적인 작
품이 유아사 가쓰에(湯淺克衛)의 「선구 이민」이다. 『조선일보』의 '대륙문학'
의 기획은 이러한 내외적인 문단적 배경을 가지고 등장한 것이었다.

이 시기 '만주열'을 조장하였던 또 하나의 중요한 요소는 바로 만주
이민정책의 변화이다. 만주 이주는 초기의 '무장이민'에서 식민지말기의
'농업이민'으로 변화되고 있었다.[20] 이민정책의 완성은 1939년 7월 2일

---

18) 대륙개척문예간화회는 1939년 1월 대륙 개척에 많은 관심을 가지고 있던 아라키 타카
　시(荒木巍), 후쿠타 기요토(福田淸人), 콘도 하루오(近藤春雄)을 주축으로 결성되었다. 후
　쿠다 기요토가 아라키 타카시를 통해 그의 중학 동창 콘도 하루오를 알게 되고 이들
　은 콘도 하루오의 숙부이자 척무대신이었던 八臣嘉明의 도움을 받아 그들의 만주여행
　에 편의를 제공받고자 더 많은 사람들을 동참시켜 '대륙개척문예간화회'를 설립하였
　다. 대륙개척문예간화회의 목적은 대륙개척에 관심을 가지고 있는 문학가들은 집결시
　키고 당국과의 밀접한 관계와 그 지원 속에서 국가사업의 완성에 협력하고 글(문장)로
　써 국가에 충성하겠다는 취지를 가지고 있었다. 따라서 '대륙개척문예간화회상'을 설정
　하여 우수한 작품에 수상을 하였고 대륙개척사업의 시찰과 참관을 지원하고 각종 문
　예연구회, 좌담회, 강연회 개최를 지지하는 등 문인들의 만주 여행에 많은 편의를 제
　공하였다.(王向遠, 「日本對我國東北地區的移民侵略及其"大陸開拓文學"」, 『"筆部隊"和侵華戰爭』,
　中國 北京 崑崙出版社, 2005, 50-55면.)
19) 大陸開拓 펜部隊 渡支途上 昨日入城」, 『매일신보』, 1939.4.28.
　「大陸文藝團과 一夕遊」, 『삼천리』, 1939.7, 7면.
　「島木健作氏招待印象記」(『東洋之光』, 1939.5) 참석자로는 島木健作, 藤田榮, 林和, 金龍濟,
　毛允淑, 崔貞熙, 金子平, 印貞植 등이 있었고, 「大陸開拓文藝懇話會歡迎會」(『東洋之光』, 1939.6)
　참석자로는 伊藤整, 近藤春雄, 福田淸人, 田鄕虎雄, 田村太次郎, 高橋新吉, 白鐵, 李軒求, 兪鎭
　午, 李東珪, 金管, 中重, 須田靜夫, 森田芳夫, 朴熙道, 金子平, 金龍濟 등이 있었다.
20) 1936년을 기점으로 일본의 만주이민은 초기의 무장이민에서 후기의 농업이민으로 정
　책이 변경된다. 무장이민이란 만주국의 변경지역에 일본 재향군인들을 이주시킴으로
　써 평상시에는 농업에 종사하지만 유사시에는 군대로 무장할 수 있는 군인출신의 이

발표된「滿洲開拓政策(大綱)」(『新京日日新聞』)을 통해 완성되었는데 주목되는
부분은 조선이주민도 개척민으로 귀속시킬 것을 분명히 하고 있는 항목
이다.[21] 즉 조선 이주민은 이제 더 이상 이민이 아닌 '개척민'으로 호명
되어야 할 것을 강요당했다. 따라서 이 시기 '개척'은 하나의 화두였고
모든이의 관심사였던 만주와 만나면서 자연스럽게 '만주개척'이 주요한
국책으로 부상한다. 그리고 40년대에 들어 본격적인 개척민 부대의 만주
파견이 기사화되고 문인들의 개척촌 시찰이 이어지면서 개척은 국책적
견지에서 확고부동한 위치에 서게 된다.

　『조선일보』가 '대륙문학'을 기획하였고 소설을 연재할 때에는 '만주개
척민 소설'이라는 타이틀을 사용한 것은 이러한 맥락에서 이해되어야 한
다. 이는 당시의 모든 개척문학보다도 앞서 있는 것이었다.『조선일보』
는 누구보다도 빠르게 정세에 부응하였고 당시 복잡하게 전개되는 상황
속에서 정확하고도 재빠르게 시류에 편승했던 것이다.『조선일보』가 이
렇게 적극적으로 국책을 수용하는 측면에서 '대륙문학'을 기획하였다면
작가 이기영은 시국정책에 어느 정도 편승하고 있었던 것일까?

민단이었다. 이에 비해 농업이민은 초기 무장이민의 실험기를 거쳐 본격적으로 이루
어지기 시작한 대규모 이민시기를 말한다. 5개년 100만호 이주계획이 바로 이 농업이
민의 목표였던 것이다. 만주에서 일본인의 이주민 주거지는 세 개 지역으로 나뉘어져
있었다. 開拓第一地帶는 소련과의 변경지역이었고 開拓第二地帶는 항일무장세력의 활동
이 활발했던 장백산, 노야령, 대흥안령 등 지역이었으며 開拓第三地帶는 만철 연선 지
역이었다. (王向遠, 앞의 책, 46~48면.)

21) 먀ず 改稱のことであるが從來の移民なる名稱は滿洲開拓の意義より見て適當でないので開拓農民等と
呼ぶことなった、なほ開拓民の種別を明らかして日本內地人については開拓農民、半農的開拓民例へ
ば林業、牧畜、漁業等を兼ねて農業するもの、商工鑛等の開拓民および將來の開拓民の基底として
訓練を受ける靑年義勇隊に區分し **又朝鮮人についても開拓國策のもとに日本內地人に準じて取扱ふ
道を開く、滿洲現住の農民についても國內移動による者および開拓民の移住に伴つて**…(하략)(강
조-인용자)(「滿洲開拓政策(大綱)」,『新京日日新聞』, 1939년 7월 2일.)

3. '대륙개척문학'과 『대지의 아들』

전쟁문학이 대세를 이루는 가운데 그와 함께 주목을 받았던 것이 농
민문학이었다. 그러나 그 농민문학 역시 순수한 농민문학만이 아닌 총후
문학의 다른 이름으로 일본에서 받아들여졌고 나아가 아리마 요리야스
는 농민문학이 단순한 국책문학이 아닌 국책을 수립하는 원동력으로 작
용하기까지를 바랐다는 것은 임화의 글에서도 확인 가능하다.[22] 이처럼
모든 문학단체들이 국책을 위한 어용단체로 전락하여 가던 시국에서 척
무성을 등에 업고 등장한 대륙개척문예간화회를 기반으로 한 대륙개척
문학 역시 별반 다르지 않았다.

앞서도 잠깐 언급했듯이 대륙개척문예회와 농민문학간화회는 대륙개
척문학을 생산했던 두 주축이었다. 농민문학간화회는 아리마 요리야스의
문학을 정치적으로 이용하고자 했던 취지에서 결성된 단체였고 대륙문
예간화회는 결성부터 척무성과 함께 하면서 공공연하게 "문장보국"을
기치로 내걸었던 단체이다. 이 두 단체의 맴버들은 겹치는 이가 많았고
두 단체 모두 농민문학으로부터 출발한 것이었기 때문에 비슷한 부분이
많았다. 두 단체는 1940년 9월 "문예보고연맹"이라는 하나의 단체로 합
쳐진다.[23] 개척문학(대륙문학)이 표방했던 것은 일본의 농민문학에서는 찾
아볼 수 있는 광활함과 웅장함이라는 스케일이었는 그것은 오직 만주를
배경으로 할 때에만 달성가능한 것이었다. 그것은 쇄퇴해가는 일본 내지
의 농민문학을 회생시키고 일본문학의 작은 스케일을 타개할 수 있는 하

---

22) 임화, 「日本農民文學의 動向: 特히 '土의 文學'을 중심으로」, 『인문평론』, 1940.1.
23) 양예선, 「「일본의 만주문학: 「대륙개척문예간화회」를 중심으로」, 『만주연구』7, 만주학
  회, 2007.

나의 출구로서 인식되었고 그들은 개척문학을 통해 정복자의 이미지를 보여줄 수 있는 제대로 된 대륙문학을 꿈꾸었다. 말하자면 종래의 일본 문학에서 볼 수 없었던 정복자의 문학이었던 것이다.[24]

대륙개척문학은 1945년까지 짧은 기간에 무려 80권[25]에 달하는 방대한 수량의 작품들을 생산해낸다.

개척문학은 만주의 이주민 개척촌을 배경으로 하고 인물전기 형식을 빌어 대륙개척의 선구자를 미화하고, 만주 대륙의 황량함을 묘사하며, 이민자들의 현지 생활 적응의 어려움과 강렬한 노스탤지어를 동반하는 것이 특징으로 나타났다. 그리고 그들은 마적과의 투쟁을 중요한 소재로 다루었고 일부는 현지 중국인들과의 친선과 단결을 미화하기도 하였다.[26]

실질적으로 대륙개척문학은 일본의 대륙개척의 성공적인 사례들을 미화하고 선전함으로써 만주 개척의 희망과 전망을 펼쳐 보였고 개척 선구자를 영웅화시킴으로써 하나의 전범을 보여주고자 하였다. 그리고 식민지 일본의 무한한 장래를 선전하였고 일본인들의 만주 이주를 선동하고 부추기는 작용을 해야 했기 때문에 '만주 명랑'은 중요한 요소 중의 하나였다. 이는 아리마 요리야스가 농민문학간화회에서 '밝은 농민문학'[27]을 요구하였던 것과도 일맥상통하는 부분이다. 이러한 특징들에 견주어 볼 때『대지의 아들』은 대륙개척문학의 여러 요소들을 가지고 있다.

---

24) 王向遠, 앞의 책, 53~54쪽.
25) 福田淸人의『대륙개척과 문학』이라는 책에서 열거하고 있는 80여 편의 단행본 중 눈에 띄는 것으로 대륙개척문예간담회에서 편찬한『大陸開拓小說集(一)』(1939), 농민문학간담회에서 편찬한『農民文學十人集』(1939), 滿洲移住協會에서 편찬한『潮流・大陸歸農小說集』(1942)과『開拓文苑』(1942) 등이 있다. 그리고 대륙개척문학의 대표적 작가로 福田淸人, 德永直, 湯淺克衛, 打木村治 등이 소개된다.
26) 위의 책, 55-63쪽.
27) 임화, 앞의 글, 18면.

『대지의 아들』은 22개의 절에 총 158회[28] 연재 분량을 자랑하는 꽤 긴 장편이다. 소설은 덕성이와 귀순이, 황식이의 삼각관계의 애정서사를 중심으로 전개하면서 마적의 침입과 물싸움이라는 두 개의 큰 난관을 극복하는 과정을 통해 강주사와 황건오의 지휘 아래 개양둔(開陽屯)이 어려움을 극복하는 과정을 그려내고 있다. 이 과정에서 단연 돋보이는 것은 황건오의 영웅적인 행동이다.

황건오는 '황소'라는 별명을 가지고 있다. 우직하고 말이 적으며 어렵고 힘든 일에는 솔선수범으로 나서는 모범적인 인물이다. 처음 만주로 이주해 들어와 살던 마을은 사변 통에 사람들이 모두 뿔뿔이 흩어졌고 황건오는 어쩌다 개양둔으로 들어오게 된다. 황건오의 영웅적 위상은 개양둔에 두 번 들이닥친 난관을 해결하는 과정에서 잘 부각되고 있다. 마적이 쳐들어와 석룡이에게 쌀을 지워서 사라졌을 때, 사건의 해결을 위해 가장 먼저 발 빠르게 움직였던 사람이 바로 황건오이다. 그가 현성으로 달려가 헌병대 마적 토벌대에 소식을 알렸고 그뿐만 아니라 토벌대와 함께 마적을 소탕하는 데에 없어서는 안 될 혁혁한 공을 세운 공로자로 인정받게 된다. 그리고 가뭄이 심하여 강물이 다 말라가는 것을 보면서 마을의 그 어느 누구하나 그것이 인위적일 것이라는 사실을 생각조차 하지 못하는 상황에서 황건오는 그 더위에 이틀이나 걸리는 거리를 상류로 걸어올라가 결국 그것이 상류의 조선인 농장에서 강물을 막은 데에서 기인한 사실이라는 것을 밝혀낸다. 그리고 그 일을 해결하는 과정에서도

---

28) 1. 初秋(5회), 2. 황소(7회), 3. 懷古談(5회), 4. 都市의 誘惑(18회), 5. 開陽屯(5회), 6. 生命線(7회), 7.童心(12회), 8.傳道大會(10회), 9. 收穫(5회), 10. 陰謀(7회), 11. 嘉非節(8회), 12. 匪賊(13회), 13. 破婚(5회), 14. 留學(6회), 15. 農事講習會(5회), 16. 鬪騷(7회), 17. 治水工作(10회), 18. 忙中偸閑(4회), 19. 擧事前後(5회), 20. 密會(3회), 21. 脫出(7회), 22. 大地의 아들(4회), 이렇게 총 22개의 절로 나뉘어져 있으며 번호와 연재 회수는 필자가 편의를 위하여 표기한 것이다.

그는 강주사와 함께 중요한 활약을 한다. 이처럼 황건오는 개양둔에 미친 두 번의 위기를 극복하는 데에 결정적인 역할을 수행하는 인물로 그려진다.

한편 황건오의 영웅화는 동시에 개양둔의 갱생의 서사이기도 하다. 만약 마적을 퇴치하지 못했다면, 그리고 가뭄을 해결하지 못해 농사를 망쳤다면 개양둔은 만주의 여느 마을과 다름없이 다시 사람들이 흩어지게 되는 과정을 반복하게 될지로 모른다. 이런 면에서 황건오는 개양둔이 자라집는 데에 큰 공을 세운 인물이고 개양둔이라는 공동체를 안정적이고 단합적으로 이끄는 데에 성공하는 중요한 역할을 담당하는 인물이다. 따라서 황건오라는 인물의 영웅화는 다시 말하면 개양둔 개척의 선구자적 형상을 부각시키고 그 위치를 굳건히 하는 수사이기도 하다. 이렇게 황건오의 활약과 강주사의 지휘로 개양둔은 다시 갱생의 길을 걷게 되고, 강 상류의 조선인 마을도 개양둔으로 이주하여 두 마을이 합병되어 개양둔이 확장되는 결과를 가져온다. 그리고 상류의 막아놓은 강둑을 터뜨리는 과정에서 황건오의 아들 덕성이가 보여주는 용감한 행동은 개양둔의 듬직한 차세대 지도자를 암시하기도 한다. 이렇게 보면 『대지의 아들』은 개척의 선구자인 황건오의 영웅일대기로 읽을 수 있는 측면이 없지 않다.

다음 개척문학에서 즐겨 사용하는 소재는 바로 마적과의 투쟁이다. 소설의 구성에서 알 수 있듯이 마적 이야기는 세 차례에 걸쳐 등장한다. <생명선>이란 장에서는 이주 초기 황건오가 마적들에게 끌려갔다가 구사일생으로 살아왔던 이야기가 옛이야기처럼 회자되고 있다. 그리고 <수확>에서도 학동이의 입을 통해 건국 전 조선 이주민의 어려움을 피력하면서 가장 큰 문제가 마적의 소란이었고 심지어는 그의 두 형 모두가 마적에게 잡혀가 생명을 잃었다는 이야기가 나온다. 그리고 세 번째

<비적>에서 이르러 드디어 본격적인 마적 이야기가 시작된다. 개양둔에 직접 마적이 쳐들어와서 석룡이가 끌려가고 홍승구네가 재물을 털리는 사건이 무려 13회의 분량으로 기술된다. 이는 이 작품에서 '도시의 유혹(18회)' 다음으로 긴 분량을 차지하는 부분이다. 하지만 이와 같은 마적 에피소드의 삽입은 본격적인 마적의 피해를 기술하기보다는 황건오의 활약을 돋보이게 하고 있으며 윤석룡이 마적에게 붙들려가면서 황망간에 아내의 속옷을 입고 간 사실이 웃음거리로 장황하게 서술되면서 <비적>장에서 펼쳐지는 마적 퇴치과정은 지루하게 전개된다. 더 이상의 긴장감도 신선함도 사라지고 없는 서사를 석룡이의 여자 속옷을 입었던 일화를 삽입하여 분위기를 이끌어보고자 노력하지만 그 역시 별 감흥을 일으키지 못하고 있다. 개척문학에서 마적 에피소드는 마적의 퇴치로 정착에 성공하고 성공적인 개척 사례를 부각시키는 통상적인 수단이기도 하다는 점에서 중요하다. 외적으로 마적 서사의 삽입은 개척문학의 구색을 맞추기 위한 설정이었고 내적으로 그것은 궁극적으로 덕성이와 귀순이가 파혼하게 되는 서사적 계기가 된다.

동시에 마적에 대한 작가 이기영의 인식은 정치성이 배제되어 있는 모습이다. 주지하는 바 만주의 마적, 비적이라 함은 흔히 공비를 염두에 두게 되는데, 이에 비해 『대지의 아들』에서 비적은 그저 비적이라는 이름을 빌린 일반적인 좀도둑으로 그려지고 있다. 그러나 당시 만주에는 여전히 비적의 침입이 발생하곤 했다.

　　금천(金川): 대사하 습격 때 일을 애가하지요. 그게 잊히지도 않습니다. 康德 6년 8월 스물나흗날 아침인데 나무 해오다가 총소리를 들었습니다. 그 총소리에 쫓겨 집게 숨어 있는데 그저 사방에서 대고 총소리가 콩 볶듯 하는군요. 얼마 있더니 비적이 막 쓰러 들어와서 경찰서를 습격하는데 그 때 자위단 두 사람이 총에 맞아 죽었습니다. 안도에서 토벌대가 올 때까지 한 서너시간가량은 비적들이 그저 함부로 불지르고 총질이로군요. **만척하고 경찰서에 불을 질러서 경찰서 절반 이상이 그때 타버렸지요.** 지금 기우제 지낸 그 촌공소 앞 넓은 마당이 그때 경찰서랍니다. (그 광장 한 옆에 그 당시의 희생자의 기념비가 서 있다.) 군대가 온다니까 비적들이 남북문으로 몰려 나가는데 상점이란 상점은 다 털어가고, 집에 있는 것은 의복, 식량할 것 없이 전부 빼앗아 갔습니다. 짐꾼도 몇십명 데려 갔는데 참 그 사람들은 죽을 고비 많이 넘었답니다.[29](강조-인용자)

이 부분은 1939년 8월 24일 안도현 大沙河에서 발행했던 비적의 침입에 대한 기술이다. 그리고 이 사건은 「安圖縣 大沙河 部落에 二百의 大匪團 來襲-日滿軍 警備隊가 擊退」이라는 제목으로 『매일신보』 1939년 8월 27일자에 기사화되었다.[30] 그런데 이 기사에서 주목해야 할 부분은 비적들의 대사하 침입의 목적이다. 물론 재물을 약탈한 측면도 없지 않지만 그들의 주 목표는 만척과 경찰서를 불태우는 것이었다. 이는 이들이 그저그런 일반적인 비적이 아님을 말해준다. 비적의 침입이 발생했던 시기는 마침 이기영이 만주를 시찰하고 있던 기간이었다. 이기영은 대사하를 방문하지 않았고, 하지만 그는 만주 현지에 있었으니 만적의 침입 소식은 들었을 가능성이 높다. 그러나 그는 그의 글 어디에도 이 사건을 기록하고 있지 않다. 보시다시피 이들은 항일유격대일 가능성이 높다. 이

---

29) 정인택, 「개척민 부락장 현지 좌담회」, 『매일신보』, 1942.6.24.~27.(인용은 민족문학연구소, 『일제말기 문인들의 만주체험』, 역락, 2007, 52~53면에서 함.)
30) 지난 23일 오전 여섯시쯤하야 계통을 잘 알 수 없는 비적 약2백명이 안도현 대사하부락을 습격하여 그 부락에 불을 질러 전소시켰다고 한다. 급보를 바든 일만군경비대는 곳현장에 출동하야 대격전후에 처물리쳤다는데 일본군속으로 전사자 2명 부상 7명을 내고 부락민측으로 전사 1명 잡혀간 사람이 6명에 달하엿다고 하는바 비적측의 전사자도 만흔 모양이다. 또 맹다동(孟多洞) 이민부락에는 장총을 가진 비적 12명이 나타났으므로 방금 경비대가 출동하야 추격중이라한다.(「安圖縣 大沙河 部落에 二百의 大匪團 來襲-日滿軍 警備隊가 擊退」, 『매일신보』, 1939년 8월 27일 2면)

런 마적이 『대지의 아들』에서는 그저 그런 좀도둑으로 재현되었을 뿐이다. 따라서 『대지의 아들』에서 비적은 굳이 비적이나 마적이라고 이름붙이지 않아도 되는 부분이며 비적이 그저 한낱 소재주의로 전락하고 마는 장면을 선보인 것이다.

이처럼 『대지의 아들』은 만주 이민촌을 배경으로 하고 개척민 선구자의 영웅적 모습을 형상화하고 개척문학의 중요한 소재였던 마적 퇴치 과정도 구체적으로 기록하고 있다. 뿐만 아니라 마을에 행사가 있을 때에는 만인 부락의 왕노인과 같은 부락장 겸의 인물들을 초대하여 친목을 다지기도 하고 가뭄이 생겨 물난리가 났을 때도 만인 부락의 중국인들과 함께 현성에 올라가 청원을 넣는 등 설정을 통해 공존공영과 협화의 정신을 잘 보여주고 있다. 그러나 마적과 같은 요소들에서는 정치성을 제거하는 모습을 보이고 있다. 그렇다면 『대지의 아들』은 개척문학의 이념을 어떻게 수용하고 있는 것일까?

4. 개척정신의 변용과 '명랑 만주'의 강박

『대지의 아들』이 구성상의 미흡함과 억지 요소들을 삽입하면서까지 작품을 진행시키는 무리수를 두게 한 것은 기획소설로서의 이 작품의 한계라고 하겠다. 그렇지 않고서야 이미 『고향』을 통해 명성을 날린 중견 작가가 이러한 구성상의 허점을 보일 수는 없다. 그럼에도 불구하고 그는 개척문학의 정신을 선도해야 했고 '만주 명랑'을 서사화해야 했다.

강주사는 한말 지사로 만주 벌판을 수십 년 방황하다 어느날 불현듯 늙어버린 자신을 발견하고 젊은 날의 뜻을 접고 정착할 곳을 찾아 이리

저리 떠돌던 중 개양둔으로 흘러들어온 인물이다. 그는 이 개양둔의 지도자격 인물이며 개양둔의 대소사를 이끄는 인물이기도 하다. 개양둔은 원래 이십여 년 전 김시중이라는 노인에 의해 건설되었다. 개양둔의 건설사는 말 그대로 '血汗'의 기록이었다. 중국인들과의 마찰과 중국관헌들의 부패 속에서 이십 년이란 세월을 거쳐 개양둔을 건설했지만 그가 숨을 거두자 개양둔은 그대로 황폐화의 위기를 맞는다. 그러다 황건오를 비롯한 강주사, 홍승구 등이 이주하여 들어오면서 개양둔은 다시 갱생의 길을 걷기 시작한다. 여기서 강주사는 김노인과 동일 세대의 인물이며 작품 속에서 그는 김노인의 분신같은 존재이다. 그는 개양둔의 前史를 현재화하는 장치인 것이다. 이는 과거의 집단기억을 현재화함으로써 단합된 공동체 구축을 위해 노력하는 작용을 한다. 이와 동일한 작용을 하는 것으로 개양둔 마을 어귀에 세워진 기념비를 들 수 있다. 그것은 김영감의 투쟁의 기록이고 그 과정에 함께 죽어간 젊은 사람들의 아픈 과거의 물증이기도 하다. 이 기억은 어느 한 사람의 기억이 아니라 개양둔 전체 사람들, 나아가 만주의 조선인들 모두가 기억해야 할 공동체의 기억인 것이다.

소설 속에 갑작스럽게 등장하는 서치달의 기독교 전도 장면 역시 이와 비슷한 경우라 하겠다. 기독교 전도는 형식적인 설정이고 서치달의 전도는 조선인의 간도이주 역사 강의라고 할 수 있다. 서치달은 1934년 7월 7일 沙虎屯 남전사大屯에서 만주인 자경단이 조선인 19명을 살해한 사실을 직접 이야기하면서 첫세대 조선이주민들의 역사를 반복적으로 강조한다. 그리고 후세들이 그것을 잊어서는 안 되며, 선대의 희생이 헛되지 않게 하려면 이 땅에 제2의 고향을 건설해야 한다고 강조한다. 그런데 이와 같은 논리는 강주사에게서도 똑같이 나타난다.

"그러니까 우리 개양툰 사람들은 누구나 물론하고 동포의 은인이요 선구자인 그들의 유지를 본받아서 이 개양툰을 지금보다도 더욱 훌륭한 농촌을 만들어야 할 의무와 책임이 있습니다. 그리하자면 여러분이 한마음 한뜻으로 일심 단합하여서 마을일에 진력하는 동시에 항시에의 행동에도 허랑방탕함이 없어야 할 줄 압니다. 우리들은 언제나 위대한 개척민의 사명을 잊어서는 안됩니다. **우리는 다만 구복을 채우기 위해서 이 황량한 만주벌판을 찾아온 것은 아니올시다. 그보다도 우리는 건실한 농민이 되기 위하여 이 동아의 대륙을 개발하는 만주국민의 한 분자로서 개척민의 사명을 다해야 할 것이요 따라서 우리의 자자손손까지 이 땅위에 번영하도록 위대한 목적을 가져야 할 줄 압니다. 그것은 우리도 대지의 아들이 되고 제 이의 고향을 이 땅에서 찾자는 것이외다.** 여러분! 우리는 결코 자만이 아니라 그만한 포부와 실력을 역사적으로 발휘하였습니다. 우리의 선배는 만주에서 처음으로 수전을 개척한 명예스런 지위를 차지하게 되었습니다. 그러나 아무리 명예를 가졌다 할지라도 우리들 후배가 그것을 지켜내지 못한다면 우리는 동포의 장래를 그르칠 뿐만 아니라 이 김선생과 같이 지하에 묻히신 모든 선구자의 거룩한 정신을 더럽히는 이중으로의 죄인이 될 것입니다. 우리가 그런 생각을 한다면 조차 전패의 사이라도 결코 방심할 수가 없습니다. …(하략)."[31]

통틀어서 만주의 이주동포는 부동성이 많다는 평판이 있습니다. 그들은 만주를 제이의 고향으로 영주할 목적을 두지 않고 그저 어떻게 한밑천을 잡아가지고 고향으로 도로 나가자는 일확천금을 몽상합니다. 그런 생각은 은연중 농민에게까지 물이 들어있습니다. 하기야 저마다 그렇게만 될 수 있다면 작히나 좋겠습니까만은 더구나 지금에 있어 어디 그런 요행이 쉽사리 굴러올 수 있습니까? 공연히 갈팡질팡하다가는 귀중한 세월만 허송할 것뿐입니다. 그러니 **우리는 이곳을 제 이의 고향으로 알고 대대손손 영주하는 가운데 아주 "대지의 아들"이 되어서 이 땅을 훌륭히 개척하는 동시에, 농촌마다 우리의 천당을 건설하면, 얼마나 그것**

---

31) 이기영, 『대지의 아들』, 이상경 편, 역락, 2016, 259면.

이 좋겠습니까? 그리하자면 여러분은 우선 예수를 믿으셔서 물심 양방면
으로 분투노력하시지 않으면 안 되실 줄 압니다. 아까 저는 무지가 호랑
이 보다 무섭단 말씀을 드린 것 같습니다.[32]

그들이 강조하고 있는 것은 만주에 제2의 고향을 건설해야 한다는 주
인 의식이다. 그리고 그것은 동아의 대륙을 개발하는 만주국의 한 분자
인 개척민의 사명이기도 하다. 즉 제2의 고향을 건설해야 하는 것은 조
선 이주민들이 만주의 개척민들이기 때문이여, 그것은 개척민의 사명이
라는 것이다. 여기에서 강주사와 같은 인물을 통해 개척정신이 강조되고
있다는 묘한 불협화음을 발견하게 된다. 따라서 강주사가 호소하고 있는
개척정신은 그저 외적으로 보여주기 위한 형식일뿐 그 이면에서 강조하
고 있는 북향정신이야 말로 작가가 궁극적으로 조선동포들에게 들려주고
싶은 말인 것이다.『대지의 아들』에서 서치달, 강주사, 황건오 등 인물들
의 발화를 통해 강조되고 있는 개척민의 사명, 개척정신의 강조는 매번
이와 같은 방식으로 처리되고 있기 때문에 그 개척정신의 실질 혹은 함
의를 가늠할 수 없게 한다. 다시 말하자면 그것은 그저 공허한 목소리일
뿐이며, 개척문학으로서의 하나의 제스처일 따름인 것이다. 때문에 강주
사, 서치달 등과 같은 인물들의 발화는 이중적인 측면이 없지 않다.

그리고『대지의 아들』에서 조선이주민이라는 말 대신에 '개척민'이라
는 말을 강조하여 사용하고 있는 점은 지적하고 넘어가야 할 부분이다.
이러한 용어 사용은 이태준의「이민부락견문기」와도 대조되며 동시대
기타의 글들과 비교되는 측면이다. '개척민'이라는 용어가 본격적으로
사용되기 시작하는 것은 문인들의 개척촌 시찰이 시작되면서부터이다.

---

32) 위의 책, 205면.

이는 『대지의 아들』은 비교적 이른 시기에 '개척민'이라는 단어를 사용하고 있다는 것을 말해주는 부분이며 동시에 그것은 『조선일보』가 발빠르게 시국정세를 받아들였다는 또 하나의 준거이기도 하다. 『대지의 아들』에서 개척민은 유독 독자의 눈길을 끄는데 그것은 '개척민의 사명', '개척사상' 등과 같은 용어들 때문일 것이다. 그러나 이 역시 작가의 자의적인 측면이 아님을 그의 수필을 통해 알 수 있다. 「만주 견문」에서 그는 '간도 이민' 혹은 '(도문의) 조선인'이라는 표현을 사용하고 있지 개척민이라는 말은 사용하지 않고 있다. 다만 인문평론에 발표한 「만주와 농민문학」에서 "개척민'이란 표현을 하고 있긴 하지만 그것은 "사정은 일변하여, 이제는 그들도 낙토를 건설하려는 개척민으로 등장하게 되었으나, 왕사를 회고하면, 다시금 감구지회가 없지 않다 하겠다"[33]라고 함으로써 그것이 다만 시국적인 표현임을 암시하고 있다.

한편 『대지의 아들』이 보여주고 있는 명랑성은 우선 덕성이와 귀순이, 황식이 간에 벌어지는 애정의 삼각관계를 통해 기본적인 분위기를 조성하는 데에 성공하고 있다. 특히 믿음직스러운 덕성이와 당돌한 귀순이의 행동은 독자들이 읽는 재미를 더하게 한다. 하지만 무엇보다도 작품이 드러내고 있는 '억지 명랑'은 개양둔이 계급적 갈등도 민족적 갈등도 무화된 공간으로 설정된 데에서 가장 잘 드러난다고 하겠다. 물싸움은 흔히 한중민족간의 갈등으로 형상화되고 심한 경우 그것이 인명 피해로 이어지는 것이 통상적인 만주 재현 소설에서 취하는 구도였다. 그러나 『대지의 아들』에서 물싸움은 조선민족 간의 내적 갈등으로 설정되었고 이러한 갈등도 평화적인 방식으로 해결되게 함으로써 애초에 갈등 발생의 여지를 남기지 않고 있다.

---

33) 이기영, 「만주와 농민문학」, 앞의 책, 488면.

널리 농촌을 배경삼아 농민의 생활을 그리는 문학이면 무엇이나 농민 문학이겠지만, 요새 쓰이는 이 말은 특히 유마 농상을 고문으로 소화 13년 10월 4일에 성립된 농민문학간화회원들의 작품을 지칭한다.

…(중략)…

이 그룹에서 가장 중요시되는 것은 흙에 대한 농민의 애착을 강조하는 동시에 명랑한 농촌을 그리자는 것이다. "태고의 신들과 같이 과묵하고 손이 굵은 농경인의 깊은 예지와 정서와 생활의 탐구에 있어 실체를 파악하는 동시에 그것을 시국 내지 시대와의 관련 하에 처리하여 나가는 것이 금일 농민문학의 중요한 관제라"고…(하략)[34]

위의 인용에서 알 수 있듯이 '만주 명랑'은 농민문학간화회가 중요하게 내세웠던 중요한 특징 중의 하나였을 뿐만 아니라 대륙개척문예간화회 역시 똑같이 중요한 요건 중의 하나로 '밝은 만주'를 요구했다. 이러한 개척문학적인 요구들이 『대지의 아들』에서는 '만주 명랑'의 강박으로 드러났다. 그것은 작가가 윤석룡의 여자 속옷 일화를 억지로 삽입하여 분위기를 띄우고자하는 등 작품의 곳곳에서 드러난다. 하지만 이러한 작가적인 노력과는 달리 『대지의 아들』의 명랑성은 엉뚱한 곳에서 달성되었다고 할 수 있다. 그것은 귀순이와 덕성이의 연애서사를 통해, 나아가 이 소설에 유일하게 살아숨쉬는 인물인 귀순이를 통해 달성되었던 것이다. 이와 같은 명랑성은 대륙의 개척을 가능하게 하고 희망적으로 포장하는 중요한 요소로 강조되었다.

---

34) 최재서, 「모던문예사전: 농민문학」, 『인문평론』1, 1939.10, 106~107면.

5. 맺으며

이기영의 『대지의 아들』은 『조선일보』사의 '대륙문학'으로 기획된 소설이다. 여타의 문학이 아닌 '대륙문학'으로 기획되었던 것은 당시 뜨겁게 달아올랐던 '만주열'의 분위기 속에서 만주가 부각되었던 점이 하나이고 다른 하나는 국책문학단체였던 '농민문학간화회'와 '대륙개척문예간화회'의 영향이기도 했다. 이런 정세 하에서 『조선일보』는 '대륙문학'을 기획하였던 것이고 이기영을 만주로 직접 파견하여 현지 시찰을 하게 하였다. 그 과정에 「대륙개척요강(대강)」이 발표되고 개척은 일약 국책의 핵심이 되어 조명을 받기 시작한다. 이러한 시국에 발 빠르게 편승하여 『조선일보』는 '대륙문학'으로 기획하였던 『대지의 아들』을 '만주개척민소설'이란 타이틀로 연재를 시작하게 한다. 『조선일보』측은 이렇게 재빠르게 시국정세를 간파하고 국책을 적극적으로 수용하였지만 프로문학작가이자 농민작가의 최고 반열에 올랐던 이기영은 그렇게 쉽게 시국에 편승하지는 않았다. 따라서 『대지의 아들』은 소설적 구성이나 소재적 차원에서 '대륙문학'의 요소들을 적극 수용하고 있지만 그 사상까지도 수용하고 있었던 것은 아니다. 그것은 이 소설이 비적을 한낱 소재주의 차원으로 끌어내리고, '억지 명랑'을 드러내고자 노력한 데에서 잘 드러난다. 따라서 『대지의 아들』은 '대륙문학'의 특징과 요소들을 겸비하고 있지만 '대륙문학'의 이념까지 내면화하였던 것은 아니었다. 식민지말기라는 비정상적인 시기를 살아가면서 조선의 문인들은 맹목적으로 시국에 편승하지 않았으며 나름대로의 논리를 가지고 문학적으로 저항하였다. 그 한 예로 이기영의 『대지의 아들』을 살펴본 것이다.

참고문헌

1. 기본 자료

『조선일보』, 『매일신보』, 『인문평론』, 『삼천리』, 『문장』, 『국민문학』
이기영, 『대지의 아들』, 이상경 편, 역락, 2016.

2. 단행본 및 연구논문

국학자료원 편, 『韓國文壇의 歷史와 側面史』, 국학자료원, 1996.
민족문학연구소 편, 『일제말기 문인들의 만주체험』, 역락, 2007.
윤대석, 『식민지 국민문학론』, 역락, 2006.

이상경, 『이기영, 시대와 문학』, 풀빛, 1994.
平野謙, 『일본 쇼와 문학사』, 고재석·김환기 옮김, 동국대학교 출판부, 2001.
王向遠, 『"筆部隊"和侵華戰爭』, 中國 北京 崑崙出版社, 2005.
解學詩, 『僞滿洲國史新編』, 中國 北京 人民出版社, 2008.

김성경, 「인종적 타자의식의 그늘: 친일문학과 국가주의」, 『민족문학사연구』 24, 민족문
        학사학회, 2004.
김종욱, 「번역된 토착주의: 1930년대 동아시아 지평에서의 펄벅」, 『한국 근대문학과 중국』,
        소명출판, 2016.
서영인, 「만주서사와 반식민의 상상적 공동체」, 『우리말글』 46, 우리말글학회, 2009.
서영인, 「일제 말기 생산소설 연구: 강요된 국책과 생활현장의 리얼리티」, 『비평문학』
        41, 한국비평문학회, 2011.
양예선, 「일본의 만주문학: 「대륙 개척 문예 간화회」를 중심으로」, 『만주연구』 7, 만주학
        회, 2007.
와타나베 나오키, 「식민지 조선의 프롤레타리아 농민문학과 '만주': '협화'의 서사와 '재
        발명된 농본주의'」, 『한국문학연구』 33, 동국대학교 한국문학연구소, 2007.
이경재, 「일제말기 이기영 소설에 나타난 생산력주의」, 『민족문학사연구』 40, 민족문학사
        학회, 2009.

이경재, 「일제말기 생산소설의 정치적 성격 연구」, 『한중인문학연구』 29, 한중인문학회, 2010.

이경훈, 「만주와 친일 로맨티시즘」, 『오빠의 탄생』, 문학과 지성사, 2003.

이상경, 「'기획소설'과 생산소설 그리고 검열: 이기영 장편소설 『대지의 아들』론」, 『현대소설연구』 62, 한국현대소설학회, 2016.

이원동, 「만주 담론과 이기영 소설의 변화」, 『어문학』 97, 한국어문학회, 2007.

장성규, 「일제말기 카프 작가들의 만주 형상화 양상」, 『한국현대문학연구』 21, 한국현대문학회, 2007.

차성연, 「일제 말기 농촌/농민문학에 타나난 일본 농본주의의 영향과 전유 양상에 관한 연구」, 『한국문예비평연구』 46, 한국문예비평연구회, 2015.

이기영과 박선석의 만주서사 비교[1]

-『대지의 아들』과 「압록강」 비교를 중심으로

박춘란

1. 들어가며

만주는 한국 근대소설과 중국 조선족 소설에서 매우 중요하면서도 특징적인 서사공간이다. 동일한 시대와 지리적 공간을 배경으로 하고 있음에도 한국 소설과 조선족 소설에 재현된 만주와 그 곳에 정착해 살아가는 이주민들의 만주인식은 다르게 나타나고 있다. 본고는 비교문학의 수평비교연구방법으로 식민지 시기 만주라는 동일한 시대와 공간을 재현한 이기영의 『대지의 아들』과 박선석[2]의 「압록강」 비교를 통하여 일제

1) 이 논문은 2014년 대한민국 교육부와 한국학중앙연구원(한국학진흥사업단)을 통해 해외한국학중핵대학육성사업의 지원을 받아 수행된 연구임(AKS-2014-OLU-2250004).

2) 1945년 3월 25일 중국 길림성 집안시(集安市) 유림진(楡林鎭) 영수촌(迎水村)에서 출생, 당대 중국 조선족 문단의 대표적인 농민작가이자 중견작가로서 중화인민공화국의 건국과 반우파 투쟁, 대약진, 문화대혁명, 개혁 개방이라는 중국 당대사의 한 획을 가르는 역사적 사건을 아우르는 삶을 살아왔다. 1980년에 등단하여 현재까지 백 여 편의 중단편 소설들과 3편의 장편 대하소설들을 발표하였고 20여 차례나 크고 작은 문학상을 석권했다. 박선석의 작품은 주로 중국 현당대사의 비극을 조선족 농민의 입장에서 담아내

의 식민정책으로 만주 담론이 본격화되면서 국책으로서 장려되던 기획된 만주 시찰을 다녀오고 그 체험을 바탕으로 재현한 만주와 중국의 굴절된 현대사를 살아오면서 한 맺힌 자신의 가족사를 재현한 수난사로서의 만주 재현 양상을 분석하련다. 이 작업은 동일한 시대와 공간을 재현하고 있음에도 작가가 처한 시대적 상황과 체험의 차이에 의해 그 양상이 어떻게 달라지는 가를 고찰하는 작업으로서 향후 두 작품에 대한 본격적인 연구를 위한 기초 작업이 될 것이다.

본 논문에서 텍스트의 인용문은 한국 표기법에 따르지 않고 원문대로 인용할 것임을 밝혀둔다.

2. 개척과 수난의 만주표상

(1) 『대지의 아들』과 「압록강」

이기영의 『대지의 아들』은 작가 자신이 당시의 국책과 조선일보사의 기획 의도 하에 1939년 8월 서울에서 출발하여 약 20일 동안 '만주'지방을 답사한 경험을 바탕으로 쓴 소설로서 『조선일보』(1939.10.12.~1940.6.1)에 연재되었다.

살길을 찾아 개양툰에 이주한 조선 농민들의 현지 개척사를 다루고 있는 이 소설은 황건오라는 농민영웅상의 창조와 그의 아들인 덕성이가

고 있는 것으로 유명하다. 그는 이전의 조선족문학사에서 찾아볼 수 없었던 인물 군과 특유의 미학으로 독특한 작품세계를 형성하였는데 그의 소설들은 발표될 때마다 대중들의 큰 반향을 일으키며 많은 사랑을 받았다.

이상적인 개척 후계자로서 성장하는 형상을 부각하면서 희망찬 만주공간을 재현해 냈다.

박선석의 「압록강」은 작가 자신이 한평생 참고 참아 온 한 맺힌 수난의 가족사를 재현한 장편대하소설로서 『장백산』(2011.1~2015.5)에 29회에 걸쳐 약 5년간 연재하였다. 『장백산』잡지사는 조선족 사회에서 가장 폭넓은 독자층을 가지고 있는 작가인 박선석의 세 번째 장편-「압록강」 1회를 연재할 때부터 거의 매 회마다 소설의 앞 페이지에 다음과 같은 소개글도 함께 실었다.

> 가슴속에 태산처럼 모이고 쌓인 울분을 토로하기 위하여 다시 펜을 든 작가! 증조할아버지는 왜놈들에게 맞아죽고… 독립군에 참가하여 일본 놈과 싸우던 할아버지는 민생단 사건으로 자기 동료들에게 총살당하고… 아버지는 민주련맹에 들어 공산당을 위해 일하다가 국민당의 사형장에까지 끌려 나가고 죽음은 면했지만 한평생 부농 모자를 쓰고 살아야 했고… 외삼촌은 국민당에 총살당하고… 작가는 나서부터 출생죄를 짓고 35세까지 전반생을 천대꾸러기로… 작가의 5대 수난사를 다룬 눈물 없이는 읽을수가 없는 또 하나의 대하소설-「압록강」이 독자들 앞에 펼쳐집니다.[3]

작가 박선석 가족 5대가 동아시아 격변의 중심에서 겪은 파란만장한 수난사에 대한 이 소개는 소설 「압록강」이 단순한 픽션이 아니라 논픽션이라는 점을 잡지사는 강조하고 있다. 박선석은 「압록강」 연재 전부터 일찍이 자신의 가족 수난사를 곧 쓸 것임을 발표했었다.

> …그러다 력사적 대사변의 1976년 10월을 맞았고 그 후부터 마음속 말을 쏟아놓고 싶어 되지도 않는 제 나름대로의 소설을 쓰기 시작했습니다.

---

3) 『장백산』(2011.1), p. 57.

처음으로 쓰려던 것이 한이란 제목으로 우리 가정 5대의 수난사를 쓰려 했지만 그 당시 정치 기후는 아직 정상적인 상태가 아니여서 우선 전면 적으로 부정당한 문화대혁명 시기의 농촌과 농민을 다룬『쓴 웃음』을 썼고 뒤이어 총로선 대약진 인민공사 즉 세 폭의 붉은기가 멋없이 휘날리던 황당한 세월의 농촌을 그린『재해』를 썼습니다. 그러는 사이에 환갑을 넘겼습니다. 인제는 우리 가정의 수난사를 쓸 때가 되였습니다.…4)

『장백산』잡지사의「압록강」소개 글과 작가의 발언에서는 모두 가족 5대 수난사를 다룬다고 했지만 작품에서 대부분의 비중을 차지하는 것은 작가가 자신의 아버지를 형상화한 주인공 리경식의 수난사이다. 왜놈과 싸우러 만주로 떠나가면서 만주의 처가 집에 가 있으면서 기다리라는 남편의 분부대로 리경식의 어머니는 아들딸을 거느리고 갖은 고생 끝에 만주로 온다. 그들은 낯선 땅에서 생존을 위해, 독립군의 후원금을 마련하기 위해 필사적으로 노력한다. 하지만 리경식의 아버지는 민생단 사건으로 억울하게 처형당하고 리경식은 부농이라는 모자를 쓰고 비판의 대상으로 전락되며 고향에도 돌아가지 못하고 중국 현대사 정치운동의 혹독한 세례를 받으며 억울하게 모진 고통을 감내해야 했다.「압록강」은 바로 동아시아 격변기라는 암울한 시대의 고통을 온 몸으로 당해야 했던 박선석의 할아버지와 아버지로 대표되는 조선농민의 만주 수난사에 대한 재현이다.

---

4) 2010년 7월 중앙민족대학,『장백산』잡지사와 연변 작가 협회가 공동으로 주최한 '박선 석 소설 연구 및 중국 조선족 문학의 현황과 전망'이라는 학술 세미나에서의 박선석의 발언문.

(2) 만주 이주와 정착의 목적

『대지의 아들』에서 주인공 건오는 "좁은 산속에서 남의 밭갈이나 부치고 나뭇짐을 해 판대야 겨우 연명이나 하"5)는 현실에 절망하고 살길을 찾아 친구의 주선으로 만주로 가게 된다. 드넓은 만주벌판에서 열심히 일하지만 첫 해의 농사는 할빈이라는 대도시에서 순박한 농민들의 호주머니를 노리는 조선사람들의 계략에 넘어가 본의 아니게 유흥가에 처넣고 다시 분발하여 가족들까지 모두 만주로 데려와 정착한다. 만주사변이 일어나자 난리를 피해 개양툰까지 피난온다. 사변이 진정되면서 원래 살던 곳으로 돌아가려고 했으나 "살던 수십 호 촌락이 송두리째 없어지고 불탄 빈터만 처참하게 남"6)게 된 상황을 확인하고는 개양툰에 주저앉게 된다. 개양툰은 김노인을 비롯한 조선인들이 생명을 바쳐 가며 수전을 개척해 놓았지만 건오가 이 지역에 왔을 때는 농민들이 술과 노름과 아편으로 피폐해 지고 퇴락의 길을 밟고 있었다. 김노인의 개양툰 개척정신에 감동하여 김노인의 유지를 받들고자 정착하게 된 강주사의 영도 하에 건오는 김노인을 비롯한 선배 조선인들이 피로 물들여 개척한 개양툰을 제2의 고향으로 만들고자 묵묵히 개양툰 건설사업에 앞장선다. '국책' 부응을 강요받은 작가가 제국의 기획 하에 창작한 이 소설의 이러한 설정은 제국의 식민주의 논리와 맞물리는 부분으로 볼 수도 있겠지만 식민지 조선에서 이중삼중의 수탈로 농민이 살아가기 힘든 비좁은 땅, 그것도 주권을 잃은 땅을 떠나 광활한 만주에서 새롭게 공동체를 만들어 나가기를 바라는 작가의 민족주의적인 의식의 체현이라고도 볼 수

---

5) 『대지의 아들』, p.58.
6) 『대지의 아들』, p.120.

있다. 작품이 연재를 시작한 지 얼마 되지 않는 시점인 1939년 11월에
작가가 『인문평론』에 「만주와 농민문학」이라는 글을 발표하여 만주견학
소감을 논하면서 2000년 전 고구려의 민족투쟁을 떠올렸다[7]는 자체가
바로 이를 잘 반증한다고 생각한다. 이렇게 작가의 민족주의적인 의식과
식민주의 논리가 아이러니하게 맞물린다는 것은 당시 일제의 국책에는
카프소속이었던 지식인도 그에 동조하도록 만드는 이해관계가 존재했다
는 것을 발견 할 수 있다. 이기영의 만주행 자체가 이러한 이해관계에
따른 시국의 동참으로 봐야 할 것이다. 때문에 이기영의 『대지의 아들』
은 단순한 국책의 논리로서만이 아니라 이러한 상호 이해관계 속에서 파
악되어야 할 것이다.

살기 위해 만주로 이주한 건오네와는 달리 「압록강」의 주인공인 리경
식네는 왜놈과 싸우기 위해 만주로 간 아버지의 뜻에 따라 광복이 되는
날이면 외갓집에 가서 찾겠다던 아버지를 기다리기 위해 먼저 만주로 이
주한 외갓집으로 찾아간다. 때문에 아버지를 기다리는 것 자체가 광복을
기다리는 것으로 연결되며 주인공에게 있어서 아버지는 곧 광복의 상징
이 된다. 때문에 경식이네 가족에게 만주란 잠시 머무는 기다림의 공간
일 뿐이다. 겨우 외갓집이 있는 대전자로 찾아 갔지만 악덕지주 장청산
과 마름 강부귀의 행패로 외갓집 식구들은 이미 도망하여 행방불명이 된
상태에서 오갈데 없는 경식이네는 결국 외갓집이 살던 집에 정착하게 된
다. 하지만 역시 지주와 마름의 행패로 쫓겨나 아랫마을인 소전자로 가
게 되며 거기에서 왕보살로 불리는 마음씨 착한 왕지주의 도움으로 안정
을 찾고 정착하게 된다. 그들은 대전자에서 소전자로 넘어온 농민들과
함께 습지를 개간하여 수전을 만들고 점차 배부른 밥을 먹을 수 있게 된

---

7) 『대지의 아들』, p. 487.

다. 장사를 하면서 독립군에 군자금을 대는 장인의 영향으로 경식이도 군자금을 마련하기 위해 변돈을 내어 땅을 사게 되며 대부분의 수익금은 독립군의 군자금과 학교를 짓는데 쓰인다. 이렇게 『압록강』의 주인공인 리경식네의 만주 이주와 정착은 항일과 광복이라는 조선 이주민들의 공동된 소망을 배경으로 하고 있다.

(3) 만주 정착 후 주요 갈등

『대지의 아들』에서 인물들 사이의 주요 갈등은 주로 가뭄 때문에 상류에 사는 조선 사람들과 개양툰 조선 사람들 사이에 벌어진 물 쟁탈전, 덕성이와 귀순이 그리고 황식이의 삼각관계, 그 삼각관계로 인해 겪는 세 집안 어른들의 갈등 등으로 표상되는 현지 조선인들끼리의 갈등이고 다른 만주소설에서 흔히 보여 지는 현지 만주인들과의 갈등이나 방천살이의 갈등들은 먼 오래전의 기억으로 처리되어 있으며 일제의 '오족협화'나 '내선일체'로 인해 생기는 갈등은 생략될 수밖에 없었을 것이다. 그리고 소설에서 나타난 갈등양상들은 모두 원만한 해피엔딩의 결말을 맺게 됨으로서 희망찬 만주공간의 형상화에 기여한다.

「압록강」에서 인물들 사이의 주요 갈등은 착취와 횡포를 일삼는 현지 악덕지주와 조선 이주민들 사이의 갈등, 국민당에 의해 총살당할 번한 주인공이 국민당부대와의 갈등, 항일을 위해 목숨을 내걸고 싸웠지만 결국 동지들에 의해 억울하게 처형당한 '민생단사건'으로 인한 주인공들의 내적갈등, 민주련맹에 가입하여 공산당을 지지하며 많은 일을 하였지만 이전에 땅을 소유했다는 이유로 부농으로 매도하고 타도하는 공작원들과의 갈등 등으로 나타난다. 이러한 갈등양상들은 나라를 잃고 만주에서 더부

살이를 하는 디아스포라인 조선인들은 그 어떤 갈등관계에서든 피해자, 수난자로 될 수밖에 없다는 이주 농민들의 비참한 운명을 보여 준다.

(4) 비적에 대한 서사

『대지의 아들』에서는 비적에 관한 사건이 두 번 등장한다. 과거 황건오가 마적에게 잡혀갔다가 도망 나온 사건이 무용담의 형식으로 등장하고 또 개양툰에 비적이 쳐들어와 석룡이를 납치하고 홍승구의 집을 약탈하지만 결국 황건오의 안내 하에 일본군에 의해 전부 토벌된다. 이렇게 작가는 국책의 요구[8]에 따라 비적을 조선농민들의 생명과 안전을 위협하는 존재로, 만주국의 적대세력으로, 결국은 황군에 의해 토벌되는 대상으로 형상화한다. 황군의 비적 토벌은 무법천지였던 사변 전에 비해 사변 후 황군에 의해 만주질서가 잡혀가고 있으며 조선인들의 안전이 보장되고 있다는 국책이 주문한 황군의 위상을 높이기 위한 서사라고 할 수 있다.

「압록강」에서도 비적에 관한 사건이 두 번 등장한다. 한 번은 경식이가 피타는 노력 끝에 겨우 개간해 놓은 땅을 보고 욕심난 류지주가 그의 땅을 빼앗기 위해 처남과 모의하여 경식이를 납치하는 사건이다. 경식이는 이 사건으로 인해 또 다시 소작농으로 전락하고 만다. 진짜 비적에게 납치된 것은 아니지만 경식이를 비롯한 모든 마을사람들이 비적에게 납치된 줄로 알고 크게 당황하였다는 점에서 비적은 당시 만주에 이주한 조선인들에게는 매우 위협적인 존재라는 것을 알 수 있다. 하지만 비적

---

8) '전쟁'을 다루라는 요구를 말한다. 이상경, 「이기영 장편소설 『대지의 아들』을 읽는 방법」, 『대지의 아들』, p. 527 참조.

에 대한 이러한 인식은 왕보살이 진짜 비적들에게 납치되어 경식이가 왕보살을 구하기 위해 비적들의 소굴로 찾아가면서 달라진다. 박선석은 경식이와 비적 우두머리들과의 대화를 통하여 먹고 살아가기 위해 비적이 될 수밖에 없었던 그들의 처지를 동정하고 이들이 왜놈경찰서의 순사를 죽이고 경찰서를 들이쳐 왜놈들의 총을 뺐고 나중에는 항일세력으로 발전하여 왜놈들과 싸우다가 전부 희생되기까지의 전반 과정을 추적한다. 작가는 소설에 작가의 발화를 직접 삽입하여 소설의 틀을 깨버리는 위험도 마다하지 않고 비적들도 항일사업에 공헌하였다고 강력하게 주장한다.

　　그들은 토비들이지만 구경은 왜놈들과의 싸움에서 목숨을 바친 이 나라의 충혼들이였기 때문이다. 토비들은 물론 좋은 사람들이 아니다. 그러나 그들도 일본침략자를 몰아내기 위해 보귀한 생명을 바쳤다는 것은 부인할 수 없는 력사사실이다.9)

3. 이기영과 박선석이 국책과 검열에 대한 대응

조선일보사 편집부가 『대지의 아들』 작품 연재 예고를 하면서 "이 소설이 만주사변 전, 혹은 만주국 수립 이전의 '탄식과 방랑'의 상황과 그 이후의 만주국에 대한 '희망과 건설'을 대비적으로 그릴 것"10)이라는 「소개의 말」은 바로 이기영이 당시 조선일보사로부터 주문받은 내용으로서 소설에 반드시 적용해야 하는 국책임을 알 수 있다. 때문에 『대지의 아

---

9) 「압록강」, 『장백산』, 2012.5, p. 123.
10) 이상경, 「이기영 장편소설 『대지의 아들』을 읽는 방법」, 『대지의 아들』, pp. 513-514.

들』연재 당시 작가가 식민지 국책 담론과 검열의 그물망을 뚫고 나온다
는 것은 거의 불가능한 것으로서 이러한 상황에 대해 어떻게 대응하느냐
가 그 시기 이기영처럼 제국에 호명된 작가들의 가장 큰 고민이었을 것이
다. 당시 대부분의 작가들이 그랬던 것처럼 이기영 역시 『대지의 아들』
에서 국책의 요구에 편승하여 희망찬 만주 건설을 그려냄으로서 국책에
부응하는 쪽으로 나아갔다고 할 수 있다. 그럼에도 불구하고 이 소설을
친일문학이라고 단정 지을 수 없는 이유는 '말하고 싶은 것'을 말하지 못
하게 하는 기존의 검열에 더해서 '말하고 싶지 않은 것'을 말하게 시키는
국책에 대한 협력이 강요되는 시대적 상황 속에서 작가 이기영은 『대지
의 아들』에서 국책을 비껴가거나 국책의 틈새에서 자신의 문학적 이상을
발전시키는 다양한 노력을 했기 때문이다.11) 이렇게 국책과 검열 앞에서
다양한 노력을 했던 이기영과는 달리 박선석은 우선 말할 수 있을 때까
지 국책에 부응하여 할 수 있는 말부터 하면서 기다리는 방식을 택하였
다가 스스로 국책과 검열의 굴레를 벗어버렸다고 할 수 있다.

"마음속 말을 쏟아놓고 싶어 소설을 쓰기 시작했고 처음으로 쓰려던
것이 한이란 제목으로 가정 5대의 수난사를 쓰려 했지만 그 당시 정치
기후는 아직 정상적인 상태가 아니어서 못쓰고 우선 전면부정당한 문화
대혁명과 대약진, 인민공사시기에 대해 썼고 인제는 쓸때가 되었다"는

---

11) 이에 대해 이상경은 '말하지 못하는 것' 나누어 쓰기, '말하고 싶지 않은 것' 대충 끼
워 넣기, '말하고 싶은 것' 시도해 보기로 정리하였다. -이상경, 「이기영 장편소설 『대
지의 아들』을 읽는 방법」, 『대지의 아들』, pp. 522-532 참조.
고명철은 제국의 국책에 틈새를 내는 '틈새텍스트'들인 『조선일보』에 6회 연재된 만
주견문기에 주목하면서 이기영은 이들 '틈새텍스트'들을 통해 제국의 만주개척과 관
련한 국책에 일방적으로 포섭하지 않는 글쓰기를 보인다고 했다. -고명철, 「이기영의
『대지의 아들』: 제국의 만주국책에 대한 길항의 정치적 상상력」, 중국해양대학교 해외
한국학 중핵대학사업단 2단계 제3회 국제학술회의 『이민과 국가:정책·문화·문학』
논문집 pp. 151-154 참조.

작가의 고백은 이를 잘 보여 준다. 박선석은 문화대혁명과 대약진, 인민 공사시기를 중점적으로 재현한 『쓴웃음』과 『재해』에서 개혁개방이라는 새로운 시기를 맞아 지난 역사에 대한 부정을 통하여 경제력으로 재편되는 시장경제시대의 새로운 가치관을 부여하려 했던 당시 국책에 편승하면서도 '토지개혁'과 같은 서사에서는 조심스럽게 관방의 담론에 균열을 내기 시작했다. 하지만 자체검열도 동시에 작동되고 있었다고 할 수 있다.12) 그러나 "인제는 쓸 때가 되어서" 쓴 「압록강」에 이르러서는 작가가 '국책'과 검열의 영향에서 벗어난 듯하다. 스스로 '국책'과 검열의 굴레를 벗어던진 작가의 글쓰기는 관방의 담론에 균열을 내는 민감한 내용들로 가득하다. 그 내용들을 살펴보면 다음과 같은 것들이다.

1932년 연변지역의 항일혁명대오내부에서 억울하게 2,000여명이나 처형당했던13) "민생단사건"은 중국에서 시종 일관 표현의 금지구역으로 되어 있다. "토지개혁" 역시 중국 공산당의 승리를 이끈 전국적인 개혁으로서 "토지개혁"에 대한 관방의 권위 있는 결론은 그 어떤 질의도 용납하지 않고 있다. 하지만 박선석의 「압록강」은 이렇게 묻는다. 항일구국을 위해 만주 땅에 까지 와서 피를 흘려 싸운 항일투사는 왜 동지의 손에 의해 처형당해야 했는가. 아버지를 만나기 위해 만주 땅에 와서 아버지가 억울하게 처형당한지도 모르고 억척스레 일하여 황무지를 개간하고 학교를 짓고 독립군에 군자금을 대었던 만주개척자는 왜 토지개혁 때 부농으로 획분되어 한평생 그 자식들까지 비판의 대상이 되어 혹독한 정치적 박해를 당해야 했는가. 이러한 물음을 안고 「압록강」에서 작가는

---

12) 필자는 박사학위논문에서 이에 대해 논의한 적이 있다. 박춘란, 「중국의 정치변동과 조선족농촌사회의 문화적 형상화-박선석의 『쓴웃음』, 『재해』를 중심으로」, 성균관대학교 박사학위논문, 2013.8.
13) 김성호, 『동만항일혁명투쟁특수성연구』, 흑룡강조선민족출판사, 2006, p. 2.

"3.1"운동이후 만주이주로부터 토지개혁에 이르기까지의 역사적 사건을 서사화하면서 그 트라우마를 체현해 냈다. 주변부의 소수민족 중견 작가가 관방의 금기를 뚫고 권위적 담론에 거침없이 문제제기를 했다는 자체는 굉장히 정치적인 것이다. 때문에 박선석이 「압록강」에서 가족 수난사를 통해 보여준 역사적 트라우마는 금기와 권위적 담론에 대한 저항과 부정의 결과라고 할 수 있다. 한 시대의 수난은 세월의 흐름에 따라 조금씩 사람들의 머리에서 잊혀 져 가지만 개인이 당한 수난은 상처가 쉽게 아물지 않고 그 흔적은 죽는 날까지도 낙인처럼 남아 있다. 때문에 박선석은 관방이 설정한 금지구역으로 오랫동안 역사 속에 봉인되었던 "민생단사건"과 박선석 가족에게는 너무나 아픈 상처가 된 "토지개혁"을 서사화하여 체계적인 민족사공부를 해보지 못하여 역사에 대한 이해가 너무나 박약한[14] 조선족독자들에게 아픈 역사적 기억을 부여하면서 선조들은 이 땅에서 얼마나 많은 피를 뿌리였고 얼마나 혹독한 신고식을 치루고 서야 이 땅의 일원으로 편입될 수 있었는가를 보여 준다.

> "억울하지. 억울하구말구. 나라를 찾겠다구 떠났다가 실컷 고생하구 결국은 왕청현의 원혼이 되었으니 말야."
> 김씨의 눈에서는 눈물이 흐른다.
> "원혼이 되다니요?"
> "그럼, 원혼이 되었지. 왜놈들에게 죽은 것이 아니라 동지들의 손에 죽었으니…"
> 그 말에 경식이는 놀라서 물었다.
> "동지들의 손에 죽다니요? 그럼 아버지가 변절이라도 했단 말인가요?"
> "그런건 아니지. 왜놈들한테 아버지와 어머니를 잃고 복수하겠다고 떠

---

14) 중국 조선족 중·고등학교, 대학교 교과과정에는 조선족역사에 대한 교과목이 설치되어 있지 않다.

난 사람이 변절을 하겠나? 그런게 아니라 '민생단사건'에 억울하게 련루
되어 처형당했어. 우리 함께 떠났던 세 사람중 최형은 왜놈들과 싸우다
전사하고 자네 부친은 '민생단'으로 몰려 억울하게 처형당하고 나만 살아
서 돌아왔지."

　　순간 경식이는 슬픔보다 분노가 치밀었다. 어쩌면 제 동지를 총살하는
가 말이다. 그런자들이 왜놈보다 나은게 뭔가?

　　"…자네 부친이 '민생단'일수 있는가? 그건 내가 잘 알지. 그리구 웬
밀정이 그렇게 많겠나? 인제 보니 잡아치우고 싶은 사람은 '민생단원'으
로 몰아 죽인거야. 자네 부친이 처형된 후 내가 함께 간 사람이란걸 알고
나까지 의심하더란 말야. 마침 친구가 알려줘서 내가 먼저 도망쳤으니 말
이지 아니면 나도 이 세상 사람이 아니야."

　　너무나 원통해서 소리 내어 울던 김씨는 눈물을 닦으며 말을 이었다.

　　"정말로 원통한 일이야. 왜놈들한테 죽었어도 이렇게 원통하지는 않지.
제 동지들의 손에 죽었으니…동지들의 손에 죽자고 우리가 거기로 갔겠
나? 하기야 이런 자들을 동지라고 할 수 없지. 제 동지를 죽인자들을 어
찌 동지라 하겠나? 나쁜 놈들…왜놈들과 싸울때는 벌벌 떨던 놈들이 제
동지를 잡을 때는 용감하더란 말야. 벼락 맞을 놈들!"15)(밑줄은 필자)

　　일본놈들을 몰아내려고 만주땅으로 간다던 아버지를 만나기 위해 광
복까지 삼십여 년이 넘도록 만주 땅에서 갖은 고생을 하며 아버지를 기
다렸지만 도저히 생사를 알 수 없는 아버지의 행방을 찾아 서울로 간 경
식은 거기에서 아버지와 함께 항일했던 김 씨의 말을 듣고 절망한다. 김
씨와 경식의 아버지, 최형은 셋이서 함께 광복을 위해 왜놈들과 싸우려
고 홍범도 장군을 찾아 만주 땅으로 갔지만 홍범도 장군의 부대가 이미
만주를 떠난 뒤여서 왕청 지역의 항일부대에 들어가 피 흘려 싸우다가
최형은 전사하고 김 씨는 팔 하나를 잃고 외팔이 되었고 경식의 아버지

---

15) 「압록강」, 『장백산』, 2014.3, pp. 236-237.

는 어느날 갑자기 동료들에 의해 처형당하고 땅에 묻히지도 못 한 채 만주벌판에 내던져져 시체조차 찾을 수 없게 된다. 겨우 도망쳐 나와 목숨을 부지한 김 씨는 밥을 빌어먹으며 서울까지 돌아와 철물점을 하며 생계를 유지해 나가지만 친구들의 억울한 죽음과 혼자 살아서 돌아왔다는 자괴감으로 인해 한평생 커다란 짐을 지고 살아가게 된다. 소설에서 김 씨의 증언은 독자들을 충격에 빠뜨리며 조선항일투사들을 비참하게 처형한 '민생단사건'에 대해 커다란 의문부호를 품게 만든다. 결국 "왜놈들과 싸울 때는 벌벌 떨던 놈들이 잡아치우고 싶은 사람을 '민생단원'으로 몰아 죽인" 사건이었다고, "왜놈들한테 죽었어도 이렇게 원통하지는 않겠다."고 하는 김 씨의 증언은 "'반민생단'투쟁은 중국공산당의 좌경오류로 인해 연변지역 당 조직 및 인민혁명군내부에서 전개한 사건이다"[16]로 통일되는 중국 관방의 명쾌한 해석에 비해 얼마나 복잡하고 심각한 문제였는가를 보여 주면서 이에 대한 날카로운 비판과 함께 문제제기를 한다.

박선석은 "토지개혁"에 대해서도 늘 관방의 담론에 균열을 냈다. 앞서 발표한 두 편의 장편대하소설『쓴웃음』,『재해』에서도 많은 필묵을 들여 "토지개혁"에 대해 부정해왔던 박선석은「압록강」에서는 "토지개혁"의 성과를 인정하면서도 그 과정에 나타났던 많은 문제들에 대해 여전히 문제제기를 하고 비판했다.

리해하기 힘든 세상이었다. 착취가 있든없든 부지런하든 게으르든 무조건 가난한 사람은 좋은 사람이고 잘사는 사람은 회단즈(坏蛋子나쁜사람이란 뜻)란다. 사람들은 어이없어 말을 못하는데 송공작원이 한마디로 결

---

16) 郭渊・王静,「東滿地區"民生團事件"始末」,『東北抗日斗爭史研究』, 2002.4, p. 25.

정했다.

　"성창호는 방시계도 있고 식구들이 모두 솜옷을 입었구…그리구 사상이 나쁜놈이요. 이런자가 회단즈가 아니면 누가 회단즈겠는가? 이런자는 마땅히 성분을 상중농으로 획분하고 경제청산을 해야 하오.반대하는 사람은 손을 드시오."

　사람들은 서로 눈치를 보며 손을 들지 못했다. 손을 들었다가는 어떻게 된다는걸 잘 알기 때문이다. 공작원의 말이 곧 법이니 말이다. 이렇게 성창호는 시간도 맞지 않는 헌 방시계가 있는데다 말 한마디를 잘못한 죄로 상중농으로 되었고 경제청산을 당하게 되었다.[17]

　작가가 반평생동안 심혈을 기울여 완성한 세 편의 장편대하연재소설인『쓴웃음』,『재해』,「압록강」은 선후로 모두 약 14년이란 시간동안『장백산』에 연재되었었다. "3.1운동"으로 인한 만주이주로부터 개혁개방에 이르기까지의 거의 한 세기를 아우르는 중국현대사의 역사적 사건들을 다루고 있는 이 세 편의 장편을 공통으로 꿰뚫는 서사가 바로 "토지개혁"에 대한 서사이다. 이 소설들을 약 14년 동안이나 연재하면서 작가는 "토지개혁"에 대해 줄곧 집요하게 문제제기를 하고 부정해 왔다. 이는 「압록강」에서 경식으로 형상화된 아버지가 공작원에 의해 과거에 땅이 있었다는 이유로 부농으로 성분이 획분 되는 바람에 중국 현대사의 광적인 정치운동 속에서 줄곧 비판의 중심에 서 있다가 한 많은 생을 마감하게 된 아버지의 삶에 대한 연민과 작가 자신도 반평생을 '부농의 새끼'로 갖은 멸시와 천대를 받으며 살아야 했던 그의 신분 트라우마에서 연원한 것이라고 할 수 있다.

　「압록강」에는 작가의 가족을 형상화한 주인공들의 죽음이 여러 번 등

---

17)「압록강」,『장백산』, 2015.2, pp. 243-244.

장한다. "3.1운동" 때 앞장서 구호를 부르다가 맞아죽은 주인공 경식의 할아버지, 그 충격으로 쓰러지시고 얼마 후 돌아간 할머니, "민생단사건"으로 동지들에게 억울하게 처형당한 아버지, 남편을 만주 땅에 보내 놓고 아녀자의 몸으로 죽을힘을 다 해 낯선 만주 땅에 정착하여 하루하루 남편의 소식만을 기다리며 삼십여 년을 기다리다가 믿을 수 없는 남편의 죽음을 알게 되고는 고향에도 돌아가지 못하고 그날 밤으로 저세상으로 떠나간 경식 어머니의 죽음, "토지개혁"의 희생양인 경식의 큰 아들 큰 바위의 죽음, 장사를 하여 독립군에 군자금을 대였던 장인의 죽음과 참 군했다가 국민당에 의해 처형당한 처남의 죽음도 등장한다. 이들의 죽음은 모두 한·중·일 동아시아의 격변을 온 몸으로 겪다가 맞이한 비참한 죽음이었다.

"너 군대에 갈려고 그러지? 안 된다. 절대 안 돼. 왜놈들과 싸우러 간 다면 나는 두 손 들어 찬성하겠다. 왜놈들과 싸우다 죽어도 눈물 한 방울 안 흘려. 그건 응당한 일이니까. 그런데 지금은 왜놈들이 망하지 않았니? 그런데 군대에 가선 뭘해? 누구와 싸울려구?"

"그렇다구 세상이 태평해 진건 아니예요. 토비들이 욱실거리고 국민당 이 승리의 과실을 탈취하려 해요. 우리는 토비들을 숙청하고 국민당반동 파를 타도하고 진정한 로동자, 농민이 나라의 주인인 민주정권을 세워야 해요."

"듣기 싫다. 난 그따위 도리를 모른다. <u>중국 사람들끼리 싸우든 말든 네 상관이 뭐냐? 싸우고 싶으면 저희들끼리 싸우라지. 우린 제 나라로 돌 아가야 돼.</u>"

왜놈들과 싸울 때는 그렇게 열정적이고 견결하던 장인이였지만 왜놈들 을 몰아낸 지금에는 오직 제 나라로 돌아갈 생각만 하고 있었다.

"가고 싶으면 아버지 혼자 돌아가요. 우린 안 가겠어요."[18]

위의 대화로부터 우리는 작가가 소설에서 자신의 외할아버지를 형상화한 항일애국자인 장인과 같은 만주 1세대들에게 만주(중국)란 오직 왜놈들을 물리치고 광복을 쟁취하기 위해 잠시 정착한 투쟁의 공간이지 이 지역을 개척하여 진정한 주인이 될 마음은 전혀 없다는 것을 확인할 수 있다면 작가가 자신의 외삼촌을 형상화한 소설속의 경식의 처남과 같은 2세대들에게는 만주란 조선보다 나은 곳이요, 아직은 진정한 주인이 없는 이 땅에서 국민당을 숙청하여 민주정권을 세우고 피땀으로 개척한 이 땅의 진정한 주인이 되어 보고 싶은 꿈을 꾸는 공간이라는 것을 알 수 있다. 그 이상을 실현하기 위해 소설에서 경식의 처남은 장인의 말을 듣지 않고 가출하여 "중국 사람들끼리 싸우는" 국공내전에 참가하려고 공산당 측에 참군하였다가 국민당에 의해 처형된다. 장인은 자신이 그토록 말렸던 "중국 사람들끼리의 싸움"에 외동아들을 잃은 충격으로 고향에도 돌아가지 못 한 채 황천객이 되고 만다. 소설에서 이러한 설정과 발화는 지금까지 항일과 국공내전에서의 혁혁한 공로를 인정받아 땅을 분배받고 중국 소수민족의 일원으로서 또 중국 역사상 가장 나젊은 스타 소수민족으로서의 입지를 다지기 위해 그동안 조선족사회 엘리트들에 의해 창작되었던 조선족사회의 경전작품[19])들에 비하면 과히 파격적이라고 할 수 있다. 이렇게 박선석의 세 번째 장편인 「압록강」은 관방의 금기를 건드리는 정치성과 경전을 무색해 지게 만드는 파괴성을 띠고 있다. 뿐만 아니라 무명초처럼 현실에 순응하며 살아가는 사람들에 대한 애정과 연민도 고스란히 녹아있다.

---

18) 「압록강」, 『장백산』, 2014.3. p. 243.
19) 예하면 『고난의 년대』, 『해란강아 말하라』 등.

4. 나오며

본고는 비교문학의 수평비교연구방법으로 식민지 시기 만주라는 동일한 시대와 지리적 공간을 배경으로 하고 있는 이기영의 『대지의 아들』과 박선석의 「압록강」 비교를 통하여 『중앙일보』가 기획한 만주 시찰을 다녀오고 그 체험을 바탕으로 재현한 만주와 한 맺힌 자신의 가족사를 재현한 수난사로서의 만주 서사를 살펴보았다. 동일한 시대와 공간을 재현하고 있음에도 두 작가가 처한 시대적 상황과 체험의 차이에 의해 만주서사는 크게 다르게 나타났다. 이기영은 황건오라는 농민영웅상의 창조와 그의 아들인 덕성이가 이상적인 개척 후계자로 성장하는 과정을 부각하여 희망찬 만주개척사를 재현해 냈다면 박선석은 동아시아 격변기라는 암울한 시대의 고통을 대대로 물려받으며 감내해야 했던, 작가의 할아버지와 아버지로 대표되는 조선농민의 만주 수난사에 대해 집중적으로 재현해 냈다. 본고는 또 이기영과 박선석이 국책과 검열에 대응하는 방식도 살펴보았다. 이기영은 국책의 요구에 편승하여 희망찬 만주 건설을 그려냄으로서 국책에 부응하는 쪽으로 나아가면서도 국책을 비껴가거나 국책의 틈새에서 자신의 문학적 이상을 발전시키는 다양한 노력을 했다면 박선석은 우선 말할 수 있을 때까지 국책에 부응하여 할 수 있는 말부터 하면서 기다리는 방식을 택하였다가 스스로 국책과 검열의 굴레를 벗어버리고 금기를 정면으로 돌파하였다고 본다.

국책에 의해 기획된 소설이라는 점과 작가 자신이 참고 참았던 울분을 토로하기 위해 씌어 진 논픽션의 성격을 띤 소설이라는 점은 두 소설에서 주인공들의 만주 이주와 정착 목적, 만주 정착후의 주요 갈등양상, 비적에 대한 인식 등 면에서도 서로 서사의 차이를 보였다. 이러한 서사

의 차이들은 우리가 그 시기의 만주라는 공간을 상상함에 있어서 많은
질문들을 안겨 준다. 그 질문에 대한 답은 향후의 참된 연구를 통하여
하나하나 풀어가련다.

참고문헌

이기영 저, 이상경 편, 『대지의 아들』, 역락, 2016.8.

박선석, 「압록강」, 『장백산』(2011.1~2015.5)

김성호, 『동만항일혁명투쟁특수성연구』, 흑룡강조선민족출판사, 2006.

장뢰, 「한중근대소설과 만주」, 『비평문학』 48, 2013.6.

서경석, 「만주국 기행문학 연구」, 『어문학』, 2004.12.

이상경, 「이기영 장편소설 『대지의 아들』을 읽는 방법」, 『대지의 아들』, 역락, 2016.8.

정종현, 「근대문학에 나타난 '만주'표상-'만주국' 건국 이후의 소설을 중심으로」, 『한국문학연구』 28, 2005.6.

郭洲·王靜, 「東滿地區"民生團事件"始末」, 『東北抗日斗爭史硏究』, 2002.4

▌편저자 소개

- 김재용_원광대학교 국어국문학과 교수

- 李海英_중국해양대학교 한국어과 교수

▌집필진 소개

- 이경재_숭실대학교

- 이상경_KAIST

- 최현식_인하대학교

- 김재용_원광대학교

- 이해영_중국해양대학교

- 유혜영_산동대학교

- 김장선_천진사범대학교

- 고명철_광운대학교

- 천춘화_명지대학교

- 박춘란_서북정법대학교

중국해양대학교 한국연구소 총서 11

한국 프로문학과 만주

초판 1쇄 인쇄 2017년 6월 27일
초판 1쇄 발행 2017년 7월 5일

편저자 김재용·李海英
펴낸이 이대현
편 집 박윤정
디자인 안혜진
펴낸곳 도서출판 역락
　　　　서울시 서초구 동광로 46길 6-6 문창빌딩 2층
　　　　전화 02-3409-2058(영업부), 2060(편집부)
　　　　팩시밀리 02-3409-2059
　　　　이메일 youkrack@hanmail.net
　　　　역락블로그 http://blog.naver.com/youkrack3888
　　　　등록 1999년 4월 19일 제303-2002-000014호

ISBN 979-11-5686-916-0 93830